Judith G

La Sœur
du Soleil

roman

ISBN : 978-3-96787-906-3

10 9 8 7 6 5 4 3 2 1

Judith Gautier

La Sœur
du Soleil

roman

Table de Matières

I. LE BOIS DE CITRONNIERS   6
II. LA BLESSURE DE NAGATO   12
III. LA FÊTE DU GÉNIE DE LA MER   24
IV. LA SŒUR DU SOLEIL   32
V. LES CAVALIERS DU CIEL   42
VI. LA CONFRÉRIE DES AVEUGLES   53
VII. LE PARJURE   62
VIII. LE CHÂTEAU D'OVARI   68
IX. LA MAISON DE THÉ   73
X. LE RENDEZ-VOUS   77
XI. LES CAILLES GUERRIÈRES   81
XII. LE VERGER OCCIDENTAL   92
XIII. LES TRENTE-TROIS DÎNERS DU MIKADO   102
XIV. LA CHASSE AU VOL   105
XV. L'USURPATEUR   111
XVI. LES PÊCHEURS DE LA BAIE D'OSAKA   116
XVII. L'ÎLE DE LA LIBELLULE   129
XVIII. LA PRINCIPAUTÉ DE NAGATO   152
XIX. UNE TOMBE   176
XX. LES MESSAGERS   183
XXI. LA KISAKI   204
XXII. LE MIKADO   219
XXIII. FATKOURA   228
XXIV. LE TRAITÉ DE PAIX   238
XXV. CONFIDENCES   241
XXVI. LE GRAND THÉÂTRE D'OSAKA   249
XXVII. OMITI   260
XXVIII. DÉSORMAIS MA MAISON SERA TRANQUILLE   276
XXIX. LA GRANDE PRÊTRESSE DU SOLEIL   281
XXX. BATAILLES   286
XXXI. LE BÛCHER   295

I. LE BOIS DE CITRONNIERS

La nuit allait finir. Tout dormait dans la belle et joyeuse Osaka. Seul, le cri strident des sentinelles, s'appelant sur les remparts, traversait, par instants, le silence que rien ne troublait plus, hors la lointaine rumeur de la mer dans le golfe.

Au-dessus de la grande masse sombre, formée par les Palais et les jardins du siogoun,[1] une étoile s'effaçait lentement. Le crépuscule matinal frissonnait dans l'air. La cime des bois commençait à découper plus nettement ses ondes sur le ciel qui bleuissait.

Bientôt une lueur pâle toucha les plus hauts arbres, puis se glissa entre les branches et les feuillages et filtra jusqu'au sol. Alors, dans les jardins du prince, des allées encombrées de ronces en fleur ébauchèrent leur vaporeuse perspective ; l'herbe reprit sa couleur d'émeraude ; une touffe de pivoines vit revenir l'éclat de ses fleurs somptueuses, et un escalier blanc se dévoila à demi de la brume dans le lointain d'une avenue.

Enfin, brusquement, le ciel s'empourpra ; des flèches de lumière, traversant les buissons, firent étinceler des gouttes d'eau sur les feuilles. Un faisan s'abattit ; lourdement une grue secoua ses ailes neigeuses et, avec un long cri, s'envola lentement dans la clarté, tandis que la terre fumait comme une cassolette et que les oiseaux, à pleine voix, acclamaient le soleil levant.

Aussitôt que l'astre divin fut monté de l'horizon, les vibrations d'un gong se firent entendre. Il était frappé dans un rythme monotone d'une mélancolie obsédante : quatre coups forts, quatre coups faibles, quatre coups forts, et ainsi toujours. C'était pour saluer le jour et annoncer les prières matinales.

Un rire jeune et sonore, qui éclata soudain, surmonta un instant ce bruit pieux, et deux hommes apparurent, sombres, sur le ciel clair, au sommet de l'escalier blanc.

Ils s'arrêtèrent un instant, sur la plus haute marche, pour admirer le charmant fouillis de broussailles, de fougères, d'arbustes en fleur, qui formait les rampes de l'escalier.

Puis ils descendirent lentement à travers les ombres fantasques

---

1 Général du royaume. C'est le même titre que taïcoun : grand chef ; mais ce dernier terme n'a été créé qu'en 1854.

que jetaient les branches sur les degrés.

Arrivés au pied de l'escalier, ils s'écartèrent vivement pour ne pas culbuter une tortue qui cheminait sur la dernière marche : la carapace de cette tortueavait été dorée, mais la dorure s'était un peu ternie dans l'humidité des herbes.

Les deux hommes s'avancèrent dans l'avenue.

Le plus jeune des promeneurs avait à peine vingt ans, mais on lui en eût donné davantage à voir la fière expression de son visage et l'assurance de son regard ; cependant, lorsqu'il riait, il semblait un enfant ; mais il riait peu et une sorte de tristesse hautaine assombrissait son front charmant.

Son costume était très simple sur une robe de crêpe gris, il portait un manteau de satin bleu sans aucune broderie ; il tenait à la main un éventail ouvert.

La toilette de son compagnon était, au contraire, extrêmement recherchée. La robe était faite d'une soie blanche, molle, faiblement teintée de bleu, comme si elle eût gardé un reflet de clair de lune ; elle tombait en plis fins jusqu'aux pieds et était serrée à la taille par une ceinture de velours noir. Celui qui la portait avait vingt-quatre ans ; il était d'une beauté parfaite ; un charme étrange émanait de la pâleur chaude de son visage, de ses yeux d'une douceur moqueuse, et surtout, de la nonchalance méprisante de toute sa personne ; il appuyait sa main sur la riche poignée d'un de ses deux sabres dont les pointes relevaient les plis de son manteau de velours noir, jeté sur ses épaules les manches pendantes.

Les deux promeneurs avaient la tête nue, leurs cheveux, tordus en corde, étaient noués sur le sommet du crâne.

— Mais enfin, où me conduis-tu, gracieux maître ? s'écria tout à coup l'aîné des deux jeunes hommes.

— Voici trois fois que tu me fais cette question depuis le palais, Ivakoura.

— Mais tu ne m'as rien répondu, gloire de mes yeux !

— Eh bien c'est une surprise que je veux te faire. Ferme les yeux et donne-moi ta main.

Ivakoura obéit, et son compagnon lui fit faire quelques pas dans l'herbe.

— Regarde à présent, dit-il.

Ivakoura ouvrit les yeux et laissa échapper un faible cri d'étonnement.

Devant lui s'épanouissait un bois de citronniers tout en fleur. Chaque arbre, chaque arbuste semblaient couverts de givre ; sur les plus hautes tiges, le jour naissant jetait des tons de rose et d'or. Toutes les branches ployaient sous leur charge parfumée, les grappes fleuries s'écroulaient jusqu'au sol, sur lequel traînaient quelques rameaux trop lourds.

Parmi cette blanche floraison d'où émanait une fraîcheur délicieuse, un tendre feuillage apparaissait çà et là par brindilles.

Vois, dit le plus jeune homme, avec un sourire, j'ai voulu partager avec toi, mon préféré, le plaisir de voir avant tout autre cette éclosion merveilleuse. Hier, je suis venu, le bois était comme un buisson de perles ; aujourd'hui, toutes les fleurs sont ouvertes.

— Je songe, en voyant ce bois, à un distique du poète des fleurs de pêcher, dit Ivakoura « Il a neigé sur cet arbre des ailes de papillons qui, en traversant le ciel matinal, se sont teintes de rose. »

— Ah s'écria le plus jeune homme en soupirant, je voudrais me plonger au milieu de ces fleurs comme dans un bain et m'enivrer jusqu'à mourir de leur parfum violent !

Ivakoura, après avoir admiré, faisait une mine un peu désappointée.

— Des fleurs plus belles encore allaient éclore dans mon rêve, dit-il, en étouffant un bâillement. Maître, pourquoi m'as-tu fait lever si tôt ?

— Voyons, prince de Nagato, dit le jeune homme, en posant sa main sur l'épaule de son compagnon, je ne t'ai pas fait lever ; tu ne t'es pas couché cette nuit !

— Que dis-tu ? s'écria Ivakoura ; qu'est-ce qui peut te faire croire cela ?

— Ta pâleur, ami, et tes yeux las.

— Ne suis-je pas toujours ainsi ?

— La toilette que tu portes serait encore trop somptueuse à l'heure du coq[1] ; et regarde ! le soleil se lève à peine, nous sommes

_____
1 Six heures après-midi.

à l'heure du lapin.[1]

— Pour honorer un maître tel que toi, il n'est pas d'heure trop matinale.

— Est-ce aussi pour m'honorer, infidèle sujet, que tu te présentes devant moi armé ? Ces deux sabres, oubliés à ta ceinture, te condamnent ; tu venais de rentrer au palais lorsque je t'ai fait appeler.

Le coupable baissait la tête, renonçant à se défendre.

— Mais qu'as-tu au bras ? s'écria tout à coup le plus jeune homme en apercevant une mince bandelette blanche qui dépassait la manche d'Ivakoura.

Celui-ci cacha son bras derrière son dos et montra l'autre main.

— Je n'ai rien, dit-il.

Mais son compagnon lui saisit le bras qu'il cachait. Le prince de Nagato laissa échapper un cri de douleur.

— Tu es blessé, n'est-ce pas ! Un jour on viendra m'annoncer que Nagato a été tué dans une querelle futile. Qu'as-tu fais encore, imprudent incorrigible ?

— Lorsque le régent Hiéyas sera en ta présence, tu ne le sauras que trop, dit le prince ; tu vas apprendre de belles choses, ô illustre ami, sur le compte de ton indigne favori. Il me semble entendre vibrer déjà la voix terrible de cet homme à qui rien n'est caché : Fidé-Yori, chef du Japon, fils du grand Taïko-Sama, dont je vénère la mémoire, de graves désordres ont troublé cette nuit Osaka ! …

Le prince de Nagato contrefaisait si bien la voix de Hiéyas que le jeune siogoun ne put s'empêcher de sourire.

— Et quels sont ces désordres ? diras-tu. — Portes enfoncées, coups, tumultes, scandales. — Connaît-on les auteurs de ces méfaits ? — Celui qui conduit les autres est le seul coupable et je connais ce coupable. — Qui est-ce ? — Qui ! sinon celui que l'on trouve dans toutes les aventures, dans toutes les batailles nocturnes ; qui, sinon le prince de Nagato, la terreur des honnêtes familles, l'épouvante des gens paisibles ? Et comme tu me pardonneras, ô trop clément, Hiéyas te reprochera ta faiblesse, en la faisant sonner bien haut, afin que cette faiblesse nuise au siogoun et pro-

---

1   Six heures du matin.

fite au régent.

— Mais si je me courrouçais enfin de ta conduite, Nagato, dit le siogoun, si je t'envoyais passer un an dans ta province ?

— J'irais, maître, sans murmurer.

— Oui, et qui m'aimerait ici ? dit tristement Fidé-Yori. Je vois autour de moi de grands dévouements, mais pas une affection comme la tienne mais peut-être suis-je injuste, ajouta-t-il, tu es le seul que j'aime, et c'est sans doute à cause de cela qu'il me semble n'être aimé que de toi.

Nagato leva vers le prince un regard plein de reconnaissance.

— Tu te sens pardonné par moi, n'est-ce pas ? dit Fidé-Yori en souriant, mais tâche de m'éviter les reproches du régent ; tu sais combien ils me sont pénibles. Va le saluer, l'heure de son lever est proche ; nous nous reverrons au conseil.

— Il va donc falloir sourire à cette laide figure, grommela Nagato.

Mais il avait son congé. Il salua le siogoun et s'éloigna d'un air boudeur.

Fidé-Yori continua à se promener dans l'avenue, mais il revint bientôt vers le bois de citronniers. Il s'arrêta devant lui pour l'admirer encore, et cueillit une mince branche, chargée de fleurs. Mais alors les feuillages se mirent à bruire comme sous un grand vent ; un brusque mouvement agita les branches et, entre les fleurs refoulées, une jeune fille apparut.

Le prince se recula vivement et faillit jeter un cri ; il se crut le jouet d'une vision.

Qui es-tu ? s'écria-t-il peut-être le génie de ce bois ?

— Oh ! non, dit la jeune fille d'une voix tremblante ; mais je suis une femme bien audacieuse.

Elle sortit du bois, au milieu d'une pluie de pétales blancs, et s'agenouilla dans l'herbe en tendant les mains vers le roi.

Fidé-Yori baissa la tête vers elle et la regarda curieusement. Elle était d'une beauté exquise : petite, gracieuse, comme écrasée sous l'ampleur de ses robes. On eût dit que c'était leur poids soyeux qui l'avait jetée à genoux. Ses grands yeux purs, pareils à des yeux d'enfant, étaient peureux et suppliants, ses joues, veloutées comme les ailes des papillons, rougissaient un peu, et sa petite bouche, entr'ouverte d'admiration, laissait briller des dents blanches comme des gouttes de lait.

— Pardonne-moi, disait-elle, pardonne-moi d'être en ta présence sans ta volonté.

— Je te pardonne, pauvre oiseau tremblant, dit Fidé-Yori, car si je t'avais connue et si j'avais su ton désir, ma volonté eût été de te voir. Que veux-tu de moi ? Est-il en ma puissance de te faire heureuse ?

— Ô maître ! s'écria la jeune fille avec enthousiasme, d'un mot tu peux me rendre plus radieuse que TenSio-Daï-Tsin, la fille du soleil.

— Et quel est ce mot ?

— Jure-moi que tu n'iras pas demain à la fête du Génie de la mer.

— Pourquoi ce serment ? dit le siogoun, étonné de cette étrange supplique.

— Parce que, dit la jeune fille en frémissant sous les pieds du roi, brusquement un pont s'effondrera et que, le soir, le Japon n'aura plus de maître.

— Tu as sans doute découvert une conspiration ? dit Fidé-Yori en souriant.

Devant ce sourire d'incrédulité, la jeune fille pâlit et ses yeux s'emplirent de larmes.

— Ô disque pur de la lumière s'écria-t-elle, il ne me croit pas ! Tout ce que j'ai fait jusqu'à présent n'est rien. Voici l'obstacle terrible et je n'y avais pas songé. On écoute la voix du grillon qui annonce la chaleur, on prête l'oreille à la grenouille qui coasse une promesse de pluie ; mais une jeune fille qui vous crie : Prends garde ! j'ai vu le piège, la mort est sur ton chemin on ne l'écoute pas et on marche droit au piège. Cependant, cela est impossible, il faut que tu me croies. Veux-tu que je me tue à tes pieds ? Ma mort serait un gage de ma sincérité. D'ailleurs, quand même je me serais trompée, que t'importe ! tu peux toujours ne pas aller à la fête. Écoute, je viens de loin, d'une province lointaine ; seule, sous la lourde angoisse de mon secret, j'ai déjoué les espions les plus subtils, j'ai vaincu mes terreurs et dominé ma faiblesse. Mon père me croit en pèlerinage à Kioto, et tu vois : je suis dans ta ville, dans l'enceinte de tes palais. Cependant les sentinelles sont vigilantes, les fossés larges, les murailles hautes. Vois, mes mains sont en sang, la fièvre me brûle. Tout à l'heure j'ai cru ne pas pouvoir parler tant mon cœur affaibli frémissait de ta présence et aussi de la joie de te sauver. Mais maintenant j'ai le vertige, j'ai de la glace dans le sang : tu ne me crois pas !

— Je te crois et je jure de t'obéir, dit le roi ému de cet accent désespéré ; je n'irai pas à la fête du Génie de la mer.

La jeune fille poussa un cri de joie et regarda avec reconnaissance le soleil qui s'élevait au-dessus des arbres.

— Mais apprends-moi comment tu as découvert ce complot, reprit le siogoun, et quels en sont les auteurs.

Oh ! ne m'ordonne pas de te le dire. Tout cet édifice d'infamie que je fais crouler, c'est sur moi-même qu'il croule.

Soit, jeune fille, garde ton secret ; mais dis-moi au moins d'où te vient ce grand dévouement et pourquoi ma vie est pour toi si précieuse ?

La jeune fille leva lentement les yeux vers le roi, puis elle les baissa et rougit, mais ne répondit rien. Une vague émotion troubla le cœur du prince. Il se tut et se laissa envahir par cette impression pleine de douceur. Il eût voulu demeurer ainsi longtemps, en silence, au milieu de ces chants d'oiseaux, de ces parfums, près de cette enfant agenouillée.

— Apprends-moi qui tu es, toi qui me sauves de la mort, dit-il enfin, et indique-moi la récompense digne de ton courage.

— Je me nomme Omiti, dit la jeune fille ; je ne peux rien te dire de plus. Donne-moi la fleur que tu tiens à la main, c'est tout ce que je veux de toi.

Fidé-Yori lui tendit la branche de citronnier ; Omiti la saisit et s'enfuit à travers le bois.

Le siogoun demeura longtemps immobile à la même place, soucieux, regardant le gazon foulé par le poids léger d'Omiti.

II. LA BLESSURE DE NAGATO

Le prince de Nagato était rentré dans son palais.

Il dormait, étendu sur une pile de fines nattes. Autour de lui régnait une obscurité presque complète, car on avait baissé les stores et déployé de grands paravents devant les fenêtres. Quelques parois de laque noire luisaient cependant dans l'ombre et reflétaient vaguement, comme des miroirs troubles, la tête pâle du prince, renversée sur les coussins.

Nagato n'avait pu réussir à voir Hiéyas : le régent était absorbé par une affaire très urgente, lui avait-on dit. Tout heureux de cette circonstance, le jeune prince s'était hâté d'aller se reposer pendant les quelques heures qu'il avait à lui avant le conseil.

Dans les chambres voisines de celle où il dormait, les serviteurs allaient et venaient silencieusement, préparant la toilette du maître. Ils marchaient avec précaution pour ne pas faire craquer le parquet et causaient entre eux à voix basse.

— Notre pauvre maître n'a pas de raison, disait une femme âgée, en secouant des gouttes de parfum sur un manteau de cérémonie. Toujours des fêtes, des promenades nocturnes, jamais de repos ; il se tuera.

— Oh ! que non, le plaisir ne tue pas, dit un jeune garçon à la mine insolente, vêtu de couleurs vives.

— Qu'en sais-tu, puceron ? reprit la servante. Ne dirait-on pas qu'il passe sa vie en réjouissances comme un seigneur ? Ne parle pas aussi effrontément de choses que tu ne connais pas !

— Je les connais peut-être mieux que toi, dit l'enfant en faisant une grimace, toi qui n'es pas encore mariée, malgré ton grand âge et ta grande beauté.

La servante envoya le contenu de son flacon à la figure du jeune garçon, mais celui-ci se cacha derrière le disque d'argent d'un miroir qu'il frottait pour le rendre limpide, et le parfum s'éparpilla à terre. Le valet avança la tête lorsque le danger fut passé.

— Veux-tu de moi pour mari ? dit-il, tu me donneras de tes années, et à nous deux nous ferons un jeune couple !

La servante, dans sa colère, laissa échapper un éclat de voix.

— Te tairas-tu, à la fin ? dit un autre serviteur en la menaçant du poing.

— Mais il est impossible d'entendre ce jeune vaurien sans s'irriter et rougir !

— Rougis tant que tu voudras, dit l'enfant, cela ne fait pas de bruit.

— Allons, tais-toi, Loo ! dit le serviteur.

Loo fit un mouvement d'épaules et une grosse moue, puis il se remit nonchalamment à frotter le miroir.

À ce moment, un homme entra dans la salle :

— Je désire parler à Ivakoura, prince de Nagato, dit-il à haute voix.

Tous les serviteurs firent de grands gestes des mains et des bras pour imposer silence au nouvel arrivant. Loo se précipita vers lui et lui appliqua sur la bouche le chiffon dont il se servait pour frotter le miroir ; mais l'homme le repoussa violemment.

— Que signifie tout ceci ? dit-il. Êtes-vous insensés ? Je veux parler au seigneur que vous servez, au daïmio très illustre qui règne sur la province de Nagato. Prévenez-le et cessez vos grimaces.

— Il dort, dit tout bas un serviteur.

— On ne peut l'éveiller, dit un autre.

— Il est affreusement fatigué, dit Loo un doigt sur la bouche.

— Malgré sa fatigue, il sera heureux de ma venue, dit l'étranger.

— Nous avons ordre de ne l'éveiller que quelques instants avant l'heure du conseil, dit la servante.

— Ce n'est pas moi qui me risquerai à l'aller tirer de son sommeil, dit Loo, en poussant sa bouche vers son oreille.

— Ni moi, dit la vieille.

— J'irai moi-même, si vous voulez, dit le messager ; d'ailleurs, l'heure du conseil est proche : je viens de voir le prince d'Arima se diriger vers la salle des Milles-Nattes.

— Le prince d'Arima ! s'écria Loo, lui qui est toujours en retard !

— Hélas ! dit la servante, aurons-nous le temps d'habiller le maître ?

Loo fit glisser une cloison dans sa rainure et ouvrit un étroit passage il entra alors doucement dans la chambre de Nagato.

Il faisait frais dans cette chambre, et une une odeur de camphre et de musc emplissait l'air.

— Maître ! maître ! dit Loo à demi voix, c'est l'heure, et puis il y a là un messager.

— Un messager ! s'écria Nagato, en se dressant sur un coude ; comment est-il ?

— Il est vêtu comme un samouraï[1]: des sabres sont passés à sa ceinture.

— Qu'il entre vite, dit le prince avec un tremblement dans la voix.

Loo alla faire signe au messager, qui se prosterna au seuil de la chambre.

— Approche ! dit Nagato.

Mais le messager ne pouvant se diriger dans cette salle obscure, Loo ploya, une feuille d'un paravent qui interceptait le jour. Une bande de lumière entra dans la chambre ; elle éclaira la délicate texture de la natte qui couvrait le plancher et fit briller sur la muraille une cigogne argentée, au cou onduleux, aux ailes ouvertes.

Le messager s'approcha du prince et lui tendit un mince rouleau de papier, enveloppé d'un morceau de soie, puis il sortit de la chambre à reculons.

Nagato déroula vivement le papier et lut ceci :

« Tu es venu, illustre, je le sais mais pourquoi cette folie et pourquoi ce mystère ? Je ne puis comprendre tes actions. J'ai reçu de graves réprimandes de ma souveraine à cause de toi. Tu sais : je traversais les jardins pour la suivre jusqu'à son palais, lorsque, tout à coup, je te vis adossé à un arbre. Je ne pus retenir un cri et, à ce cri, elle se retourna vers moi et suivit la direction de mon regard.

« Ah dit-elle, c'est la vue de Nagato qui t'arrache de pareils cris. Ne pourrais-tu au moins les retenir et me cacher le spectacle de ton impudeur ?

« Puis elle s'est retournée plusieurs fois vers toi. Le courroux de ses yeux me faisait peur. Je n'oserai pas paraître devant elle demain, et je t'envoie ce message pour te supplier de ne plus renouveler ces étranges apparitions qui ont pour moi des suites si funestes.

« Hélas ! ne sais-tu pas que je t'aime, et faut-il te le dire : je serai ta femme quand tu le voudras... Mais tu te plais à m'adorer comme une déesse de la pagode des Trente-Trois mille Trois cent

---

1 Noble officier au service d'un *daïmio* ou prince.

Trente-Trois.[1] Si tu n'avais risqué ta vie plusieurs fois, seulement pour m'apercevoir, je croirais que tu te joues de moi. Je t'en conjure, ne m'expose plus à de pareilles réprimandes, et n'oublie pas que je suis prête à te reconnaître pour mon seigneur, et que vivre près de toi est mon plus cher désir. »

Nagato sourit et referma lentement le rouleau ; il fixa son regard sur la bande claire que la fenêtre jetait sur le plancher et rêva profondément.

Le jeune Loo était fort désappointé ; il avait essayé de lire derrière son maître, mais le rouleau était écrit en caractères chinois et sa science était prise en défaut ; il savait assez bien le kata-kana et avait même quelques connaissances de l'hira-kana, mais il ignorait, malheureusement, l'écriture chinoise. Pour cacher son dépit, il s'approcha d'une fenêtre et, soulevant un coin du store, il regarda dehors.

— Ah ! dit-il, le prince de Satsouma et le prince d'Aki arrivent en même temps ; les gens de leur suite se regardent de travers. Ah ! Satsouma passe devant. Oh ! oh ! voici le régent qui traverse l'avenue, il regarde par ici et il rit en voyant que le cortège du prince de Nagato est encore devant sa porte ; il rirait bien plus s'il savait où en est la toilette de mon maître.

— Laisse-le rire, Loo, et viens ici, dit le prince, qui avait détaché de sa ceinture un pinceau et un rouleau de papier et écrivait à la hâte quelques mots. Cours chez le roi et remets-lui ce papier.

Loo s'enfuit à toutes jambes, bousculant et renversant à plaisir ceux qui se trouvaient sur son passage.

— Et maintenant, dit Ivakoura, qu'on m'habille rapidement !

Les serviteurs s'empressèrent et le prince eut bientôt enfilé le vaste pantalon traînant qui donne à celui qui le porte l'air de marcher à genoux, et le roide manteau de cérémonie, alourdi encore par les insignes brodés sur les manches. Ceux de Nagato étaient ainsi composés : un trait noir au-dessus de trois boules, formant pyramide.

Le jeune homme, d'ordinaire si soigneux de sa parure, ne prêta aucune attention à l'œuvre des serviteurs, il ne jeta pas même un coup d'œil sur le miroir, si bien poli par Loo, lorsqu'on lui posa sur

1 Pagode située à Kioto et qui contient 33, 333 Dieux.

la tête le haut bonnet pointu, lié par des rubans d'or.

Aussitôt sa toilette terminée, il sortit de son palais, mais sa préoccupation était si forte qu'au lieu de monter dans le norimono, qui
l'attendait au milieu des gens de son escorte, il s'éloigna à pied, traînant sur le sable son immense pantalon, et s'exposant aux rayons
du soleil. Le cortège, épouvanté de cet outrage à l'étiquette, le suivit dans un inexprimable désordre, tandis que les espions, chargés
de surveiller les actions du prince, s'empressaient d'aller rendre
compte à leurs différents maîtres de cet événement extraordinaire.

Les remparts de la résidence d'Osaka, larges et hautes murailles,
flanquées de loin en loin d'un bastion demi-circulaire, forment un
immense carré qui enferme plusieurs palais et de vastes jardins.
Au sud et à l'ouest, la forteresse s'appuie à la ville ; au nord, le fleuve
qui traverse Osaka s'élargit et forme au pied du rempart un fossé
colossal ; à l'orient une rivière plus étroite le borde. Sur le terre-
plein des murailles, on voit une rangée de cèdres centenaires, à la
verdure sombre, qui projettent leurs ramures plates et horizontales
par-dessus les créneaux. À l'intérieur, une seconde muraille, précé-
dée d'un fossé, enferme les parcs et les palais, réservés aux princes
et à leur famille. Entre cette muraille et les remparts sont situées les
habitations des fonctionnaires, des soldats. Une troisième muraille
entoure le palais même du siogoun, qui s'élève sur une colline. Cet
édifice se développe largement avec une simplicité architecturale
pleine de noblesse. Des tours carrées à plusieurs toitures le sur-
passent çà et là. Des escaliers de marbre, bordés d'une légère balustrade laquée, et flanqués, à la base, de deux monstres de bronze
ou de deux grands vases de faïence, montent vers les galeries exté-
rieures ; la terrasse qui précède le palais est couverte de gravier et
de sable blanc qui réverbère l'éclat du soleil.

Au centre de l'édifice s'élève une tour carrée, large, très haute et
magnifiquement décorée. Elle supporte sept toits dont les angles
se recourbent vers le ciel ; sur la plus haute toiture se tordent deux
monstrueux poissons d'or qui resplendissent et sont visibles de
tous les points de la ville.

C'est dans la partie du palais voisine de cette tour que se trouve la
salle des*Mille-Nattes*, lieu de réunion du conseil.

Les seigneurs arrivent de tous côtés ; Ils gravissent les rampes de la colline et se dirigent vers le portique central du palais qui s'ouvre sur une longue galerie, conduisant directement à la salle des Mille-Nattes.

Cette salle, très vaste, très haute, est parfaitement vide de meubles. Des cloisons mobiles, glissant dans des rainures, l'entrecoupent et forment, lorsqu'on les fait se rejoindre, des compartiments de diverses dimensions. Mais les cloisons sont toujours largement écartées de façon à produire d'heureux effets de perspective. Ces panneaux, dans tel compartiment, sont revêtus de laque noire fleurie d'or, dans tel autre de laque rouge ou de bois de Jeseri, dont les veines forment naturellement d'agréables dessins. Ici, la cloison, peinte par un artiste illustre, a son envers tendu de satin blanc brodé de lourdes fleurs ; ailleurs, sur un fond d'or mat, un pêcher, couvert de fleurs roses, étend ses branches noueuses, ou bien, simplement, sur du bois sombre un semis inégal de points blancs, rouges, noirs, papillote aux yeux. Les nattes qui couvrent le plancher sont couleur de neige et frangées d'argent.

Les seigneurs, avec leurs larges pantalons dépassant les pieds, semblent s'avancer à genoux, et les étoffes froissent les nattes avec un bruit continu, semblable au susurrement lointain d'une cascade. Les assistants gardent d'ailleurs un religieux silence. Des *hattamotos*, gens d'une récente noblesse, instituée par le régent, s'accroupissent dans les angles les plus reculés, tandis que les *samouraïs* d'ancienne noblesse, possesseurs de fiefs et vassaux des princes, passent près de ces nouveaux anoblis en leur jetant des regards de mépris et se rapprochent sensiblement du grand store baissé, voilant l'estrade réservée au siogoun. Les *Seigneurs de la terre*, princes souverains dans leur province, forment un grand cercle devant le trône, laissant un espace libre pour les treize membres du conseil.

Les conseillers arrivent bientôt ; ils se saluent les uns les autres et échangent quelques mots à voix basse, puis gagnent leur place.

À gauche, présentant le profil au store baissé, s'alignent les conseillers supérieurs. Ils sont cinq, mais quatre seulement présents. Le plus proche du trône est le prince de Satsouma, vénérable vieillard au long visage, plein de bonté. Près de lui s'étale la natte de l'absent. Puis vient le prince de Sataké, qui mordille ses lèvres, tout en disposant avec soin les plis de sa toilette. Il est jeune, brun de peau ;

ses yeux, très noirs, sont d'une vivacité extraordinaire. Près de lui s'installe le prince de Ouésougui, homme un peu gras et nonchalant. Le dernier est le prince d'Isida, petit de taille et laid de visage.

Les huit conseillers inférieurs, accroupis en face du trône, sont les princes d'Arima, de Figo, de Vakasa, d'Aki, de Tosa, d'Issé et de Couroda.

Un mouvement se produit du côté de l'entrée et tous les fronts se courbent vers le sol. Le régent pénètre dans la salle. Il s'avance rapidement, n'étant pas embarrassé comme les princes par les plis du pantalon traînant, et il va s'asseoir, les jambes croisées, sur une pile de nattes à droite du trône.

Hiéyas était alors un vieillard. Sa taille se voûtait faiblement ; il était large des épaules, cependant, et musculeux. Sa tête, à demi rasée, montrait à découvert un front vaste, bosselé d'arcades sourcilières proéminentes. Sa bouche mince, à l'expression cruelle et volontaire, abaissait ses coins profondément creusés ; ses pommettes étaient extrêmement saillantes, et ses yeux bridés, à fleur de tête, dardaient un regard brusque et sans franchise.

Il jeta en entrant un mauvais coup d'œil, accompagné d'un demi-sourire, vers la place laissée vide par le prince de Nagato. Mais, lorsque le store se releva, le siogoun apparut, s'appuyant d'une main sur l'épaule du jeune conseiller.

Le régent fronça le sourcil.

Tous les assistants se prosternèrent, appuyant leur front contre le sol. Lorsqu'on se releva, le prince de Nagato était à son rang comme les autres.

Fidé-Yori s'assit et fit signe à Hiéyas qu'il pouvait parler.

Alors le régent lut plusieurs rapports peu importants : nominations de magistrats, mouvement de troupes sur la frontière, changement de résidence d'un gouverneur après son règne expiré. Hiéyas expliquait brièvement et avec volubilité les raisons qui l'avaient fait agir. Les conseillers parcouraient des yeux les manuscrits, et, n'ayant pas d'objection à faire, acquiesçaient d'un geste. Mais bientôt le régent ploya tous ces papiers et les remit à un secrétaire placé près de lui ; puis il reprit la parole après avoir toussé.

— J'ai convoqué aujourd'hui cette assemblée extraordinaire,

dit-il, afin de lui faire part des craintes que j'ai conçues pour la tranquillité du royaume en apprenant que la surveillance sévère, ordonnée contre les bonzes d'Europe et les Japonais qui ont embrassé la doctrine étrangère, se relâche singulièrement, et que ceux-ci recommencent leurs menées, dangereuses pour la sécurité publique. Je viens donc demander que l'on remette en vigueur la loi qui ordonne l'extermination de tous les chrétiens.

Un singulier brouhaha se produisit dans l'assemblée, mélange d'approbation, de surprise, de cris d'horreur et de colère.

— Veux-tu donc voir revenir les scènes sanglantes et hideuses dont l'épouvante est dans toutes les mémoires ? s'écria le prince de Sataké avec sa vivacité accoutumée.

— Il est étrange d'affirmer que de pauvres gens qui ne prêchent que la vertu et la concorde puissent troubler la paix d'un pays, dit Nagato.

— Le daïmio parle bien, dit le prince de Satsouma ; il est impossible que les bonzes d'Europe aient aucune influence sur la tranquillité du royaume. Il est donc inutile de les inquiéter.

Mais Hiéyas s'adressa directement à Fidé-Yori.

— Maître, dit-il, puisque l'on ne veut pas partager mes inquiétudes, il faut que je t'apprenne qu'un bruit terrible commence à circuler parmi les nobles, parmi le peuple…

Il se tut un moment pour donner plus de solennité à ses paroles.

—… On dit que celui qui est encore sous ma tutelle, que le chef futur du Japon, notre gracieux seigneur Fidé-Yori, a embrassé la foi chrétienne.

Un grand silence succéda à ces paroles. Les assistants échangeaient des regards qui disaient clairement qu'ils avaient connaissance de ce bruit qui peut-être était fondé.

Fidé-Yori prit la parole.

— Est-ce donc sur des innocents qu'il faut se venger d'une calomnie répandue par des personnes malintentionnées ? dit-il. J'ordonne que les chrétiens ne soient inquiétés d'aucune manière. Mon père, je le déplore, a cru devoir poursuivre de sa colère et exterminer ces malheureux mais, je le jure, moi vivant, il ne sera pas versé une seule goutte de leur sang.

Hiéyas fut stupéfait de l'accent résolu du jeune siogoun. Pour la première fois il avait parlé en maître et ordonné. Il s'inclina, en signe de soumission, et n'objecta rien. Fidé-Yori avait atteint sa majorité, et s'il n'était pas encore proclamé siogoun, c'était parce que Hiéyas ne se hâtait guère de déposer les pouvoirs. Celui-ci ne voulut donc pas entrer en lutte ouverte avec son pupille ; il abandonna momentanément la question et passa à autre chose.

— On m'annonce, dit-il, qu'un seigneur a été attaqué et blessé cette nuit, sur la route de Kioto. J'ignore encore le nom de ce seigneur ; mais le prince de Nagato, qui était à Kioto cette nuit, a peut-être entendu parler de cette aventure ?

— Ah ! tu sais que j'étais à Kioto, murmura le prince ; je comprends alors pourquoi il y avait des assassins sur ma route.

— Comment Nagato pouvait-il être en même temps à Osaka et à Kioto ? dit le prince de Sataké il n'est bruit ce matin, que de la fête sur l'eau qu'il y a donnée cette nuit et qui s'est si joyeusement terminée par une bataille entre les seigneurs et les matelots des rivages.

— J'ai même attrapé une égratignure dans la mêlée, dit Nagato en souriant.

— Le prince franchit en quelques heures les routes que d'autres mettraient une journée à parcourir, dit Hiéyas, voilà tout. Seulement, il ménage peu ses chevaux : chaque fois qu'il rentre au palais, sa monture s'abat et expire. Le prince de Nagato pâlit et chercha le sabre absent de sa ceinture.

— Je ne croyais pas que ta sollicitude s'étendît ainsi jusqu'aux bêtes du royaume, dit-il avec une ironie outrageante. Je te remercie au nom de mes chevaux défunts.

Le siogoun, plein d'inquiétude, jetait des regards suppliants à Nagato. Mais il semblait que ce jour-là la patience du régent fût à toute épreuve. Il sourit et ne répondit rien.

Cependant, Fidé-Yori voyait que la colère grondait dans l'âme de son ami, et, craignant quelque nouvel éclat, il mit fin à la séance en se retirant.

Presque aussitôt un garde du palais vint prévenir le prince de Nagato que le siogoun le demandait. Le prince salua amicalement plusieurs seigneurs, s'inclina devant les autres et s'éloigna sans

II. LA BLESSURE DE NAGATO

avoir tourné la tête du côté de Hiéyas.

Lorsqu'il arriva dans les appartements du siogoun, il entendit une voix de femme, une voix irritée et gémissante à la fois. C'était de lui que l'on parlait.

— On m'a tout rapporté, disait cette voix : ton refus d'accéder aux désirs du régent, que tu as laissé insulter sous tes yeux par le prince de Nagato, dont l'insolence est vraiment incomparable ; et la patience merveilleuse de Hiéyas, qui n'a pas relevé l'insulte par égard pour toi, par pitié pour celui que tu crois ton ami, dans ton ignorance des hommes.

Nagato reconnut que celle qui parlait était la mère du siogoun, la belle et impérieuse Yodogimi.

— Mère, dit le siogoun, occupe-toi de broderies et de parures ; c'est là le domaine des femmes.

Nagato entra vivement pour ne pas être indiscret plus longtemps.

Yodogimi se retourna et rougit un peu en voyant le prince qui s'inclinait profondément devant elle.

— J'ai à te parler, dit le siogoun.

— Je me retire, alors, dit Yodogimi avec amertume, et retourne à mes broderies.

Elle traversa la chambre lentement, en faisant bruire ses longues robes soyeuses, et sortit en jetant à Nagato un étrange regard, à la fois provoquant et haineux.

— Tu as entendu ma mère ? dit Fidé-Yori.

— Oui, dit Nagato.

— Tous veulent me détacher de toi, ami ; quel peut être leur motif ?

— Ta mère est aveuglée par quelque calomnie, dit le prince ; les autres voient en moi un ennemi clairvoyant qui sait déjouer les trames ourdies contre toi.

— Je voulais justement te parler d'un complot.

— Contre ta vie ?

— C'est cela même. Il m'a été révélé d'une façon singulière, et j'ai peine à y croire. Cependant je ne puis me défendre d'une certaine inquiétude. À la fête du Génie de la mer, demain, un pont doit s'effondrer sous mes pas.

— Quelle horreur ! s'écria Nagato. Ne va pas à cette fête, au moins.

— Si je m'abstiens d'y aller, dit Fidé-Yori, j'ignorerai toujours la vérité, car le complot n'éclatera pas. Mais si je vais à la fête, continua-t-il en souriant, dans le cas où la conspiration existerait vraiment, la vérité serait un peu rude à constater.

— Certes, dit Nagato ; il faut cependant sortir du doute, il faut trouver un moyen. L'itinéraire que tu dois suivre est-il fixé ?

— Hiéyas me l'a fait remettre.

Fidé-Yori prit un rouleau de papier sur une étagère. Ils lurent « Quai du Yodo-Gava, place du Marché-aux-Poissons, route des Sycomores, plage de la Mer. Retour par la colline des Bambous, le pont de l'Hirondelle… »

— Les misérables ! s'écria Ivakoura, c'est le pont suspendu au-dessus de la vallée !

— L'endroit serait bien choisi, en effet, dit le siogoun.

— Il est certain qu'il s'agit de ce pont ; ceux qui franchissent les innombrables canaux de la ville ne t'exposeraient pas à la mort en s'écroulant sous tes pieds, mais tout au plus à un bain désagréable.

— C'est vrai, dit Fidé-Yori, et du pont de l'Hirondelle, on serait précipité sur des rochers.

— As-tu pleine confiance dans mon amitié pour toi ? dit le prince de Nagato après avoir songé un instant.

— En doutes-tu, Ivakoura ? dit le siogoun.

— Eh bien, ne crains rien, feins de tout ignorer, laisse-toi conduire et marche droit au pont. J'ai trouvé le moyen de te sauver, tout en découvrant la vérité.

— Je me fie à toi, ami, en toute sécurité.

— Alors, laisse-moi partir le temps me presse pour exécuter mon projet.

— Va, prince, je te confie ma vie sans trembler, dit le siogoun.

Nagato s'éloigna rapidement après avoir salué le roi, qui répondit par un geste amical.

III. LA FÊTE DU GÉNIE DE LA MER

Le lendemain, dès l'aube, les rues d'Osaka furent pleines de mouvement et de joie. On se préparait pour la fête tout en se réjouissant à l'avance du plaisir prochain. Les maisons commerçantes, celles des artisans et des gens du peuple, largement ouvertes sur la rue, laissaient voir leur intérieur simple, meublé seulement par quelques paravents aux belles couleurs.

On entendait des voix, des rires, et, par moment, un enfant mutin s'échappait des bras de sa mère, occupée à le parer de ses plus beaux vêtements, et venait gambader et trépigner de joie sur les marches de bois descendant de la maison vers la chaussée. C'était alors avec des cris d'une feinte colère qu'il était rappelé de l'intérieur, la voix du père se faisait entendre et l'enfant allait se remettre aux mains maternelles, tout frémissant d'impatience.

Quelquefois l'un d'eux criait :

—Mère ! mère ! voici le cortège !

— Tu te moques, disait la mère, les prêtres n'ont pas seulement terminé leur toilette.

Mais, néanmoins, elle s'avançait vers la façade et, perchée par-dessus la légère balustrade, regardait dans la rue.

Des courriers nus, moins un morceau d'étoffe, nouée autour de leurs reins, passent à toutes jambes, ayant sur l'épaule une tige de bambou, qui ploie à son extrémité sous le poids d'un paquet de lettres. Ils se dirigent vers la résidence du siogoun.

Devant les boutiques des barbiers la foule s'amasse ; les garçons ne peuvent suffire à raser tous les mentons, à coiffer toutes les têtes qui se présentent. Ceux qui attendent leur tour causent gaiement devant la porte. Quelques-uns sont déjà revêtus de leurs habits de fête, aux couleurs vives, couverts de broderies. D'autres, plus soigneux, nus jusqu'à la ceinture, préfèrent terminer leur toilette après leur coiffure achevée. Des marchands de légumes, de poissons, circulent, vantant à hauts cris leurs marchandises qu'ils portent dans deux baquets, suspendus à une traverse de bois, posée sur leur épaule.

De toutes parts on orne les maisons de banderoles, d'étoffés brodées, couvertes d'inscriptions chinoises en or sur des fonds noirs ou pourpres ; on accroche des lanternes, des branches fleuries.

À mesure que la matinée s'avance, les rues s'emplissent de plus en plus de gai tumulte ; les porteurs de norimonos, vêtus de légères tuniques, serrées à la taille, coiffés de larges chapeaux, pareils à des boucliers, crient pour se faire faire place. Des samouraïs passent à cheval, précédés d'un coureur qui, tête baissée, les bras en avant, fend la foule. Des groupes s'arrêtent pour causer, abrités sous de vastes parasols, et forment des îlots immobiles au milieu de la houle tumultueuse des promeneurs. Un médecin se hâte, en s'éventant avec gravité, suivi de ses deux aides qui portent la caisse des médicaments.

— Illustre maître, n'irez-vous donc pas à la fête ? lui crie-t-on au passage.

— Les malades ne prennent point garde aux fêtes, dit-il avec un soupir, et comme il n'y en a pas pour eux, il n'y en a pas pour nous.

Sur les rives de Yodogava, l'animation est plus grande encore ; le fleuve disparaît littéralement sous des milliers d'embarcations ; les mâts dressés, les voiles encore ployées, mais prêtes à s'ouvrir comme des ailes, les tentes des cabines recouvertes d'étoffes de soie et de satin, les proues ornées de bannières dont les franges d'or trempent dans l'eau, resplendissent au soleil et tachent l'azur du fleuve de frissons multicolores.

Des bandes de jeunes femmes, aux toilettes brillantes, descendent les blanches marches des berges, taillées en gradins. Elles se dirigent vers d'élégants bateaux en bois de camphrier, rehaussés de sculptures et d'ornements de cuivre, et elles les remplissent de fleurs qui jettent de chauds parfums dans l'air.

Du haut du Kiobassi, ce beau pont qui ressemble à un arc tendu, on déploie des pièces de gaze, de crêpe ou de soie légère, des couleurs les plus fraîches et couvertes d'inscriptions. Une faible brise agite mollement ces belles étoffes que les bateaux qui vont et viennent écartent en passant. On voit resplendir au loin la haute tour de la résidence et les deux monstrueux poissons d'or qui ornent son faîte. À l'entrée de la ville, à droite et à gauche du fleuve, les deux superbes bastions qui regardent vers la mer ont arboré sur chaque tour, à chaque angle des murailles, l'étendard national blanc avec un disque rouge, emblème du soleil lorsqu'il s'élève dans les vapeurs matinales. Quelques pagodes, au-dessus des arbres, dressent sur le ciel radieux la superposition de leurs toitures, relevées des bords, à la mode chinoise.

C'est la pagode de Yébis, le génie de la mer, qui attire spécialement l'attention ce jour-là ; non que ses tours soient plus hautes et ses portes sacrées plus nombreuses que celles des temples voisins, mais de ses jardins doit partir le cortège religieux, si impatiemment attendu par la foule.

Enfin, dans le lointain, le tambour résonne. On prête l'oreille au rythme sacré, bien connu de tous : quelques coups violents, espacés, puis un roulement précipité, s'adoucissant et se perdant, puis de nouveau des coups brusques.

Une immense clameur de joie s'élève de la foule, qui se range aussitôt le long des maisons de chaque côté des rues que doit parcourir le cortège.

Les *Kashiras*, gardiens des quartiers, tendent rapidement des cordes qu'ils fixent à des pieux, afin d'empêcher la multitude de déborder sur la voie centrale. La procession s'est mise en marche ; en effet, elle a franchi le *Torié*, portique sacré, qui s'élève devant la pagode de Yébis, et bientôt elle dénie devant la foule impatiente.

Seize archers s'avancent d'abord, l'un derrière l'autre, sur deux rangs très espacés. Ils ont revêtu l'armure en lamelle de corne noire jointe par des points de laine rouge. Deux sabres sont passés à leur ceinture ; les flèches empennées dépassent leurs épaules et ils tiennent à la main un grand arc de laque noire et dorée.

Derrière eux vient une troupe de serviteurs, portant des houppes de soie au bout de longues hampes. Puis apparaissent les musiciens tartares qui s'annoncent par un réjouissant tapage. Les vibrations métalliques du gong résonnent d'instant en instant, les tambours, battus à outrance, les cymbales qui frissonnent, les conques marines, rendant des sonorités graves, les notes suraiguës des flûtes et l'éclat des trompettes déchirant l'air, forment une telle intensité de bruit que les spectateurs les plus proches clignent des yeux et sont comme aveuglés.

Après les musiciens apparaît, portée sur une haute estrade, une langouste gigantesque, chevauchée par un bonze. Des étendards de toutes couleurs, longs et étroits, portant les armoiries de la ville, sont tenus par de jeunes garçons et oscillent autour de l'énorme crustacé. Puis viennent cinquante lanciers, coiffés du chapeau rond laqué, appuyant sur leur épaule leur lance, ornée d'un gland rouge. Deux serviteurs conduisent ensuite un cheval superbement caparaçonné, dont la crinière, dressée au-dessus du col, est tressée et disposée comme une riche passementerie. Des porteurs de bannières s'avancent après ce cheval ; les bannières sont bleues et couvertes de caractères d'or. Puis s'avancent deux grands tigres de Corée, la gueule ouverte, les yeux sanglants. Parmi la foule quelques enfants poussent des cris d'effroi ; mais les tigres sont en carton, et des hommes, cachés dans chacune de leurs pattes, les font se mouvoir. Un tambour géant, de forme cylindrique, vient ensuite, porté par deux bonzes ; un troisième marche à côté et frappe fréquemment le tambour de son poing fermé.

Enfin voici sept jeunes femmes, splendidement parées, qu'un brouhaha joyeux accueille. Ce sont les courtisanes les plus belles et les plus illustres de la ville. Elles s'avancent, l'une après l'autre, majestueusement, pleines d'orgueil, accompagnées d'une servante et suivies d'un serviteur qui soutient au-dessus d'elles un large parasol de soie. Le peuple, qui les connaît bien, les désigne au passage par leur nom ou leur surnom.

— Voici la femme aux sarcelles d'argent !

Deux de ces oiseaux sont brodés sur l'ample manteau à larges manches qu'elle porte par-dessus ses nombreuses robes dont les collets sont croisés, l'un au-dessous de l'autre, sur sa poitrine ; le manteau est de satin vert, la broderie de soie blanche, mêlée d'argent ; la coiffure de la belle est traversée d'épingles énormes, en écaille de tortue, qui lui font un demi-cercle de rayons autour du visage.

— Celle-ci, c'est la femme aux algues marines !

Ces belles herbes, dont les racines de soie s'enfoncent dans les broderies du manteau, flottent hors de l'étoffe et voltigent au vent.

Puis viennent : la belle au dauphin d'or, la belle aux fleurs d'amandier, la belle au cygne, au paon, au singe bleu. Toutes posent leurs pieds nus sur de hautes planchettes en bois d'ébène qui exhaussent leur taille ; elles ont la tête hérissée d'épingles blondes et leur visage, habilement fardé, apparaît jeune et charmant sous la douce pénombre du parasol.

Derrière les courtisanes s'avancent des hommes qui portent des branches de saule ; puis tout une armée de prêtres, transportant, sur des brancards ou sous de jolis pavillons, aux toitures dorées, les accessoires, les ornements et le mobilier du temple, que l'on purifie pendant la promenade du cortège.

Enfin apparaît la châsse de Yébis, le dieu de la mer, le pêcheur infatigable, qui passe des journées entières, enveloppé d'un filet, une ligne à la main, debout sur une roche émergeant à demi de l'eau. Elle est portée par cinquante bonzes, nus jusqu'à la ceinture, et ressemble à une maisonnette carrée. Sa toiture, à quatre pans coupés, est revêtue d'argent et d'azur, bordée d'une frange de perles, et surmontée d'un grand oiseau aux ailes ouvertes.

Le dieu Yébis est invisible à l'intérieur de la châsse, hermétiquement close.

Sur un brancard est porté le magnifique poisson consacré à Yébis, l'*akamé*, ou la *femme rouge*, le préféré, d'ailleurs, de tous ceux qui aiment la bonne chère. Trente cavaliers, armés de piques, terminent le cortège.

La procession traverse la ville, suivie de toute la foule qui s'ébranle derrière elle ; elle gagne les faubourgs et, après une assez longue marche, débouche sur le rivage de la mer.

En même temps qu'elle, des milliers d'embarcations arrivent à l'embouchure du Yodogava, qui les pousse doucement vers la mer. Les voiles s'ouvrent, les rames mordent l'eau, les banderoles flottent au vent, tandis que le soleil jette des milliers d'étincelles sur l'azur des vagues remuées.

Fidé-Yori arrive aussi sur la plage, par le chemin qui longe le fleuve ; il arrête son cheval et se tient immobile au milieu de sa suite, assez peu nombreuse d'ailleurs, le régent n'ayant pas voulu écraser par le luxe royal le cortège religieux.

Hiéyas, lui, s'est fait porter en norimono comme la mère, comme l'épouse du siogoun. Il se dit malade.

Cinquante soldats, quelques porteurs d'étendards et deux coureurs forment toute l'escorte.

L'arrivée du jeune prince divise l'attention de la foule, et la procession de Yébis n'est plus seule à attirer les regards. La coiffure royale, une sorte de toqued'or de forme oblongue, posée sur la tête de Fidé-Yori, le fait reconnaître de loin.

Bientôt le cortège religieux vient défiler lentement devant le siogoun. Puis les prêtres qui portent la chàsse quittent la file et s'approchent tout près de la mer.

Alors les pêcheurs, les bateliers du rivage accourent soudain avec des cris, des sauts, des gambades, et se jettent sur ceux qui portent Yébis. Ils simulent une bataille en poussant des clameurs de plus en plus aiguës. Les prêtres feignent de se défendre, mais bientôt la chàsse passe de leurs épaules sur celles des robustes matelots. Ceux-ci, alors, avec des hurlements de joie, entrent dans la mer et promènent longtemps, au-dessus des flots limpides, leur dieu bien-aimé, tandis que des orchestres, portés par les jonques qui sillonnent la mer, font éclater leurs mélodies joyeuses. Enfin les matelots reviennent à terre, au milieu des acclamations de la foule, qui se dissipe bientôt pour retourner en toute hâte à la ville, où bien d'autres divertissements s'offrent encore à elle : spectacles en plein air, ventes de toutes sortes, représentations théâtrales, banquets et libations de saké.

Fidé-Yori quitte la plage à son tour, précédé par les deux coureurs et suivi de son cortège. On s'engage dans une petite vallée fraîche et charmante, et l'on prend un chemin qui, par une pente très douce, conduit au sommet de la colline. Ce chemin est complètement désert. D'ailleurs, depuis la veille, on en a interdit l'accès au peuple.

Fidé-Yori songe au complot, au pont qui doit s'écrouler et le précipiter dans un abîme. Il y a pensé toute la nuit avec angoisse ; mais, sous ce soleil si franchement lumineux, au milieu de cette nature paisible, il ne peut plus croire à la méchanceté humaine. Cependant, le chemin choisi pour revenir au palais est singulier. « On prendra cette route afin d'éviter la foule, » a dit Hiéyas ; mais il n'y avait qu'a interdire une autre voie au peuple, et le roi eût pu rentrer au château sans faire ce bizarre détour.

Fidé-Yori cherche des yeux Nagato. Il ne peut le découvrir. Depuis le matin il l'a fait demander vingt fois. Le prince est introuvable.

Une angoisse douloureuse envahit le jeune siogoun. Il se demande tout à coup pourquoi son cortège est si restreint, pourquoi il n'est précédé que de deux coureurs il regarde derrière lui, et il lui semble que les porteurs de norimonos ralentissent le pas.

On atteint le faîte de la colline, et bientôt le pont de l'Hirondelle apparaît au bout du chemin. En l'apercevant, Fidé-Yori, par un mouvement involontaire, retient son cheval ; un battement précipité agite son cœur. Ce pont frêle est audacieusement jeté d'une colline à l'autre sur le val très profond. La rivière, rapide comme un torrent, bondit sur des roches avec un bruit sourd et continu. Cependant le pont semble comme de coutume s'appuyer fermement sur les roches plates qui se projettent au-dessous de lui.

Les coureurs avancent d'un pas ferme. Si le complot existe, ceux-là ne le connaissent point. Le jeune roi n'ose pas s'arrêter ; il croit entendre encore les paroles de Nagato :

« Marche sans crainte vers le pont. »

Mais la voix suppliante d'Omiti vibre aussi, à son oreille, il se souvient du serment qu'il a prononcé. Le silence de Nagato surtout l'épouvante. Que de choses ont pu entraver le projet du prince ! Entouré d'espions habiles qui surveillent ses moindres actions, il a peut-être été enlevé et mis dans l'impossibilité de correspondre avec le roi. Toutes ces pensées emplissent tumultueusement l'esprit de Fidé-Yori ; la dernière supposition le fait pâlir ; puis, par une de ces bizarreries de la pensée, fréquentes dans les situations extrêmes, il se souvient subitement d'une chanson qu'il chantait lorsqu'il était enfant, pour se familiariser avec les sons principaux de la langue japonaise. Machinalement il la récite :

« — La couleur, le parfum s'évanouissent. Qu'y a-t-il dans ce monde de permanent ? Le jour passé a sombré dans les abîmes du néant. C'était comme le reflet d'un rêve. — Son absence n'a pas causé le plus léger trouble. »

— Voilà ce que j'apprenais étant enfant, se dit le roi, et aujourd'hui je recule et j'hésite devant la possibilité de mourir.

Honteux de sa faiblesse, il rendit les rênes à son cheval.

Mais alors un grand bruit se fit entendre de l'autre côté du pont et, tournant brusquement l'angle du chemin, des chevaux emportés, la crinière éparse, les yeux sanglants, apparurent, traînant après eux un chariot chargé de troncs d'arbres ; ils se précipitèrent vers le pont, et leurs sabots furieux sonnèrent, avec un redoublement de bruit, sur le plancher de bois.

À la vue de ces chevaux, venant vers elle, toute la suite de Fidé-Yori poussa des cris d'épouvante ; les porteurs abandonnèrent les norimonos, les femmes en sortirent terrifiées, et réunissant leur ample robe, s'enfuirent en toute hâte. Les coureurs, qui déjà posaient le pied sur le pont, firent volte-face et Fidé-Yori, instinctivement, se rejeta de côté.

Mais, tout à coup, comme une corde trop tendue qui se rompt, le pont éclata avec un grand fracas ; il ploya d'abord par le milieu, puis releva brusquement ses deux tronçons en envoyant de toutes parts une pluie de débris. L'attelage et le char s'abîmèrent dans la rivière dont l'eau rejaillit en écume jusqu'au faite de la colline. Pendant quelques instants un cheval resta suspendu par ses harnais, se débattant au-dessus du gouffre mais les liens se rompirent et il tomba. La rivière tumultueuse commença à pousser vers la mer les chevaux, les troncs d'arbres flottants et les débris du pont.

— Ô Omiti ! s'écria le roi, immobile d'effroi, tu ne m'avais pas trompé ! Voici donc le sort qui m'était réservé. Sans ton dévouement, douce jeune fille, mon corps brisé serait roulé à cette heure de rocher en rocher.

— Eh bien maître, tu sais ce que tu voulais savoir. Que penses-tu de mon attelage ? s'écria tout à coup une voix près du roi.

Celui-ci se retourna, il était seul, tous ses serviteurs l'avaient abandonné mais il vit une tête surgir de la vallée, il reconnut Nagato qui gravissait rapidement l'âpre côte, et fut bientôt près du roi.

— Ah ! mon ami mon frère ! dit Fidé-Yori, qui ne put retenir ses larmes. Comment ai-je pu inspirer tant de haine ? Quel est le malheureux que ma vie oppresse et qui veut me chasser du monde ?

— Tu désires savoir qui est cet infâme, tu veux le nom du coupable ? dit Nagato les sourcils froncés.

— Le sais-tu, ami ? dis-le-moi.

— Hiéyas !

IV. LA SŒUR DU SOLEIL

C'est l'heure la plus chaude de la journée. Toutes les salles du palais de Kioto sont plongées dans une fraîche obscurité, grâce aux stores baissés et aux paravents déployés devant les fenêtres.

Kioto, c'est la capitale, la ville sacrée, résidence d'un dieu exilé sur la terre, le descendant direct des célestes fondateurs du Japon, le souverain absolu, le pontife de toutes les religions pratiquées dans le royaume du soleil levant, le mikado enfin. Le siogoun n'est que le premier parmi les sujets du mikado ; mais celui-ci, écrasé par sa propre majesté, aveuglé par sa splendeur surhumaine, laisse le soin des affaires terrestres au siogoun, qui règne à sa place, tandis qu'il s'absorbe solitairement dans le sentiment de sa propre sublimité.

Au milieu des parcs du palais, dans un des pavillons destinés aux seigneurs de la cour, une femme est, étendue sur le plancher recouvert de fines nattes elle se soulève sur un coude et plonge ses doigts menus dans les flots noirs de sa chevelure. Non loin d'elle, une suivante, accroupie à terre, joue avec un joli chien d'une race précieuse, qui ressemble à deux houppes emmêlées de soies noires et blanches. Un gotto, instrument de musique à treize cordes, une écritoire, un rouleau de papier, un éventail et un coffret plein de sucreries, sont épars sur le sol, qu'aucun meuble ne masque. Les murs sont revêtus de bois de cèdre, découpé à jour ou couvert de peintures, brillantes rehaussées d'or et d'argent ; des panneaux, à demi tirés, forment des ouvertures par lesquelles on voit d'autres salles et, plus loin, d'autres encore.

— Maîtresse, tu es triste, dit la suivante. Veux-tu que je fasse vibrer les cordes du gotto et que je te chante une chanson pour te désennuyer ?

La maîtresse secoua la tête.

— Quoi reprit la suivante, Fatkoura n'aime plus la musique ? A-t-elle donc oublié qu'elle lui doit de voir la lumière du jour ? Puisque, lorsque la déesse Soleil, courroucée contre les dieux, se retira dans une caverne c'est en lui faisant entendre pour la première fois la divine musique qu'on la ramena dans le ciel !

Fatkoura poussa un soupir et ne répondit rien.

— Veux-tu que je te broie de l'encre ? Voici longtemps que ton papier demeure aussi intact que la neige du mont Fousi. Si tu as une peine, jette-la dans le moule des vers, et tu en seras délivrée.

— Non, Tika, on ne se délivre pas de l'amour, c'est un mal très ardent qui vous mord jour et nuit et ne t'endort jamais.

— L'amour malheureux peut-être ; mais tu es aimée, maîtresse ! dit Tika en se rapprochant.

— Je ne sais quel serpent caché au fond de mon cœur me dit que je ne le suis pas.

— Comment ! dit Tika surprise, n'a-t-Il pas, par mille folies, dé-voilé sa passion profonde n'est-Il pas encore venu ces jours der-niers, au risque de sa vie, car la colère de la Kisaki pouvait lui être funeste, pour t'apercevoir un instant ?

— Oui, et il s'est enfui sans avoir échangé un mot avec moi, Tika ! ajouta Fatkoura, en saisissant nerveusement les poignets de la jeune fille. Il ne m'a même pas regardée.

— C'est impossible ! dit Tika, ne t'a-t-il pas dit qu'il t'aimait ?

— Il me l'a dit, et je l'ai cru, tant je désirais le croire ; mais, main-tenant, je ne le crois plus.

— Pourquoi ?

— Parce que s'il m'aimait, il m'eût épousée depuis longtemps, et emmenée dans ses États.

— Mais l'affection qu'il porte à son maître le retient à la cour d'Osaka !

— C'est ce qu'il dit mais est-ce ainsi que parle l'amour ? Que ne sacrifirai-je pas pour lui ! … hélas ! J'ai soif de sa présence ! son visage si hautain, si doux pourtant, il passe devant mes yeux ; je voudrais le fixer, mais il s'échappe. Ah ! quelques mois heureux passés près de lui, je me tuerais ensuite, m'endormant dans mon amour, et le bonheur passé me serait un doux linceul.

Fatkoura éclata en sanglots et jeta son visage dans ses mains. Tika s'efforça de la consoler elle l'entoura de ses bras et lui dit mille douces paroles, mais ne put réussir à l'apaiser.

Tout à coup, un bruit se fit entendre au fond de l'appartement. Le petit chien se mit à japper dans un ton suraigu.

Tika se releva vivement et bondit hors de la salle, afin d'empêcher tout serviteur d'y pénétrer et d'apercevoir l'émotion de sa maîtresse elle revint bientôt toute joyeuse.

— C'est lui ! c'est lui ! s'écria-t-elle ; il est là, il veut te voir.

— Ne dis pas de folies, Tika, dit Fatkoura en se dressant sur ses pieds.

— Voici son billet de visite.

Et elle tendit un papier à Fatkoura, qui lut d'un seul coup d'œil : « Ivakoura Téroumoto Mori, prince de Nagato, sollicite l'honneur d'être admis en ta présence. »

— Mon miroir ! s'écria-t-elle tout affolée. Je suis horrible ainsi, les yeux gonflés, les cheveux en désordre, vêtue d'une robe sans broderie. Hélas ! au lieu de gémir, j'aurais dû prévoir sa venue et m'occuper de ma toilette depuis l'aurore !

Tika avait apporté le miroir de métal poli, rond comme la pleine lune, et le coffret des fards et des parfums.

Fatkoura prit un pinceau et allongea ses yeux, mais sa main tremblait ; elle appuya trop, puis, voulant réparer le mal, elle ne réussit qu'à se barbouiller tout une joue de noir. Elle crispa alors ses poings de rage et grinça des dents. Tika vint à son secours et enleva les traces de sa maladresse elle lui posa sur la lèvre inférieure un peu de fard vert qui devint rose au contact de la peau. Pour remplacer les sourcils soigneusement arrachés, elle lui fit très haut sur le front deux larges taches noires, destinées à faire paraître l'ovale du visage plus allongé, elle étala sur ses pommettes un peu de poudre rosé, puis enleva lestement tout l'appareil de toilette et jeta sur les épaules de sa maîtresse un kirimon magnifique.

Puis elle sortit en courant de la salle.

Fatkoura, toute frémissante, demeura debout près du gotto jeté à terre, retenant d'une main son manteau lourd d'ornements et fixant avec ardeur son regard vers l'entrée de la chambre.

Enfin, Nagato parut. Il s'avança, posant une main sur la poignée d'or d'un de ses deux sabres, et s'inclinant avec une grâce pleine de noblesse :

— Pardonne-moi, dit-il, belle Fatkoura, d'arriver ici comme un orage qui survient au ciel sans être annoncé par quelques nuages précurseurs.

— Tu es pour moi comme le soleil lorsqu'il se lève sur la mer, dit Fatkoura, et tu es toujours attendu. Tiens, ici même, j'étais occupée à pleurer à cause de toi. Vois, mes yeux sont rouges encore.

— Tes yeux sont comme l'étoile du soir et comme l'étoile du matin, dit le prince. Mais pourquoi noient-ils leurs rayons dans les larmes ? T'aurais-je causé quelque sujet de peine ?

— Tu es là, et j'ai oublié la cause de mon chagrin, dit Fatkoura en souriant ; peut-être pleurais-je parce que tu étais loin de moi.

— Que ne puis-je être toujours ici, s'écria Nagato, avec un tel accent de vérité, que la jeune femme sentit s'évanouir ses craintes, et qu'un éclair de bonheur illumina son visage.

Peut-être, cependant, s'était-elle méprise sur le sens des paroles du prince.

— Viens près de moi, dit-elle, repose-toi sur ces nattes, Tika nous servira du thé et des friandises.

Ne pourrais-je d'abord faire parvenir à la Kisaki une supplique secrète de la plus haute importance ? dit Nagato. J'ai saisi le prétexte de cette missive précieuse à apporter, pour m'éloigner d'Osaka, ajouta-t-il, en voyant une ombre sur le front de Fatkoura.

— La souveraine me tient rigueur depuis ta dernière apparition ; je n'oserais approcher d'elle, ni envoyer vers son palais aucun de mes serviteurs.

— Il faut cependant que cet écrit soit en ses mains dans le plus court délai possible, dit Nagato, avec un imperceptible froncement de sourcil.

— Que faire ? dit Fatkoura, à qui n'avait pas échappé ce léger signe de mécontentement. Veux-tu me suivre chez une de mes illustres amies, la noble Iza-Farou-No-Kami ? Elle est en faveur en ce moment, peut être pourra-t-elle nous servir.

— Allons vers elle sans plus tarder dit le prince.

— Allons, dit Fatkoura avec un soupir.

La jeune femme appela Tika qui se tenait dans la salle voisine et elle lui fit signe de tirer un panneau qui s'ouvrait sur une galerie, longeant extérieurement le pavillon.

— Tu sors, maîtresse dit Tika, faut-il prévenir ta suite ?

— Nous sortons incognito, Tika, pour nous promener dans le verger ; en réalité, ajouta-t-elle un doigt sur les lèvres, nous nous rendons chez la noble Iza-Farou.

La suivante inclina la tête en signe d'intelligence.

Fatkoura mit bravement le pied sur la galerie, mais elle se recula vivement avec un cri.

— C'est une fournaise ! s'écria-t-elle.

Nagato ramassa l'éventail laissé à terre.

— Courage, dit-il, je rafraîchirai l'air près de ton visage.

Tika prit un parasol qu'elle ouvrit au-dessus du front de sa maîtresse et Nagato agita le large éventail. Ils se mirent en route, abrités d'abord par l'avancement de la toiture. Fatkoura marchait la première ; elle touchait de temps en temps, du bout des doigts, la balustrade de cèdre découpée à jour et poussait un petit cri à son contact brûlant. Le joli chien aux poils soyeux, qui s'était cru obligé de se joindre aux promeneurs, suivait à distance, en grommelant, sans doute, des observations sur l'insanité d'une promenade à pareille heure.

Ils tournèrent l'angle de la maison et se trouvèrent du côté de la façade, sur le palier d'un large escalier descendant vers le jardin, entre deux rampes, ornées de boules de cuivre ; une troisième rampe, placée au centre de l'escalier, le séparait en deux.

Malgré l'insupportable chaleur et la grande lumière dont la réverbération sur le sol les aveuglait, Fatkoura et le prince de Nagato feignirent de se promener sans autre but que celui de cueillir quelques fleurs et d'admirer les charmants points de vue qui se découvraient à chaque pas. Bien que les jardins parussent déserts, ils savaient que l'œil de l'espion ne se ferme jamais. Ils s'étaient hâtés de gagner une allée ombreuse et ils atteignirent bientôt un groupe de somptueux pavillons, disséminés parmi les arbres, et reliés les uns aux autres par des galeries couvertes.

— C'est ici, dit Fatkoura qui, loin de regarder du côté des habitations qu'elle désignait, s'était penchée vers un petit étang plein d'une eau si pure qu'elle était presque invisible.

— Regarde ce joli poisson, dit-elle en élevant la voix à dessein, il semble qu'on l'a taillé dans un morceau d'ambre. Et celui-là, qui ressemble à un rubis poudré d'or ; on dirait qu'il est suspendu en l'air, tant l'eau est transparente. Vois, ses nageoires sont comme de la gaze noire et ses yeux comme des boules de feu. Décidément, dans tous le palais, c'est Iza-Farou qui possède les plus beaux poissons.

— Comment ! Fatkoura ! s'écria une voix de femme de l'intérieur d'un pavillon, tu es dehors à une pareille heure ? Est-ce donc parce que tu es veuve que tu prends si peu de soin de ton teint et que tu vas le laisser dévorer par le soleil ?

Un store se releva à demi et Iza-Farou avança au dehors sa jolie tête toute hérissée d'épingles blondes.

— Ah ! dit-elle, le seigneur de Nagato ! Vous ne passerez pas devant ma demeure sans me faire l'honneur d'y entrer, ajouta-t-elle.

— Nous entrerons avec plaisir, en remerciant le hasard qui nous a conduits de ce côté, dit Fatkoura.

Ils gravirent l'escalier du pavillon et s'avancèrent au milieu des fleurs qui emplissaient la galerie.

Iza-Farou vint au-devant d'eux.

— Qu'as-tu à me dire ? demanda-t-elle à demi voix à son amie, tout en saluant gracieusement le prince.

— J'ai besoin de toi, dit Fatkoura ; tu sais que je suis en disgrâce.

— Je le sais, est-ce ta grâce qu'il faut que j'implore ? mais puis-je assurer à la souveraine que tu ne retomberas plus dans la faute qui l'a si fort irritée ? dit Iza-Farou, en jetant un malicieux regard à Nagato.

— Je suis le seul coupable, dit le prince en souriant ; Fatkoura n'est pas responsable des actions d'un fou tel que moi.

— Prince ! je la crois fière d'être la cause de ce que tu appelles des folies, et bien des femmes la jalousent.

— Ne me raillez pas, dit Nagato je suis assez puni d'avoir attiré sur la noble Fatkoura le courroux de la souveraine.

— Mais il ne s'agit pas de cela, s'écria Fatkoura. Le seigneur de Nagato est porteur d'un message important qu'il voudrait faire parvenir secrètement à la Kisaki ; il s'est d'abord adressé à moi ; mais comme je ne peux approcher la reine en ce moment, j'ai songé à ta bienveillante amitié.

— Confie-moi ce message, dit Iza-Farou en se tournant vers le prince ; dans quelques instants, il sera entre les mains de notre illustre maîtresse.

– Tu me vois confus de reconnaissance, dit Nagato, en prenant sur sa poitrine une enveloppe de satin blanc dans laquelle était enfermée la missive.

— Attendez-moi ici, je reviendrai bientôt.

Iza-Farou prit la lettre et fit entrer ses hôtes dans une salle fraîche et obscure où elle les laissa seuls.

— Ces pavillons communiquent avec le palais de la Kisaki, dit Fatkoura, ma noble amie peut se rendre chez la souveraine sans être vue. Fassent les dieux que la messagère rapporte une réponse favorable et que je voie s'effacer le nuage qui obscurcit ton front.

Le prince paraissait, en effet, absorbé et soucieux ; il mordillait le bout de l'éventail en allant et venant dans la salle. Fatkoura le suivait des yeux et, malgré elle, son cœur se serrait ; elle sentait revenir l'angoisse affreuse qui lui avait arraché des larmes quelques instants auparavant, et que la présence du bien-aimé avait subitement calmée.

— Il ne m'aime pas, murmurait-elle avec désespoir ; quand ses yeux se tournent vers moi, ils m'épouvantent par leur expression glaciale et presque méprisante.

Nagato semblait avoir oublié la présence de la jeune femme ; il s'était appuyé contre un panneau à demi tiré, et paraissait savourer un rêve à la fois doux et poignant. Le frémissement d'une robe, froissant les nattes qui couvraient le plancher, le tira de sa rêverie Iza-Farou revenait ; elle paraissait se hâter et apparut bientôt au tournant de la galerie ; deux jeunes garçons, magnifiquement vêtus, la suivaient.

— Voici les paroles de la divine Kisaki, dit-elle lorsqu'elle fut près de Nagato : « Que le suppliant vienne lui-même solliciter ce qu'il désire. »

À ces mots Nagato devint d'une telle pâleur, qu'Iza-Farou, effrayée, croyant qu'il allait s'évanouir, se précipita vers lui pour l'empêcher de tomber.

— Prince, s'écria-t-elle, remets-toi ; une telle faveur est en effet capable de causer une vive émotion, mais n'es-tu pas habitué à tous les honneurs ?

— C'est impossible murmura Nagato, d'une voix à peine distincte, je ne peux paraître devant elle.

— Comment, dit Iza-Farou, veux-tu donc désobéir à son ordre ?

— Je ne suis pas en costume de cour, dit le prince

— Elle te dispense pour cette fois du cérémonial, la réception étant secrète. Ne la fais pas attendre plus longtemps.

— Partons, conduis-moi, s'écria tout à coup Nagato qui sembla dompter son émotion.

— Ces deux pages te guideront, dit Iza-Farou.

Nagato s'éloigna rapidement, précédé des deux serviteurs de la Kisaki, mais il put entendre encore un cri étouffé qui s'échappa des lèvres de Fatkoura.

Après avoir marché quelque temps et traversé, sans les voir, des galeries et des salles du palais, Nagato arriva devant un grand rideau de satin blanc brodé d'or, dont les larges plis aux cassures brillantes, argentés dans la lumière, couleur de plomb dans la pénombre, s'amassaient abondamment sur le sol.

Les pages écartèrent cette draperie le prince s'avança, et les flots frissonnants du satin retombèrent derrière lui.

Les murailles de la salle, où il entra, brillaient sourdement dans le demi-jour ; elles jetaient des éclats d'or, des blancheurs de perles, des reflets pourpres ; un parfum exquis flottait dans l'air. Au fond de la chambre, sous les rideaux relevés par des cordons d'or, la radieuse souveraine était assise, entourée des ondoiements soyeux de ses robes rouges les trois lames d'or, insigne de la toute-puissance, se dressaient sur son front. Le prince l'embrassa d'un regard involontaire, puis, baissant les yeux comme s'il avait regardé le soleil de midi, il s'avança jusqu'au milieu de la chambre, et se jeta à genoux, puis, lentement, il s'affaissa la face contre terre.

— Ivakoura, dit la Kisaki, après un long silence, ce que tu me demandes est grave : je veux quelques explications de ta bouche avant de faire parvenir ta requête au sublime maître du monde, au fils des dieux, mon époux.

Le prince se releva à demi et essaya de parler mais il ne put y réussir ; il croyait que sa poitrine allait se briser sous les battements de son cœur ; la parole expira sur ses lèvres et il demeura, les yeux baissés, pâle comme un mourant.

— Est-ce donc parce que tu me crois irritée contre toi que tu es si fort effrayé ? dit la reine, après avoir un instant considéré le prince avec surprise. Je puis te pardonner, car ton crime est léger, en somme. Tu aimes une de mes filles, voilà tout.

— Non, je ne l'aime pas s'écria Nagato qui, comme s'il eût perdu l'esprit, leva les yeux sur sa souveraine.

— Que m'importe ! dit la Kisaki d'une voix brève.

Une seconde leurs regards se heurtèrent ; mais Nagato ferma ses yeux coupables, et, frissonnant de son audace, attendit le châtiment.

Mais, après un silence, la Kisaki reprit d'une voix tranquille :

— Ta lettre me révèle un secret terrible, et si ce que tu supposes est véritable, la paix du royaume peut être profondément troublée.

— C'est pourquoi, divine sœur du soleil, j'ai eu l'audace de solliciter ton intercession toute-puissante, dit le prince, sans pouvoir maîtriser complètement les frémissements de sa voix. Si tu accèdes à ma prière, si j'obtiens ce que je demande, de grands malheurs peuvent être prévenus.

— Tu le sais, Ivakoura, le céleste mikado est favorable à Hiéyas ; voudra-t-il croire à ce crime dont tu accuses son protégé, et cette accusation, jusqu'à présent secrète, voudras-tu la soutenir publiquement ?

— Je la soutiendrai en face d'Hiéyas lui-même, dit Nagato avec fermeté ; il est l'auteur de l'odieux complot qui a failli coûter la vie à mon jeune maître.

— Cette affirmation mettra ta vie en danger. As-tu songé à cela ?

— Ma vie est peu de chose, dit le prince. D'ailleurs, le seul fait de mon dévouement à Fidé-Yori suffit pour m'attirer la haine du régent. J'ai failli être assassiné par des gens postés par lui, il y a quelques jours en quittant Kioto.

— Quoi prince ! est-ce bien possible ? dit la Kisaki.

— Je ne parle de ce fait sans importance, continua Nagato, que pour te montrer que le crime est familier à cet homme et qu'il veut se défaire de ceux qui entravent son ambition.

— Mais comment as-tu échappé aux meurtriers ? demanda la reine qui semblait prendre un vif intérêt à cette aventure.

— La lame bien affilée de mon sabre et la force de mon bras ont sauvé ma vie. Mais se peut-il que tu arrêtes ta sublime pensée sur un incident aussi futile ?

— Les assassins étaient-ils nombreux ? reprit-elle curieuse.

— Dix ou douze peut-être, j'en ai tué quelques-uns, puis j'ai lancé mon cheval, qui a bientôt mis une distance suffisante entre eux et moi.

— Quoi ! dit la Kisaki rêveuse, cet homme qui a la confiance de mon divin époux est ainsi perfide et féroce. Je partage tes craintes, Ivakoura, et de tristes pressentiments m'envahissent, mais saurai-je persuader au mikado que vos prévisions ne sont point vaines. Je l'essayerai du moins pour le bien de mon peuple et pour le salut du royaume. Va, prince, sois à la réception de ce soir ; j'aurai vu le maître du monde.

Le prince, après s'être prosterné, se releva, et, le front incliné vers le sol, s'éloigna à reculons ; il atteignit le rideau de satin. Une fois encore, malgré sa volonté, il leva les yeux sur la souveraine qui l'accompagnait du regard. Mais la draperie retomba et l'adorable vision disparut.

Les pages conduisirent Ivakoura dans un des palais, réservés aux princes souverains, de passage à Kioto. Heureux d'être seul, il s'étendit sur des coussins, et tout ému encore, se plongea dans une rêverie délicieuse.

— Ah murmurait-il, quelle joie étrange m'enveloppe ! je suis ivre. C'est peut-être d'avoir respiré l'air qui l'environnait ? Ah ! terrible folie, désir sans espoir qui me fait si doucement souffrir, combien ne vas-tu pas t'accroître à la suite de cette entrevue inespérée ! Déjà je m'enfuyais d'Osaka, éperdu, pareil à un plongeur à qui l'air va manquer, et je venais ici contempler les palais qui la dérobent aux regarda, ou quelquefois l'apercevoir de loin, accoudée à une galerie ou traversant, au milieu de ses femmes, une allée de jardin, et j'emportais alors une provision de bonheur. Mais maintenant j'ai respiré le parfum qui émane d'elle, sa voix a caressé mon oreille, j'ai entendu mon nom vibrer sur ses lèvres. Saurai-je me contenter de ce qui naguère emplissait ma vie ? Je suis perdu, mon existence est brisée par cet amour impossible, et cependant je suis heureux. Tout à l'heure je vais la revoir encore, non plus dans la contrainte d'une audience politique, mais pouvant tout à mon aise m'éblouir de sa beauté. Aurai-je la force de cacher mon trouble et mon criminel amour ? Oui, divine souveraine devant toi seule mon âme orgueilleuse a pu se prosterner et mon rêve monte vers toi comme la brume vers le soleil. Déesse, je t'adore avec épouvante et respect ; mais, hélas ! je t'aime aussi avec une folle tendresse comme si tu n'étais qu'une femme !

V. LES CAVALIERS DU CIEL

La nuit est venue. Une fraîcheur délicieuse succède à la chaleur du jour et les fleurs des parterres, mouillées de rosée, jettent leur parfum.

Les galeries qui précèdent les salles du palais, dans lesquelles ont lieu les divertissements de la soirée, sont illuminées et couvertes de conviés, qui respirent avec délices l'air du soir. Le prince de Nagato gravit l'escalier d'honneur, bordé de chaque côté par une rampe vivante de jolis pages, qui tous tiennent à la main une tige dorée à l'extrémité de laquelle oscille une lanterne ronde. Le prince traverse les galeries lentement, à cause de la foule ; il s'incline lorsqu'il rencontre un haut dignitaire de la cour, salue d'une phrase aimable les princes ses égaux et se rapproche de la salle du trône.

Cette salle resplendit sous les mille feux des lanternes et des lampes. Un brouhaha joyeux l'emplit ainsi que les appartements voisins que l'on aperçoit à travers le large écartement des panneaux.

Les dames d'honneur chuchotent entre elles et leur voix se confond avec le léger frisson de leurs robes, dont elles disposent les plis abondants. Assises à droite et à gauche de l'estrade royale, ces princesses forment des groupes ; chaque groupe a son grade hiérarchique et ses couleurs spéciales. Dans l'un les femmes sont vêtues de robes bleu clair, ramage d'argent, dans un autre de robes vertes, lilas ou jaune pâle.

Au sommet de l'estrade, couverte de moelleux tapis, la Kisaki resplendit au milieu des flots de satin, de gaze, de brocart d'argent qui forment ses amples robes rouges ou blanches, parmi lesquelles ruissellent des pierreries. Les trois lames verticales qui surmontent son diadème semblent, au dessus de son front, trois rayons d'or.

Quelques princesses ont gravi les degrés du trône, et, agenouillées sur la plus haute marche, s'entretiennent gaiement avec la souveraine ; celle-ci laisse échapper quelquefois un rire léger qui va scandaliser quelque vieux prince silencieux, fidèle gardien des règles de l'étiquette. Mais la souveraine est si jeune, elle n'a pas vingt ans, qu'on lui pardonne aisément de ne pas toujours sentir sur son front le poids de la couronne, et à son rire la joie éclate de toutes parts comme les chants des oiseaux aux premiers rayons du soleil.

— Les dieux supérieurs soient loués ! dit à demi voix une princesse à ses compagnes, le souci qui attristait notre souveraine s'est enfin dissipé : elle est plus joyeuse ce soir que jamais.

— Est-elle d'humeur clémente ! dit une autre. Voici Fatkoura rentrée en grâce. Elle gravit les degrés du trône. La Kisaki l'a fait appeler.

En effet, Fatkoura était debout sur la dernière marche de l'estrade royale ; mais l'expression morne de ses traits, la fixité, l'égarement de son regard contrastaient vivement avec l'expression enjouée et sereine, empreinte sur tous les visages. Elle remercia la Kisaki de lui avoir rendu ses faveurs ; mais elle le fit d'une voix si lugubre et si étrangement troublée, que la jeune reine tressaillit et leva les yeux sur son ancienne favorite.

— Es-tu malade ? dit-elle, surprise de l'altération des traits de la jeune femme.

— La joie d'être pardonnée, peut-être, balbutia Fatkoura.

— Je te dispense de rester à la fête, si tu souffres.

— Merci, dit Fatkoura, qui, après s'être inclinée profondément, s'éloigna et se perdit dans la foule.

Les sons d'un orchestre caché éclatent bientôt et les divertissements commencent.

Un rideau se lève sur la paroi faisant face au trône et découvre un charmant paysage.

Le mont Fousi s'élève au fond, laissant voir, au-dessus d'une collerette de nuages sa cime poudrée de neige ; la mer, d'un bleu profond, piquée de quelques voiles blanches, se déroule au pied des montagnes ; un chemin ondule au premier plan, entre les arbres et les bosquets fleuris.

Voici un jeune homme qui s'avance il baisse la tête, il semble fatigué et triste. L'orchestre se tait. Le jeune homme élève la voix ; il raconte comment le malheur l'a poursuivi ; sa mère est morte de chagrin en voyant les champs, cultivés par son époux, devenir de plus en plus stériles ; il a suivi le cercueil de sa mère en pleurant, puis s'est tué de travail pour soutenir son vieux père ; mais le père est mort a son tour, laissant le fils dans un tel dénûment, qu'il n'avait pas l'argent nécessaire pour le faire enterrer ; alors il s'est vendu lui-même comme esclave et a pu, avec le prix de sa liberté, rendre les derniers devoirs à son père ; maintenant il se rend chez son maître pour y remplir les conditions du contrat. Il va s'éloigner, lorsqu'une femme d'une grande beauté apparaît, sur le chemin. Le jeune homme la contemple avec admiration.

— Je veux te demander une grâce, dit la femme ; je suis seule et abandonnée, accepte-moi pour ton épouse, je te serai dévouée et fidèle.

— Hélas ! dit le jenne homme, je ne possède rien, et mon corps même ne m'appartient pas. Je me suis vendu à un maître chez lequel je me rends.

Je suis habile dans l'art de tisser la soie, dit l'inconnue ; emmène-moi chez ton maître, je saurai me rendre utile.

— J'y consens de tout mon cœur, dit le jeune homme ; mais, comment se fait-il qu'une femme, belle comme tu l'es, veuille prendre pour époux un pauvre homme comme moi ?

— La beauté n'est rien auprès des qualités du cœur, dit la femme.

La seconde partie, montre les deux époux, travaillant dans les jardins de leur maître : l'homme cultive les fleurs, la femme brode une merveilleuse étoffe qu'elle a tissée. Le maître se promène, surveillant les esclaves ; il s'approche de la jeune femme et regarde son travail.

— Oh ! la splendide étoffe ! s'écria-t-il, elle est d'un prix inestimable.

— Je voulais te l'offrir en échange de notre liberté.

Le maître consent au marché et les laisse partir.

Alors l'époux se jette aux pieds de l'épouse il la remercie avec effusion de l'avoir ainsi délivré de l'esclavage. Mais la femme se transforme : elle devient tellement brillante que le jeune homme, ébloui, ne peut plus la regarder.

— Je suis la tisseuse céleste, dit-elle ; ton courage au travail et ta piété filiale m'ont touchée, et, te voyant malheureux, je suis descendue du ciel pour te secourir. Tout ce que tu entreprendras désormais réussira si tu ne quittes jamais le chemin de la vertu.

Cela dit, la divine tisseuse monte au ciel et va reprendre sa place dans la maison des vers à soie.[1]

L'orchestre, alors, joue un air de danse. Le rideau se baisse et se relève bientôt. Il laisse voir le jardin d'une pagode avec ses bosquets de bambous, ces édifices légers, aux toitures vastes, soutenues par un enchevêtrement de poutres de toutes couleurs. Alors des scènes de pantomime se succèdent sans se lier entre elles. Les légendes religieuses ou guerrières sont mises en scène ; des héros fabuleux, des personnages symboliques se montrent dans le costume des temps anciens, les uns coiffés de la mitre en forme d'œuf, vêtus de la tunique à longues manches ouvertes, d'autres ayant sur la tête le casque antique sans cimier, avec ses ornements d'or qui protègent la nuque, ou portant une coiffure fantastique, large, haute, qui a la forme d'une pyramide d'or et est toute garnie de franges et de grelots ; ces personnages tiennent à la main des branches, des sabres, des miroirs et toutes sortes d'objets emblématiques. Mais souvent le sens du symbole est oublié, personne ne le comprend plus ; il a traversé les âges sans rien perdre de son aspect, mais il est comme un coffre fermé dont la clef est perdue.

Voici le héros qui tua un dragon terrible, installé, pendant de longues années, dans le palais même des mikados.

Voici Zangou, la royale guerrière, qui conquit la Corée ; Yatzizoné l'invincible, qui a pour bouclier son éventail ; le prince illustre qui devint aveugle à force de pleurer la mort de sa bien-aimée, tous passent en représentant l'événement principal de leur vie.

Puis la scène se vide et, après un prélude de l'orchestre, des danseuses, jeunes et charmantes, paraissent, vêtues de costumes res-

---

1 La constellation du Scorpion.

plendissants, ayant aux épaules des ailes d'oiseaux ou de papillons et, sur le front, de longues antennes qui tremblent doucement au-dessus de leur couronne d'or, découpée à jour ; elles exécutent une danse lente, molle, pleine d'ondulations et de balancements, puis, leur pas terminé, elles forment des groupes des deux côtés de la scène, tandis que des danseurs comiques, affublés de faux nez et de costumes extravagants, font leur entrée et terminent le spectacle par une danse échevelée où abondent les coups et les chutes.

Depuis le commencement de la représentation le prince de Nagato s'était adossé à une muraille, près du théâtre, et, à demi caché dans les plis d'une draperie, tandis que tous les regards étaient fixés sur la scène, il contemplait éperdument la souveraine, souriante et radieuse.

Il sembla que la reine sentit peser sur elle ce regard ardent et tenace, car, une fois, elle tourna la tête et arrêta ses yeux sur le prince.

Celui-ci ne baissa pas les paupières, un charme tout puissant l'en empêcha : ce regard, descendant vers lui comme un rayon de soleil, le brûlait. Un instant il se crut fou ; il lui sembla que la Kisaki, imperceptiblement, lui souriait. Elle baissa aussitôt les yeux et regarda attentivement les fleurs brodées sur sa manche, puis, relevant la tête, elle parut suivre attentivement le cours de la représentation.

Lorsque le rideau se baissa pour la dernière fois, au milieu du brouhaha des conversations, reprenant après un long silence, lorsque l'agitation succéda à l'immobilité, une femme s'arrêta devant Nagato.

— Je sais ton secret, prince, lui dit-elle d'une voix basse, mais pleine de menaces.

— Que veux-tu dire ? s'écria Nagato. Je ne te comprends pas, Fatkoura.

— Tu me comprends très bien, reprit Fatkoura en le regardant fixement, et tu as raison de pâlir, car ta vie est entre mes mains.

— Ma vie, murmura le prince, je bénirai celui qui m'en délivrera.

La jeune femme s'était éloignée, mais un grand mouvement se produisait du coté de la reine, toutes les dames d'honneur s'étaient levées et le silence se rétablissait dans l'assistance.

La Kisaki descendait les degrés de son trône. Elle s'avança lentement dans la salle, traînant derrière elle des flots de satin. Les princesses, par groupes, selon leur grade, la suivirent à distance, s'arrêtant lorsqu'elle s'arrêtait. Tous les assistants s'inclinaient profondément sur son passage ; elle disait quelques mots à un daïmio illustre ou à une femme de haute naissance, puis continuait son chemin elle arriva ainsi devant le prince de Nagato.

— Ivakoura, dit-elle, en tirant de son sein une lettre scellée et enveloppée dans un morceau de satin vert, remets de ma part ce papier à la mère du siogoun. Et elle ajouta plus bas : C'est ce que tu as demandé. Le mikado ordonne que tu ne te serves de cet écrit que lorsque tu seras certain que Hiéyas veut se parjurer.

— Tes ordres seront fidèlement exécutés, dit Nagato, qui prit la lettre en tremblant. Cette nuit même, je retournerai à Osaka.

— Que ton voyage soit heureux ! dit la Kisaki d'une voix étrangement douce.

Puis elle passa ; le prince entendit encore un instant le susurrement de ses robes frôlant les tapis.

Une heure plus tard, Nagato quittait le daïri et se mettait en route.

Il fut obligé, en traversant la ville, de maintenir son cheval au pas pour ne pas culbuter la foule joyeuse qui encombrait les rues.

D'énormes lanternes en verre, en papier, en gaze ou en soie, brillaient de tous côtés ; leurs lueurs multicolores envoyaient d'étranges reflets sur les visages des promeneurs qui, à mesure qu'ils se déplaçaient, paraissaient roses, bleus, lilas ou verts. Le cheval s'effrayait un peu de l'assourdissant tapage qui régnait dans Kioto. C'étaient les éclats de rire des femmes, arrêtées devant un théâtre de marionnettes ; le tambourin ronflant sans relâche et accompagnant les tours prodigieux d'une troupe d'équilibristes ; les cris d'une dispute qui dégénérait en bataille, le timbre d'argent frappé par le destin, répondant à un sorcier qui prédisait l'avenir à un cercle attentif ; les chants aigus des prêtres d'Odjigongem, exécutant une danse sacrée dans le jardin d'une pagode ; puis les clameurs de tout une armée de mendiants, les uns montés sur des échasses, les autres accoutrés de costumes historiques ou ayant pour chapeau un vase dans lequel s'épanouit un arbuste en fleur.

Là, des frères quêteurs, vêtus de rouge, la tête entièrement rasée, gonflent leurs joues et tirent, de sifflets d'argent, des sons dont l'acuité perce le tumulte et déchire les oreilles ; des prêtresses, du culte national, passent en chantant et agitent un goupillon de papier blanc, symbole de pureté ; une dizaine de jeunes bonzes, jouant de toutes sortes d'instruments, tendent l'oreille et s'efforcent de s'entendre les uns les autres, afin de ne pas perdre la mesure de la mélodie qu'ils exécutent, en dépit du charivari général, tandis que, plus loin, un charmeur de tortue heurte un tam-tam à coups précipités et que des aveugles, assis à l'entrée d'un temple, cognent à tour de bras sur des cloches, hérissées de pustules de bronze.

De temps à autre, des seigneurs de la cour du mikado fendaient la foule ; ils se rendaient incognito au théâtre, ou à une des maisons de thé qui demeurent ouvertes toute la nuit, et dans lesquelles, dé-livrés des rigueurs de l'étiquette, ils pouvaient boire et se réjouir tout à leur aise.

Nagato, lui aussi, voyageait incognito et seul ; il n'avait pas même un coureur pour écarter la foule devant lui. Il parvint pourtant à sortir de la ville sans avoir blessé personne. Alors il rendit les rênes à son cheval impatient, qui galopa bientôt dans une magnifique avenue de sycomores, bordée de pagodes, de temples, de chapelles que le prince voyait filer à droite et à gauche et qui lui jetaient aux oreilles un lambeau de prière ou de chant sacré. Une fois Ivakoura se retourna et regarda longtemps en arrière ; il avait aperçu, à tra-vers les branches, le tombeau de Taïko-Sama, le père de Fidé-Yori ; il songeait que les cendres de ce grand homme devaient tressaillir de joie, tandis que passait près d'elles celui qui allait porter le salut à son fils. Il dépassa les faubourgs et gravit une petite côte.

Il jeta alors un dernier regard sur cette ville si chère à son cœur. Elle était enveloppée d'une brume lumineuse, rousse au milieu des lueurs bleues, que la lune jetait sur les montagnes qui l'environnent. Sur les pentes, entre les arbres, quelques toits de pagodes brillaient comme des miroirs. Le chrysanthème doré, qui surmonte la porte du Daïri, avait accroché un rayon et semblait une étoile suspendue au-dessus de la ville. Mais tout disparut derrière le pli du terrain ; la dernière rumeur de Kioto s'éteignit.

Le prince poussa un soupir, puis, excitant son cheval, il s'élança comme une flèche à travers la campagne.

Il dépassa plusieurs villages, groupés au bord du chemin, et, au bout d'une heure, il atteignait Yodo. Il traversa la ville sans ralentir sa course et passa devant un château, dont les hautes tours étaient pleinement éclairées par la lune et dont l'eau des fossés luisait.

Ce château appartenait à Yodogimi, la mère du siogoun ; il était habité alors par un favori de cette princesse, le général Harounaga.

— J'ai peu de confiance dans la valeur du beau guerrier qui dort derrière ces remparts, murmura le prince, en jetant un coup d'œil au château silencieux.

Un instant plus tard il galopait à travers un champ de riz.

De tous côtés la lune se mirait dans des mares d'eau, desquelles s'élevaient les minces épis. La rizière ressemblait à un vaste étang ; de fines brumes blanches flottaient çà et là par nappe, tout près du sol, et quelques grands buffles noirs, couchés moitié dans l'eau, dormaient paisiblement.

Nagato ralentit l'allure de son cheval qui haletait ; bientôt il lui jeta la bride sur le cou, et, baissant la tête, il se plongea, de nouveau dans sa tyrannique rêverie. Le cheval se mit au pas, et le prince, absorbé, le laissa marcher à sa guise.

Nagato revoyait les salles brillantes du palais et la souveraine s'avançant vers lui ; il croyait entendre encore le frisson des étoffes autour d'elle.

— Ah ! s'écria-t-il tout à coup, cette lettre qui a effleuré son sein, elle s'appuie sur mon cœur à présent et me brûle.

Il tira vivement la lettre de sa poitrine.

— Hélas il faudra me séparer de cette relique inestimable, murmura-t-il.

Soudain il y appuya ses lèvres. Le contact de cette douce étoffe, le parfum connu qui en émanait firent courir un frisson ardent dans les veines du prince. Il ferma les yeux, envahi par une délicieuse langueur.

Un hennissement inquiet de son cheval le tira de son extase.

Il replongea la missive royale dans son sein et regarda autour de lui. À une cinquantaine de pas en avant, un groupe d'arbres jetait son ombre en travers de la route. Nagato crut voir quelque chose remuer dans cette ombre. Il saisit la pique, attachée à sa selle, et poussa son cheval qui bronchait et n'avançait qu'à regret.

Bientôt le prince n'eut plus de doutes : des hommes armés l'attendaient là au passage.

— Comment, encore ! s'écria-t-il. Le régent tient décidément beaucoup à se débarrasser de moi.

— Cette fois, il ne te manquera pas, répondit l'un des assassina en lançant son cheval vers le prince.

— Tu ne me tiens pas encore, dit Nagato en faisant faire un écart à sa monture.

Son adversaire, emporté par l'élan, passa près de lui sans l'atteindre.

— Fou que je suis, murmurait le prince, d'exposer ainsi ce précieux message aux hasards de ma fortune.

Les sabres nus brillaient autour de lui ; les assaillants étaient si nombreux qu'ils ne pouvaient approcher tous à la fois de celui qu'ils attaquaient.

Nagato était le plus habile tireur de tout le royaume, il était plein de force, de sang-froid et d'audace. Faisant tournoyer sa pique il rompit quelques glaives autour de lui dont les éclats tombèrent au milieu d'une pluie de sang ; puis, par de brusques sauts qu'il fit faire à son cheval, il échappa un instant aux coups qu'on lui destinait.

— Je puis bien me défendre quelques minutes encore, pensait-il, mais je suis évidemment perdu.

Un buffle, réveillé, poussa un long et triste mugissement, puis on n'entendit plus que le cliquetis du fer et les piétinements des chevaux.

Mais, tout à coup, une voix éclata dans la nuit.

— Courage, prince ! criait-elle, nous venons à votre aide !

Nagato était couvert de sang, mais il luttait encore. Cette voix lui rendit de nouvelles forces, tandis qu'elle paralysait les assassins qui échangeaient des regards inquiets.

Un galop précipité retentit, et, avant qu'ils aient pu se reconnaître, un gros de cavaliers fondait sur les agresseurs du prince.

Nagato, épuisé, se retira un peu à l'écart et regarda avec surprise, sans bien comprendre se qui se passait, ces défenseurs arrivés si à propos.

Ces hommes étaient charmants à la lueur de la lune qui éclairait les riches broderies de leur robe et arrachait des éclairs bleus à leur casque léger, aux ornements découpés à jour.

Le prince reconnut le costume des Cavaliers du Ciel, la garde d'honneur du mikado.

Bientôt, des assassins postés par le régent, il ne reste plus que des morts. Les vainqueurs essuyent leurs armes, et le chef de la troupe s'approche de Nagato.

— Es-tu blessé gravement, prince ? lui demanda-t-il.

— Je ne sais, répondit Nagato : dans l'ardeur du combat, je n'ai rien senti.

— Mais ton visage est inondé de sang.

— C'est vrai, dit le prince en portant sa main à sa joue.

— Veux-tu descendre de cheval ?

— Non, je craindrais de n'y plus pouvoir remonter. Mais ne parlons plus de moi ; laisse-moi te remercier de ton intervention miraculeuse qui me sauve la vie et te demander par quelle suite de circonstance vous étiez a cette heure sur cette route.

— Je te dirai cela tout à l'heure, dit le cavalier ; mais pas avant d'avoir pansé cette blessure qui va laisser fuir tout ton sang.

On alla prendre de l'eau à une mare voisine et on en baigna le visage du prince : une entaille assez profonde apparut sur le front près de la tempe. On ne put provisoirement qu'entourer le front d'un bandeau serré.

— Tu as d'autres blessures, n'est-ce pas ?

— Je le crois, mais je me sens la force de gagner Osaka.

— Eh bien en route ! dit le cavalier, nous causerons, tout en marchant.

La petite troupe se mit en marche.

— Vous m'escortez donc ? fit Nagato.

— Nous avons ordre de ne point te quitter, prince, mais l'accomplissement de ce devoir est pour nous un plaisir.

— Me feras-tu l'honneur de m'apprendre ton nom glorieux ? dit Nagato en s'inclinant.

— Tu me connais, Nagato, je suis Farou-So-Chan, seigneur de Tsusima.

— L'époux de la belle Iza-Farou que j'ai eu la gloire de voir aujourd'hui même ! s'écria Nagato. Pardonne-moi, j'aurais dû te reconnaitre aux coups terribles que tu portais à mes agresseurs, mais j'étais aveuglé par le sang.

— Je suis fier et heureux d'avoir été choisi pour te seconder, et prévenir les suites fâcheuses qu'aurait pu occasionner ton insouciante audace.

— J'ai agi, en effet, avec une impardonnable légèreté, dit Nagato ; j'avais le droit de risquer ma vie, mais non d'exposer le précieux message dont je suis porteur.

— Laisse-moi te dire, cher prince, que l'enveloppe que tu portes ne contient qu'un papier blanc.

— Est-ce possible ? s'écria Nagato, se serait-on joué de moi ? En ce cas, je ne pourrai survivre à cet affront.

— Calme-toi, ami, dit le prince de Tsusima, et écoute-moi : après la fête de ce soir, aussitôt qu'elle fut rentrée dans ses appartements, la divine Kisaki m'a fait appeler : « Farou, m'a-t-elle dit, le prince de Nagato quitte Kioto cette nuit ; je sais qu'on en veut à ses jours, et qu'il peut tomber dans une embuscade. Aussi, au lieu du message qu'il croit porter, je ne lui ai donné qu'une enveloppe vide ; la véritable lettre est ici, ajouta-t-elle, en me montrant une petite cassette. Prends cinquante hommes avec toi et suivez le prince à distance ; s'il est attaqué, portez-vous à son secours ; sinon, rejoignez-le à la porte d'Osaka et remets-lui cette cassette, en lui laissant ignorer que vous l'avez escorté. » Voici, prince ; seulement tu possèdes des chevaux incomparables, et nous avons manqué arriver trop tard à ton aide.

Nagato fut profondément troublé par cette révélation ; il se souvenait avec quelle douceur la souveraine lui avait souhaité un heureux voyage et ne pouvait se défendre de voir une marque d'intérêt pour sa vie dans ce qui s'était passé. Et puis il songeait qu'il allait pouvoir conserver ce trésor, cette lettre qu'elle avait gardée pendant tout une soirée sur son cœur.

Le reste du voyage fut silencieux La fièvre avait saisi Nagato, la fraîcheur de l'aube prochaine le faisait frissonner, et il commençait se sentir affaibli par la perte de son sang.

Lorsqu'on atteignit les portes d'Osaka, le jour se levait.

Tsusima prit dans l'arçon de sa selle une petite cassette de cristal, fermée par un cordon de soie savamment noué.

— Voici, prince, dit-il la lettre précieuse est enfermée dans cette boîte. Au revoir. Puissent tes blessures se guérir promptement !

— Au revoir, dit Nagato merci encore d'avoir risqué ta précieuse vie pour la mienne qui vaut peu de chose.

Après avoir salué toute la petite troupe des cavaliers, Nagato s'enfonça sous une des portes de la ville et, piquant son cheval, il eut bientôt gagné le palais.

Lorsque Loo vit arriver son maître, pâle comme un fantôme et couvert de sang, il tomba à genoux et demeura stupide d'étonnement.

— Allons, lui dit le prince, ferme ta bouche stupéfaite et relève-toi ; je ne suis pas encore mort. Appelle mes serviteurs et cours chercher le médecin.

VI. LA CONFRÉRIE DES AVEUGLES

Quelques heures plus tard, des courtisans étaient groupés sous la vérandah du palais de Hiéyas ; ils voulaient être les premiers à saluer le véritable maître et attendaient son réveil. Les uns, adossés aux colonnettes en bois de cèdre qui supportaient la toiture, les autres fièrement campés, une main sur la hanche, froissant les plis soyeux de leur tunique large, ils prêtaient l'oreille à l'un d'entre eux qui racontait une anecdote, sans doute fort intéressante, car elle était écoutée attentivement et les auditeurs laissaient parfois échapper un éclat de rire aussitôt étouffé par respect pour le sommeil de l'illustre dormeur.

Le narrateur était le prince de Toza, et le prince de Nagato le héros de l'aventure qu'il contait.

— Hier, disait-il, le soleil allait se coucher, lorsque j'entendis du bruit à la porte de mon palais ; je m'approchai d'une fenêtre et je vis mes serviteurs qui se disputaient avec une troupe d'aveugles. Ceux-ci voulaient entrer à toute force et parlaient tous à la fois en frappant les dalles de leurs bâtons ; les valets criaient pour les faire sortir et l'on ne s'entendait pas du tout. Je commençais à m'irriter de cette scène, lorsque je vis arriver le prince de Nagato ; aussitôt mes serviteurs s'inclinèrent devant lui, et, sur son ordre, firent entrer les aveugles dans le pavillon qui sert d'écurie aux chevaux des visiteurs. J'allai au-devant du prince, curieux d'avoir l'explication de toute cette comédie.

— Hâtons-nous, dit-il en entrant dans ma chambre et en jetant un paquet sur le tapis, ôtons nos habits et revêtons ces costumes.

— Pourquoi faire ? dis-je en regardant les costumes qui étaient peu de mon goût.

— Quoi ! dit-il, n'est-ce pas l'heure où nous quittons l'ennuyeuse pompe de notre rang pour redevenir des hommes joyeux et libres ?

— Oui, dis-te, mais pourquoi employer notre liberté à nous affubler de ces costumes peu gracieux ?

— Tu verras, j'ai un projet, dit le prince, qui se déshabillait déjà ; puis, s'approchant de mon oreille, il ajouta :

— Je me marie cette nuit. Tu verras quelle noce !

– Comment ! tu vas te marier ? et dans ce costume ? m'écriai-je en voyant le prince revêtu d'un habit misérable.

— Allons, dépêchons-nous, dit-il, ou bien nous ne trouverons plus la fiancée.

Le prince descendait déjà l'escalier ; je me hâtai d'endosser, l'habit semblable au sien et, piqué de curiosité, je le suivis.

— Mais, lui criai-je, et tous ces aveugles que tu as fait mettre dans l'écurie ?

— Nous allons les rejoindre.

— Dans l'écurie ? dis-je.

Je n'y comprenais rien du tout ; mais j'ai confiance dans l'imagination fantasque du prince, et je me résignai à attendre pour comprendre. Les aveugles étaient sortis dans la grande cour du palais, et je vis que nous étions vêtus comme eux. Ces pauvres gens avaient les figures les plus comiques du monde avec leurs paupières sans cils, leur nez écrasé, leurs grosses lèvres et leur expression bêtement joyeuse. Nagato me mit un bâton dans la main et cria :

— En route !

On ouvrit les portes. Les aveugles, se tenant les uns les autres par le pan de l'habit, se mirent en marche, en tapotant le sol de leurs bâtons. Nagato, courbant sa taille, fermant les yeux, se mit à leur suite. Je compris que j'en devais faire autant, et je m'y appliquai de mon mieux. Nous voici donc par les rues à la suite de cette bande d'aveugles. Je n'y pus tenir. Je fus pris d'un fou rire que tous mes compagnons partagèrent bientôt.

— Nagato a décidément perdu l'esprit ! s'écrièrent les auditeurs du prince de Toza en éclatant de rire.

— Il me semble que Toza n'était guère raisonnable non plus !

— Le prince de Nagato, lui, ne riait pas, continua le narrateur, il était fort en colère. J'essayais de m'informer auprès de l'aveugle le plus proche de moi des desseins du prince, il les ignorait ; j'appris seulement que la corporation, dont je faisais partie, appartenait à a cette confrérie d'aveugles dont le métier est d'aller chez les petites gens masser les personnes faibles et les malades. Je commençais à entrevoir confusément l'intention de Nagato. Il voulait s'introduire, sous ce déguisement grotesque, dans une demeure d'honnêtes marchands. L'idée que nous aurions peut-être quelqu'un à masser me plongea de nouveau dans un tel accès de gaieté que, malgré mes efforts pour garder mon sérieux, afin de complaire au prince, je fus contraint de m'arrêter et de m'asseoir sur une borne pour me tenir les côtes.

Nagato était furieux.

— Tu vas faire manquer mon mariage, disait-il.

Je me remis en route, clignant des yeux et imitant, autant que possible, la démarche de mes étranges confrères. Ils frappaient le sol de leurs bâtons, chantant, sur l'air connu, leur habileté dans l'art de masser, et, à ce bruit, des gens se penchaient hors des fenêtres et les appelaient. Nous arrivâmes ainsi devant une maison de peu d'apparence ; le bruit des bâtons redoubla d'activité. Une voix demanda deux masseurs.

— Viens, me dit Nagato ; c'est ici. Nous séparant de la bande, nous montâmes quelques marches et nous nous trouvâmes dans la maison. J'aperçus deux femmes, que Nagato salua gauchement, en leur tournant le dos. Je me hâtai de fermer les yeux et de saluer la muraille. Je rouvris un œil, cependant, poussé par la curiosité. Il y avait là une jeune fille et une vieille femme, sa mère sans doute.

— Occupez-vous de nous d'abord, dit-elle, vous masserez mon mari ensuite.

Elle s'accroupit aussitôt à terre et découvrit son dos. Je compris que la vieille me revenait et qu'il fallait décidément faire le métier de masseur. Nagato se confondait en salutations.

— Ah ! ah ! ah ! faisait-il comme font les inférieurs qui saluent un homme de haut rang.

Je commençais à frotter rudement la vieille femme qui poussait des gémissements lamentables. Je faisais tous mes efforts pour contenir le rire qui me montait de nouveau à la gorge et m'étranglait. La jeune fille avait découvert son épaule, modestement, comme si nous avions eu des yeux.

— C'est là, disait-elle ; je me suis donné un coup et le médecin a dit que quelques frictions me feraient du bien.

Nagato commença à masser ! a jeune fille avec un sérieux étonnant, mais tout à coup il sembla oublier son rôle d'aveugle.

— Quels beaux cheveux vous avez ! dit-il. Certes, pour adopter la coiffure des femmes nobles, vous n'auriez pas besoin d'user comme elles des artifices destinés à allonger la chevelure.

La jeune fille poussa un cri et se retourna ; elle vit les yeux très ouverts de Nagato qui la regardaient.

— Mère, s'écria-t-elle, ce sont de faux aveugles !

La mère tomba assise à terre et, la stupeur lui ôtant toutes ses facultés, elle ne fit aucun effort pour se relever, mais elle se mit à pousser des piaillements d'une acuité extraordinaire.

Le père accourut tout effrayé.

Moi, j'avais donné un libre cours à mon rire et je me roulais le long des murs de la chambre, n'en pouvant plus. À ma grande surprise, le prince de Nagato se jeta aux pieds de l'artisan.

Pardonne-nous, disait-il, ta fille et moi nous voulions nous marier ensemble, et comme je suis sans argent j'avais résolu, comme c'est l'usage, de l'enlever pour éviter les frais de noces. Selon la coutume, tu nous aurais pardonnés après t'être fait un peu prier.

— Moi, épouser cet homme ! disait la jeune fille, mais je ne le connais pas du tout.

— Tu crois que ma fille voudrait pour époux un bandit de ton espèce, s'écria le père. Allons ! hors d'ici au plus vite si tu ne veux pas faire connaissance avec mes poings !

Le bruit de cette voix courroucée commençait à attirer la foule devant la maison. Nagato poussa un sifflement prolongé.

— Partiras-tu ! s'écria l'homme du peuple, rouge de colère.

Et, au milieu des injures les plus grossières, il leva le poing sur Nagato.

— Ne frappe pas celui qui sera ton fils, dit le prince en lui relevant le bras.

— Toi, mon fils ? Tu verrais plutôt les neiges du Fousi-Yama se couvrir de fleurs.

— Je te jure que tu seras mon beau-père, dit le prince en saisissant l'homme à bras-le-corps.

Celui-ci a beau se débattre, Nagato l'emporte hors de la maison. Je m'approche alors de la balustrade et je vois la foule amassée devant la maison s'écarter devant les coureurs qui précèdent un cortège magnifique : musique, bannières, palanquins, le tout aux armes du prince. Les norimonos s'arrêtent devant la maison et Nagato fourre son beau-père dans l'un d'eux, qu'il ferme et cadenasse. Je comprends ce qu'il faut faire, j'empoigne la vieille et je la loge dans un autre palanquin, tandis que Nagato revient chercher la jeune fille. Deux norimonos nous reçoivent et le cortège se met en marche, tandis que la musique retentit joyeusement. Nous arrivons bientôt à une habitation charmante, située au milieu du plus joli jardin que j'ai jamais vu. Tout est illuminé, on entend des orchestres cachés dans les feuillages, des serviteurs affairés courent de ci de là.

Qu'est-ce donc que ce ravissant palais ? dis-je à Nagato.

— Oh rien, répond-il dédaigneusement, c'est une petite maison que j'ai achetée pour ma nouvelle femme.

— Il est fou, pensais-je et va se ruiner complètement, mais cela ne me regarde pas.

On nous conduit dans une chambre, où nous revêtons de splendides toilettes, puis nous descendons dans la salle du festin ; là sont réunis tous les jeunes amis de Nagato, Sataké, Foungo, Aki et bien d'autres. Ils nous accueillent par des acclamations extravagantes. Bientôt la fiancée, magnifiquement parée, entre suivie de son père et de sa mère qui trébuchent dans les plis de leurs vêtements de soie. Le père me paraît tout à fait calme, la mère est ahurie et la jeune fille tellement stupéfaite qu'elle tient sa jolie bouche toute grande ouverte. Nagato déclare qu'il la prend pour femme et le mariage se fait. Jamais je n'en vis d'aussi joyeux. Le festin était des plus délicats, tout le monde fut bientôt ivre, et moi comme les autres ; mais je me fis ramener au palais vers trois heures pour me reposer, car je voulais être ce matin au lever du régent.

— Cette histoire est la plus folle que je connaisse, dit le prince de Figo. Il n'y a vraiment que Nagato pour savoir conduire une plaisanterie.

— Et il s'est vraiment marié ? demanda un autre seigneur.

— Très certainement, dit le prince de Toza le mariage est valable, malgré le rang méprisable de la femme.

— Chaque jour le prince invente de nouvelles folies et donne de splendides fêtes, il est certain que son immense fortune finira par s'épuiser.

— S'il se ruine, cela fera plaisir au régent qui ne l'aime guère.

— Oui, mais cela chagrinera le siogoun qui l'aime beaucoup et qui ne le laissera pas manquer d'argent.

— Tenez ! s'écria le prince de Toza, voici Nagato qui rentre au palais.

Un cortège traversait les jardins, en effet. Sur les bannières, sur le norimono porté par vingt hommes, on pouvait voir les armes du prince : une ligne noire surmontant trois boules en pyramide. Le cortège passa assez près de la vérandah qui abritait les seigneurs, et par les portières du norimono ils aperçurent le jeune prince assoupi sur les coussins.

— Il ne viendra certes pas au lever du régent, dit un seigneur, il risquerait de s'endormir sur l'épaule d'Hiéyas.

— Nagato ne vient jamais saluer Hiéyas, il le déteste profondément, c'est son ennemi déclaré.

— Un pareil ennemi n'est guère à craindre, dit le prince de Toza.

Au retour de ses folies nocturnes, il n'est capable que de dormir.

— Je ne sais si cela est l'avis du régent.

— S'il pensait autrement, supporterait-il de lui des injures propres à le faire condamner au hara-kiri.[1] Si le prince est encore vivant, c'est à la douceur d'Hiéyas qu'il le doit.

— Ou à la protection pleine de tendresse de Fidé-Yori.

— Sans doute Hiéyas n'est magnanime que par égard pour le maître, mais s'il n'avait que des ennemis de l'espèce de Nagato, il s'estimerait heureux.

Pendant que les courtisans s'entretenaient ainsi en attendant son réveil, Hiéyas, levé depuis longtemps, se promenait à grands pas dans sa chambre, inquiet, agité, portant sur son visage soucieux des traces d'insomnie.

Un homme était près du régent, adossé à une muraille ; il le regardait aller et venir ; cet homme était un ancien valet d'écurie nommé Faxibo. Les palefreniers jouissaient d'une assez grande considération depuis l'avènement au pouvoir de Taïko-Sama qui était à l'origine un palefrenier. Faxibo possédait mieux que personne la confiance du régent qui n'avait rien de caché pour lui et pensait tout haut en sa présence.

À chaque instant Hiéyas soulevait le store d'une fenêtre et regardait dehors.

— Rien, disait-il avec impatience, pas de nouvelles c'est incompréhensible.

— Patiente encore quelques instants, disait Faxibo, ceux que tu viens d'envoyer sur la route de Kioto ne peuvent être encore revenus.

— Mais les autres ! ils étaient quarante et nul ne revient s'il m'a échappé cette fois encore, c'est à devenir fou.

— Tu t'exagères peut-être l'importance de cet homme, dit Faxibo. C'est une intrigue amoureuse qui l'attire à Kioto ; il a la tête pleine de folies.

— Tu crois cela, et moi je t'avoue que cet homme m'épouvante, dit le régent avec force, en s'arrêtant devant Faxibo ; on ne sait jamais

---

1 Mort qui consiste à s'ouvrir à soi-même le ventre. On condamne souvent les nobles à cette mort.

ce qu'il fait ; on le croit ici, il est là ; il déjoue les espions les plus fins : l'un affirme qu'il l'a suivi à Kioto, l'autre jure qu'il ne l'a pas perdu de vue un instant et qu'il n'est pas sorti d'Osaka ; tous ses amis ont soupé avec lui tandis qu'il se battait, en revenant de la Miako,[1] avec des hommes postés par moi. On croit qu'il dort ou s'occupe de ses amours ; un de mes projets va-t-il s'accomplir, sa main s'abaisse sur moi au dernier instant. Depuis longtemps l'empire serait à nous sans lui ; mes partisans sont nombreux, mais les siens ne sont pas moins forts, et il a pour lui le droit. Tiens, ce plan que j'avais si habilement combiné pour débarrasser, sous une apparence accidentelle, le pays d'un souverain sans talent et sans énergie, ce plan qui faisait tomber le pouvoir entre mes mains, qui l'a fait avorter ? quel était le cocher maudit qui a lancé sur le pont cet infernal attelage ? Nagato ! Lui, toujours. Cependant, ajouta Hiéyas, un autre, un de mes alliés, a dû trahir, car il est impossible que rien ait transpiré de ce projet. Ah ! si je savais le nom du traitre Je me donnerais au moins le plaisir d'une terrible vengeance.

— Je t'ai fait part de ce que j'ai pu découvrir, dit Faxibo. Fidé-Yori s'est écrié au moment de l'écroulement : « Omiti, tu as dit vrai ! »

— Omiti ! Qu'est-ce qu'Omiti ? Je ne connais pas ce nom.

Le régent s'était avancé dans la salle attenant à sa chambre, et qui n'était séparée que par un large store de la vérandah où les seigneurs attendaient son lever. De l'intérieur, ce store permettait de voir sans être vu. Hiéyas entendit prononcer le nom de Nagato ; il s'approcha vivement et fit signe à Faxibo de venir près de lui. Ils entendirent ainsi toute la narration du prince de Toza.

— Oui, murmurait Hiéyas je l'ai pris longtemps pour un homme aux mœurs dissolues et sans importance politique, c'est pourquoi j'ai d'abord favorisé son intimité avec Fidé-Yori ; combien je m'en repens aujourd'hui que je sais ce qu'il vaut !

— Vous voyez, maître, dit Faxibo, que le prince, sans doute averti de votre projet, n'a pas quitté Osaka.

— Moi, je te dis qu'il était à la Miako et n'en est parti que fort avant dans la nuit.

— Cependant, le prince de Toza ne l'a quitté lui-même que très tard.

---

1 C'est-à-dire la capitale.

— Un de mes espions l'a suivi a Kioto, il y est entré en plein jour et n'en est ressorti qu'au milieu de la nuit.

— C'est incompréhensible, dit Faxibo tenez ; le voici qui rentre, ajouta-t-il en apercevant le cortège de Nagato.

— Est-ce bien lui qui occupe la litière ? dit Hiéyas en essayant de voir.

— Il me semble l'avoir reconnu, dit Faxibo.

— C'est impossible, ce ne peut être le prince de Nagato, à moins que ce ne soit son cadavre.

À ce moment quelqu'un entra dans la chambre et se prosterna le front contre terre.

— C'est mon envoyé, s'écria Hiéyas qui revint vivement dans la première salle, parle vite ; voyons, qu'as-tu appris ? dit-il au messager.

— Je me suis rendu à l'endroit de la route que tu m'as désigné, maître tout-puissant, dit l'envoyé. À cet endroit, le chemin est tout couvert de morts. J'ai compté quarante hommes et quinze chevaux. Des paysans étaient groupés autour des morts ; ils les palpaient pour voir s'il ne leur restait pas un souffle de vie d'autres poursuivaient des chevaux blessés qui couraient à travers les rizières. J'ai demandé ce qui s'était passé on m'a dit qu'on ne le savait pas ; on avait cependant vu passer au soleil levant une troupe de cavaliers du divin mikado qui allait du côté de Kioto. Quant aux hommes morts sur le chemin rouge de leur sang, ils portaient tous des costumes sombres, sans aucun insigne, et leur visage était à demi caché par leur coiffure d'après la mode des bandits et des assassins.

— Assez ! s'écria Hiéyas, les sourcils froncés. Va-t'en ! L'envoyé se retira ou plutôt s'enfuit.

— Il m'a échappé cette fois encore, dit Hiéyas. Eh bien ! c'est moi-même qui le frapperai ; le but que je veux atteindre est assez noble pour que je n'hésite pas à me servir de moyens infâmes pour renverser les obstacles qui se dressent sur mon chemin. Faxibo, ajouta-t-il en se tournant vers l'ancien palefrenier, fais entrer ceux qui attendent. Leur présence chassera peut-être les tristes pressentiments qui m'ont obsédé toute la nuit.

Faxibo releva le store et les seigneurs vinrent l'un après l'autre saluer le maître. Hiéyas remarqua que les courtisans étaient moins nombreux que d'ordinaire, il n'y avait là que les princes qui étaient tout dévoués à sa cause et quelques insouciants qui réclamaient une faveur spéciale du régent.

Hiéyas, tout en causant avec les seigneurs, s'avança sur la vérandah et regarda au dehors.

Il lui sembla qu'un mouvement inaccoutumé emplissait les cours du palais. Des messagers partaient à chaque instant et des princes arrivaient dans leurs norimonos malgré l'heure peu avancée. Tous se dirigeaient vers le palais de Fidé-Yori.

— Que se passe-t-il donc, dit-il, d'où vient toute cette agitation, que signifient ces messagers emportant des ordres que je ne connais pas ?

Et plein d'inquiétude, il congédia les seigneurs d'un geste.

— Vous m'excuserez, n'est-ce pas ? dit-il, les intérêts du pays m'appellent.

Mais avant que les princes eussent pris congé, un soldat entra dans la chambre.

— Le siogoun Fidé-Yori prie l'illustre Hiéyas de vouloir bien se rendre, sur l'heure, en sa présence, dit-il.

Et, sans attendre de réponse, il s'éloigna.

Hiéyas arrêta les seigneurs prêts à sortir.

— Attendez-moi ici, dit-il, je ne sais ce qui se prépare, mais l'inquiétude me dévore. Vous m'êtes dévoués, j'aurai peut-être besoin de vous.

Il les salua d'un geste et sortit lentement, le front baissé, suivi seulement de Faxibo.

VII. LE PARJURE

Lorsqu'il entra dans la salle où l'attendait Fidé-Yori, Hiéyas comprit que quelque chose de grave allait s'accomplir.

Tous les partisans dévoués au fils de Taïko-Sama étaient réunis dans cette salle.

Fidé-Yori portait pour la première fois le costume guerrier et royal que lui seul pouvait revêtir. La cuirasse de corne noire serrait sa taille et de lourdes basques formées de lamelles reliées par des points de soie rouge retombaient sur un large pantalon de brocart serré de la cheville aux genoux dans des guêtres de velours. Il avait un sabre au côté gauche et un autre au côte droit. Trois étoiles d'or brillaient sur sa poitrine, il appuyait sa main sur une canne de fer.

Le jeune homme était assis sur un pliant comme les guerriers sous leur tente.

À sa droite se tenait sa mère, la belle Yodogimi, toute pale et inquiète, mais splendidement vêtue. À sa gauche le prince de Mayada, qui partageait la régence avec Hiéyas ; mais très vieux, et depuis longtemps malade, ce prince se tenait éloigné des affaires, il surveillait néanmoins Hiéyas, et sauvegardait autant que possible les intérêts de Fidé-Yori.

D'un côté les princes : Satsouma, Sataké, Arima, Aki, Issida ; de l'autre les guerriers : le général Sanada-Sayemon-Yoké-Moura, en tenue de combat ; d'autres chefs, Aroufza, Moto-Tsoumou, Harounaga, Moritska et un tout jeune homme, beau comme une femme et très grave, nommé Signénari.

Tous les amis du jeune prince enfin, tous les ennemis mortels du régent étaient rassemblés ; cependant Nagato était absent.

Hiéyas promena un regard orgueilleux sur les assistants.

— Me voici, dit-il, d'une voix très ferme j'attends : que me voulez-vous ?

Un silence profond lui répondit seul. Fidé-Yori détourna ses regards de lui avec horreur.

Enfin le prince de Mayada prit la parole.

— Nous ne voulons de toi rien que de juste, dit-il ; nous voulons simplement te rappeler une chose dont tu sembles avoir perdu la mémoire ; ta mission comme la mienne est accomplie depuis plusieurs mois, Hiéyas, et, dans ton zèle à gouverner l'empire, tu n'y as point pris garde. Le fils de Taïko-Sama est à présent en âge de régner ; ton règne à toi est donc fini, il ne te reste qu'à déposer tes pouvoirs aux pieds du maître et a lui rendre compte de ta conduite, comme je lui rendrai compte de mes actions pendant qu'il était sous notre tutelle.

— Tu ne songes pas à ce que tu dis, s'écria Hiéyas, dont le visage s'empourpra de colère ; tu veux apparemment pousser le pays vers sa ruine ?

— J'ai parlé avec douceur, reprit Mayada, ne me force pas à prendre un autre ton.

— Tu veux qu'un enfant sans expérience, continua Hiéyas sans prendre garde à l'interruption, vienne, avant de s'être exercé d'abord au métier formidable de chef d'un royaume, prendre le pouvoir en mains ; c'est comme si tu mettais un lourd vase de porcelaine entre les mains d'un nouveau-né : il le laissera tomber à terre et le vase se brisera en mil ! e morceaux.

— Tu insultes notre siogoun ! s'écria le prince de Sataké.

— Non, dit Hieyas, Fidé-Yori lui-même sera de mon avis. Il faut que je l'associe lentement à mes travaux et que je lui indique les solutions possibles des questions pendantes. S'est-il jamais occupé des affaires du pays ? Sa jeune intelligence n'était point mûre encore, et j'ai su lui éviter les ennuis du gouvernement. Moi seul je possède les instructions du grand Taïko et moi seul je puis poursuivre l'œuvre gigantesque qu'il a entreprise. L œuvre n'est pas achevée encore. Donc, pour obéir à ce chef vénéré je dois, malgré ton avis retenir entre mes mains le pouvoir qui m a été confié par lui ; seulement, pour te montrer combien je tiens compte de tes conseils, dès aujourd'hui le jeune Fidé-Yori prendra part aux graves occupations dont jusqu'à présent j'ai porté seul le poids. Réponds, Fidé-Yori, ajouta Hiéyas ; proclame toi-même que j'ai parlé selon ton cœur.

Fidé-Yori tourna lentement son visage très pâle vers Hiéyas et le regarda fixement.

Puis après un instant de silence, il dit d'une voix un peu tremblante, mais pleine de mépris :

— Le bruit qu'a fait le pont de l'Hirondelle s'écroulant devant mes pas m'a rendu sourd à ta voix. Hiéyas pâlit en présence de celui qu'il avait essayé de pousser vers la mort, il était humilié par son crime. Sa haute intelligence souffrait de ces taches de sang et de boue qui rejaillissaient jusqu'à elle ; il les voyait dans l'avenir obscurcir son nom qu'il voulait glorieux, certain que son devoir envers son pays était de garder entre ses mains le pouvoir dont il était digne plus que tout autre ; il éprouvait une sorte de colère d'être obligé d'imposer par la force ce que l'intérêt public eût dû lui demander avec instance. Cependant, décidé à lutter jusqu'au bout, il releva sa tête, un instant courbée sous le poids de pensées tumultueuses, et il promena sur l'assistance son regard fauve et dominateur.

Un silence menaçant avait suivi les paroles du siogoun. Il se prolongeait d'une façon pénible ; le prince de Satsouma le rompit enfin.

— Hiéyas, dit-il, je te somme au nom de mon maître de déposer les pouvoirs dont tu fus investi par Taïko-Sama.

— Je refuse, dit Hiéyas.

Un cri de stupeur s'échappa des lèvres de tous les seigneurs. Le prince de Mayada se leva ; il s'avança lentement vers Hiéyas et tira de sa poitrine un papier jauni par le temps.

— Reconnais-tu ceci ? dit-il en déployant l'écrit qu'il mit sous les yeux de Hiéyas ; est-ce bien avec ton sang que tu as tracé ici ton nom de traître a côté de mon nom d'homme loyal ? As-tu oublié la formule du serment : « Les pouvoirs que tu nous confies, nous les rendrons à ton enfant à sa majorité, nous le jurons sur les mânes de nos ancêtres, devant le disque lumineux du soleil ? » Taïko s'est endormi tranquille après avoir vu ces quelques lignes rouges ; aujourd'hui, il va se lever de son tombeau, parjure, pour te maudire.

Le vieillard, tout tremblant de colère, froissa entre ses mains le serment écrit avec du sang ; il le jeta au visage de Hiéyas.

— Mais crois-tu vraiment que nous allons te laisser ainsi dépouiller notre enfant sous nos yeux ? continua-t-il. Crois-tu, parce que tu ne veux pas rendre ce que tu as pris, que nous ne te reprendrons pas ? Les crimes que tu médites ont obscurci ton intelligence, tu n'as plus ni âme ni honneur, tu oses te tenir debout devant ton maître, devant celui que tu as voulu tuer !

— Ce n'est pas seulement à moi qu'il veut arracher la vie, dit Fidé-Yori ; cet homme, plus féroce que les tigres, a fait assassiner cette nuit mon plus fidèle serviteur, mon ami le plus cher le prince de Nagato.

Un frisson d horreur parcourut l'assemblée tandis qu'un éclair de joie passait dans les yeux de Hiéyas.

— Débarrassé de cet adversaire redoutable, pensa-t-il, j'aurai facilement raison de Fidé-Yori.

Comme si elle eut répondu à sa pensée, la voix de Nagato se fit entendre.

— Ne te réjouis pas trop vite, Hiéyas, dit-elle, je suis vivant et en état encore de servir mon jeune maître.

Hiéyas se retourna vivement et vit le prince qui soulevait une draperie et pénétrait dans la salle.

Nagato ressemblait à un fantôme, ses yeux resplendissant dit feu de la fièvre paraissaient plus grands et plus noirs que d'ordinaire. Son visage était si pâle qu'on distinguait à peine le mince bandeau blanc taché de quelques gouttes de sang qui serrait son front. Un frisson douloureux secouait ses membres et faisait trembler un coffret de cristal qui scintillait dans sa main.

Le général Yoké-Moura courut à lui.

— Quelle folie, prince ! s'écria-t-il ; après avoir perdu tant de sang, et malgré les ordres des médecins, tu te lèves et tu marches !

— Mauvais ami, dit Fidé-Yori, ne cesseras-tu donc point de jouer avec ta vie ?

— Je deviendrai l'esclave des médecins pour obéir à l'intérêt peu mérité que vous me portez, dit le prince, lorsque j'aurai accompli la mission dont je suis chargé.

Hiéyas, plein d'inquiétude, s'était enfermé dans un mutisme complet ; il observait et attendait tout en jetant souvent un regard vers la porte comme s'il eût voulu fuir.

— C'est à genoux que je dois te présenter ce coffret, et c'est à genoux que tu dois le recevoir, dit le prince, car il contient un message de ton seigneur et du nôtre, de celui qui tient son pouvoir du ciel, du Mikado tout-puissant.

Nagato se prosterna et remit la cassette au siogoun, qui la reçut en ployant le genou.

Hiéyas sentait bien que cette cassette contenait sa perte définitive, et il songeait que, comme toujours, c'était le prince de Nagato qui triomphait de lui.

Cependant Fidé-Yori avait déployé le message du Mikado et le parcourait des yeux. Une expression de joie éclairait son visage. Il leva un regard humide vers Nagato, songeant à son tour que c'était toujours par lui qu'il triomphait.

— Prince de Satsouma, dit-il bientôt en tendant la lettre au vieux seigneur, faites-nous, à haute voix, la lecture de ce divin écrit.

Le prince de Satsouma lut ce qui suit :

« Moi, le descendant direct des dieux qui fondèrent le Japon, j'abaisse mes regards vers ta terre et je vois q')e le temps s'est écoulé depuis la mort du fidèle serviteur de ma dynastie Taïko-Sama, que mon prédécesseur avait nommé gênéral en chef du royaume. Le fils de ce chef illustre, qui a rendu de grands services au pays, avait six ans quand son père mourut ; mais le temps a marché pour lui comme pour tous, et il est aujourd'hui en âge de succéder à son père, c'est pourquoi je le nomme a son tour général en chef du royaume.

« Dans quelques jours, des hommes du ciel iront lui annoncer solennellement mes volontés, afin que nul ne les ignore.

« Maintenant, me reposant sur Fidé-Yori du soin de gouverner, je me replonge dans la mystérieuse absorption de mon rêve ex-tra-humain.

« Fait au Daïri, la dix-neuvième année du Nengo-Kai-Tio.[1]

« Go-MiTzou-No. »

Il n'y a rien à répliquer à ceci, dit Hiéyas en courbant la tête, le souverain maître a ordonné, j'obéis, je dépose les pouvoirs qui m'ont été confiés et après les insultes que j'ai subies, je sais ce qu'il me reste à faire. Je souhaite que ceux qui ont conduit cette affaire ne se repentent pas un jour de l'avoir vu réussir, et que le pays n'ait pas à gémir sous le poids des calamités qui peuvent fondre sur lui.

Il sortit après avoir dit ces mots, et tous les seigneurs joyeux s'em-pressèrent autour du jeune siogoun et le félicitèrent.

— C'est mon ami, mon frère Nagato qu'il faut féliciter, dit Fidé-Yori, c'est lui qui a tout fait.

— Tout n'est pas fini, dit Nagato qui paraissait soucieux, il faut signer sur-le-champ la condamnation à mort de Hiéyas.

— Mais tu l'as entendu, ami ? il a dit qu'il savait ce qu'il avait à faire, il procède en ce moment au Hara-Kiri.

---

1 1614

— C'est certain, dit le prince de Satsouma.

— Il connaît le code de la noblesse, dit le prince d'Aki.

— Oui, mais il méprise ses usages et ne s'y conformera pas dit Nagato. Si nous ne condamnons pas cet homme promptement il nous échappera, et une fois libre il est capable de tout oser.

Le prince de Nagato avait déployé un rouleau de papier blanc et tendait un pinceau trempe dans l'encre au siogoun.

Fidé-Yori semblait hésiter.

— Le condamner ainsi sans jugement ! disait-il.

— Le jugement est inutile, reprit Nagato devant tout le conseil, il vient de se parjurer et de te manquer de respect de plus c'est un assassin.

— C'est le grand-père de ma femme, murmura le siogoun.

— Tu répudieras ta femme, dit Nagato. Hiéyas vivant, il n'y a pas de tranquillité pour toi, pas de sécurité pour le pays.

Fidé-Yori prit soudain le pinceau, écrivit la sentence et signa.

Nagato remit l'ordre au général Sanada-Sayemon-Yoké-Moura, qui sortit aussitôt.

Il revint bientôt, le visage bouleversé par la colère.

— Trop tard s'écria-t-il, le prince de Nagato n'avait que trop raison : Hiéyas est en fuite.

VIII. LE CHÂTEAU D'OVARI

Sur le rivage de l'océan Pacifique, au faîte d'une colline rocheuse, s'élève la forteresse des princes d'Ovari. Ses murailles, percées de meurtrières, se déploient en suivant les sinuosités du terrain. Elles sont masquées cà et là par des groupes d'arbres et des buissons dont la fraîche verdure contraste heureusement avec les parois déchirées des roches couleur de rouille. De loin en loin se dresse une tour carrée dont la base s'élargit comme le pied d'une pyramide ; un toit aux bords relevés la recouvre.

Du sommet de la forteresse la vue est admirable. Une petite baie s'arrondit jusqu'au pied de la colline et offre un abri sûr aux jonques et aux barques qui fendent en tous sens l'eau limpide plus loin, les flots bleus de l'océan Pacifique se déroulent et tracent à l'horizon une ligne rigide, d'un azur plus sombre. Du côté de la terre, les premières ondulations d'une chaîne de montagnes bossellent le sol ; des rochers que la mousse veloute le parsèment, et les hautes collines, par places, sont cultivées jusqu'à leur faîte. D'un mont à l'autre une vallée se creuse, laissant voir un village tapi à l'ombre d'un petit bois, près d'un ruisseau, puis au fond de nouvelles collines ferment la vallée.

Une route large et bien entretenue circule entre les mouvements de terrain et passe au pied du château d'Ovari. Cette route, que l'on nomme le Tokaïdo, fut construite par Taïko-Sama ; elle sillonne tout l'empire en traversant les domaines des Daïmios et est soumise uniquement à la juridiction du siogoun.

Le prince qui régnait sur la province d'Ovari résidait alors dans son château.

Vers la troisième heure après midi, le jour ou Hiéyas s'enfuyait d'Osaka, la sentinelle placée sur la plus haute tour du palais d'Ovari cria qu'elle apercevait une troupe de cavaliers galopant sur le Tokaïdo. Le prince était à ce moment dans une des cours du château, accroupi sur ses talons, les mains appuyées sur ses cuisses ; il assistait à une leçon de *Hara-Kiri* que prenait son jeune fils.

L'enfant, assis sur une natte au milieu de la cour, tenait à deux mains un sabre court non affilé et levait son joli visage naïf, mais déjà grave vers son instructeur, assis en face de lui. Des femmes regardaient du haut d'une galerie, et leurs toilettes faisaient des taches joyeuses sur les teintes claires des boiseries découpées ; des papillons énormes étaient brodés sur leurs robes ou bien des oiseaux, des fleurs ou des disques bariolés, toutes avaient la tête hérissée de grandes épingles en écaille blonde. Elles caquetaient entre elles avec mille minauderies charmantes.

Dans la cour, appuyée contre le support d'une lanterne de bronze, une jeune fille, étroitement serrée dans sa robe de crêpe bleu de ciel, dont tous les plis étaient rejetés en avant, fixait son regard distrait sur le petit seigneur ; elle avait à la main un écran sur lequel était peint un colibri.

— Tiens le sabre vigoureusement, disait l'instructeur, appuie-le par la pointe au-dessous des côtes du côté gauche, aie soin que le tranchant de la lame soit tourné vers la droite. Maintenant serre bien la poignée dans ta main et pèse de toutes tes forces, puis vivement, sans cesser d'appuyer, ramène l'arme horizontalement vers ton côté droit, de cette façon tu te fendras le corps selon les règles.

L'enfant exécuta le mouvement avec une telle violence, qu'il déchira son vêtement.

— Bien ! bien ! s'écria le prince d'Ovari en se frappant les cuisses avec ses mains ouvertes, le petit a de l'audace !

En même temps, il leva les yeux vers les femmes penchées hors de la galerie et leur communiqua son impression par un signe de tête.

— Il sera brave, intrépide comme son père, dit l'une d'elles.

C'est alors que l'on vint prévenir le prince de l'apparition sur la route royale d'un groupe de cavaliers.

— Sans doute un seigneur voisin vient me visiter incognito, dit le prince, ou bien ces cavaliers sont simplement des voyageurs qui passent ; en tous cas il n'y a pas eu lieu d'interrompre la leçon.

L'instructeur fit alors énumérer à son élève les événements qui obligent un homme de noble race à s'ouvrir le ventre : avoir encouru la disgrâce du siogoun, ou reçu de lui une réprimande en public, s'être déshonoré, s'être vengé d'une insulte par l'assassinat, avoir volontairement ou non laissé échapper des prisonniers confiés à votre garde, et mille autres cas délicats.

— Ajoutez, dit le prince d'Ovari, avoir manqué de respect à son père. D'après mon avis, un fils qui insulte ses parents ne peut expier ce crime qu'en accomplissant le Hara-Kiri.

Il jeta en même temps aux femmes un nouveau coup d'œil qui signifiait : il est bon d'inspirer aux enfants la terreur de l'autorité paternelle.

À ce moment un grand bruit de chevaux piaffant sur les dalles se fit entendre dans une cour voisine, et une voix impérieuse cria :

— Qu'on lève les ponts-levis ! qu'on ferme les portes !

Le prince d'Ovari se dressa vivement :

— Qui donc commande ainsi chez moi ? dit-il.

— C'est moi ! répondit la même voix.

En en même temps un groupe d'hommes pénétrait dans la seconde cour.

— Le régent s'écria le prince d'Ovari en se prosternant.

– Relève~toi, ami, dit Hiéyas avec un sourire amer, je n'ai plus droit aux honneurs que tu me rends je suis, pour le moment ton égal.

— Que se passe-t-il ? demanda le prince avec inquiétude.

— Congédie tes femmes, dit Hiéyas.

Ovari fit un signe : les femmes disparurent.

— Emmène ton frère, Omiti, dit-il la jeune fille qui avait affreuse-menf pâli à l'entrée de Hiéyas.

— Ta fille se nomme Omiti ? s'écria celui-ci dont le visage s'empourpra subitement.

Oui, maître. Pourquoi cette question ?

– Rappelle-la, je te prie.

Ovari obéit. La jeune fille revint tremblante, les yeux baissés.

Hiéyas la regarda fixement avec une expression de visage effrayante pour qui connaissait cet homme. La jeune fille releva la tête cependant, et l'on put lire dans ses yeux une intrépidité invincible, une sorte de renoncement à soi-même et à la vie.

— C'est toi qui nous as trahis, dit Hiéyas d'une voix sourde.

— Oui, dit-elle.

— Que signifie ceci ? s'écria le prince d'Ovari en faisant un soubresaut.

— Cela veut dire que le complot si bien ourdi derrière les murs de ce château, si mystérieusement dérobé à tous, elle l'a surpris et dévoilé.

— Misérable s'écria le prince en levant le poing sur sa fille.

— Une femme, une enfant, enrayant un projet politique ! reprit Hiéyas. Un vil caillou qui vous fait trébucher et vous précipite à terre, c'est dérisoire !

— Je te tuerai hurla Ovari.

— Tuez-moi, qu'importe, dit la jeune fille, j'ai sauvé le roi. Sa vie ne vaut-elle pas la mienne ? Depuis longtemps, j'attendais votre vengeance.

— Tu n'attendras plus longtemps, dit le prince en la saisissant à la gorge.

— Non, ne la tue pas, dit Hiéyas ; je me charge de son supplice.

— Soit, dit Ovari, je te l'abandonne.

— C'est bien, dit Hiéyas, qui fit signe à Faxibo de ne pas perdre de vue la jeune fille. Mais laissons ce qui est passé ; regardons vers l'avenir. M'es-tu toujours dévoué ?

— En peux-tu douter, maître ? et ne dois-je pas désormais réparer le tort que t'a fait l'un des miens à mon insu ?

— Écoute alors un complot vient de m'arracher brusquement le pouvoir. J'ai pu échapper à la mort qui m'attendait et j'ai fui me dirigeant vers ma principauté de Micava. Tes domaines sont situés entre Osaka et ma province, ta forteresse domine la mer et elle peut barrer le chemin aux soldats venant d'Osaka, c'est pourquoi je me suis arrêté ici pour te dire d'assembler tes troupes le plus promptement possible et de mettre le pays en état de défense. Ferme le château fort. Je resterai ici où je suis à l'abri d'un coup de main, tandis que mon fidèle compagnon Ino-Kamo-No-Kami (Hiéyas désigna un seigneur de sa suite, celui-ci salua profondément le prince d'Ovari qui lui rendit son salut) gagnera le château de Micava, fortifiera toute la province et donnera l'alarme à tous les princes mes alliés.

— Je suis ton esclave, maître dispose de moi.

— Donne donc sur-le-champ des ordres à tes soldats.

Le prince d'Ovari s'éloigna.

Des serviteurs firent entrer les hôtes de leur maître dans des salons frais et aérés ; ils leur servirent du thé, des sucreries et aussi un léger repas.

Bientôt Ino-Kamo-No-Kami prit congé de Hiéyas qui lui donna ses dernières instructions, et emmenant avec lui deux des seigneurs qui les avaient accompagnés, il remonta à cheval et quitta le château.

Hiéyas appela Faxibo.

Celui-ci était occupé à dévorer un gâteau au miel, tout en ne quittant pas des yeux Omiti, assise dans un coin de la salle.

— Saurais-tu te déguiser au point de n'être pas reconnu ? lui demanda-t-il.

— Au point que toi-même ne me reconnaîtrais pas, dit Faxibo.

— Eh bien ! demain matin, tu retourneras à Osaka et tu t'arrangeras de façon a savoir ce qui se passe au palais. D'ailleurs tu voyageras avec une femme.

Hieyas se pencha à l'oreille de l'ancien palefrenier et lui parla bas.

Un mauvais sourire effleura les lèvres de Faxibo.

— Bien ! bien ! dit-il, demain au jour je serai prêt à partir.

IX. LA MAISON DE THÉ

Dans un des faubourgs d'Osaka, non loin de la plage qui laisse glisser vers la mer la pente lisse de son sable blanc, s'étendait un vaste bâtiment dont les toitures, de hauteurs inégales, dépassaient le niveau des habitations environnantes. La façade de cette maison s'ouvrait largement sur une rue populeuse, toujours encombrée et pleine de tumulte.

Le premier étage montrait de grandes fenêtres fermées par des stores de couleurs vives, fréquemment projetés en avant sous la poussée que leur imprimaient des jeunes femmes curieuses, dont on entendait les éclats de rire.

À l'angle des toits flottaient des banderoles et pendaient de grosses lanternes en forme de losange, le rez-de-chaussée était formé d'une large galerie ouverte sur la rue et protégée par un toit. Trois grands caractères noirs sur un panneau doré, formaient l'enseigne de l'établissement, elle était ainsi conçue : *À l'aurore. Thé et saké.*

Vers le milieu du jour la galerie est encombrée de consommateurs ; ils sont assis, les jambes repliées, sur la natte qui couvre le plancher, ils boivent du saké, ou cachent leur visage dans le nuage de vapeur qui s'élève de la tasse de thé sur laquelle ils soufflent. Des femmes coquettement vêtues, fardées avec soin, circulent gracieusement entre les groupes, transportant la boisson chaude. Au fond l'on aperçoit les fourneaux fumants et de jolies porcelaines rangées sur des étagères de laque rouge.

À chaque instant, des passants, des porteurs de cangos, des hommes chargés de fardeaux, s'arrêtent un moment, demandent à boire et repartent.

Quelquefois c'est une dispute qui prend naissance devant l'auberge et dégénère en combat, au grand plaisir des consommateurs.

Voici justement un colporteur qui vient de heurter un marchand de poulpes et de coquillages, la corbeille qui contenait le poisson est renversée et toute la pêche, souillée de poussière, gît sur le sol.

Les injures pleuvent de part et d'autre, la circulation est interrompue, la foule s'amasse ou prend parti pour l'un ou pour l'autre des adversaires, et bientôt deux camps sont prêts à en venir aux mains.

Mais de tous côtés les assistants crient :

Le câble ! le câble ! pas de combat ; qu'on aille chercher un câble.

Quelques personnes s'éloignent en courant, entrent dans plusieurs maisons et finissent par trouver ce qu'elles cherchent, elles reviennent avec une grosse corde.

Alors les spectateurs se rangent le long des maisons laissant la place libre à ceux qui veulent lutter. Ceux-ci saisissent la corde a deux mains, ils sont quinze d'un côté et quinze de l'autre, et se mettent à tirer de toutes leurs forces. La corde se tend, frissonne, puis demeure immobile.

— Courage ! tenez ferme ! ne tâchez pas ! crie-t-on de tous côtés.

Cependant, après avoir longtemps lutté contre la fatigue, un des partis abandonne brusquement la corde. Les vainqueurs tombent simultanément, les uns sur les autres, les jambes en l'air, au milieu des cris et des éclats de rire de la foule.

Néanmoins on se porte à leurs secours, on les aide à se relever, puis la réconciliation des deux camps ennemis va se sceller par des libations de saké.

L'auberge est envahie, et les servantes ne savent plus que devenir.

À ce moment un vieillard qui tient une jeune fille par la main parvient à arrêter au passage une servante de l'auberge et à la retenir par sa manche.

— Je voudrais parler au maître de l'établissement, dit-il.

— Vous choisissez bien le moment, dit la servante en éclatant de rire.

D'un geste brusque, elle se dégage et s'éloigne sans écouter davantage le vieillard.

— J'attendrai, dit-il.

On défonce un tonneau de saké, et les joyeux buveurs causent et rient bruyamment.

Mais tout à coup le silence s'établit, on a entendu le son clair d'une flûte et les vibrations d'un instrument à cordes. Cette musique vient des appartements d'en haut.

— Écoutez ! écoutez ! dit-on.

Quelques passants s'arrêtent et prêtent l'oreille.

Une voix de femme se fait entendre. On distingue nettement les paroles de la chanson.

« Lorsque Iza-Na-Gui fut descendu sur la terre, sa compagne, Iza-Na-Mi, le rencontra dans un jardin.

« — Quel bonheur de voir un aussi beau jeune homme, s'écria-t-elle.

« Mais le dieu, mécontent, répondit :

« — Il n'est pas convenable que ce soit la femme qui ait parlé la première. Reviens à ma rencontre.

« — Ils se quittèrent et se rejoignirent de nouveau.

« — Quel plaisir de rencontrer une aussi jolie fille ! dit alors Iza-Na-Gui.

« — Lequel des deux a parlé le premier ? »

La voix se tut. L'accompagnement se prolongea quelques instants encore.

Une discussion s'établit parmi les buveurs. Ils répondaient à la question posée par la chanteuse.

— C'est le dieu, qui a été salué d'abord, disaient les uns.

— Non ! non ! c'est la déesse criaient les autres. La volonté du dieu a annulé le premier salut.

— L'a-t-il annulé ? — Sans doute ! sans doute ! Ils ont recommencé comme si rien n'avait eu lieu.

— Ce qui n'empêche que ce qui a été a été, et que la femme a parlé la première.

La discussion menaça de s'envenimer mais tout se termina par un plus grand nombre de tasses vidées. Bientôt la cohue s'éclaircit, et l'auberge redevint paisible.

Une servante aperçut alors le vieillard appuyé contre une colonnette et tenant teneurs la jeune fille par la main.

— Vous-voulez du thé ou da saké ? demanda-t-elle.

— Je veux parler au chef de la maison, dit l'homme. La servante jeta un regard sur le vieillard. Il avait la tête couverte d'un grand chapeau de jonc tressé, pareil au couvercle d'un panier rond ; son costume, très usé, était en cotonnade brune ; il tenait à la main un éventail sur lequel était indiquée la route à suivre de Yédo à Osaka, la distance d'un village à l'autre, le nombre et l'importance des auberges. La servante regarda la jeune fille. Celle-ci était pauvrement vêtue. Sa robe, d'un bleu passé, était déchirée et sale. Un morceau d'étoffe blanche, enroulé autour de sa tête, cachait à demi son front. Elle s'appuyait sur un parasol noir et rose dont le papier était arraché çà et là ; mais cette jeune fille était singulièrement belle et gracieuse.

— Vous venez pour une vente ? dit la fille d'auberge.

Le vieillard fit signe que oui.

— Je vais prévenir le maître.

Elle s'éloigna et revint bientôt. Le maître la suivait.

C'était un homme d'une laideur repoussante : ses petits yeux noirs et louches se laissaient à peine voir entre l'étroite fissure des paupières ridiculement bridées ; sa bouche, très éloignée d'un nez long et anguleux, démeublée de dents et surmontée de quelques poils roides et clairsemés, donnait une expression piteuse et sournoise à son visage marqué de la petite vérole.

— Tu veux te débarrasser de cette petite ? dit-il en faisant rouler une de ses prunelles, tandis que l'autre disparaissait à l'encoignure de son nez.

— Me débarrasser de mon enfant, s'écria le vieillard. Je ne veux me séparer d'elle que pour la mettre à l'abri de la misère.

— Malheureusement, j'ai plus de femmes qu'il n'est nécessaire et toutes sont pour le moins aussi jolies que celle-ci. Ma maison est au complet.

— Je verrai ailleurs, dit le vieillard en faisant mine de s'en aller.

— Ne te presse pas tant, dit l'homme, si tes prétentions ne sont pas exorbitantes nous pourrons nous entendre.

— Il lui fit signe de le suivre dans la salle à l'entrée de laquelle il se tenait ; cette salle qui donnait sur un jardin était déserte.

— Que sait-elle faire la fillette, voyons ? dit l'affreux louche.

— Elle sait broder, elle sait chanter et jouer de plusieurs instruments ; elle peut même composer un quatrain.

— Ah ! ah ! est-ce bien vrai ? et quel prix en veux-tu ?

— Quatre kobangs.

L'aubergiste allait s'écrier « Pas plus », mais il se retint.

— C'est ce que j'allais t'offrir, dit-il.

— Eh bien, c'est convenu, dit le vieillard ; je te la loue pour tout ce que tu voudras en faire pendant l'espace de vingt années.

L'acheteur se hâta d'aller chercher un rouleau de papier et des pinceaux ; il rédigea le traité que le vieillard signa sans hésiter.

La jeune fille gardait une attitude de statue, elle ne jeta pas un regard au vieillard qui feignait d'essuyer une larme en empochant les kobangs.

Avant de sortir, il se pencha vers l'oreille de l'aubergiste et lui dit :

— Défie-toi d'elle, surveille-la, elle cherchera à s'échapper.

Puis il quitta la maison de thé de l'Aurore, et quiconque, lorsqu'il tourna l'angle de la rue, l'eût vu changer de pas en se frottant les mains et dépasser les plus alertes, eût peut-être suspecté l'authenticité de sa vieillesse et de sa barbe blanche.

X. LE RENDEZ-VOUS

Le prince de Nagato est étendu sur un matelas de satin noir, il enfonce un de ses coudes dans un coussin et livre son autre bras à un médecin accroupi auprès de lui.

Le médecin lui tâte le pouls.

Au chevet du prince, Fidé-Yori, assis sur une pile de nattes, fixe son regard inquiet sur le visage fripé mais impénétrable du médecin.

Une énorme paire de lunettes, aux verres tout ronds et encadrés de noir, donne une expression étrange et comique au visage sérieux du respectable savant.

Près de l'entrée de la chambre, Loo est agenouillé, le front penché vers le sol, à cause de la présence du roi ; il s'amuse à compter les brins d'argent qui frangent le tapis.

— Le danger est passé, dit enfin le médecin, les blessures sont fermées, et cependant la fièvre persiste pour une cause que je ne puis m'expliquer.

— Je vais te l'expliquer, moi, dit le prince eu retirant vivement son bras, c'est l'impatience d'être cloué sur ce lit et de ne pouvoir courir librement au grand air.

— Comment, ami, dit le siogoun, lorsque moi-même je viens partager ta captivité, tu es si impatient d'être libre ?

— Tu sais bien, cher seigneur, que c'est pour ton service que j'ai hâte de m'éloigner ; le départ de l'ambassade que tu envoies à Kioto ne peut être indéfiniment retardé.

— Pourquoi m'as-tu demandé comme une grâce d'être le chef de cette ambassade ?

— N~est-ce pas mon bonheur de te servir ?

— Ce n'est pas là ton seul motif, dit Fidé-Yori en souriant.

— Tu fais allusion à mon amour supposé pour Fatkoura, pensa Nagato qui sourit aussi.

— Si le prince est raisonnable, s'il fait cesser cette surexcitation qui l'épuise, il pourra partir dans trois jours, dit le médecin.

— Merci ! s'écria Nagato, ceci vaut mieux que toutes tes drogues.

— Mes drogues ne sont pas à dédaigner, dit le médecin, et tu prendras encore celle que je vais t'envoyer.

Puis il salua profondément le roi et son noble malade et se retira.

— Ah ! s'écria Fidé-Yori quand il fut seul avec son ami, ton impatience à partir me prouve que l'on ne m'avait pas trompé, tu es amoureux, Ivakoura, tu es aimé, tu es heureux !

Et il poussa un long, un profond soupir.

Le prince le regarda, surpris de ce soupir et s' attendant à une confidence, mais le jeune homme rougit un peu et changea de conversation.

Tu vois, dit-il en ouvrant un volume qu'il tenait sur ses genoux, j'étudie le livre des lois, je cherche s'il n'a pas besoin d'être épuré, adouci.

— Il contient un article que je te conseille de supprimer, dit Nagato.

— Lequel ?

— Celui qui a trait au suicide mutuel par amour.

— Comment est-il donc ? dit Fidé-Yori en feuilletant le livre. Ah ! voici « Lorsque deux amants se jurent de mourir ensemble et s'ouvrent le ventre, leurs cadavres sont saisis par la justice. Quand l'un des deux n'est pas blessé mortellement, il est traité comme assassin de l'autre. Si tous les deux survivent à leur tentative de suicide, ils sont mis aux rangs des réprouvés. »

— C'est inique, dit Nagato n'a-t-on pas le droit d'échapper par la mort à une douleur par trop vive ?

— Il est une religion qui dit que non, murmura Fidé-Yori.

— Celle des bonzes d'Europe ! celle dont tu as embrassé la doctrine, d'après la rumeur publique, dit Nagato en tâchant de lire dans les yeux de son ami.

— J'ai étudié cette doctrine, Ivakoura, dit le siogoun, elle est touchante et pure et les prêtres qui l'enseignent se montrent pleins d'abnégation. Tandis que nos bonzes ne cherchent qu'à s'enrichir, ceux-là méprisent les richesses. Et puis, vois-tu, je ne puis oublier la scène terrible à laquelle j'assistai autrefois, ni le courage sublime des chrétiens subissant les horribles tortures que mon père leur fit appliquer. J'étais enfant alors, on me fit assister à leur supplice pour m'enseigner, disait-on, comment il fallait traiter ces gens-là. C'était près de Nakasaki, sur la colline. Ce cauchemar troublera toujours mes nuits. Des croix étaient plantées sur les pentes en si grand nombre, que la colline semblait couverte d'une forêt d'arbres morts. Parmi les victimes, auxquelles on avait coupé le nez et les oreilles, marchaient trois jeunes enfants, il me semble les voir encore, défigurés, sanglants, qui montrèrent une intrépidité étrange devant la mort. Tous les malheureux furent attachés sur des croix et on leur perça le corps avec des lances ; le sang ruisselait, les victimes ne se plaignaient pas ; en mourant, elles priaient le ciel de pardonner à leurs bourreaux. Les assistants poussaient des cris affreux, et moi, tout effrayé, je criais avec eux et je cachais mon visage sur la poitrine du prince de Mayada qui me tenait dans ses bras ; bientôt, malgré les soldats qui les repoussaient et les frappaient de leurs lances, les spectateurs de cette horrible scène se précipitèrent sur la colline pour se disputer quelques reliques de ces martyrs, qu'ils laissèrent nus sur les croix.

Tout en parlant, le siogoun continuait à feuilleter le livre.

— Justement, dit-il avec un mouvement d'effroi, voici l'édit rendu par mon père et ordonnant le massacre :

« Moi, Taïko-Sama, j'ai voué ces hommes à la mort, parce qu'ils sont venus au Japon, se disant ambassadeurs, quoiqu'ils ne le fussent pas ; parce qu'ils ont demeuré sur mes terres sans ma permission, et prêché la loi des chrétiens, contrairement à ma défense. Je veux qu'ils soient crucifiés à Nakasaki. »

Fidé-Yori arracha cette page et quelques pages suivantes, contenant des lois contre les chrétiens.

— J'ai trouvé ce qu'il fallait retrancher de ce livre, dit-il.

— Tu fais bien, maître, de couvrir de ta protection ces hommes doux et inoffensifs, dit Nagato, mais prends garde que le bruit qui glisse de bouche en bouche et t'accuse d'être chrétien ne prenne de la consistance et que tes ennemis ne s'en servent contre toi.

— Tu as raison, ami, j'attendrai que ma puissance soit fermement établie pour déclarer mes sentiments et racheter autant qu'il me sera possible le sang versé sous mes yeux. Mais je vais te quitter, cher malade, tu te fatigues et le médecin t'a ordonné le repos. Aie patience, ta convalescence touche à sa fin.

Le siogoun s'éloigna en jetant à son ami un affectueux regard.

Dès qu'il fut sorti, Loo se releva enfin ; il bâilla, s'étira, et fit mille grimaces.

— Allons, Loo, dit le prince, va courir un peu dans les jardins, mais ne jette pas de pierres aux gazelles et n'épouvante pas mes canards de la Chine.

Loo s'enfuit.

Lorsqu'il fut seul, le prince tira vivement de dessous son chevet une lettre enfermée dans un sachet de satin vert ; il la posa sur son oreiller, y appuya sa joue et ferma les yeux pour dormir.

Cette enveloppe était celle que lui avait donnée la Kisaki ; il la conservait comme un trésor, et sa seule joie était d'en respirer le léger parfum. Mais, à son grand chagrin, il lui semblait que, depuis quelques jours, ce parfum s'évaporait ; peut-être, habitué à le respirer, ne le sentait-il plus aussi vivement.

Tout à coup le prince se redressa il songeait qu'à l'intérieur de l'enveloppe, ce parfum si subtil, si délicieux s'était sans doute mieux conservé. Il rompit le sceau qu'il n'avait pas encore touché, croyant que l'enveloppe était vide ; mais, à sa grande surprise il en tira un papier couvert de caractères.

Il poussa un cri et essaya de lire, mais en vain. Un voile rouge frissonnait devant ses yeux, le sang sifflait à ses oreilles ; il eut peur de s'évanouir et reposa sa tête sur l'oreiller. Il parvint cependant à se calmer et reporta ses yeux sur l'écriture. C'était un quatrain élégamment combiné. Le prince le lut avec une émotion indicible :

« Deux fleurs s'épanouissent sur les bords d'un ruisseau. Mais, hélas ! le ruisseau les sépare.

« Dans chaque corolle s'arrondit une goutte de rosée, âme brillante de la fleur.

« L'une d'elles, le soleil la frappe. Il la fait resplendir. Mais elle songe : pourquoi ne suis-je pas sur l'autre rive ?

« Un jour, ces fleurs s'inclineront pour mourir. Elles laisseront tomber comme un diamant leur âme lumineuse. Alors les deux gouttes de rosée pourront se rejoindre et se confondre. »

— C'est un rendez-vous qu'elle me donne, s'écria le prince, plus loin, plus tard, dans l'autre vie. Elle a donc deviné mon amour ! elle m'aime donc ! Ô mort, ne pourrais-tu te hâter ? ne pourrais-tu rapprocher l'heure céleste de notre réunion ?

Le prince put se croire exaucé, car, se renversant sur les coussins, il perdit connaissance.

XI. LES CAILLES GUERRIÈRES

Dans un adorable paysage au milieu d'un bois touffu, la résidence d'été de la Kisaki élève ses jolies toitures dorées. L'épais feuillage des arbres prodigieusement hauts semble s'écarter à regret pour faire place à ces toits brillants, qui se projettent tout autour du palais et abritent une large vérandah dont le sol est couvert de tapis et jonché de coussins de soie et de satin brodés d'or.

La vue ne peut s'étendre bien loin et l'habitation est comme enfermée par la végétation aux fraîches transparences. De sveltes roseaux, couleur d'émeraude, laissent flotter comme des banderoles leurs étroites feuilles qui semblent vouloir se détacher de la tige et dressent un panache argenté et floconneux. Des buissons d'orangers s'épanouissent près des hauts bambous et mêlent leurs fleurs odorantes aux fleurs rouges des cerisiers sauvages. Plus loin, des camélias énormes escaladent les arbres ; à leurs pieds de larges feuilles rouges couvertes d'un fin duvet se déploient auprès de hautes bruyères si délicates, si légères qu'elles semblent des touffes de plumes vertes. Au-dessus de ce premier étage de verdure, les palmiers, les bananiers, les chênes, les cèdres entrecroisent leurs branches et forment un réseau inextricable à travers lequel la lumière filtre, teintée de mille nuances.

Un ruisseau glisse lentement sur un lit de mousse épaisse, et son cristal fluide est légèrement troublé par une poule d'eau, au charmant plumage, qui l'effleure en poursuivant une libellule, dont le corps grêle jette des éclats de métal.

Mais plus que les fleurs environnantes, plus que le velours de la mousse et les lueurs argentées du ruisseau, les toilettes des femmes qui occupent la vérandah sont brillantes et splendides.

La Kisaki, environnée de ses femmes favorites et de quelques jeunes seigneurs, les plus nobles de la cour, assiste à un combat de cailles.

À cause de la chaleur, la souveraine porte une robe légère en gaze de soie couleur pigeon des montagnes, nuance de vert qu'elle seule peut porter. Au lieu des trois lames d'or de sa couronne, elle a posé sur sa chevelure trois marguerites aux pétales d'argent. Au-dessus de son oreille gauche, de la tête d'une longue épingle enfoncée dans ses cheveux, pend au bout d'une chaînette d'or une grosse perle d'une rare beauté et parfaitement ronde.

La Kisaki, penchée par-dessus la balustrade, suit avec attention la lutte acharnée de deux cailles qui combattent déjà depuis longtemps.

Deux jeunes garçons, vêtus d'un costume semblable différent par la couleur, sont accroupis sur les talons en face l'un de l'autre, surveillant le duel des jolis oiseaux, prêts à relever les morts et à mettre en présence de nouveaux combattants.

— Combien j'ai peu de chance de gagner, dit un seigneur au visage spirituel, moi qui ai osé parier contre ma souveraine !

— Tu es le seul qui ait eu cette audace, Simabara, dit la Kisaki, mais si tu gagnes, au prochain combat, je suis sûre que tous parieront contre moi.

— Il pourrait bien gagner, dit le prince de Tsusima, époux de la belle Iza-Farou-No-kami.

— Comment s'écria la Kisaki, suis-je donc si près de perdre ?

— Vois, ton champion faiblit.

— Courage encore un effort courage, petite guerrière ! dit la reine.

Les cailles, les plumes hérissées, le cou allongé, s'arrêtèrent un instant, se regardant immobiles, puis s'élancèrent de nouveau. L'une d'elles tomba.

— Ah c'est fini, s'écria la Kisaki se relevant, elle est morte ! Simabara a gagné.

Des jeunes filles apportèrent des sucreries et des friandises de toutes sortes, du thé cueilli sur les montagnes voisines, et les jeux cessèrent un instant.

Alors un page s'approcha de la Kisaki et lui dit que, depuis quelques minutes, un messager était là, apportant des nouvelles du palais.

— Qu'il vienne, dit la souveraine.

Le messager s'avança et se prosterna.

— Parle, dit la Kisaki.

— Lumière du monde, dit l'homme, l'ambassade du siogoun est arrivée.

– Ah dit vivement la Kisaki. Et quels sont les princes qui la composent ?

— Les princes de Nagato, de Satsouma, d'Ouésougui de Sataké.

— C'est bien, dit la Kisaki en faisant un geste pour congédier le messager. Ces seigneurs vont s'ennuyer en attendant le jour de l'audience, continua-t-elle en s'adressant aux princes réunis autour d'elle ; le Mikado, mon divin maître, est avec toutes ses femmes et toute sa cour au palais d'été ; le daïri est à peu près désert. Tsusima, va donc chercher ces princes et conduis-les ici, ils prendront part à nos jeux. Qu'on prépare à leur intention quelques pavillons dans l'enceinte de la résidence, ajouta-t-elle en se tournant vers ses femmes.

Les ordres furent transmis à l'intérieur de la maison, et le prince de Tsusima, après s'être incliné profondément, s'éloigna.

Le daïri n'était distant du palais d'été que d'une demi-heure de marche, il fallait donc une heure pour y aller et en revenir.

— Préparez un nouveau combat, dit la Kisaki.

Les oiseliers crièrent les noms des combattants :

— L'Ergot-d'Or !

— Le Rival-de-l'Éclair !

— L'Ergot-d'Or, c'est un inconnu, dit la souveraine ; je parie pour le Rival-de-l'Éclair ; je le crois invincible : il a tué Bec-de-Corail, qui avait massacré de nombreux adversaires.

Tous les assistants parièrent avec la reine.

— S'il en est ainsi, dit-elle en riant, je parie seule contre vous tous ; je m'associe à la fortune de l'Ergot d'Or.

La lutte commença : le Rival-de-l'Éclair s'élança avec la vivacité qui lui avait valu son nom. D'ordinaire au premier choc, il mettait son adversaire hors decombat mais, cette fois, il se recula en laissant quelques plumes au bec de son antagoniste qui n'avait pas été atteint.

— Bien ! bien ! s'écria-t-on de tous côtés, l'Ergot d'Or débute à merveille ?

Quelques seigneurs s'accroupirent sur leurs talons pour suivre le combat de plus près.

Les oiseaux se rejoignirent une seconde fois. Mais alors on ne vit plus rien qu'un ébouriffement confus de plumes frémissantes, puis le Rival-de-l'Éclair tomba la tête ensanglantée, et l'Ergot-d'Or posa fièrementune de ses pattes sur le corps de son ennemi vaincu.

— Victoire s'écria la Kisaki en frappant l'une contre l'autre ses petites mains couleur de lait. L'Ergot-d'Or est le roi de la journée, c'est à lui que revient le collier d'honneur.

Une des princesses alla chercher un écran de laque noire qui contenait un anneau d'or enrichi de rubis et de grains de corail, et duquel pendait un petit grelot de cristal.

On apporta la vainqueur à la reine qui, prenant l'anneau entre ses doigts, le passa au cou de l'oiseau.

D'autres combats eurent lieu encore mais la Kisaki, singulièrement distraite, y fit à peine attention ; elle prêtait l'oreille aux mille frissons de la forêt, et semblait s'irriter du gazouillement du ruisseau qui l'empêchait de percevoir distinctement un bruit très faible et lointain. C'était peut-être le heurt léger des sabres passés à la ceinture d'un seigneur, l'écrasement du sable des allées sous des pas nombreux, le claquement brusque d'un éventail qu'en ploie et qu'on déploie.

Un insecte, un oiseau qui passait faisaient évanouir ce bruit à peine saisissable.

Cependant, il s'affirma bientôt ; tout le monde l'entendit. Des murmures de voix s'y mêlaient.

— Voici les ambassadeurs, dit Simabara.

Peu après, on entendit le cliquettement des armes dont les princes se dépouillaient avant de paraître devant la souveraine.

Tsusima s'avança de l'intérieur de la maison et annonça les nobles envoyés qui parurent à leur tour et se prosternèrent devant la Kisaki.

— Relevez-vous, dit vivement la jeune femme, et apprenez les lois qui régissent notre petite cour des fleurs. L'étiquette cérémonieuse en est bannie, j'y suis considérée comme une sœur aînée. Chacun est libre et à l'aise et n'a d'autre occupations que d'imaginer des distractions nouvelles, ici le mot d'ordre est gaieté.

Les seigneurs se relevèrent, on les entoura et on les questionna sur les récents événements d'Osaka.

La Kisaki jeta un rapide regard sur le prince de Nagato ; elle fut frappée de l'air de faiblesse empreint dans toute la personne du jeune homme ; mais elle surprit dans ses yeux un étrange rayonnement plein de fierté et de joie.

— Il a lu les vers que je lui ai donnés, pensa-t-elle. Suis-je folle d'avoir écrit cela !

Elle lui fit signe cependant de s'approcher.

— Imprudent, lui dit-elle, pourquoi t'être mis en route si faible, si malade encore ?

— Tu as daigné protéger ma vie, divine reine, dit le prince, pouvais-je tarder plus longtemps à venir te témoigner mon humble gratitude ?

— Il est vrai que ma prévoyance t'a sauvé de la mort, mais n'a pas réussi à te préserver de blessures terribles, dit la reine ; il semble que tout ton sang aitcoulé hors de tes veines. Tu es pâle comme ces fleurs de jasmin.

Elle lui montrait une branche épanouie qu'elle tenait entre ses doigts.

— Tu as dû souffrir beaucoup, ajouta-t-elle.

— Ah ! puis-je t'avouer, s'écria Nagato, que pour moi la douleur physique est un soulagement : il est une autre blessure plus poignante, celle dont je meurs, qui ne me donne pas de repos

— Quoi dit la Kisaki en cachant dans un sourire une profonde émotion, est-ce ainsi que tu te conformes à mes volontés ? N'as-tu pas entendu que la gaieté seule règne ici ? Ne parle donc plus de mort ni de tristesse laisse ton âme se détendre au milieu des effluves de cette belle et fortifiante nature. Tu passeras quelques jours ici, tu verras quelle vie champêtre et charmante nous menons dans cette retraite. Nous rivalisons de simplicité avec nos antiques aïeux, les pasteurs, qui, les premiers, plantèrent leurs tentes sur ce sol. Iza-Farou, continua-t-elle en interpellant la princesse qui passait devant la maison, j'ai envie d'entendre des histoires, rappelle nos compagnons et mets fin à leur entretien politique.

Bientôt tous les privilégiés admis à l'intimité de la souveraine furent rassemblés.

On rentra dans la première salle de l'habitation. La Kisaki gagna une estrade très basse, couverte de tapis et de coussins, et s'y coucha à demi. Les femmes s'installèrent à gauche, les hommes à droite, et aussitôt des serviteurs posèrent à terre, devant chacun un petit plateau d'or, couvert de friandises et de boissons tièdes.

Par tous les panneaux ouverts l'air embaumé des bois pénétrait dans cette pièce assez vaste, laquelle était emplie par un demi-jour vert, reflet des arbres voisins. Les murailles étaient merveilleusement décorées : des animaux fabuleux, l'oiseau foo, la licorne, la tortue sacrée se détachaient sur des fonds d'azur, d'or ou de pourpre, et un paravent en émaux cloisonnés couleur turquoise et feuille morte, décrivait ses zigzags derrière l'estrade. Aucun meuble, rien que d'épais tapis, des coussins, des draperies de satin historiées d'oiseaux, brodés dans des cercles d'or.

— Je vous déclare tout d'abord, dit la Kisaki, que je ne dirai pas un mot. Je suis prise d'une nonchalance, d'une paresse invincibles. D'ailleurs, je veux entendre des histoires et non en conter.

On se récria beaucoup contre cette décision.

— C'est irrévocable, dit la reine en riant ; vous n'obtiendrez même pas quelques paroles de flatterie, votre narration achevée.

— N'importe ! s'écria Simabara, je vais raconter l'histoire du loup changé en jeune fille.

— C'est cela ! c'est cela ! s'écrièrent les femmes ; le titre a notre approbation.

— Un vieux loup.

— Ah ! il est vieux, ce loup ? dit une princesse avec une moue dédaigneuse.

— Vous savez bien que pour donner asile à une âme humaine, un animal doit être vieux.

— C'est vrai ! c'est vrai ! cria-t-on, commence !

— Un vieux loup, reprit Simabara, habitait dans une grotte, près d'une route très fréquentée. Ce loup avait un appétit insatiable, il sortait donc souvent de sa caverne, s'avançait au bord du chemin et happait un passant. Mais cette façon d'agir ne fut nullement du goût des voyageurs, ils cessèrent de passer par cette route et peu à peu elle devint tout à fait déserte. Le loup médita profondément et chercha le moyen de faire cesser cet état de choses. Tout à coup il disparut et on le crut mort. Quelques audacieux se risquèrent sur le chemin, ils virent alors une belle jeune fille qui leur souriait.

— Voulez-vous me suivre et venir vous reposer dans un lieu frais et charmant ? leur dit-elle.

On n'eut garde de refuser, mais dès qu'elle fut loin de la route, la jeune fille redevint un vieux loup et croqua les voyageurs ; puis il reprit sa forme gracieuse et retourna au bord de la route. Depuis ce temps il n'est pas un voyageur qui ne soit tombé dans la gueule du loup !

Les princes applaudirent fort à cette histoire ; mais les femmes se récrièrent.

— Cela veut dire que nous sommes des pièges dangereux cachés par des fleurs, dirent-elles.

— Les fleurs sont si belles que nous ne verrons jamais le piège, dit le prince de Tsusima en riant.

— Allons, dit la reine, Simabara boira deux tasses de saké pour avoir blessé les femmes.

Simabara vida les tasses gaiement.

— Autrefois, dit la princesse Iza-Farou, en lançant un regard malicieux à Simabara, les héros étaient nombreux : on parlait de Asahina, qui saisissait de chaque main un guerrier tout cuirassé et le lançait loin de lui, de Tamétomo et de son arc formidable, de Yatsitsoné qui n'avait pour bouclier que son éventail ouvert, de combien encore leurs grandes aventures emplissaient les causeries. On affirmait, entre autres choses, qu'un jour, Sousigé, le cavalier sans rival, revenant de voyage, aperçut plusieurs de ses amis accroupis autour d'un damier ; il lança alors son cheval par dessus leurs têtes, et le cheval se tint immobile sur ses pieds de derrière au centre du damier. Les joueurs, stupéfaits, crurent que ce cavalier tombait du ciel. En ce temps-ci je n'ai entendu conter rien de pareil.

— Bon ! bon ! s'écria Simabara, tu veux donner à entendre qu'aucun de nous ne serait capable d'accomplir une telle prouesse d'équitation, et que le temps des héros est passé.

— C'est en effet ce que je voulais vous faire comprendre, dit Iza-Farou en éclatant de rire ; ne devais-je pas riposter à votre loup insolent ?

— Elle avait le droit de nous venger, dit la Kisaki, elle ne subira aucune punition.

— Fleur-de-Roseau sait une histoire, elle ne veut pas la dire, s'écria une princesse qui, depuis un instant, chuchotait avec sa voisine.

Fleur-de-Roseau se cacha le visage derrière la large manche de sa robe. C'était une toute jeune fille un peu timide encore.

— Allons, parle, dit la Kisaki, et sois sans crainte, nous n'avons rien de commun avec le loup de Simabara.

— Eh bien ! voici, dit Fleur-de-Roseau, soudain rassurée. Il y avait dans l'île de Yéso un jeune homme et une jeune fille qui s'aimaient tendrement. Ils avaient été, dès le berceau, fiancés l'un à l'autre et ne s'étaient jamais quittés. La jeune fille avait quinze ans, le jeune homme dix-huit. On songeait à fixer l'époque de leur mariage. Par malheur le fils d'un homme riche devint amoureux de la jeune fille et demanda sa main à son père, et celui-ci, méprisant ses engagements anciens, la lui accorda. Les jeunes gens eurent beau le prier, le père demeura inflexible. Alors la fiancée alla trouver son amant au désespoir.

— Écoute, lui dit-elle, puisque l'on veut nous séparer dans ce monde, que la mort nous réunisse. Allons sur le tombeau de tes ancêtres et tuons-nous.

Ils firent comme elle avait dit, ils se couchèrent sur le tombeau et se poignardèrent ; mais l'amoureux méprisé les avait suivis. Il s'approcha lorsqu'il ne les entendit plus parler. Il les vit alors étendus l'un près de l'autre, immobiles, la main dans la main.

Tandis qu'il se penchait vers eux, deux papillons blancs s'élevèrent de la tombe et s'envolèrent gaiement en faisant palpiter leurs ailes.

— Ah s'écria le jaloux avec colère, ce sont eux, ils m'échappent, ils fuient dans la lumière, ils sont heureux, mais je veux les poursuivre à travers le ciel.

Il saisit alors le poignard abandonné et se frappa à son tour.

Un troisième papillon s'élança alors ; mais les autres étaient déjà loin : celui-ci ne put jamais les rejoindre.

Aujourd'hui encore, regardez au-dessus des fleurs, lorsque revient le printemps, vous verrez passer les deux amants ailés, tout près l'un de l'autre ; regardez encore, vous apercevrez bientôt le jaloux qui les poursuit sans les atteindre jamais.

— En effet, dit Iza-Farou, les papillons sont toujours groupés ainsi : deux qui voltigent l'un près de l'autre et un troisième qui les suit à distance.

J'avais aussi remarqué cette particularité sans pouvoir me l'expliquer, dit la Kisaki, l'histoire est jolie, je ne la connaissais pas.

— Il faut que le prince de Satsouma nous raconte quelque chose, dit Fleur-de-Roseau.

— Moi ! s'écria le bon vieillard un peu ému, mais je ne sais pas d'histoires.

— Si ! si ! vous en savez, s'écrièrent les femmes, il faut nous en dire une.

— Alors je vais vous rapporter une aventure arrivée il y a peu de temps au cuisinier du prince de Figo.

Cette déclaration provoqua une hilarité générale.

— Vous verrez, dit Satsouma, vous verrez que ce cuisinier a de l'esprit. D'abord, il est fort habile dans son art, ce qui n'est pas à dédaigner, et, de plus, il apporte un soin excessif dans les moindres détails de son service. Il y a peu de jours, cependant, dans un festin auquel j'assistais, les serviteurs apportèrent un bassin plein de riz et le découvrirent devant le Seigneur de Figo. Quelle fut la surprise de celui-ci en voyant, au milieu delà blancheur du riz, un insecte noir, immobile, car il était cuit ! Le prince devint pâle de colère. Il fit appeler le cuisinier, et, au bout de ses bâtonnets d'ivoire, il saisit l'ignoble insecte et le présenta au valet avec un regard terrible. Il ne restait plus d'autre ressource au malheureux serviteur que de s'ouvrir le ventre le plus promptement possible ; mais il paraît que cette opération n'était pas de son goût, car, s'approchant de son maître avec tous les signes de la joie la plus vive, il prit l'insecte et le mangea, feignant de croire que le prince lui faisait l'honneur de lui donner une bribe du repas. Les convives se mirent à rire devant ce trait d'esprit ; le prince de Figo lui-même ne put s'empêcher de sourire, et le cuisinier fut sauvé de la mort.

— Bien ! bien ! cria toute l'assistance, voilà une histoire qui ne blesse personne.

— C'est le tour de Nagato, dit Tsusima, il doit savoir de charmants contes.

Nagato eut un tressaillement comme si on l'eût tiré d'un profond sommeil, il n'avait rien écouté, rien entendu, absorbé dans la contemplation, pleine de délices, de la déesse qu'il adorait.

— Vous voulez un conte ? dit-il, en regardant les princes et les princesses comme s'il les voyait pour la première fois.

Il réfléchit quelques secondes.

— Eh bien, en voici un, dit-il : Il y avait un très petit étang, né un jour d'orage, il s'était formé sur un lit de mousse et de violettes, de jolis buissons en fleur l'entouraient et se penchaient vers lui les nuages, ses parents, n'étaient pas encore dissipés que déjà les oiseaux venaient effleurer son eau du bout de leurs ailes et le réjouir de leurs chants ; il était heureux et jouissait de la vie, la trouvant bonne. Mais voici que les nuages se dispersèrent, et quelque chose de merveilleux, d'éblouissant apparut au-dessus de l'étang. Son eau s'emplit d'étincelles, des frissons diamantés coururent à sa surface ; il était transformé en un écrin magnifique mais les nuages revinrent : la vision disparut. Quelle tristesse alors et quels regrets ! L'étang ne trouva plus de charme aux caresses des oiseaux ; il méprisa les reflets que lui jetaient les fleurs de ses rives ; tout lui parut laid et obscur. Enfin, le ciel redevint serein, et cette fois pour longtemps. La lumineuse merveille reparut ; l'étang fut de nouveau pénétré de chaleur, de splendeur et de joie, mais il se sentait mourir sous ces flèches d'or de plus en plus brûlantes. Pourtant, si une branche légère projetait son ombre sur lui ; si un fin brouillard s'élevait et lui servait de bouclier ! comme il les maudissait de retarder d'une minute son délicieux anéantissement ! Le troisième jour, il n'y avait plus une goutte d'eau l'étang avait été bu par le soleil.

Ce conte plongea les princesses dans une douce rêverie. Les hommes déclarèrent que Nagato venait de créer une nouvelle manière de conter, et que cette improvisation aurait pu être mise en vers.

La reine, qui comprenait que c'était pour elle seule que le prince avait parlé, lui jeta, presque malgré elle, un regard plein d'une mélancolique douceur.

La journée touchait à sa fin. Deux princesses vinrent s'agenouiller devant la Kisaki, afin de prendre ses ordres pour les divertissements du lendemain.

— Demain, dit-elle, après avoir songé quelques instants, déjeuner champêtre et lutte poétique au Verger occidental.

XI. LES CAILLES GUERRIÈRES

On se sépara bientôt et les ambassadeurs furent conduits aux pavillons qui leur étaient destinées et qui étaient enfouis sous la verdure et les fleurs.

XII. LE VERGER OCCIDENTAL

Lorsque le prince de Nagato s'éveilla, le lendemain, il éprouva un sentiment de bien être et de joie que depuis longtemps il ne connaissait plus. Jouissant de cet instant de nonchalante rêverie qui est comme l'aube du réveil, il laissait errer ses regards sur les ombres sautillantes des feuilles que le soleil, du dehors, jetait contre les stores fermés. Des milliers d'oiseaux piaillaient et gazouillaient, et l'on eût pu croire que c'était la lumière elle-même qui chantait dans ce pétillement de voix claires.

Le prince songeait à la journée de bonheur qui allait s'écouler. C'était une oasis dans le désert aride et brûlant de son amour ; il repoussait la pensée du prochain départ avec son cortège de tristesses, pour s'abandonner entièrement à la douceur du présent ; il était heureux, tranquillisé.

La veille, l'esprit plein de souvenirs, le cœur plein d'émotion, il avait compris que le sommeil le fuirait obstinément. Il s'était fait alors préparer une boisson destinée à combattre l'insomnie. Un sentiment secret de coquetterie l'avait décidé à éloigner de lui une nuit de fièvre, il savait qu'il était beau, on le lui avait dit cent fois et le regard des femmes le lui redisait chaque jour. Cette grâce du corps et du visage, ce charme qui émanait de sa personne n'avaient-ils pas contribué à attirer sur lui la bienveillante attention de la souveraine ? Ils méritaient donc d'être préservés des atteintes de la fatigue et de la fièvre.

Dès qu'il eut appelé les serviteurs, le prince se fit apporter un miroir et s'y regarda avec une précipitation inquiète.

Le premier regard le rassura cependant.

Sa pâleur reprenait les teintes chaudes que la maladie lui avait ravies, le sang revenait aux lèvres et cependant les yeux gardaient encore quelque chose de leur éclat fiévreux.

Il apporta aux détails de sa toilette une attention puérile, choisissant les parfums les plus doux, les vêtements les plus souples, les nuances claires, vaguement bleuâtres, qui étaient ses préférées.

Lorsqu'il sortit enfin de son pavillon, les invités étaient déjà réunis devant le palais de la Kisaki. Son arrivée fit sensation ; les hommes s'extasièrent sur sa toilette, les femmes n'osèrent parler, mais leur silence était des plus flatteurs, il pouvait se traduire ainsi : celui-ci est digne d'être aimé, même par une reine, car ce corps parfaitement beau est le temple de l'esprit le plus délicat, du cœur le plus noble de tout l'empire.

La princesse Iza-Farou-No-Kami s'approcha de Nagato :

— Vous ne m'avez pas demandé des nouvelles de Fatkoura, prince, lui dit-elle.

Le prince n'avait nullement songé à Fatkoura et il n'avait pas même remarqué son absence.

— Elle était malade hier, continua la princesse, mais l'annonce de votre arrivée lui a rendu la santé. Comme elle est triste depuis quelque temps, votre retour va la consoler peut-être. Vous la verrez tout à l'heure, elle est près de la Kisaki, c'est sa semaine de service. Eh bien ! vous ne dites rien ?

Le prince ne savait que dire ; en effet, le nom de Fatkoura éveillait en lui un remords et un ennui il se reprochait d'avoir inspiré de l'amour à cette femme, ou plutôt d'avoir paru répondre à celui qu'il devinait en elle. Il s'était servi de cette fausse passion comme d'un écran placé entre les regards curieux et le soleil de son véritable amour. Mais il ne se sentait plus la force de soutenir son rôle d'amant épris, et, au lieu de la compassion et de l'amitié qu'il s'efforçait de ressentir pour sa malheureuse victime, Fatkoura ne lui inspirait qu'une indifférence profonde.

L'arrivée de la Kisaki le dispensa de répondre à Iza-Farou. La reine s'avançait sous la verandah, en saluant d'un gracieux sourire ses hôtes qui mirent un genou à terre.

Comme l'on devait gravir une montagne et passer par d'étroits chemins, la Kisaki avait revêtu une robe moins ample que celle qu'elle portait d'ordinaire. Cette robe glauque était en crêpe légèrement ridé comme la surface d'un lac qui frissonne sous le vent ; une large ceinture en toile d'or serrait la taille et formait un nœud énorme sur les reins. Une branche de chrysanthème en fleur était brodée sur l'un des bouts de cette ceinture. La reine avait dans les cheveux de grandes épingles blondes finement travaillées, et au-dessus du front un petit miroir rond entouré d'un rang de perles.

Bientôt, un char magnifique, traîné par deux buffles noirs, s'avança devant le palais. Ce char, surmonté d'un toit et tout couvert de dorures, ressemblait à un pavillon. Il était clos par des stores que la Kisaki fit relever.

Les princesses et les seigneurs prirent place dans des norimonos portés par un grand nombre d'hommmes richement vêtus, et l'on se mit en route joyeusement.

La journée est magnifique, une légère brise rafraîchit l'air, on ne sera pas incommodé par la chaleur.

D'abord on traverse les jardins de la résidence. Le char écarte les branches fantasques qui se projettent sur les allées, il fait envoler les papillons et tomber les fleurs. Puis on atteint la muraille qui entoure le palais d'été et l'on franchit la haute porte surmontée par l'oiseau du mikado, le Foo-Houan, animal mythologique qui participa à la création du monde. On longe alors extérieurement les murailles, puis l'on prend un chemin bordé de hauts arbres qui conduit auprès des montagnes. C'est là que toute la cour descend pour continuer la route à pied. On forme des groupes, les serviteurs ouvrent les parasols, et l'on commence gaiement à gravir la montagne. La Kisaki marche la première, légère, joyeuse comme une jeune fille, elle court par instants, cueille des fleurs sauvages aux buissons ; puis, lorsqu'elle en a une provision trop ample, elle les jette sur le chemin ; les conversations s'engagent, les éclats de rire retentissent, chacun marche à sa guise ; quelques-uns des seigneurs retirent leur chapeau laqué qui ressemble à un bouclier rond et l'accrochent à leur ceinture puis ils fixent leur éventail ouvert sous leurs cheveux tordus en corde, de façon à ce qu'il leur fasse comme un auvent au-dessus du front.

Par instant, une trouée dans les buissons laisse apercevoir la ville, qui semble s'étendre à mesure que l'on s'élève ; mais on ne s'arrête pas à la contempler, la première station devant avoir lieu sur la terrasse du temple de Kiomidz, c'est-à-dire le temple de l'Eau-Pure, d'où la vue est admirable.

Ce temple s'appuie d'un côté sur des piliers de bois prodigieusement hauts qui descendent jusqu'au pied de la montagne ; de l'autre, il s'adosse à une roche taillée à pic il abrite sous sa large toiture recouverte de plaques en porcelaine bleue, une divinité à mille bras.

Sur la terrasse couverte de gros cailloux, qui se projette devant la façade du temple, on a disposé des pliants pour que les nobles promeneurs se reposent et jouissent tout à leur aise de la beauté du point de vue.

Ils arrivent bientôt et s'installent.

Kioto s'étend sous leurs regards, avec ses innombrables maisons, basses mais élégantes, qui entourent le parc immense du Daïri,[1] lac de verdure duquel surgit çà et là comme un îlot, un toit large et magnifique. On peut suivre des yeux la ligne claire que tracent les murailles autour du parc.

Au sud de la ville, une rivière, l'Idogava, luit sous le soleil. La plaine, riche et bien cultivée, s'étend au delà. Un autre cours d'eau, la rivière de l'Oie-Sauvage, coule au centre de la ville, près de la forteresse de Nisio-Nosiro qui dresse ses hauts remparts et sa tour carrée coiffée d'un toit relevé des bords.

Derrière la ville se déploie un demi-cercle de hautes collines couvertes de végétations et de temples de toutes sortes qui s'étagent sur les pentes, les escaladent et disparaissent à demi dans les feuillages et les fleurs. Les seigneurs se montrent les uns aux autres le temple d'Iasacca ou des Huit-Escarpements, la tour de To-Tsé, à cinq étages de toitures légères la chapelle de Guihon, qui ne contient qu'un miroir métallique de forme ronde, et qui est environnée d'un grand nombre de jolies maisons dans lesquelles on boit du thé et du saké ; puis en bas, vers la plaine, sur la route qui mène à Fusimi, la pagode colossale de Daïbouds, très haute, très magnifique, et qui contient dans l'enceinte de ses jardins le temple des Trente-Trois mille Trois cent Trente-Trois Dieux édifice très long et peu large.

Les promeneurs s'extasient sur la beauté du site, ils se réjouissent de se perdre par le regard dans le réseau compliqué que forment les rues de la ville, pleines d'une foule brillante, les enclos, les cours, qui, de la-haut, ressemblent à des boîtes ouvertes ; d'un seul mou-

1 Palais du mikado et de sa cour.

vement des yeux ils traversent Kioto ; près de la rivière, ils voient un grand espace libre, entouré d'une palissade, c'est le champ de manœuvre des cavaliers du ciel, quelques-uns galopent dans son enceinte, les broderies de leurs vêtements, leur lance, leur casque, jettent des éclairs.

Les montagnes, d'un vert profond, mordent de leurs dentelures l'azur vif du ciel, quelques pics plus lointains ont des nuances violettes, l'atmosphère est si pure que l'on distingue nettement la petite ville de Yodo, rattachée à Kioto par le long ruban de la route qui traverse les champs dorés.

La Kisaki se lève.

— En route s'écrie-t-elle ; ne nous arrêtons pas trop longtemps ici, allons boire, plus haut, l'eau de la cascade d'Otooua, laquelle, a ce que prétendent les bonzes, donne la prudence et la sagesse.

— N'y a-t-il pas une fontaine dont l'eau aurait la vertu de rendre fou et insouciant ? dit Simabara ; celle-là j'y tremperais plus volontiers mes lèvres.

— Je ne vois pas ce que tu y gagnerais, dit une princesse en riant ; si la fontaine dont tu parles existe, tu as certainement goûté de son eau.

S'il en était une qui donnât l'oubli de la vie et l'illusion d'un rêve sans réveil, dit le prince de Nagato de celle-là j je m'enivrerais.

— Je me contenterais à ta place de celle qui donne la prudence, dit Fatkoura, qui n'avait pas encore échangé un mot avec Nagato.

Cette voix amère et ironique fit tressaillir douloureusement le prince. Il ne répondit rien et se hâta de rejoindre la reine, qui gravissait un escalier de pierre façonné dans l'escarpement de la montagne.

Cet escalier, bordé d'arbustes dont les branches entrelacées forment au-dessus de lui un réseau de verdure, conduit à la cascade d'Otooua. Déjà on entend le bruit de l'eau qui sourd du rocher par trois fissures et tombe d'assez haut dans un petit étang.

La Kisaki arrive la première ; elle s'agenouille dans l'herbe et trempe ses mains dans l'eau pure.

Un jeune bonze accourt qui tient une tasse d'or, mais la souveraine l'éloigne d'un geste, et, avançant les lèvres, elle aspire la gorgée d'eau contenue à grand-peine dans le creux de sa main, puis elle se relève et secoue ses doigts quelques gouttes tombent sur sa robe.

— À présent, dit-elle en riant, Bouddha lui-même n'a pas plus de sagesse que moi.

— Tu ris, dit Simabara ; pour moi, je crois à la vertu de cette eau, c'est pourquoi je n'en boirai pas.

On prend un sentier très âpre. Son seul aspect fait pousser des cris d'inquiétude aux femmes. Quelques-unes déclarent qu'elles ne se risqueront jamais dans un pareil chemin, mais les seigneurs passent les premiers et tendent leur éventail fermé aux plus peureuses et l'on atteint le faîte de la montagne. Mais alors les cris d'épouvante redoublent. On a devant soi un petit torrent qui court en sautillant sur les pierres, il faut le franchir en enjambant de roche en roche au risque, en cas de maladresse, de tremper le pied dans l'eau.

La Kisaki demande à Nagato l'appui de son épaule et elle passe. Quelques-unes de ses femmes la suivent, puis se retournent pour rire tout à leur aise de celles qui n'osent pas passer.

Une jeune princesse s'est arrêtée au milieu de l'eau, debout sur une roche, elle serre les plis abondants de ses robes, et rieuse, un peu fâchée cependant, ne veut ni avancer ni reculer. Elle ne se décide à franchir le mauvais pas que sur la menace d'être abandonnée seule au milieu du torrent.

On n'a plus que quelques pas a faire pour atteindre le Verger occidental qu'entoure une haie d'arbustes de thé. La reine pousse une porte à claire-voie et pénètre dans l'enclos.

C'est le lieu le plus ravissant que l'on puisse voir. Le printemps, à cette hauteur, est un peu tardif, et tandis que dans la vallée les arbres fruitiers ont déjà laissé choir toutes leurs fleurs, ils sont ici en pleine éclosion. Sur les ondoiements du terrain très mouvementé et recouvert d'un épais gazon, les pruniers couverts de petites étoiles blanches, les abricotiers, les pommiers, les pêchers aux fleurs roses, les cerisiers couverts de fleurs pourpres, se courbent, se tordent, projettent de toutes parts leurs branches sombres dont la rudesse contraste avec la fragilité des pétales ouverts.

Au centre du verger, on a étendu un grand tapis sur l'herbe, et une draperie de satin rouge soutenue par des mâts dorés palpite au-dessus. La collation est disposée sur ce tapis dans des porcelaines précieuses.

C'est avec plaisir que les convives s'accroupissent devant les plateaux chargés de mets délicats ; la promenade a donné à tous de l'appétit. Les femmes s'installent en deux groupes à droite et à gauche de la Kisaki ; les hommes s'établissent en face d'elle à une distance respectueuse.

La plus franche gaieté règne bientôt parmi la noble réunion : le rire jaillit de toutes les lèvres ; on cause bruyamment et personne ne prête l'oreille aux mélodies que fait entendre un orchestre, masqué par un paravent en fibres de roseau.

Seule, Fatkoura garde un visage sombre et demeure silencieuse. La princesse Iza-Farou l'examine à la dérobée avec une surprise croissante, elle considère aussi de temps à autre le prince de Nagato, qui semble absorbé par une rêverie pleine de douceur, mais ne tourne jamais les yeux du côté de Fatkoura.

— Que se passe-t-il donc ? murmure la princesse, il est certain qu'il ne l'aime plus moi qui croyais les noces si prochaines !

La collation terminée, la Kisaki se lève :

Maintenant, dit-elle, au travail que chacun de nous s'inspire de la nature pour composer un quatrain en caractères chinois.

On se disperse sous les arbres du verger ; chacun s'isole et réfléchit, les uns arrêtés devant une branche en fleur, d'autres se promenant lentement, les regards fixés à terre ou levant la tête vers ce que l'on voit de ciel à travers les constellations de fleurs blanches ou roses. Quelques indolentes s'étendent sur le gazon et ferment les yeux.

Les couleurs fraîches et joyeuses des costumes éclatent gaiement sur la verdure et ajoutent un charme de plus au paysage.

Bientôt tous les poètes sont rappelés. Le temps accordé à la conception du quatrain est passé. On se réunit, on s'assied sur le gazon. Des serviteurs apportent un grand bassin de bronze sur les flancs duquel se tordent des dragons sculptés, au milieu de branchages fantastiques. Ce bassin est plein d'éventails blancs, illustrés seulement d'une légère esquisse à un de leurs angles. C'est une touffe d'iris, quelques minces roseaux, une cabane près d'un lac vers lequel se penche un saule ébourriffé, un oiseau serrant entre ses griffes une branche d'amandier en fleur.

Chaque concurrent prend un de ces éventails sur lequel on doit écrire la pièce de vers. On apporte aussi des pinceaux et de l'encre délayée. Bientôt les noirs caractères s'alignent en quatre rangées verticales sur la blancheur des éventails ; les poèmes sont terminés. Chaque poète lit le sien à haute voix.

C'est la princesse Iza-Farou qui commence :

LES PREMIÈRES FLEURS

« Qu'il est fugitif dans la vie, l'instant,

« Où l'on a que des joies, des espérances et pas de regrets !

« Au printemps, quel est le moment le plus délicieux ?

« Celui où pas une seule fleur encore ne s'est fanée. »

Une vive approbation accueille ce poème.

Lorsque le silence s'est rètabli, Simabara prend la parole :

L'AMOUR DE LA NATURE

« Je lève la tête et je vois une troupe d'oies sauvages.

« Parmi ces voyageuses une, qui tout à l'heure était en tête, se laisse dépasser par ses compagnes.

« La voici qui vole derrière les autres. Pourquoi s'attarde-t-elle ainsi ?

« C'est que des hauteurs du ciel elle contemple la beauté d'un point de vue. »

— Bien bien s'écrièrent les auditeurs.

Quelques princes répètent le dernier vers en secouant la tête avec satisfaction.

On lit encore plusieurs quatrains, puis la Kisaki récite le sien :

LA NEIGE

« Le ciel est pur, les abeilles frissonnent au-dessus des parterres.

« Une brise tiède court dans les arbres.

« Elle fait tomber abondamment les fleurs de prunier.

« Que c'est agréable la neige au printemps ! »

— Tu es notre maître à tous s'écrie-t-on avec enthousiasme. Que sont nos vers à côté des tiens !

— Notre grand poète Tsourai-Iouki n'a jamais écrit un poème plus parfait que celui-ci, dit le prince de Nagato.

— C'est de ce poète, en effet, que je me suis inspirée, dit la Kisaki en souriant de plaisir. Mais c'est à ton tour de lire, Ivakoura, ajouta-t-elle en levant les yeux sur le prince.

Le prince de Nagato déploya son éventail et lut :

LE SAULE

« La chose que vous aimez le plus, que vous aimez mieux que nul ne pourrait l'aimer,

« Elle appartient à un autre.

« Ainsi le saule qui prend racine dans votre jardin.

« Se penche, poussé par le vent, et embellit de ses rameaux l'enclos voisin. »

— L'illustre Tikangué pourrait être ton frère, dit la Kisaki ; il n'est pas dans ses œuvres un quatrain supérieur à celui-ci. Je veux conserver l'éventail que ta main a illustré je t'en prie, abandonne-le-moi.

Nagato s'approcha de la reine, et, s'agenouillant, lui remit l'éventail.

Fatkoura, brusquement, récita ce quatrain qu'elle improvisait :

« Le faisan court dans les champs il attire les regards par son plumage doré.

« Il crie en cherchant sa nourriture.

« Puis, il retourne vers sa compagne.

« Et, par amour pour elle, il découvre involontairement le lieu de sa retraite aux hommes. »

La reine fronça le sourcil et pâlit légèrement. Un mouvement de colère fit battre son cœur car elle comprit que Fatkoura, par cette improvisation, dirigeaitcontre le prince de Nagato et contre elle-même une calomnie outrageante ; elle insultait la souveraine avec l'intrépidité d'une âme qui a tout perdu et oppose à la vengeance un bouclier : le désespoir.

La Kisaki, se sentant impuissante à punir, fut prise d'une vague terreur et elle dompta sa colère. Comprendre l'intention blessante des paroles de Fatkoura, n'était-ce pas avouer une coupable préoccupation, un intérêt indigne de sa majesté pour l'amour que par sa beauté elle avait fait naître dans le cœur d'un de ses sujets ?

Elle complimenta Fatkoura d'une voix très tranquille sur l'élégance de son poème, puis elle lui fit remettre par un page le prix du concours. C'était un charmant recueil de poésies, pas plus grand que le doigt, la mode étant alors pour les livres d'être le plus petits possible.

Quelques heures plus tard, tandis que le prince de Nagato, accoudé au rebord d'une terrasse, contemplait du haut de la montagne le soleil couchant qui épandait dans le ciel des effluves pourpres, la Kisaki s'approcha de lui.

Il leva les yeux vers elle, croyant qu'elle voulait lui parler, mais elle se taisait ; les regards perdus à l'horizon et tout attristée, elle gardait une attitude solennelle.

Les reflets de l'Occident empêchaient de voir sa pâleur. Elle dominait une émotion douloureuse et voulait retenir une larme qui frissonnait entre ses cils et troublait sa vue.

Nagato éprouvait une sorte d'effroi, il sentait bien qu'elle allait lui dire quelque chose de terrible, il eût voulu l'empêcher de parler.

— Reine, dit-il doucement comme pour éloigner le danger, le ciel ressemble à une grande feuille de rose.

— C'est le dernier pétale du jour qui s'effeuille, dit la Kisaki, du jour qui tombe dans le passe, mais dont notre esprit gardera le souvenir comme d'un jour de joie et de paix, le dernier peut-être.

Elle se détourna pour dérober les larmes qui, malgré elle, jaillissaient de ses yeux.

Le prince avait le cœur serré par une angoisse inexprimable ; il était comme la victime qui voit te couteau au-dessus de sa gorge, il n'osait parler de peur de hâter le sacrifice.

Tout à coup la Kisaki se retourna vers lui

— Prince, dit-elle, j'avais ceci à te dire il faut que tu épouses Fatkoura.

Nagato regarda la reine avec épouvante il vit ses yeux mouillés de larmes, mais pleins d'une résolution tranquille et irrévocable.

Lentement il baissa la tête.

— J'obéirai, murmura-t-il.

Et tandis qu'elle s'éloignait précipitamment il cacha son visage dans ses mains et laissa éclater les sanglots qui l'étouffaient.

XIII. LES TRENTE-TROIS DÎNERS DU MIKADO

Le sublime Fils des dieux s'ennuie. Il est assis les jambes croisées sur une estrade couverte de tapis, entre des flots de brocart d'or qui descendent du plafond et sont ramassés à grands plis de chaque côté.

Une enfilade d'appartements s'étend devant le regard du souverain.

Il songe qu'il est très majestueux, puis il bâille.

Le cent-neuvième mikado, Go-Mitzou-No, bien qu'il soit jeune, est doué d'un embonpoint excessif, cela tient sans doute à l'immobilité presque constante qu'il garde. Son visage est blafard, jamais un rayon de soleil ne l'a touché ; plusieurs mentons se reploient sur son cou les plis de ses robes pourpres s'amoncellent autour de lui, la haute lame d'or se dresse sur son front à sa droite sont disposés les insignes de la toute-puissance : le glaive, le miroir, la tablette de fer.

Le mikado trouve l'existence monotone. Toutes les actions de sa vie sont réglées à l'avance et doivent s'accomplir d'après des lois minutieuses. S'il sort de l'enceinte du palais, on l'enferme dans un magnifique véhicule traîné par des buffles mais il étouffe dans cette boîte bien close et préfère encore rester sur son trône. S'il veut admirer les fleurs des parterres, c'est accompagné d'une suite nombreuse qu'il doit se rendre dans les jardins, et les annales du royaume enregistrent cet événement. La plus grande partie de son temps doit se passer à méditer, mais en somme il médite peu son intelligence est engourdie. Quand il songe, l'étrangeté des idées qui bourdonnent confusément dans son cerveau l'étonne. Quelques-unes de ses pensées sont criminelles, d'autres bouffonnes. Celles-là l'égayent, mais il n'ose pas rire se sachant observé. Il s'efforce alors de ramener son esprit vers les choses célestes, mais cela le fatigue, il revient à ses rêves fantasques. Parfois il est pris d'un désir invincible de s'agiter, de gambader, de sauter ; cela se concilie mal avec l'immobilité silencieuse que doit garder le descendant des dieux. Un jour cependant, ou plutôt une nuit, il a mystérieusement accompli son désir ; il s'est glissé hors de son lit, et, tandis que tout dormait autour de lui, il a exécuté un pas de sa façon. Personne n'a jamais su cela, il le croit du moins. Comme il ne voit jamais que l'échine ployée de ses sujets, il peut croire vraiment qu'il est d'une espèce supérieure et que le commun des hommes marche à quatre pattes. Cependant il trouve qu'on le traite quelquefois comme un enfant. On lui a supprimé son arc et ses flèches parce qu'un jour, tandis que plusieurs délégués du siogoun se prosternaient au pied de son trône, il a décoché une flèche au plus noble d'entre eux. Malgré l'irritation qui quelquefois bouillonne en lui il n'ose pas se révolter ; son inaction, la société perpétuelle des femmes qui seules peuvent le servir, ont amolli son courage, il se sent à la merci de ses ministres, il craint d'être assassiné.

Parfois, cependant, un orgueil immense l'envahit, il sent courir un sang divin dans ses veines, il comprend que la terre n'est pas digne d'être foulée par ses pieds, que les hommes n'ont pas le droit de contempler sa face, il songe à rendre plus épais encore les voiles qui le séparent du monde. Puis, l'instant d'après, il s'imagine que le parfait bonheur serait de pouvoir courir librement sur les montagnes, de travailler en plein air, d'être le dernier des hommes ; il est pris alors d'un vague désespoir, il gémit, il se plaint. Mais on lui persuade que sa tristesse n'est autre chose que la nostalgie du ciel, sa vraie patrie.

En ce moment le mikado est prêt à recevoir les envoyés de Fidé-

Yori. Ile viennent pour témoigner de la gratitude de ce dernier envers le souverain suprême qui lui a conféré le titre de siogoun.

On baisse un store devant le trône, puis on introduit les princes qui se précipitent le front contre le sol, les bras en avant.

Après une longue attente, le store est relevé.

Un silence profond règne dans la salle, les princes demeurent la face contre terre, sans mouvement.

Le mikado les considère du haut de son trône, il fait à part lui des réflexions sur les dispositions qu'ont pris les plis des vêtements ; sur un pan de ceinture qui s'est retourné et dont il voit l'envers ; il trouve que les insignes de Satsouma, une croix enfermée dans un cercle, ressemblent à une lucarne barrée par deux lattes de bambou.

Puis, il se dit : Que penseraient-ils si tout à coup je me mettais à pousser des cris de fureur ? J'aimerais à les voir se redresser avec des mines stupéfaites.

Après quelques minutes, le store est de nouveau abaissé ; les princes se retirent à reculons.

Pas un mot n'a été prononcé.

Après l'audience, le mikado quitte l'estrade et on le dépouille de ses robes de parade par trop encombrantes. Revêtu d'un costume plus simple, il se dirige vers les salles dans lesquels il prend ses repas.

Go-Mitzou-No considère l'heure du dîner comme l'instant le plus agréable de la journée ; il prolonge cet instant autant qu'il le peut. Le mikado aime la bonne chère ; il a des préférences, pour certains mets. À propos de ses préférences, une terrible difficulté s'était dressée autrefois. Le Fils des dieux ne pouvait raisonnablement arrêter son esprit sublime sur des détails de cuisine et indiquer les plats qu'il désirait manger ; cependant, il ne pouvait pas davantage se soumettre aux fantaisies de ses cuisiniers ou de ses ministres. Après avoir longtemps songé, le mikado trouva le moyen de tout concilier ; il ordonna qu'on lui préparât chaque jours trente-trois dîners différemment composés et qu'on les lui servît dans trente-trois salles. Il ne lui restait donc qu'à parcourir ces salles et à choisir le repas de son goût.

Quelquefois, il arrivait qu'après avoir mangé un dîner, il passait dans une autre salle et en mangeait un second.

Lorsqu'il franchit la porte de la première des trente-trois salles douze femmes très nobles et d'une grande beauté l'accueillirent. Elles seules ont le droit de lui rendre des soins. Leurs cheveux, en présence du maître, doivent être dénoués et répandus dans les plis de leurs robes traînantes.

Bientôt le mikado s'assit sur un tapis devant le dîner de son choix, il commença à manger, mais alors la Kisaki entra sans s'être fait annoncer. Elle aussi, pour paraître devant le suprême seigneur, devait avoir délivré sa chevelure de tout lien ; ses beaux cheveux noirs étaient donc dénoués, ils ondulaient jusque sur le sol.

Le mikado leva les yeux sur elle avec surprise ; il se hâta d'avaler le morceau qu'il avait dans la bouche.

— Ma compagne bien-aimée, dit-il, je ne m'attendais pas à te voir.

— Mon divin seigneur, dit-elle, je suis venue vers toi pour t'annoncer que dans peu de temps je vais perdre une de mes femmes ; la belle Fatkoura va se marier.

— Très bien très bien dit le mikado, et avec qui ?

— Avec le prince de Nagato.

— Ah ! ah ! je consens au mariage.

— Et quelle princesse nommes-tu pour remplacer celle qui me quitte ?

— Je nommerai celle que tu me désigneras.

— Merci, maître, dit la Kisaki, je m'éloigne de ta divine présence en te priant de me pardonner d'avoir osé interrompre ton repas.

— Oh ! cela ne fait rien, dit Go-Mitzou-No, qui se hâta, dès que son épouse se fut éloignée, de rattraper le temps perdu.

XIV. LA CHASSE AU VOL

Quelques jours après la réception dos ambassadeurs, vers la dixième heure du matin, l'heure du serpent, un jeune cavalier courait à toute bride sur la route qui conduit d'Osaka à Kioto.

À cette heure, la route est très encombrée ; bêtes de somme, colporteurs, hommes et femmes du peuple se croisent sur tout son parcours. Des paysans portent les produits de leurs champs dans les villes des environs ; ils se rendent à Fusini, à Yodo, à Firacca ; des marchandises de toutes espèces sont transportées d'Osaka à Kioto : du riz, des poissons salés, des métaux, du bois précieux, tandis que Kioto envoie à la ville du siogoun, du thé, de la soie, des vases de bronze et des objets laqués.

Le jeune cavalier ne se préoccupe nullement de l'encombrement, il rend les rênes à son cheval et l'excite de la voix ; d'ailleurs, la route est toujours libre devant lui, on s'écarte avec précipitation au bruit de ce galop furieux et les passants se rejettent sur les côtés de la route que bordent çà et là des habitations construites en bois de hêtre.

Le cavalier passe si vite que, malgré leurs efforts, les curieux ne peuvent distinguer son visage.

— C'est un guerrier, dit quelqu'un, j'ai vu luire ses armes.

— Ce n'était pas bien difficile à voir, dit un autre, chaque mouvement qu'il fait jette des éclairs.

— C'est un guerrier d'un grade élevé, j'ai aperçu, moi, les lanières d'or de son fouet de commandement.

— Est-ce un général ?

— Demande à l'hirondelle qui passe d'aller voir si les cornes de cuivre brillent sur son casque. Elle seule est capable de rattraper ce cavalier.

Lorsqu'il atteignit Kioto, le jeune guerrier ne ralentit pas sa course, il traversa la ville au grand galop et entra au palais, il demanda les envoyés du siogoun.

— Ils sont à la résidence d'été, lui répondit-on, ou plutôt ils n'y sont pas. Ils accompagnent notre divine Kisaki à la chasse ; depuis le lever du soleil ils sont partis.

— De quel côté a lieu la chasse ?

— Sur les rives du lac de Biva, au pied des montagnes, répondit le valet ; mais seigneur, voudrais-tu rejoindre les illustres chasseurs ?

— Fais-moi donner un cheval, dit froidement le jeune homme sans répondre à l'interrogation.

Il mit pied à terre en même temps, et le serviteur emmena la monture harassée. Bientôt, deux palefreniers amenèrent un autre cheval tout harnaché et plein d'ardeur.

Le guerrier se remit en selle et repartit.

Le lac de Biva est situé derrière la chaîne de collines qui enveloppe Kioto. Pour s'y rendre, il fallait suivre plusieurs vallées et faire de nombreux détours. Le jeune homme ne pouvait pas maintenir toujours son cheval au galop, à cause des pentes à gravir et à descendre. Quelquefois, au lieu de suivre les sinuosités du chemin, il courait sur l'herbe épaisse des vallées pour raccourcir la route. Au bout d'une heure, il déboucha sur le rivage du lac ; mais, alors, il ne sut de quel côté se diriger.

Le lac, bleu comme un saphir, s'étendait à perte de vue ; à droite et à gauche, de petits bouquets de bois, des roches brunes, de grands espaces couverts de mousse et de bruyères se succédant indéfiniment.

De la chasse, aucune trace, nul indice qui pût faire deviner dans quel sens il fallait la poursuivre.

Le jeune guerrier ne parut pas s'émouvoir de cette circonstance, il fit gravir à son cheval une éminence et regarda autour de lui. Il aperçut alors, au milieu d'un bosquet de bambous, le toit d'un petit temple à demi enseveli sous le feuillage.

Il courut à ce temple et, sans descendre de cheval, heurta rudement la cloche d'appel.

Le bruit réveilla le gardien du temple, un vieux bonze au crâne chauve, au visage long et maigre.

Il accourut en se frottant les yeux.

— Sais-tu de quel côté s'est dirigée la chasse royale ? dit le jeune homme.

— Ce matin j'ai entendu des aboiements, des hennissements, des éclats de rire, dit le bonze, mais je n'ai rien vu. Les chasseurs n'ont pas passé par ici.

— C'est qu'ils ont pris à droite, dit le guerrier en jetant une pièce d'argent dans le tronc des aumônes recouvert d'un treillage de bambou.

Il repartit au galop.

Il courut longtemps, s'arrêtant quelquefois pour prêter l'oreille.

XIV. LA CHASSE AU VOL

Enfin, il entendit des aboiements confus, bien que la rive fût déserte devant ses yeux. Il s'arrêta et regarda de tous côtés.

Les aboiements venaient du côté des montagnes ; on entendait aussi le galop des chevaux confusément.

Tout à coup, sans transition, le bruit éclata sonore, violent. Des chiens noirs débouchèrent d'une étroite gorge entre les collines, bientôt suivis des cavaliers.

Toute la chasse passa devant le jeune homme. Il reconnut la Kisaki au voile de gaze rouge qui flottait autour d'elle. Quelques princesses avaient sur leur poing gauche un faucon encapuchonné ; les seigneurs, penchés en avant, prêts a lancer des flèches, tenaient un grand arc de laque noire.

Comme tous les chasseurs avaient la tête levée et regardaient haut dans le ciel un faucon qui poursuivait une buse, ils passèrent sans apercevoir le jeune guerrier. Celui-ci se mit à galoper à côté d'eux.

Les chiens débusquèrent un faisan, qui s'éleva d'un buisson en criant.

On lâcha un nouveau faucon.

Tout en courant, le guerrier avait cherché parmi les seigneurs le prince de Nagato et s'était approché de lui.

— Arrête, Ivakoura lui cria-t-il, Fidé-Yori m'envoie vers toi.

Le prince tourna la tête avec un tressaillement. Il arrêta son cheval. Ils restèrent en arrière.

— Signénari ! s'écria. Nagato en reconnaissant le jeune chef. Qu'est-il arrivé ?

— J'apporte des nouvelles graves et tristes, dit Signénari. La guerre civile nous menace. Hiéyas a levé des armées ; il occupe la moitié du Japon. Avec une promptitude surprenante, il a rassemblé des forces considérables, bien supérieures aux nôtres. Le danger est imminent, c'est pourquoi le maître veut rassembler autour de lui tous ses serviteurs.

— Hélas ! hélas ! s'écria Nagato, l'avenir m'épouvante, le pays va donc être inondé du sang de ses propres enfants. Que dit le général Yoké-Moura ?

— Yoké-Moura est plein d'énergie et de confiance, il réunit le conseil de guerre. Mais un autre malheur nous frappe encore, le prince de Mayada a cessé de vivre.

— Il est mort, ce cher vieillard, dit Nagato en baissant la tête, le seul qui n'ait jamais ployé devant le pouvoir envahissant de Hiéyas ! Il eût été le père de Fidé-Yori qu'il ne l'eût pas aimé plus qu'il ne l'aimait. C'est lui qui, à la mort de Taïko, l'apporta, tout enfant, dans la salle des Mille-Nattes et le présenta aux princes qui lui jurèrent fidélité. Combien l'ont trahi depuis ce jour ! Combien le trahiront encore ! Pauvre Mayada, toi seul savais imposer un peu de respect à Hieyas ; maintenant, il ne craint plus rien.

— Il nous craindra, je te le jure s'écria Signénari avec un éclair héroïque dans les yeux.

— Tu as raison, pardonne-moi ce moment de faiblesse, dit le prince en relevant la tête, je suis si écrasé de chagrins que cette nouvelle tristesse m'a une minute accablé.

Les chasseurs s'étaient aperçus de l'absence du prince de Nagato. Croyant à un accident, on avait donné l'alarme, et toute la cour revenait en arrière.

On aperçut bientôt le prince causant avec Signénari. On les rejoignit, on les entoura en les questionnant. Les chiens aboyèrent, quelques chevaux se cabrèrent ; les fauconniers rappelaient les oiseaux qui refusaient d'obéir et continuaient à poursuivre leur proie.

— Qu'est-il arrivé ? disait-on.

— C'est un messager.

— Il apporte des nouvelles d'Osaka ?

— De mauvaises nouvelles !

Kagato conduisit Signénari devant la Kisaki.

La reine montait un cheval blanc couvert d'un réseau de perles et orné au front d'une houppe de soie.

— Voici le plus brave de tes soldats, dit Nagato en désignant Signénari. Il vient d'Osaka.

Signénari s'inclina profondément, puis reprit son attitude grave et réservée.

— Parle, dit la Kisaki.

— Divine souveraine, c'est avec douleur que je viens troubler tes plaisirs, dit Signénari, mais je dois t'apprendre que la paix de ton royaume est menacé. Hiéyas a soulevé une partie du Japon ; il se prépare à attaquer Osaka, afin d'usurper le pouvoir confié par le céleste mikado à ton serviteur Fidé-Yori.

— Est-ce possible ! s'écria la Kisaki. Hiéyas oserait commettre un pareil crime ! Cet homme n'a donc pas d'âme que, pour satisfaire son ambition insatiable, il n'hésite pas à armer les frères contre les frères et à faire couler sur le sol du Japon le sang des fils du Japon ? ? Es-tu certain de ce que tu avances ?

— La nouvelle est parvenue cette nuit à Osaka par plusieurs messagers envoyés précipitamment par les princes ; ceux-ci se hâtent de fortifier leurs provinces. Le daïmio d'Arima est arrivé ce matin à l'aube et a confirmé les assertions des messagers. Des éclaireurs ont été aussitôt envoyés sur différents points, et le siogoun m'a ordonné de rappeler au plus vite ses ambassadeurs afin de tenir conseil.

— Retournons au palais, dit la Kisaki.

On se mit en marche silencieusement ; les princesses seules chuchotaient entre elles en regardant le jeune guerrier.

— Qu'il est charmant !

— On dirait une femme !

— Oui, mais quelle énergie dans son regard !

— Quelle froideur aussi ! sa gravité tranquille inquiète et effraie.

— Il doit être terrible dans la bataille.

— Terrible aussi pour celle qui l'aimerait, son cœur doit être d'acier comme son glaive, ne le regardons pas tant.

— Oui, dit une autre, bien des femmes perdent l'esprit pour lui ; on m'a raconté qu'il était si fort ennuyé des lettres et des poèmes d'amour que l'on glissait sans cesse dans ses manches, qu'il les porte fendues ; de cette façon les tendres missives tombent sur le sol.

Nagato chevauchait près de la reine.

— Ces événements vont retarder ton mariage, Ivakoura ! dit-elle avec une certaine émotion joyeuse.

— Oui, reine, dit le prince, et les hasards de la guerre sont grands, peut-être n'aura-t-il jamais lieu. Cependant, puisque Fatkoura est publiquement ma fiancée, je veux qu'elle aille, en attendant les noces, s'établir dans mon château d'Hagui, près de mon père ; si je meurs, elle portera mon nom et sera souveraine de la province de Nagato.

— Tu auras raison d'agir ainsi, dit la Kisaki, mais la mort t'épargnera. Je ferai des vœux pour que tu demeures sain et sauf.

Nagato leva vers elle un regard plein de reproches. Il n'osa parler, mais ce regard disait toute sa pensée, il signifiait : « Tu sais bien que la mort me serait plus douce que l'union que tu m'as imposée. »

La Kisaki, émue, détourna la tête et piqua son cheval.

On rentra au Daïri.

Lorsque le mikado apprit la nouvelle de la guerre probable, il parut affligé, mais il se réjouit à part lui : il n'aimait pas le régent, il n'aimait pas davantage le siogoun ; bien qu'il fût leur souverain seigneur, il sentait confusément qu'ils le dominaient, il se savait surveillé par l'un et par l'autre, il les craignait. Il fut donc heureux de songer qu'ils allaient se faire mutuellement le mal qu'il leur souhaitait à tous deux.

Le même jour les envoyés de Fidé-Yori quittèrent Kioto et retournèrent à Osaka.

XV. L'USURPATEUR

En deux mois à peine, comme l'avait dit Signénari, Hiéyas était devenu formidable ; il avait sous ses ordres une armée que la rumeur publique fixait à cinq cent mille hommes. Les provinces de Sagami, de Mikava, de Sourouga, qui lui appartenaient, avaient fourni un nombre considérable de soldats. Le seigneur d'Ovari, le plus dévoué des partisans de Hiéyas, fit prendre les armes à tous les hommes valides de sa principauté, de sorte qu'il ne resta pas un seul laboureur sur ses terres. Le prince de Toza s'était retranché d'une façon formidable dans la grande île Sikof, située vers le sud du royaume, en face de la baie d'Osaka ; de là il menaçait la capitale du siogoun.

La plupart des seigneurs souverains du Japon, confiants dans la fortune de Hiéyas, lui prêtaient leur aide et tenaient leurs armées à sa disposition.

Hiéyas s'était établi à Yédo qui n'était alors qu'une bourgade, dont

la position stratégique l'avait séduit. Située vers la moitié de la lon-
gueur de la grande île Nipon, à l'extrémité d'une baie qui échan-
crait profondément les terres, environnée de hautes montagnes,
elle était facile à fortifier et une fois fortifiée, inexpugnable. De
plus, sa position au centre du Japon permettait, vu le peu de largeur de l'île, de couper les communications par voie de terre entre
la grande île de Yéso, la partie septentrionale du Nipon et sa partie
méridionale, dans laquelle étaient situés Kioto, Osaka et les principautés des partisans de Fidé-Yori. De cette façon, on isolait une
moitié du Japon, que l'on forçait à rester neutre ou à prendre parti
pour Hiéyas.

L'ancien régent avait déployé une activité sans pareille. Malgré son
âge avancé et sa santé chancelante, il s'était transporté sur tous les
points où il avait cru son influence nécessaire. Chez les princes qui
lui étaient hostiles, il feignait de posséder encore le pouvoir qu'il
n'avait plus et il leur réclamait le nombre de soldats qu'ils étaient
tenus de fournir au gouvernement, en temps de guerre. Puis il se
hâtait d'envoyer ces troupes sur des points éloignés. Dans le cas où
ses ennemis apprendraient la vérité, ils étaient hors d'état de lui
nuire.

Mais après avoir réalisé ces projets pleins d'audace et s'être mis en
mesure de commencer la grande lutte qu'il voulait entreprendre
pour usurper le pouvoir, Hiéyas se sentit tout à coup tellement
affaibli, accablé par la fièvre et la souffrance, qu'il s'imagina qu'il
allait mourir. Il fit appeler en toute hâte son fils, qui résidait alors
au château de Mikava.

Fidé-Tadda, fils de Hiéyas, avait alors quarante-cinq ans. C'était
un homme sans grande valeur personnelle, mais patient, et soumis aux intelligences supérieures à la sienne. Il professait pour son
père une admiration sans bornes.

Il accourut auprès de son père, amenant avec lui sa plus jeune
fille, une charmante enfant de quinze ans.

Hiéyas habitait un château fort qu'il faisait construire depuis de
longues années a Yédo et qui n'était pas complètement achevé.
De la chambre dans laquelle il était étendu sur d'épais coussins, il
voyait par la large ouverture de la fenêtre l'admirable Fouzi-Yama,
dont la cime couverte de neige laissait échapper une légère fumée

blanche.

— C'est ta fille ? dit Hiéyas, lorsque Fidé-Tadda fut près de lui avec l'enfant.

— Oui, père illustre, c'est la sœur cadette de l'épouse du siogoun.

– Du siogoun, répéta Hiéyas, en hochant la tête et en ricanant. Elle est fort jolie, la petite, continua-t-il après avoir quelques instants considéré la jeune fille qui rougissait et abaissait ses longs cils noirs sur ses joues, soigne-la bien, j'aurai besoin d'elle.

Puis il fit signe d'emmener l'enfant.

— Je vais peut-être mourir, mon fils, dit-il lorsqu'il fut seul avec Fidé-Tadda, c'est pourquoi je t'ai fait appeler ; je veux te donner mes dernières instructions, te tracer la ligne de conduite que tu dois suivre quand je ne serai plus là.

En entendant son père parler ainsi, Fidé-Tadda ne put retenir ses larmes.

— Attends ! attends ! s'écria Hiéyas en souriant, ne pleure pas encore, je ne suis pas mort et tu vas voir que mon esprit n'est pas obscurci comme voudrait le faire croire le vieux Mayada. Écoute-moi et garde mes paroles dans ta mémoire.

— Chaque mot tombé de ta bouche est pour moi comme serait une perle fine pour un avare.

— Je serai bref, dit Hiéyas, la parole me fatigue. Sache d'abord, mon fils, que le prédécesseur de Go-Mitzou-No, le mikado actuel, m'honora autrefois du titre de siogoun. C'était après la mort de Taïko. Je ne fis pas parade de ce titre pour ne pas porter ombrage aux amis de Fidé-Yori. Je laissai les princes et le peuple prendre l'habitude de m'appeler le régent. Que m'importait le nom par lequel on désignait le pouvoir, pourvu que le pouvoir fût entre mes mains. Mais aujourd'hui, le titre de siogoun est pour moi de la plus haute importance, car il est héréditaire, et je puis abdiquer en ta faveur. Tu parlais tout à l'heure du siogoun. Le siogoun, c'est moi. Fidé-Yori a reçu, il est vrai, le même titre, et je n'ai pas rappelé à ses insolents conseillers que ce titre m'appartient. J'ai agi prudemment. J'étais entre leurs mains, ils m'auraient assassiné. Mais à présent j'entreprends cette guerre, sache-le bien, comme seul représentant du pouvoir régulier. J'ai fait broder sur mes bannières les trois feuilles de chrysanthème qui forment les insignes qui m'ont été donnés par l'ancien mikado ; et c'est au nom de son héritier que je conduis mes armées. J'agis sans sa volonté, c'est vrai ; mais dès que je serai victorieux, il approuvera mes actes.

Hiéyas se tut un instant et but une gorgée de thé.

— Seulement, reprit-il bientôt, la mort peut me surprendre, elle me menace, et il faut qu'après moi mon œuvre soit achevée. C'est pourquoi j'abdique aujourd'hui en ta faveur. Tu demeureras au château de Mikava à l'abri des hasards de la guerre, veillant sur ta fille, qui peut servir un de mes projets, Jusqu'au jour où la victoire te proclamera le maître du Japon ; alors tu établiras ta résidence à Yédo, la ville la mieux située du royaume. Maintenant le but que tu dois atteindre en gouvernant le pays, je vais tâcher de te le montrer clairement Taïko-Sama, qui était un homme de génie, bien qu'il fût le fils d'un paysan, conçut le plan, dès qu'il fût au pouvoir, de faire des soixante et un petits royaumes dont se compose le Japon un royaume unique ayant pour chef le siogoun. Ce projet, la vie d'un homme n'était pas assez longue pour le voir se réaliser. Taïko l'entreprit néanmoins avec vigueur tout en cachant soigneusement ses intentions. Moi seul, je fus le confident de ses pensées, et jusqu'à ce jour, je ne les ai révélées à personne. Lorsque Taïko jeta les princes dans cette guerre contre la Chine, qui parut aux yeux de beaucoup un acte de folie, c'était pour affaiblir les seigneurs par une guerre dispendieuse et les tenir pendant quelque temps éloignés de leurs principautés. Tandis qu'il les conduisait au combat, j'accomplissais, moi, ses ordres. Je fis construire le Tokaïdo, cette large route qui traverse insolemment les contrées soumises autrefois aux seuls princes ; je fis venir a Osaka les femmes, les enfants des seigneurs absents, sous le prétexte de les mettre à l'abri de tout danger si, par malheur, l'armée chinoise envahissait le pays. Lorsque les princes revinrent, on refusa de laisser partir les femmes. Elles durent résider définitivement à Osaka ; elles y sont encore, précieux otages qui répondent à la fidélité des seigneurs de la terre. Comme Taïko était aussi un grand homme de guerre, la victoire vint couronner son entreprise hasardeuse et affermir sa puissance.

Le mikado depuis longtemps déjà s'occupait fort peu des affaires du royaume. Taïko trouva bon qu'il s'en occupât encore moins ; il rendit sa puissance illusoire… Écoute, continua Hiéyas en baissant la voix, cette puissance, il faut l'affaiblir encore ; il faut que le mikado n'aie plus que le titre de souverain ; accable-le d'honneurs, divinise-le de plus en plus, de façon qu'il lève ses regards vers le ciel et les détourne définitivement de la terre. Taïko a été interrompu par la mort dans l'accomplissement de son œuvre, qui est à peine commencée ; les princes sont encore puissants et riches. Poursuis cette œuvre après moi, morcelle les royaumes, jette la discorde entre les seigneurs ; si deux amis ont des principautés voisines l'une de l'autre, interdis-leur de résider en même temps dans leurs domaines si ce sont deux ennemis ; laisse-les se rapprocher au contraire. La guerre éclatera entre eux et l'un au moins sera affaibli. Garde toujours leurs femmes à Yédo. Mets à la mode un luxe ruineux, les femmes t'aideront en ceci. Épuise les coffres des maris, qu'ils soient contraints a vendre leurs terres. Si l'un d'eux cependant est riche au point de pouvoir fournir à toutes ces dépenses, rends-lui visite, et que, pour accueillir dignement un tel honneur, il soit forcé de dépenser sa dernière lame d'or. Aie soin de fermer rigoureusement le Japon aux étrangers : les princes pourraient former avec eux des alliances redoutables. Donc, que pas un navire venant de contrées lointaines ne soit accueilli dans nos ports. Recherche les chrétiens et massacre-les impitoyablement : ils sont capables de fomenter l'insubordination et la révolte. Tu m'as bien compris, mon fils ? Tu dois t'efforcer de faire du Japon un royaume soumis à un seul maître. Mais ce but sera difficile et long à atteindre et la vie de l'homme est courte c'est pourquoi, quand le temps aura blanchi tes cheveux, tu appelleras ton fils comme je t'ai appelé aujourd'hui et tu lui transmettra mes paroles. J'ai fini.

— Mon père, dit Fidé-Tadda en s'agenouillant devant Hiéyas, je vous jure d'accomplir de point en point vos volontés.

— Bien, mon enfant mais fais appeler le médecin, dit Hiéyas, qui respirait péniblement, suffoqué par ce long discours.

Le médecin fut introduit.

— Illustre savant, dit Hieyas en le regardant fixement, suis-je très malade ?

— Non, maître, dit le médecin avec une certaine hésitation.

— Je t'ordonne de dire uniquement la vérité. Suis-je très malade ?

— Oui, dit le médecin.

XV. L'USURPATEUR

— En danger de mort ?

— Pas encore mais la vie de fatigues que tu mènes peut hâter ta fin.

— Pourrai-je voir l'issue de la guerre que j'entreprends, en supposant qu'elle durât six lunes ?

— Oh oui ! dit le médecin, tu peux même prolonger la guerre plus longtemps.

— Eh bien ! je suis riche, s'écria Hieyas en riant, je n'ai pas besoin de me presser, je vais prendre quelques jours de repos.

XVI. LES PÊCHEURS DE LA BAIE D'OSAKA

Une agitation extraordinaire règne dans le château de Fidé-Yori. À chaque instant des chefs militaires couverts de lourdes cuirasses franchissent la porte de la première muraille : on entend le pas de leurs chevaux résonner sous la voûte profonde.

Ils gagnent en tout hâte la troisième enceinte et pénètrent dans le palais du siogoun.

Fidé-Yori, dans une salle voisine de la salle des Mille-Nattes, tient conseil au milieu des chefs de son armée et des princes qui lui sont le plus dévoués.

Le front du jeune siogoun est soucieux ; il ne dissimule pas son inquiétude, que partagent la plupart des guerriers. Quelques-uns cependant, pleins d'ardeur et de foi, relèvent le courage du maître.

— Notre situation n'est pas désespérée, dit le général Sanada-Sayémon-Yoké-Moura, le plus habile guerrier du royaume, il faut savoir l'envisager froidement. Hiéyas n'a sur nous qu'un avantage : tandis que nous ne songions pas à la guerre, il a rassemblé des armées ; il est en mesure de commencer la lutte, nous ne sommes pas prêts ; mais, en quelques jours, cette infériorité n'existera plus ; nos troupes seront sur pied et la partie deviendra égale. Il faut donc pour le moment occuper l'ennemi par des escarmouches insignifiantes, le retenir loin d'ici, tandis que nous rassemblerons nos forces autour d'Osaka.

— Pour moi, je suis d'avis d'attaquer immédiatement Hiéyas et de ne pas lui laisser prendre l'offensive, dit le général Harounaga, un soldat sans grand mérite, mais que la protection active de Yodogimi, la mère de siogoun, avait promptement élevé.

— Y songes-tu ? s'écria le jeune Signénari, ce serait faire massacrer en quelques heures notre armée par une armée trois fois plus nombreuse qu'elle. Il faut occuper les forteresses et nous mettre à l'abri d'une surprise jusqu'au moment ou toutes nos forces seront réunies. Si alors Hiéyas ne nous a pas encore attaqués, il sera temps de prendre l'offensive.

— Je maintiens ma proposition, dit Harounaga. J'ai idée que l'armée de Hiéyas est loin d'être aussi nombreuse qu'on se l'imagine ; comment, en l'espace d'une lune, aurait-il pu devenir formidable à ce point ?

— On ne peut pas agir sur des suppositions, dit Yoké-Moura, et nous ne sommes pas en mesure d'attaquer ; il faut avant tout grossir notre corps d'armée.

— Combien avons-nous de soldats en ce moment ? demanda Fidé-Yori.

— Voici, dit Yoké-Moura : Signénari, qui vient d'être honoré, malgré sa grande jeunesse, du grade de général, a vingt mille hommes sous ses ordres ; Harounaga en a autant ; Moto-Tsoumou et Massa-Nori commandent chacun dix mille soldats ; Moritzka en a quinze mille, et Yama-Kava cinq mille. Moi je suis à la tête de trente mille hommes. C'est donc un total de cent dix mille soldats.

— Par quels moyens grossirons-nous cette armée ? dit le siogoun.

— Tu ne songes pas, maître, dit Yoké-Moura, que les princes n'ont pas encore envoyé les troupes qu'ils sont tenus de te fournir en temps de guerre, et que ces troupes tripleront, pour le moins, le chiffre de ton armée.

— Il ne faut pas oublier cependant, s'écria le prince d'Aki, que certaines provinces sont directement menacées par Hiéyas ou ses alliés et que ces provinces seront contraintes de garder leurs soldats sous peine d'être immédiatement envahies.

— Les provinces les plus exposées, dit Signénari en jetant les yeux sur une carte, sont celles de Satsouma, de Nagato et d'Aki à cause du voisinage des principautés de Figo et de Toza.

— Comment ! s'écria Fidé-Yori, le prince de Figo, le prince de

Toza m'abandonnent ?

— Hélas ! ami, dit Nagato, tu l'ignorais, depuis longtemps cependant je t'avais signalé leur trahison, mais ton âme pure ne peut pas croire aux crimes.

— Il faut, s'il en est ainsi, dit le siogoun, que les princes gardent leurs soldats et qu'ils aillent se mettre à leur tête. Il va falloir que tu me quittes, Ivakoura.

— J'enverrai quelqu'un à ma place, dit le prince de Nagato. Je suis décidé à rester ici. Mais ne nous occupons pas de cela, hâtons-nous d'agir et d'envoyer nos soldats à leurs postes, ne perdons pas le temps en paroles vaines.

— Je me range à l'avis de Yoké-Moura, dit le siogun, qu'il retienne l'ennemi loin d'Osaka, tandis que nous achèverons de rassembler nos forces.

— Le général Moritzka va partir immédiatement avec ses quinze mille hommes, dit Yoké-Moura, il se rendra dans la province d'Issé et fera part du plan de défense au prince qui gouverne ce pays, il devra lui laisser cinq mille hommes avec l'ordre de surveiller les mouvements du seigneur d'Ovari, son voisin, et de bloquer sa forteresse, si c'est possible. Puis Moritzka traversera le Japon dans sa largeur, et, laissant sur les frontières des provinces révoltées le nombre d'hommes qu'il jugera nécessaire, il gagnera la principauté de Vakasa et s'y établira. Avec les armées levées par les princes de cette région, nous aurons environ quarante mille hommes sur la frontière. Yama-Kava et ses cinq mille soldats iront camper sur les rives du lac de Biva, derrière Kioto, les cavaliers du ciel pourront se joindre a eux et s'établir sur les hauteurs. Harounaga conduira son armée à Yamasiro et couvrira Osaka du côté du nord ; Signénari ira occuper l'île d'Avadsi, au sud d'Osaka, et tiendra en respect les traîtres seigneurs de Toza et de Figo dont l'attaque serait en ce moment des plus redoutables. Le reste de l'armée demeurera dans les environs de la ville prêt à être envoyé sur les points les plus menacés.

— Il n'y a rien à reprendre au plan que tu viens de nous exposer, dit le siogoun ; qu'il soit fait selon tes ordres et qu'on se hâte.

Les généraux vinrent l'un après l'autre s'agenouiller devant le siogoun, puis il quittèrent la salle.

— Princes, dit alors le siogoun aux seigneurs restés près de lui, retournez dans vos États. Que ceux dont les domaines sont menacés gardent leurs soldats ; que les autres m'envoient immédiatement tous les hommes dont ils peuvent disposer.

Les princes vinrent à leur tour s'incliner devant le maître : Satsouma, Ouésougui, Arima, Aki, Vakasa, puis ils sortirent.

Fidé-Yori resta seul avec Nagato.

— Ivakoura., lui dit-il en le regardant dans les yeux. Que penses-tu de cette guerre ?

— Je pense qu'elle sera meurtrière ; mais la justice est avec nous ; même vaincus nous serons nobles et glorieux, et Hiéyas, fût-il vainqueur, sera couvert d'opprobre. Nous avons la jeunesse, l'ardeur, la force. C'est devant nous que marche l'espérance.

— Merci, ami, de vouloir m'encourager par ta confiance, car j'ai le cœur gonflé d'inquiétude.

— Je te quitte, maître, dit le prince de Nagato. Je vais organiser mon armée.

— Que veux-tu dire ?

— Crois-tu que je vais rester ici inactif, inutile ? Crois-tu que je vais regarder les autres s'entretuer et ne pas me mêler de la partie ? Je n'ai pas de soldats mais j'en aurai.

— Ne rappelle pas au moins ceux de ta province, ne laisse pas envahir tes États.

— Je ne songe pas à cela, dit le prince. Je ne rappellerai pas ces soldats, non que je tienne à conserver ma principauté, mais mon père réside dans le château d'Hagui et ma fiancée vient de s'y installer près de lui : ce sont leurs précieuses vies que je veux mettre à l'abri derrière le rempart vivant de ma loyale armée. Pas un homme ne quittera la province de Nagato.

— Eh bien, où prendras-tu cette armée dont tu parles ? dit le siogoun.

— C'est un secret, dit le prince ; lorsque cette armée aura accompli quelque action d'éclat, je te la présenterai.

— Je ne devine pas tes projets, dit Fidé-Yori, mais je suis sûr que tu ne feras rien que de noble et d'héroïque. Va, ami.

XVI. LES PÊCHEURS DE LA BAIE D'OSAKA

Le prince de Nagato rentra dans son palais, il y trouva rassemblés une vingtaine de samouraïs, ses vassaux, qui venaient se mettre à ses ordres.

— Tenez-vous prêts à partir, leur dit le prince, réunissez vos serviteurs et préparez vos bagages ; je vous ferai savoir mes volontés avant le coucher du soleil.

Nagato remonta dans ses appartements ; mais, à mesure qu'il en approchait, un singulier tapage frappait son oreille.

— Que se passe-t-il donc chez moi ? murmura-t-il.

Il se hâta et pénétra dans la salle voisine de sa chambre.

Il s'aperçut alors que c'était le jeune Loo qui causait à lui seul tout ce bruit. Il était armé d'un sabre ébréché et tournait autour d'un paravent illustré de guerriers grands comme nature. Loo frappait du pied, poussait des cris étranges, insultait ces guerriers immobiles et les transperçait impitoyablement de son sabre.

— Qu'est-ce que tu fais là ? s'écria le prince moitié fâché, moitié riant.

Loo, à la vue de son maître, jeta son arme et se précipita genoux.

— Qu'est-ce que cela signifie ? reprit Nagato ; pourquoi mets-tu ce meuble en pièces ?

— Je m'exerçais la guerre, dit Loo d'une voix qu'il s'efforçait de rendre larmoyante. Ça, ajouta-t-il en montrant le paravent, c'est le château d'Ovari avec ses soldats ; moi, j'étais l'armée du siogoun.

Le prince se mordit les lèvres pour ne pas rire.

— Serais-tu brave, Loo ? dit-il.

— Ah ! oui, dit l'enfant, et si mon sabre coupait je ne craindrais personne.

— Je crois que si ces guerriers, au lieu d'être en soie et en satin, étaient en chair et en os, tu te sauverais à toutes jambes.

— Pas du tout ! s'écria Loo en s'asseyant sur ses talons. Je suis très méchant et je me suis souvent battu ; une fois, j'ai arraché l'oreille à un gardien des quartiers, parce qu'il ne voulait pas me laisser passer, sous prétexte qu'il était trop tard ; pendant qu'il appelait du renfort en se tenant l'oreille, j'ai sauté par dessus la barrière. Un autre jour, je poursuivais une cigogne que j'avais blessée en lui jetant une pierre ; elle entra dans un enclos et moi derrière elle. Mais alors un gros chien arriva pour me dévorer ; je lui serrai le cou et je le mordis si fort qu'il s'enfuit en criant. Pourtant, je lui en veux, à ce chien, parce que la cigogne était partie.

Le prince réfléchissait en écoutant les histoires de Loo ; il se souvenait d'avoir entendu parler de ces aventures ; on les lui avait rapporté en lui conseillant de ne pas garder chez lui ce jeune serviteur.

— Voudrais-tu venir à la guerre avec moi ? dit-il tout à coup.

— Ah ! mon maître, s'écria Loo en joignant les mains, je t'en supplie, emmène-moi ; je suis plus souple qu'un serpent, plus agile qu'un chat, je sais me glisser partout, tu verras que je ne serai pas inutile ; d'ailleurs, la première fois que j'aurai peur, tu me couperas la tête.

— C'est convenu, dit le prince en souriant, va revêtir un costume très simple, de couleur sombre, et tiens-toi prêt à m'accompagner. J'aurai besoin de toi dès ce soir.

Nagato entra dans sa chambre, tandis que Loo, ivre de joie, s'éloignait en gambadant.

Le prince allait frapper sur une cloche pour faire venir ses serviteurs, lorsqu'il crut entendre heurter faiblement sous le plancher, il se pencha et prêta l'oreille, le bruit se répéta plus distinct.

Nagato alla fermer les panneaux ouverts autour de la chambre, puis il revint vers l'endroit du plancher oit le bruit se faisait entendre ; il souleva la natte et chercha un nœud de bois sur lequel il appuya le doigt : une partie du plancher s'écarta alors et découvrit un escalier qui s'enfonçait dans l'obscurité. Un homme gravit les dernières marches de cet escalier et entra dans la chambre.

Au premier aspect, cet homme ressemblait à Nagato ; il était comme l'ébauche grossière de la statue parfaite réalisée par le prince.

— Que deviens-tu, mon pauvre Sado ? dit le prince. Je t'avais oublié.

— Je me suis marié, je suis heureux, dit Sado.

— Ah ! je me souviens : l'histoire des princes déguisés en aveugles et l'enlèvement de toute une famille ! Tu as de l'esprit. Cette aventure a occupé longtemps les oisifs. Mais que me veux-tu ? Manques-tu d'argent ?

— Maître, je viens te dire que j'ai honte de la vie que je mène.

— Comment as-tu donc oublié nos conventions ?

— Non, seigneur, je n'ai rien oublié j'étais un criminel, j'allais être décapité lorsque tu m'as fait grâce, parce que ton illustre père s'écria en me voyant : Cet homme te ressemble, Ivakoura.

— Je t'ai pardonné aussi, dit le prince, parce que, à mes yeux, ton crime était léger : tu t'étais vengé d'une insulte en tuant ton ennemi, voilà tout. Mais quelles étaient mes conditions en te faisant grâce ?

— De t'obéir aveuglément, de t'être dévoué jusqu'à la mort. C'est ce que je viens te rappeler aujourd'hui.

— Comment ?

— Jusqu'à la mort… répéta Sado en appuyant sur chaque syllabe.

— Eh bien ! tu es vivant encore, tu n'es pas délié de ton serment.

— Maître, dit Sado d'une voix grave, je suis de noble origine, mes aïeux étaient vassaux de tes aïeux, et jusqu'au jour où la colère m'a fait commettre un crime, pas une tache n'avait terni l'éclat de notre nom. Tu m'as sauvé de la mort, et au lieu de me faire expier ma faute par une vie rude, qui m'eût relevé à mes yeux, tu as fait de mon existence une fête continuelle. J'ai accompli en ton nom mille folies, j'ai déployé un luxe insensé, j'ai joui de la vie, de la fortune, des honneurs comme si j'eusse été un prince tout-puissant.

— Eh bien ! tu me rendais service en accomplissant mes ordres, voilà tout. Ta ressemblance avec moi me servait à tromper mes ennemis et à affoler leurs espions.

— Tu as chassé tes ennemis aujourd'hui, continua Sado, et mon rôle de jeune fou est terminé ; mais songe, seigneur, combien je puis te servir dans la guerre qui commence. Grâce à des fards habilement préparés, j'arrive à faire de mon visage une image assez exacte du tien, je me suis accoutumé à imiter ta voix, ta démarche, beaucoup de tes amis ne connaissent que moi, et pour eux je suis le véritable prince de Nagato. Quel avantage dans une bataille d'être double ! J'attirerai l'ennemi d'un côté, tandis que tu agiras de l'autre. On te croira ici, tu seras ailleurs. J'ai bien accompli ma mission lorsqu'il s'agissait d'être fou et de répandre l'or à flots, je l'accomplirai mieux encore lorsqu'il s'agira d'être brave et de verser mon sang pour toi.

— Ta noble origine se révèle à moi dans tes paroles, dit le prince, et je t'estime assez pour accepter l'offre que tu me fais, je connais ton habileté aux choses de la guerre, elle nous sera précieuse. Mais, sache-le, dans cette lutte les dangers seront grands.

— Ma vie t'appartient, n'oublie pas cela, maître, et si le hasard veut qu'un jour je meure pour toi, la tache faite à mon nom sera effacée.

— Eh bien, dit le prince rapidement, tu vas partir pour mes États, les seigneurs voisins les menacent sérieusement ; tu te mettras à la tête de mes troupes ; tu défendras le territoire. Mais ma présence supposée dans mon royaume attirera peut-être autour de lui de nombreux ennemis. Hiéyas me hait personnellement. Sache, quoi qu'il arrive, soutenir l'honneur de mon nom ; songe que, pour tous, tu es le prince de Nagato.

— À force de t'imiter, j'ai pris quelque chose de ton âme, dit Sado, je te jure d'être digne de toi.

— Je me fie a toi, dit le prince je sais avec quelle intelligence tu as su tenir le rôle étrange que je t'avais confié, toutes les aventures conduites par toi en mon nom se sont terminées à mon honneur. C'est pourquoi je te donne aujourd'hui mes pleins pouvoirs. Tu partiras d'ici, emmenant avec toi une suite nombreuse, et c'est moi qui vais prendre le chemin souterrain ; indique-moi quelles en sont les issues ?

— Il y en a deux, maître, dit Sado : l'une qui débouche dans une maison de pêcheur inhabitée, sur les rives du Yodogava ; l'autre dans la demeure de ma femme. Car, ainsi que je te l'ai dit, j'ai épousé une charmante jeune fille que j'aimais.

— Que deviendra-t-elle, si tu meurs ?

— Je la mets sous ta protection, seigneur.

— Prends dès aujourd'hui tes dispositions envers elle, dit le prince. Moi aussi, je peux être tué et ne pas revenir ; mes coffres sont à ta discrétion.

— Merci, prince magnanime, dit Sado en s'agenouillant un instant aux pieds de Nagato. As-tu quelque chose encore à me recommander ?

— Tu feras parvenir au siogoun la lettre que je vais écrire.

XVI. LES PÊCHEURS DE LA BAIE D'OSAKA

Le prince prit une feuille de papier en fibrilles de bambou illustrée d'une liane fleurie et écrivit rapidement :

« Maître, si l'on te dit que j'ai changé d'avis et que je suis parti pour mes États, garde-toi de le croire, mais laisse-le dire.

« IVAKOURA. »

Il remit le billet à Sado.

— Maintenant, lui dit-il, cache-toi un instant derrière ce paravent, afin que personne ne nous voie ensemble ; lorsque je serai parti, tu agiras selon mes ordres.

— Que le bonheur soit ton compagnon ! dit Sado en se cachant.

— Merci de ce souhait, dit le prince, qui soupira.

Il alla tirer un panneau et appela Loo.

Le jeune serviteur accourut. Il était vêtu comme l'enfant d'un artisan, mais il avait passé son sabre à sa ceinture.

Il aida son maître à revêtir un costume sans ornements, puis le prince ouvrant un coffre enveloppa dans sa ceinture une somme considérable.

— En route, maintenant, dit-il en s'approchant du souterrain.

Loo regarda cette trappe ouverte sans manifester la moindre surprise. Une lanterne allumée était posée sur la dernière marche ; il prit la lanterne et commença à descendre ; le prince le suivit et referma la trappe. Ils descendirent alors cinquante marches et se trouvèrent dans un petit carrefour duquel s'éloignaient deux étroits couloirs.

Une odeur de terre humide et un froid glacial régnaient en cet endroit.

— De quel côté allons-nous, maître ? demanda Loo en regardant les deux routes divergentes.

Le prince s'orienta un instant.

— Prenons à droite, dit-il.

Ils s'engagèrent dans l'étroite galerie, soutenue de loin en loin par de larges poutres de bois noir, et marchèrent une demi-heure environ ; ils arrivèrent alors au pied d'un escalier qu'ils gravirent. Cet escalier débouchait dans la chambre unique d'une maison de pêcheur.

— Nous sommes arrivés, dit Nagato en jetant un regard autour de lui.

La chambre était déserte et presque vide, quelques filets noircis formaient comme une draperie sur les murailles ; dans un coin un léger bateau était couché sur le flanc.

— Ça n'est pas beau ici, dit Loo d'un air dédaigneux.

La porte était fermée intérieurement par une barre de fer, Nagato la souleva et fit glisser le panneau dans sa rainure.

Le soleil était couché, la nuit montait rapidement, cependant, le ciel, encore pourpré, ensanglantait le fleuve. On voyait quelques grands bateaux amarrés près des berges, d'autres barques rentraient venant de la mer, les matelots abaissaient les voiles en roseaux tressés, on entendait le bruit de l'anneau glissant le long du mât ; quelques pécheurs, gravissaient les escaliers à pic et traînant leurs filets mouillés, regagnaient leurs habitations.

Déjà on allumait les grandes lanternes en forme de carré long, aux façades des débits de thé ; des clameurs joyeuses commençaient à s'échapper de leurs jardins, de leurs salles ouvertes.

Le prince, suivi de Loo, se dirigea vers le plus bruyant de ces établissements ; mais, à sa grande surprise, lorsqu'il pénétra dans la galerie déjà pleine de monde, il fut salué par des acclamations enthousiastes.

— C'est mon brave Sado qui me vaut cette popularité, se dit-il.

— Le seigneur ! le seigneur ! criait-on.

— Que l'on apporte du saké ! Éventrons les tonneaux ! Le daïmio veut que l'on soit ivre !

— Nous le serons ! nous le serons ! au point de ne pas distinguer la lune d'avec le soleil !

— Mais il faut beaucoup de saké, beaucoup, beaucoup ! Alors nous pourrons chanter l'antique chanson de Daïnogon-Ootomo.

Ils entonnèrent en chœur cette chanson :

« Y a-t-il quelque chose au monde de plus précieux que le saké ?

« Si je n'étais un homme, je voudrais être un tonnelet. »

Cependant un matelot, nu jusqu'à la ceinture, à la figure large et peu avenante, s'avança vers le prince.

XVI. LES PÉCHEURS DE LA BAIE D'OSAKA

— Nous boirons plus tard, dit-il. Tu m'as, la dernière fois que nous nous sommes vus, fendu la joue d'un coup de poing ; je veux t'enfoncer une côte ou deux ensuite, nous serons amis.

— Sais-tu bien à qui tu parles ? s'écria Loo furieux, en s'élançant vers l'homme du peuple.

Celui-ci le repoussa, mais l'enfant lui saisit le bras et le mordit jusqu'au sang.

Le matelot cria de douleur.

— C'est un loup, celui-ci ! hurla-t-il.

Et il courut sur Loo les poings lèves, mais le prince le saisit par les poignets.

— Laisse cet enfant, dit il, battons-nous si tu veux. Comment t'appelles-tu ?

— Tu ne sais pas mon nom ?

— Je l'ai oublié.

— Un prince peut bien oublier le nom d'un simple matelot, s'écria-t-on de tous côtés, il s'appelle Raïden, comme le dieu des orages.

— Eh bien ! Raïden, dit Nagato, battons-nous puisque tu me gardes rancune.

— Lâche-moi d'abord, dit Raïden qui faisait de vains efforts pour se dégager.

Le prince le lâcha. Alors le matelot, fermant ses poings, guetta un instant son adversaire, puis il s'élança sur lui ; mais Nagato, d'un seul geste brusque et violent, l'envoya rouler les jambes en l'air au milieu d'un grand fracas de porcelaines brisées, parmi les tasses et les flacons disposés sur le plancher.

Tous les assistants éclatèrent de rire.

Te voila satisfait, disait-on, tu as causé des dégâts pour plus d'un kobang ; si le prince ne paye pas, il te faudra vendre beaucoup de poissons pour t'acquitter.

— Je payerai, dit le prince, mais parle, Raïden, veux-tu continuer la lutte ?

— Non, merci, dit Raïden, je suis tombé dans du thé bouillant, et il m'en cuit ; d'ailleurs tu es plus fort ce soir encore que de coutume, je serais battu.

— Le saké ! le saké ! puisque la querelle est terminée, dirent les assistants. Parle, prince, de quelle façon allons-nous nous divertir ce soir ?

— Buvons d'abord, dit le prince, aujourd'hui le temps n'est guère à la réjouissance ; de tristes nouvelles circulent au château, l'inquiétude est dans tous les cœurs, car la guerre civile va éclater ; les folies que nous faisions ne sont plus de saison, pas plus que les fleurs et les feuillages lorsque souffle la première rafale de l'hiver.

On avait apporté le saké. Un grand silence s'était établi ; tous les yeux étaient fixés sur le prince.

— Je suis venu pour causer avec vous, qui avez été quelquefois mes compagnons de plaisir, reprit-il. Vous aimez la lutte, vous êtes braves, vous êtes forts ; voulez-vous être encore mes compagnons et vous battre sous mes ordres, avec les ennemis de Fidé-Yori ?

— Nous le voudrions, certes ! s'écrièrent quelques matelots.

— Mais nos femmes, nos enfants, que deviendraient-ils ?

— Qui les nourrirait en notre absence ?

— Vous savez bien que l'or coule de mes doigts comme l'eau d'une fontaine. Je ne vous ferai pas quitter votre métier et risquer votre vie sans vous payer largement. Combien gagne un pêcheur dans sa journée ?

— Cela dépend : dans les mauvais jours, quand la mer est impitoyable, on ne gagne pas même un itzibou ; les bons coups de filet rapportent quelquefois jusqu'à un demi-kobang.

— Eh bien, je vous payerai un demi-kobang par jour tant que la guerre durera.

— C'est trop ! c'est trop ! s'écria-t-on de tous côtés, notre sang ne vaut pas cela.

— Je ne me rétracterai pas, dit le prince.

— Mais songe donc, s'écria Raïden, nous sommes nombreux, si tu nous engages tous à ce prix-là, le total sera considérable !

— Je sais compter, dit le prince en souriant, il me faut deux cents hommes, cela fera cent kobangs par jour, trois mille kobangs par mois, trente-six mille kobangs par an.

Raïden écarquillait les yeux.

— Où trouveras-tu tant d'argent ?

— Vous n'avez pas idée de la fortune des princes, dit Nagato étonné de ce singulier débat ; je m'apercevrai à peine de cette dépense, n'ayez donc aucun scrupule.

— Bien ! bien ! s'il en est ainsi, nous acceptons, s'écrièrent les matelots.

— Pour ce prix-là tu peux nous faire couper en cinquante morceaux, dit Raïden, qui n'était pas encore revenu de sa stupéfaction.

— Vous courrez de grands périls, dit le prince, il faudra être dévoués et intrépides.

— Celui qui lutte avec la mer n'a plus peur des hommes, dit un matelot ; nous sommes habitués au danger.

— Écoutez, dit Nagato ; vous choisirez parmi vos barques cinquante des meilleures et des plus fortes ; vous ne changerez rien à leur aspect pacifique ; vous les laisserez pourvues de leurs engins de pêche et les tiendrez prêtes à prendre la mer au premier signal.

— C'est entendu, dit Raïden.

— Je vous fournirai des armes, continua le prince ; mais vous les cacherez soigneusement ; vous devez avoir l'air de pêcheurs et non de guerriers.

— Très bien ! nous comprenons, s'écria Raïden, qui, debout les bras croisés, écoutait le prince attentivement.

— Je n'ai pas autre chose à vous commander pour le moment, dit Nagato ; seulement, tenez secrètes nos conventions.

— Nous n'en parlerons pas même aux mouettes qui passent sur la mer.

— Le prince ouvrit sa ceinture et versa sur le plancher un monceau d'or.

— L'engagement commence aujourd'hui même pour ceux qui sont présents ici, dit-il, et je vais compter à chacun de vous cent kobangs. Vous choisirez parmi vos compagnons le nombre d'hommes nécessaire pour compléter ma petite troupe ; engagez les plus braves, les plus discrets.

— Les marins ne sont pas bavards, dit Raïden.

— Les pêcheurs surtout, le bruit effraie le poisson.

— Allons, Loo, dit-il, le prince vient compter l'argent.

Loo s'approcha et commença à ranger par piles les petites lames d'or.

Chaque homme s'avança à son tour et dit son nom, que Nagato écrivait sur une longue feuille de papier.

Le prince regardait avec plaisir le visage naïf et intrépide de ces hommes qui venaient de lui vendre leur vie ; il se disait que rarement à la cour il avaitrencontré le regard loyal qu'il voyait là briller dans tous les yeux.

La plupart de ces hommes avaient le torse nu et laissaient voir leurs muscles vigoureux, ils riaient de plaisir en prenant l'argent.

Bientôt le prince quitta la maison de thé et remonta les rives du neuve. Il entendit longtemps encore les rires et les voix des matelots qui, en buvant du saké, chantaient à tue-tête la chanson de Daïnogon-Ootomo

Loo, qui l'avait entendu pour la première fois, cherchait à se la rappeler, et la fredonnait en marchant derrière le prince :

« Si je n'étais un homme, je voudrais être un tonnelet ! »

XVII. L'ÎLE DE LA LIBELLULE

La belle Yodogimi verse des larmes. Elle est debout, appuyée contre un panneau de laque noire, un bras levé dans un mouvement de douleur, les doigts légèrement crispés sur la paroi lisse et brillante, la tête renversée, un peu inclinée vers l'épaule : elle pleure sans oublier d'être belle.

Yodogimi a bientôt quarante ans : qui le croirait à la voir si charmante ? Ses yeux très grands sont pleins d'éclat encore, ses lèvres sont fraîches, son teint est pur et l'unique torsade formée par sa chevelure roule jusque sur le sol, comme un serpent noir. La princesse, selon sa coutume, est magnifiquement parée ; une ceinture de prix serre sa taille svelte et les broderies de sa robe sont d'un merveilleux travail.

À quelques pas d'elle le général Harounaga, son amant, se tient debout en grand costume de guerre, le fouet aux lanières d'or à la main ; il regarde attentivement le plancher et voudrait amener une larme au bord de ses yeux, mais il ne peut y parvenir. De temps à autre, il pousse un profond soupir.

— Hélas ! hélas ! s'écrie Yodogimi, tu vas partir, m'oublier, mourir peut-être !

— Je puis mourir, dit le général, mais t'oublier, je ne le puis pas.

— Mourir ! Tu n'as donc pas de cœur, que tu oses me parler de ta mort ? Les hommes sont cruels ; ils jurent de vous être dévoués, et puis pour un rien ils vous abandonnent.

— Ce n'est pas ma faute il y a la guerre, il me faut partir à Yamasiro avec mes soldats.

— Et si je t'ordonnais de rester ?

— Je te désobéirais, princesse.

— Tu l'avoues effrontément. Eh bien je te défends de partir !

— Soit, dit le général, je ne sais pas résister à tes volontés ; mais ce soir même je me fendrai le ventre.

— Par ennui de rester près de moi ?

— Non ; parce que je serai déshonoré, et qu'on ne doit pas survivre au déshonneur.

— Ah ! je suis folle, dit la veuve de Taïko-Sama en essuyant ses yeux ; je parle comme une enfant, je te conseille d'être lâche. Va, ne ménage pas ton sang ; si tu meurs, je mourrai aussi. Comme tu es beau en tenue de combat ! ajouta-t-elle en le considérant avec complaisance. C'est donc pour l'ennemi qu'on se pare ainsi ?

— C'est l'usage, dit Harounaga, d'ailleurs les flèches rebondissent sur ces écailles de corne et les coups de sabre ne peuvent les entamer.

— Ne parle pas ainsi, il me semble être au milieu de la bataille, s'écria Yodogimi. Je vois les flèches voler, j'entends le cliquetis du fer. Que vais-je devenir pendant ces longs jours d'inquiétude ?

— Yamasiro n'est pas loin d'Osaka, dit le général, je t'enverrai souvent des nouvelles du camp.

— Oui, n'est-ce pas ? chaque jour, fais partir un messager.

— Que chaque jour il me rapporte un mot de toi. Adieu, la plus belle des princesses.

— Adieu, guerrier intrépide. Fasse le ciel que nous nous revoyions bientôt !

Harounaga s'éloigna, et lorsqu'il traversa la cour du palais, Yodogimi se pencha de la fenêtre pour le voir encore.

Le page qui tenait le cheval du guerrier apprit au général, tout en l'aidant à se mettre en selle, que des nouvelles des plus inquiétantes circulaient dans le château. L'avant-garde de l'armée ennemie avait été vue à Soumiossi, c'est-à-dire à quelques lieues d'Osaka ; les troupes du siogoun n'avaient donc pas réussi a barrer l'île de Nippon dans sa largeur, comme on l'avait projeté.

Harounaga se hâta de rejoindre son corps d'armée qui l'attendait, prêt à partir, hors des remparts du château.

Plusieurs cavaliers galopèrent à sa rencontre. Le siogoun venait d'arriver au campement, il demandait Harounaga.

— Ne va pas à Yamasiro, lui dit-il dès qu'il l'aperçut, gagne Soumiossi, et tâche d'écraser les rebelles, s'il est vrai qu'ils soient déjà établis en ce lieu.

— J'y cours, maître, dit Harounaga, et je jure d'être vainqueur.

Quelques instants plus tard, il quittait Osaka avec son armée.

À la même heure, plusieurs bateaux de pêche, profitant de la marée, sortaient du port, et, poussés par une forte brise, gagnaient la haute mer.

C'était la flottille de Nagato.

Le prince avait appris l'un des premiers l'apparition à Soumiossi des soldats de Hiéyas. Il s'était aussitôt décidé à prendre la mer et à aller croiser dans les parages menacés.

Chaque barque était montée par quatre hommes ; celle où se trouvait Nagato avait un personnage de plus : Loo. Celui-ci avait pêché quelques poissons et il les regardait avec une cruauté naïve se tordre et agoniser. Raïden était au gouvernail.

Le prince, couché au fond de la barque, regardait vaguement au-dessus de lui la grande voile brune, qui craquait en se gonflant, et l'enchevêtrement des cordages ; il rêvait. Le même rêve, toujours, emplissait son âme ; elle était comme la mer qui reflète éternellement le ciel. Tout événement, toute action inquiétaient douloureusement le prince, l'attristaient ; c'étaient des nuages voilant son amour, l'empêchant de s'y absorber tout entier. Cependant, son caractère plein de noblesse le poussait a se dévouer à son seigneur, à verser son sang pour lui, à le sauver, si c'était possible ; mais, malgré lui, souvent il oubliait la guerre, Hiéyas, les intrigues, les crimes, comme le silence en se rétablissant oublie les clameurs qui l'ont un instant troublé. Il évoquait alors par la pensée un regard tombant sur lui, une inflexion de voix, un pli de voile soulevé par le vent et venant frôler ses lèvres ; il retrouvait le frisson que ce léger contact avait fait courir dans son sang. Il se disait par instant que peut-être elle aussi songeait à lui, et il poursuivait dans l'espace cette pensée errante.

Les vagues le berçaient doucement et l'encourageaient à ces folles rêveries ; le vent soufflait, la voile gonflée ressemblait à un croissant énorme ; l'eau, vivement refoulée, clapotait à l'avant.

— C'est pour ne pas m'éloigner d'elle, murmurait-il, que je me suis engagé dans cette aventure singulière. Je compte sur le hasard pour me fournir des occasions de servir mon prince, car si l'on me demandait d'expliquer mon plan de campagne je serais fort embarrassé. Me porter sur les points les plus périlleux, combattre avec fureur, puis m'éloigner sans m'être fait connaître, je n'ai pas d'autre but. D'après l'avis du général Yoké-Moura, cependant, une petite cohorte indépendante, survenant au milieu d'un combat, peut quelquefois faire pencher le plateau de la victoire et rendre de grands services... Je me souviens fort à propos de ceci pour justifier ma conduite, ajouta le prince en souriant.

Les cinquante barques composant la flottille étaient disséminées sur la mer ; Loo disait qu'elles avaient l'air d'un essaim de papillons près de se noyer.

Vers le milieu du jour, on se rapprocha de la côte. Soumiossi n'était plus qu'à une petite distance, Nagato voulut descendre à terre pour tâcher de recueillir de nouveaux renseignements sur l'armée ennemie.

Une petite anse abrita les barques qui abordèrent, la plupart restèrent au large, vingt hommes seulement descendirent avec le prince, ils gagnèrent une route qui passait à cent pas de la mer et s'orientèrent afin de trouver un village. Ils marchèrent quelque temps mais tout à coup, ceux qui étaient en avant et avaient déjà tourné un coude du chemin revinrent précipitamment.

— Un daïmio ! un daïmio ! criaient-ils.

— Eh bien, qu'importe, dit le prince de Nagato.

— Si nous encombrons la route, on marchera sur nous, ou bien on nous coupera la tête, dit Raïden.

— Va donc voir, Loo, dit le prince, quel est le nom inscrit sur le poteau fiché au bord du chemin ; si le seigneur dont il annonce le passage est moins noble que moi, nous jetterons le poteau à terre, et, bien que je n'aie pas de cortège, le prince me fera place.

Loo, après avoir cherché un instant des yeux, se mit à courir vers un des poteaux que les seigneurs font planter sur les routes qu'ils doivent parcourir, afin d'indiquer le jour de leur passage.

L'enfant revint bientôt avec une mine stupéfaite.

— C'est toi, maître, qui vas passer par ici, dit-il.

— Comment ? dit le prince.

— C'est écrit sur la planchette, dit Loo « Le tout puissant Ivakoura-Teroumoto-Mori, prince de Nagato, traversera cette contrée le dixième jour de la cinquième lune. »

— Silence, Loo, dit le prince ne t'étonne de rien et sois discret… c'est Sado qui se rend dans mes États, ajouta-t-il à part lui.

— Déjà, dans un léger nuage de poussière, les avant-coureurs du cortège tournaient l'angle de la route.

C'étaient des valets, des scribes, des cuisiniers portant toutes sortes d'ustensiles.

Les matelots s'agenouillèrent au bord du chemin ; le prince se dissimula derrière une haie d'églantiers.

Le premier groupe passa, suivi d'abord par une vingtaine de chevaux chargés de caisses et de paquets enveloppés de cuir rouge, puis par un grand nombre d'hommes portant des piques, des bannières, des glaives, des arcs, des carquois, des parasols.

Une foule de serviteurs s'avança ensuite ; chaque homme portait sur l'épaule un coffre verni qui contenait des vêtements ou quelque objet à l'usage du prince.

Puis parurent successivement des officiers qui tenaient des armes de luxe et les lances princières ornées de plumes de coq ou de lanières de cuir ; des palefreniers conduisant des chevaux richement harnachés ; un samouraï, suivi de deux valets, qui tenait sur ses bras le chapeau sous lequel, lorsqu'il met pied à terre, le prince s'abrite du soleil ; un autre seigneur portant un parasol dans un fourreau de velours noir ; derrière eux, les serviteurs et les bagages de ces seigneurs défilèrent silencieusement.

Alors apparurent vingt-huit pages coiffés de chapeaux ronds, précédant la litière du prince. Ces pages se mouvaient d'une façon particulière ; ils lançaient à chaque pas un de leurs pieds en arrière, en l'élevant aussi haut que possible, et jetaient en même temps une main en avant, comme s'ils eussent voulu s'élancer à la nage.

Enfin, le norimono du seigneur approcha, porté par huit hommes qui s'avançaient a petits pas, soutenant dans la paume de leur main l'unique brancard passant comme un arc au-dessus du palanquin, et qui l'autre main étendue semblait vouloir imposer silence et exprimer une crainte respectueuse.

Sur la laque noire piquée de clous dorés dont les parois du norimono étaient recouvertes on voyait les insignes du souverain de Nagato : trois boules surmontées d'une barre. L'intérieur de ce grand coffre était tapissé de brillantes étoffes de soie, et, sur un matelas recouvert d'un tapis de velours, le prince, étendu, feuilletait un livre.

Le norimono passa et le cortège se termina par une foule d'écuyers, de pages, de porteurs de bannières qui marchaient dans un ordre parfait en gardant le plus profond silence.

— En vérité, dit Raïden qui se releva et frotta ses genoux souillés de poussière, tout cela est fort beau, mais je préfère n'être qu'un matelot et marcher à ma guise sans cet attirail encombrant.

— Tais-toi donc, dit un autre, tu vas fâcher le seigneur.

— Il partage sans doute mon avis, dit Raïden, puisque, étant prince, il s'est fait matelot.

On gagna le plus prochain village, et avant d'avoir interrogé qui que ce fût, on était amplement renseigné sur ce qu'on voulait savoir. Plusieurs bourgs voisins immigraient dans celui-là. Les rues regorgeaient de monde, de chariots, de bestiaux. Un formidable brouhaha s'élevait de cette foule d'hommes et d'animaux. Les buffles, effrayés, beuglaient, s'écrasaient les uns les autres ; les pourceaux, sur lesquels on trébuchait, poussaient des hurlements aigus ; les femmes gémissaient, les enfants pleuraient ; et le récit des événements, toujours recommencé, courait de groupe en groupe.

— Ils ont pris l'île de la Libellule !

— En face de Soumiossi, on les voit de la côte. Les habitants de l'île n'ont pas pu fuir.

— Ils sont venus sur trois jonques de guerre, trois belles jonques dorées par places, avec des mâts très-hauts et des banderoles qui flottent de tous côtés.

— Ce sont les Mongols ? demandaient quelques vieillards qui se souvenaient confusément de guerres anciennes, d'invasions étrangères.

— Non, c'est le régent qui veut faire mourir le siogoun.

— Combien de soldats a-t-on vu débarquer dans l'île ? demanda Kaïden qui s'était glissé parmi la foule.

— On ne sait pas ; mais ils sont nombreux ; les jonques en étaient toutes pleines.

— Quinze cents hommes environ, dit à part lui Raïden.

— C'est l'avant-garde de l'armée de Hiéyas, dit prince de Nagato à voix basse ; si les troupes de Fidé-Yori n'arrivent pas promptement, Osaka court les plus grands dangers. Reprenons la mer, ajouta-t-il, j'ai un projet qui, bien que follement audacieux, peut réussir.

Avant de quitter le village, Nagato ordonna à Raïden d'acheter un assez grand nombre d'outils de charpentier. Puis ils gagnèrent la plage et se rembarquèrent.

Vers le soir la petite flotte arrivait en vue de Soumiossi et s'abritait derrière un promontoire qui la masqua complètement.

Le lieu était admirable. Des arbres énormes, dont les racines découvertes s'accrochaient, comme des serres d'oiseaux de proie, à la terre et aux roches, se penchaient vers la mer ; des buissons, des arbustes faisaient crouler vers elles les touffes de leurs fleurs superbes ; les vagues étaient toutes jonchées de pétales envolés, qui naviguaient, s'amassaient en îlots ou en longues guirlandes. Sur quelques rochers aigus les lames bondissaient en jetant une mousse blanche ; des mouettes s'envolaient qui semblaient de l'écume faite oiseau. L'eau avait un ton uniforme de satin bleu, glacé d'argent, d'une douceur, d'un éclat incomparables ; et le ciel gardait du soleil disparu une expansion d'or fluide qui éblouissait encore. Au loin, l'île de la Libellule, verte et fraîche, découpait ses contours d'insecte. La côte de Soumiossi, toute vermeille, s'étendait avec ses falaises dentelées, et au faîte du promontoire une petite pagode élevait son toit pointu, pavé de porcelaine, et dont les angles semblaient être relevés par les quatre chaînes qui se rattachaient à une flèche dorée.

Le prince songeait à un autre coucher de soleil, à celui qu'il avait vu du haut de la montagne, près de Kioto, avec la reine à ses côtés ; il fermait les yeux et il la revoyait, elle, si belle, si noble dans l'aveu muet de son chagrin, les cils tout brillants de larmes, tournant vers lui son regard pur et lui ordonnant d'épouser sa rivale. Les moindres détails de sa parole, de son geste, le petit miroir au-dessus de son front qui jetait des rayons comme une étoile, étaient gravés dans son esprit avec une netteté surprenante.

— Cet instant fut douloureux, se disait-il, et cependant il me semble, par le souvenir, qu'il ait été plein de charme. Elle était là du moins, je la voyais, je l'entendais, le son de sa voix était un baume à la cruauté dû ses paroles, mais maintenant quelle douleur de vivre, le temps est comme une mer sans borne, où pas un rocher, pas un mât de navire ne permet à l'aile exténuée de se reposer un instant !

On avait mis à la mer trois canots très légers, qui saillissaient à peine au-dessus de l'eau. Dès que la nuit fut venue, Nagato choisit huit hommes parmi les plus intrépides, il garda avec lui Raïden et un autre matelot nommé Nata. Ils descendirent dans les canots, trois hommes dans chaque embarcation.

— Si vous entendez des coups de feu, venez à notre accours, dit le prince de Nagato a ceux qui restaient.

Et les trois canots s'éloignèrent sans bruit.

Ceux qui les montaient étaient armés de sabres et de poignards, de plus ils emportaient les outils achetés au village ; et plusieurs fusils à mèche. Ces armes, d'invention étrangère, souvent avariées ou imparfaites, la plupart du temps ne partaient pas ou éclataient entre les mains du soldat, elles étaient donc ordinairement redoutées d'une façon égale par ceux qui s'en servaient et ceux qu'elles menaçaient. Le prince avait réussi à se procurer cinquante fusils neufs et bien fabriqués, c'était une grande force pour sa petite armée ; cependant les matelots regardaient ces engins étrangers du coin de l'œil avec un certain mépris.

Les barques glissaient dans l'ombre, gouvernant droit sur l'île de la Libellule. Le bruit des rames, maniées avec précaution, se confondait avec les mille sourdes clameurs de la mer. Une petite brise se levait et sifflait aux oreilles.

À mesure que l'on se rapprochait de l'île, on s'efforçait d'avancer de plus en plus silencieusement.

Déjà on apercevait des feux entre les arbres ; on était peu éloigné, car l'oreille percevait distinctement les pas réguliers d'une ronde passant près des rives.

Le prince ordonna de contourner l'île et de chercher les jonques de guerre.

Elles étaient à l'ancre à une petite distance du rivage, ayant entre elles et la côte de Soumiossi, l'île de la Libellule.

Bientôt elles apparurent à ceux qui montaient les canots, découpant en noir leurs grandes coques et leurs hautes mâtures sur l'obscurité moins intense du ciel ; placés presqu'au ras de l'eau comme ils l'étaient, ces jonques leur paraissaient gigantesques. Sur chacune d'elles un fanal brillait au pied du mât, il était masqué d'instant en instant par une sentinelle qui allait et venait sur le pont.

— Ces sentinelles vont nous apercevoir, dit Raïden à voix basse.

— Non, répondit le prince, le fanal éclaire l'endroit où elles se trouvent et les empêche de rien distinguer dans l'obscurité où nous sommes. Approchons maintenant, et puisse notre folle entreprise se terminer à notre gloire !

Les trois barques s'éloignèrent l'une de l'autre, et chacune d'elles alla, sans faire plus de bruit qu'un goéland qui glisse sur l'eau, accoster l'un des navires.

Le canot qui portait le prince s'était approché de la plus grande des jonques ; elle était placée entre les deux autres.

L'ombre s'amassait plus intense encore sous les flancs bombés du navire, l'eau noire clapotait, faisant cogner la légère embarcation contre la coque géante ; mais le bruit se mêlait au choc incessant de l'eau à la chute continuelle d'une vague après l'autre sur les rives de l'île.

— Restons ici, dit le prince d'une voix à peine saisissable, on aurait beau se pencher du haut du navire, on ne pourrait pas nous voir.

— C'est vrai, dit Raïden, mais ici nous ne pourrons pas agir, la barque n'a pas assez de stabilité ; si nous pouvions atteindre la proue du vaisseau, nous serions plus à l'aise.

— Allons, dit le prince.

Tous trois agenouillés dans la barque, appuyaient leurs mains contre la jonque et avançaient rapidement ; quelquefois un heurt involontaire, qui leur semblait faire un bruit terrible, les faisait s'arrêter, puis ils repartaient. Ils atteignirent la proue du navire.

À ce moment la sentinelle cria :

— Oho !...

On lui répondit des autres jonques :

— Oho ! ...

— Oho ! ...

Puis tout rentra dans le silence.

— À l'œuvre, dit Nagato.

Il s'agissait tout simplement de couler bas ces grands bâtiments en leur faisant au-dessous de la ligne de flottaison une blessure assez large pour permettre à l'eau de les envahir.

— Ce que l'écueil accomplit avec la plus grande facilité, nous pourrons peut-être l'exécuter en nous donnant quelque peine, s'était dit le prince.

Les outils qui avaient servi a construire la coque du navire pouvaient être employés utilement à en démolir un fragment. Il suffisait d'ailleurs de faire seulement une ouverture large à y fourrer le poing ou de soulever une planche, l'eau, qui ne demande qu'à entrer et se glisser partout, saurait bien s'en contenter.

Raïden, penché hors du canot, tâtait sur le navire les parois visqueuses, recouvertes par l'eau, et cherchait sous la mousse gluante, sous le goudron et la peinture, les têtes des clous fixés dans le bois.

Le prince et le matelot Nata s'efforçaient de maintenir le canot à peu près immobile.

Raïdcn prit un outil à sa ceinture et fît sauter, après de grands efforts, quelques clous.

— Ce navire est solidement construit, dit-il, les clous sont longs comme des sabres, de plus, ils sont rouillés et tiennent dans le bois comme de grosses dents à une jeune mâchoire.

— Crois-tu venir à bout de l'entreprise ?

— Je l'espère bien, dit Raïden. Il est impossible qu'un seigneur tel que toi se soit dérangé pour rien. Seulement, je suis mal l'aise ainsi placé, la tête en bas, et contraint de tirer les clous obliquement : il faut que j'entre dans l'eau.

— Y songes-tu ? dit Nata, la mer est très profonde ici.

— Il y a bien une corde dans le canot ?

— Oui, dit Nata.

— Eh bien, attache ses deux extrémité à la banquette.

Nata se hâta d'obéir, et Raïden passa la corde sous ses bras.

— De cette façon je serai suspendu dans l'eau, dit-il.

Et il se laissa glisser silencieusement hors de la barque.

Pendant plus d'une heure, il travailla dans l'obscurité, sans dire un seul mot, et, comme ses mains agissaient au-dessous de l'eau, il ne faisait aucun bruit. On entendait le pas monotone de la sentinelle et le ressac des vagues contre le navire.

— Passe-moi le saké, dit enfin Raïden ; j'ai froid.

— C'est à mon tour de travailler, dit Nata. Remonte dans le bateau.

C'est fini, dit Raïden les clous sont enlevés tout autour d'une planche longue comme notre barque, large comme l'est Nata d'une épaule à l'autre.

— Alors tu as complètement réussi ? dit le prince.

— Pas encore, le plus difficile reste à faire : la planche est emboîtée dans ses deux voisines et n'offre aucune prise qui me permette de la tirer à moi.

— Tâche de glisser ton outil dans la fissure.

— Je l'essaye depuis un instant, mais sans arriver à rien, dit Raiden ; il faudrait que la planche fût poussée de l'intérieur.

— Ceci est impraticable, dit Nagato.

Raïden levait la tête ; il regardait la coque du navire.

— N'y a-t-il pas un hublot là au-dessus de nous ? dit-il.

— Je ne vois rien, dit le prince.

— Tu n'es pas accoutumé comme nous à y voir dans l'ombre, pendant les nuits de tempête, dit Nata ; moi j'aperçois très bien le hublot.

— Il faudrait entrer par là, et aller pousser la planche, dit Raïden.

— Tu es fou, aucun de nous ne peut passer dans cette étroite ouverture.

— Si le petit Loo était ici, murmura Raïden, il entrerait bien lui !

À ce moment le prince sentit quelque chose qui remuait dans ses jambes, et une petite forme se dressa du fond du bateau.

— Loo savait bien qu'on aurait besoin de lui, dit-elle.

— Comment ! tu es là ? dit le prince.

— Nous sommes sauvés, alors, dit Raïden.

— Vite, dit Loo, hissez-moi jusqu'à la lucarne.

— Écoute, dit Raïden à voix basse, une fois entré tu tâteras la paroi et tu compteras cinq planches en descendant, droit au-dessous de l'ouverture, la sixième tu la pousseras, mais aussitôt que tu la sentiras céder, tu t'arrêteras et tu reviendras ; si tu la poussais complètement, l'eau, en pénétrant dans le vaisseau, t'engloutirait.

— Bon ! dit l'enfant.

Nata s'était adossé à la jonque.

— Tu n'as pas peur, Loo, dit le prince.

Loo, sans parler, fit signe que non. Il était déjà sur les épaules de Nata et se cramponnait des deux mains au rebord de l'ouverture. Bientôt il y enfonça le torse, puis les jambes, et disparut.

— Il doit faire encore plus noir là-dedans qu'ici, dit Nata qui collait son oreille contre la jonque.

Ils attendirent. Le temps leur sembla long. La même anxiété les rendait immobiles.

Enfin, un craquement se fit entendre. Raïden sentit la planche osciller. Une seconde secousse la fit saillir hors de ses rainures.

— Assez ! assez ! ou tu es perdu ! dit Raïden, sans oser élever la voix.

Mais l'enfant n'entendait rien ; il continuait à frapper de ses poings fermés avec toute sa force. Bientôt la planche se détacha et vint flotter au-dessus des flots.

En même temps, avec un bruit de torrent, l'eau se précipita dans le navire.

— Et l'enfant ! l'enfant ! s'écria le prince avec angoisse.

Raïden plongeait désespérément ses bras dans l'ouverture béante, noire et tumultueuse.

— Rien rien ! disait-il en grinçant des dents. Il a été emporté par la force de l'eau.

À ce moment, des cris se tirent entendre sur une des jonques voisines des lumières couraient sur le pont ; elles semblaient dans l'obscurité se mouvoir en l'air.

— Nos amis ont peut-être besoin de nous, dit Nata.

— Nous ne pouvons abandonner ce pauvre enfant, dit le prince, tant qu'il reste l'espoir de le sauver ; nous ne bougerons pas d'ici.

Tout à coup, Raïden poussa un cri de joie : il venait de sentir une petite main crispée sur le rebord de la trouée faite au navire.

Il eut bientôt tiré l'enfant à lui ; il le jeta dans la barque.

Loo ne bougea pas, il était évanoui. Raïden tout ruisselant remonta vivement dans le canot.

— En voici une qui n'en a pas pour longtemps, dit Nata en donnant un coup de rame à la jonque pour éloigner la légère embarcation.

— Allons voir les autres, dit Nagato, tout n'est peut-être pas fini.

Les cris redoublaient on donnait l'alarme de tous côtés. Sur les rives de l'île on voyait aussi courir des lumières, on entendait le bruit des armes ramassées a la hâte.

— Nous sombrons ! nous sombrons ! criait l'équipage des jonques.

Plusieurs hommes se jetèrent à la mer. Ils respiraient bruyamment en nageant avec précipiton vers les rives de l'île.

L'épouvante était à son comble parmi l'armée ; les jonques coulaient à pic ; on entendait le bouillonnement de l'eau les envahissant ; l'ennemi était là, et on ne pouvait le voir. Plus on multipliait les lumières, plus la mer semblait obscure.

Le prince de Nagato se penchait du canot et tâchait de percer du regard l'obscurité. Tout à coup, un choc violent fit bondir la barque, qui s'agita quelques instants d'une façon désordonnée.

— On n'y voit rien aussi, dit une voix pardonne nous, prince, de t'avoir ainsi heurté.

— Ah ! c'est vous, dit Nagato avez-vous réussi ?

— Nous serions encore à l'œuvre si notre mission n'était pas terminée. Comme une armée de rats nous avons rongé le bois et fait un grand trou à la jonque.

— Bien ! bien, dit le prince, vous êtes vraiment de précieux auxiliaires.

— Prenons le large, dit Raïden, ils ont des chaloupes encore, ils pourraient nous poursuivre.

— Et nos compagnons ?

— Ils s'en tireront, sois-en sûr. Peut-être sont-ils déjà loin.

Les soldats au hasard lançaient des flèches, on en entendit quelques-unes tomber dans l'eau comme une pluie autour des canots.

— Ils sont si maladroits qu'ils pourraient nous atteindre sans le vouloir, dit Nata en riant.

— Au large ! s'écria Raïden en ramant vigoureusement.

L'obscurité depuis un instant était moins profonde, une blancheur pâle s'épandait dans le ciel, comme une goutte de lait dans une tasse d'eau. Du bord de l'horizon, la lueur émanait plus vive, trouble cependant, éclairant à peine. C'était l'aube de la pleine lune qui se levait. Bientôt, comme la pointe d'un glaive dépassant l'horizon, l'astre jeta un éclat d'acier. Aussitôt une traînée alternativement claire et sombre courut sur la mer, jusqu'au rivage, des étincelles bleues pétillèrent à la crête des vagues ; puis la lune parut comme l'arche d'un pont, et enfin elle s'éleva tout entière, pareille à un miroir de métal.

On était hors de la portée des soldats, Nata avait pris les rames ; Raïden frottait avec du saké la tête de Loo, appuyée sur les genoux du prince.

— Il n'est pas mort au moins, le pauvre enfant ! disait Nagato en posant sa main sur le cœur de Loo.

— Non, vois : sa petite poitrine se soulève péniblement, il respire, seulement il est glacé ; il faut lui retirer ses habits mouillés.

On le déshabilla ; Nata ôta sa tunique et en enveloppa l'enfant.

— C'est qu'il ne craint rien, ce petit-là, disait Raïden ; tu te souviens, prince, comme il m'a mordu, lorsque j'ai voulu me battre avec toi ? Je n'ai qu'un désir, c'est qu'il puisse me mordre encore.

Le matelot essaya d'écarter les dents serrées de Loo, et il lui versa dans la bouche un flot de saké.

L'enfant l'avala de travers, il éternua, toussa, puis ouvrit les yeux.

— Comment, je ne suis donc pas mort ? dit-il en regardant autour de lui.

— Mais il paraît que non, s'écria Raïden tout joyeux. Veux-tu boire ?

— Oh non ! s'écria Loo, j'ai assez bu comme cela. C'est bien mauvais, l'eau de la mer, je n'en avais jamais goûté, il me faudra manger beaucoup de confitures de bananes pour oublier ce goût-là.

— Tu ne souffres pas ? dit le prince.

— Non, dit Loo ; la jonque a sombré au moins ?

— On ne doit plus voir que la pointe de son mât, à l'heure qu'il est, dit Nata. Tu es pour beaucoup dans la réussite de l'entreprise.

— Tu vois bien, maître, que je puis servir à quelque chose, dit Loo tout fier.

— Certes, et tu es brave comme l'homme le plus brave, dit le prince ; mais comment étais-tu là ?

— Ah ! voilà ! Je voyais qu'on ne voulait pas m'emmener ; alors, je me suis caché sous le banc.

— Me diras-tu, s'écria Raïden, pourquoi tu as poussé la planche aussi fort, malgré mes recommandations ?

— C'était pour être plus sûr que la jonque n'en réchapperait pas ; et puis j'entendais du bruit dans le navire : il fallait se hâter. D'ailleurs, je n'aurais peut-être pas pu remonter. Il y avait toutes sortes de poutres, de cordes, de chaînes qui me cognaient ; car je n'y voyais pas plus que si j'avais eu la tête dans un sac de velours noir.

— Et lorsque cette colonne d'eau est tombée sur toi, qu'as-tu pensé ?

— J'ai pensé que j'étais mort, mais que la jonque coulerait bien sûr ; j'ai entendu comme le bruit du tonnerre, et j'ai bu ! j'ai bu ! ar le nez, par la bouche, par les oreilles, et puis je n'ai plus rien senti, je ne me souviens plus.

— Tu étais bien près de la mort, mon pauvre Loo, dit le prince ; mais pour ta belle conduite, je te donnerai un beau sabre, bien aiguisé, et tu pourras le porter à ta ceinture, comme un seigneur.

Loo promena sur ses compagnons, éclairés par la lune, un regard plein d'orgueil, accompagné d'un sourire, qui gonflait ses joues et y creusait deux fossettes.

Une lueur bleue et vaporeuse s'épandait sur la mer, on pouvait voir à une assez grande distance.

— Deux jonques ont disparu, dit Nagato, qui regardait du côté de l'île, la troisième se dresse encore.

— Il me semble voir des chaloupes tourner autour d'elle, nos amis se seraient-ils laissé surprendre ?

Tout à coup la jonque s'inclina sur le côté, et aussitôt une petite barque se détacha, qui fuyait.

Les chaloupes, pleines de soldats, se mirent à sa poursuite en lançant vers elle un essaim de flèches.

De la barque on lâcha quelques coups de feu.

— Courons vite à leur aide ! s'écria le prince.

Déjà Raïden avait fait virer le canot, l'autre barque, qui les accompagnait, les suivit de près.

— Ils ne se laisseront pas prendre, disait Raïden qui tournait la tête tout en ramant.

En effet, le léger canot bondissait sur les flots, tandis que les chaloupes plus lourdes et trop chargées d'hommes se mouvaient à grand'peine.

— La jonque qui coule ! la jonque qui coule ! cria Loo en battant des mains.

En effet, le dernier navire resté debout, s'enfonçait lentement, puis presque d'un seul coup disparut.

— Victoire ! victoire ! crièrent les matelots autour du prince.

— Victoire ! répondit-on du canot poursuivi qui se rapprochait de plus en plus.

Les trois barques se rejoignirent bientôt.

— Laissons-nous poursuivre, dit le prince, et ne fuyons pas trop vite pour leur laisser l'espoir de nous atteindre.

On tira quelques coups de feu, plusieurs soldats tombèrent, on les jeta aussitôt à la mer pour alléger les chaloupes.

Une flèche atteignit Raïden à l'épaule, mais elle n'avait plus de force, elle le piqua à peine et tomba dans le canot.

— C'était bien visé, dit Raïden.

La lune était au milieu du ciel, mais ce miroir poli se ternissait, comme sous la buée d'une haleine ; elle prit bientôt une teinte de vermeil rose, puis elle devint cotonneuse, ce ne fut plus qu'une nuée blanche. La couleur bleue et argentée du ciel fut envahie par une nuance d'améthyste pâle qui coulait rapidement de l'horizon, des frissons violets coururent sur la mer.

C'était le jour.

Derrière le promontoire, la flottille du prince avait entendu les coups de feu, qui pour elle étaient un signal, elle quitta aussitôt le rivage et déploya ses voiles, qui prirent aux premiers rayons du soleil l'adorable couleur des fleurs de pêcher.

Dès que les barques furent à portée de sa voix, le prince de Nagato, debout dans le canot, cria de toutes ses forces :

— Cernez ces chaloupes, coupez-leur la retraite, faites-les prison-nières !

Loo trépignait de joie.

— Après avoir coulé les grands bateaux, nous allons confisquer les petits, disait-il.

Les soldats comprirent le danger ils virèrent de bord et se mirent à fuir. Mais comment lutter de vitesse à l'aide des rames avec ces grandes voiles gonflées par la brise matinale ?

Les chaloupes furent bientôt rejointes, puis dépassées.

Les soldats se virent perdus. En gouvernant droit sur eux et avec un seul choc, une de ces grandes embarcations pouvait les couler en une seconde. Ils se hâtèrent de jeter leurs armes dans l'eau en signe de soumission.

On hissa les hommes à bord puis les chaloupes furent effondrées et elles coulèrent.

— Allez retrouver votre énorme mère au fond de l'océan ! criait Loo en les regardant s'enfoncer.

Les trois canots rejoignirent la flottille. Le prince et les matelots remontèrent sur les grandes embarcations.

Loo raconta alors, à ceux qui étaient restés, comment on avait coulé les jonques des ennemis, comment il s'était noyé dans un trou, puis était ressuscité pour porter un sabre, comme un seigneur.

On compta les prisonniers qui, résignés et la tête basse, attendaient leur sort. Ils étaient cinquante.

— Le plan audacieux que nous avons formé a réussi mieux que nous ne pouvions l'espérer, dit le prince ; je suis encore stupéfait qu'il ait pu se réaliser, mais puisque Marisiten, le génie des batailles, le dieu à six bras, à trois visages, nous est à ce point favorable, ne nous reposons pas encore : il faut à présent cerner l'île de la Libellule et l'isoler du reste du monde, jusqu'au moment où l'armée du siogoun viendra nous relever.

— Bien ! bien ! crièrent les matelots, enthousiasmés par leur récente victoire.

— Combien y a-t-il de soldats dans l'île ? demanda le prince à un des prisonniers.

Le soldat hésitait ; il regardait en dessous à droite et à gauche, comme pour demander conseil. Tout à coup, il se décida à parler.

— Pourquoi le cacherais-je ? dit-il. Ils sont deux mille.

— Eh bien s'écria le prince, cinglons vers l'île et n'en laissons sortir personne ; alors, ce n'est pas cinquante prisonniers que nous aurons faits, mais deux mille !

Des acclamations formidables accueillirent les paroles de Nagato. On se mit en route. Bientôt le saké circula, les matelots entonnèrent un chant guerrier qu'ils chantèrent chacun à leur guise, ce qui produisit un charivari assourdissant et joyeux.

La consternation la plus profonde régnait dans l'île ; on ne voulait pas croire aux événements : les jonques, si fortes et si belles, qui, tout à coup, s'abîmaient dans la mer ; les chaloupes pleines de soldats qui ne revenaient pas. Quel était donc cet ennemi qui frappait ainsi sans se montrer ? les sentinelles n'avaient aperçu qu'un frêle canot, monté par trois hommes qui, effrontément, cramponnés au navire, cognaient à tour de bras sur sa coque et l'éventraient, puis s'enfuyaient en les narguant.

Donc, plus de vaisseaux ; les chaloupes même leur manquaient, aucun moyen de quitter l'île. Ils s'y étaient établis comme dans une forteresse, entourée d'un immense fossé. Protégés par leurs jonques de guerre, c'était, en effet, une excellente position. Mais maintenant la forteresse devenait pour eux prison ; si de prompts secours ne leur arrivaient pas, ils étaient perdus. Le chef qui commandait ces deux mille hommes — il se nommait Sandaï, — ordonna de choisir parmi les misérables bateaux appartenant aux habitants de l'île les deux meilleures barques. Lorsqu'on eut exécuté cet ordre, il fit monter cinq hommes dans chaque barque.

— Vous allez partir en toute hâte, leur dit-il, vous rejoindrez le gros de l'armée, et vous direz au général dans quelle détresse nous sommes ; allez.

Les barques s'éloignèrent, mais lorsqu'elles furent à une petite distance, elles aperçurent un cercle de grandes voiles immobiles, qui leur fermait la route.

Les barques rebroussèrent chemin.

On était bloqué.

Sandaï fit réunir les provisions. On prit les bestiaux, les récoltes des habitants. Il y avait de quoi vivre pendant huit jours ; de plus, on pouvait pêcher du poisson.

— Il faut construire de grands radeaux et tâcher de gagner la terre, la nuit, sans être vu, dit le chef.

On se mit à l'œuvre, on abattit des arbres, on les dépouilla de leurs petites branches ; la journée se passa ainsi. On travailla aussi la nuit, mais le lendemain matin on aperçut un fourmillement lumineux sur la côte de Soumiossi.

C'était l'armée du général Harounaga.

Ce beau guerrier, de son côté, était assez embarrassé. Il ne savait que résoudre devant cet ennemi séparé de lui par la mer. La flotte de guerre appareillait à Osaka ; elle n'était pas prête à partir encore ; s'il lui fallait l'attendre pour attaquer, l'ennemi pouvait lui échapper.

Harounaga fit camper ses troupes au bord de la mer, puis on dressa sa tente et il s'y enferma pour méditer.

Pendant ce temps, les soldats lancèrent quelques flèches du côté de l'île, en manière de salut ; elles tombèrent dans l'eau, l'île étant hors de portée.

Cependant, vers le milieu du jour, une flèche habilement lancée vint tomber devant la tente de Harounaga, elle se ficha en frémissant dans le sable.

Un papier était attaché aux plumes de la flèche, que l'on arracha du sol pour la porter au général.

Harounaga déploya le papier et lut ceci :

« Prépare-toi à l'attaque. L'ennemi est en ton pouvoir. Je lui ai ôté les moyens de fuir. Je te fournirai à toi le moyen d'arriver jusqu'à lui. »

Ce billet n'était pas signé.

Le général sortit de sa tente et regarda la mer.

Un bateau de pêche passa lentement entre l'île de la Libellule et la côte de Soumiossi.

— De qui peut venir ce billet ? se disait Harounaga. Se moque-t-on de moi ? Est-ce ce vulgaire bateau que l'on me propose pour transporter toute mon armée ?

Mais, à mesure qu'il regardait, d'autres bateaux apparaissaient sur la mer ; ils se rapprochaient, ils se multipliaient.

Harounaga les comptait.

Bien ! bien ! disait-il, la proposition devient acceptable. Debout, soldats ! cria-t-il, prenez les armes, voici une flotte qui nous arrive !

Aussitôt que le mouvement des troupes fut remarqué, les bateaux s'avancèrent vers le rivage. Celui qui portait le prince de Nagato toucha le bord le premier.

Le prince reconnut le général.

— Ah ! c'est ce stupide Harounaga, murmura-t-il.

Loo sauta à terre. Il avait à sa ceinture un sabre magnifique.

— Vingt hommes par embarcation ! cria-t-il. Elles sont quarante, ce qui fera huit cents hommes à chaque traversée.

Le général s'avança.

— Comment ! le prince de Nagato ! s'écria-t-il.

— Je suis ici incognito, dit le prince, toute la gloire de cette aventure te reviendra.

— Un souverain qui s'expose ainsi aux hasards des combats ! fit Harounaga tout surpris.

— Je fais la guerre à ma fantaisie, sans être soumis à personne, et je trouve un certain plaisir dans ces émotions nouvelles.

— Toi, qui n'aimais que les festins ! les fêtes !

— J'aime mieux la guerre aujourd'hui, dit le prince en souriant, je suis changeant.

Des coups de feu et des clameurs confuses se faisaient entendre au loin.

— Qu'est-ce que cela ? dit le général.

— C'est une fausse attaque dirigée de l'autre côté de l'île, pour favoriser le débarquement de tes soldats.

— Tu pourrais être général aussi bien que moi, dit Harounaga.

Le prince eut un sourire de mépris qu'il dissimula derrière son éventail.

Les barques chargées d'hommes quittèrent la côte, le général monta dans le bateau qui portait le prince.

Loo avait ramassé une sorte de trompette et il soufflait dedans, penché à l'avant, de toutes ses forces.

Les soldats de Hiéyas attendaient, massés sur le rivage, prêts à s'opposer de toute leur puissance au débarquement ; les flèches commencèrent à s'envoler de part et d'autre.

Le prince de Nagato fit avancer à droite et à gauche une barque pleine d'hommes armés de fusils. Ils accablèrent d'une décharge presque continuelle leurs ennemis, qui n'avaient pas d'armes à feu.

Sur les rivages, une furieuse lutte corps à corps s'engagea. On se battait les jambes dans l'eau ; les coups de sabre faisaient sauter de l'écume. Quelquefois deux adversaires s'entraînaient l'un l'autre, roulaient et disparaissaient. Plusieurs cadavres, un grand nombre de flèches, flottaient sur les vagues.

On s'accrochait aux embarcations, on les poussait violemment au large ; un puissant coup d'aviron les ramenait. Alors on se pendait d'un seul côté pour les faire chavirer. Les mains cramponnées aux rebords étaient frappées à coups de sabre, le sang jaillissait, puis, comme des lambeaux déchirés, traînait sur l'eau.

Dès qu'une barque était vide, elle allait en toute hâte chercher d'autres soldats. Bientôt les partisans de l'usurpateur furent accablés. Ils se rendirent.

Les morts, les blessés étaient nombreux. On coucha ces derniers sur le sable, on les pansa, on les encouragea avec des paroles douces et fraternelles.N'étaient-ils pas des frères ? En effet, ils avaient le même uniforme, ils parlaient la même langue ; quelques-uns pleuraient en reconnaissant des amis dans les rangs ennemis. Les vaincus s'étaient assis à terre dans une attitude d'accablement, ils croisaient leurs mains sur leurs genoux et baissaient la tête.

On rassemblait les sabres, les arcs, on en faisait des monceaux que l'on rendait aux vainqueurs.

Le prince de Nagato et le général s'avancèrent dans l'intérieur de l'île. Harounaga laissait pendre de son poignet le fouet aux lanières d'or, les écailles de sa cuirasse s'entrechoquaient, bruissaient ; il appuyait une main sur sa hanche.

— Que l'on amène le chef des révoltés, dit le prince.

Sandaï s'avança.

Il avait encore le masque de cuir noir verni qui s'adapte au casque et est porté dans les combats ; il le retira et laissa voir son visage attristé.

La présence de Nagato troublait singulièrement ce chef, qui avait sollicité et obtenu autrefois sa protection auprès de Fidé-Yori. Il s'était plus tard attaché au régent, par ambition. Maintenant il trahissait son premier seigneur.

Le regard calme et méprisant de Nagato faisait peser sur lui toute l'infamie de sa conduite ; il comprenait qu'il ne pouvait plus tenir la tête haute, sous la double humiliation de la défaite et du déshonneur.

De plus, le prince lui semblait revêtu d'une majesté particulière.

Au milieu de ces guerriers cuirassés, abritant leurs front sous des casques solides, Ivakoura était tête nue, vêtu d'une robe de soie noire, traversée d'un ondoiement doré, il avait aux mains des gants de satin blanc qui lui montaient jusqu'au coude, et au-dessus de chaque bras un plastron roide, formant épaulette et faisant paraître les épaules très larges. Il lui paraissait ainsi plus formidable qu'aucun.

Le prince jouait nonchalamment avec son éventail de fer.

Il n'eut pas l'air de se souvenir qu'il eût jamais connu Sandaï.

— Rebelle, lui dit-il sans élever la voix, je ne te demande pas si tu veux renier ton crime et redevenir le serviteur du véritable maître : dans l'homme, je le sais, l'orgueil survit à l'honneur, et tu refuserais.

— Prince, dit Sandaï, avant le combat, ta voix eût pu me rappeler à mes devoirs et me jeter à tes pieds ; mais, après la défaite, un chef ne peut renier ses actes et servir son vainqueur. C'est pourquoi je ne consens pas à me soumettre.

— Eh bien, je vais te renvoyer vers le maître de ton choix, dit Nagato. Tu partiras seul, sans un page, sans un écuyer, tu rejoindras Hiéyas et tu lui diras ceci : Le général Harounaga nous a vaincus, mais c'est le prince de Nagato qui a coulé les jonques qui pouvaient nous ramener.

— Daïmio illustre, dit Sandaï sans colère, je suis général et non messager. J'ai été coupable peut-être, mais je ne suis point lâche ; je sais subir sans révolte les insultes méritées, mais je ne saurais pas y survivre. Envoie quelque autre messager à Hiéyas, et qu'il joigne aux nouvelles qu'il emportera celle de ma mort.

Un grand silence s'établit parmi les soldats. On comprenait l'intention du général et personne ne voulait s'opposer à son exécution.

Sandai s'assit à terre ; il tira son sabre et son poignard ; puis, après avoir salué le prince, il se tendit le ventre ; s'enfonça le poignard en travers de la gorge et, d'un seul coup net, frappé sur le dos de la lame, trancha l'artère ; sa tête tomba sur sa poitrine, au milieu d'un flot de sang.

— Cette action te relève à mes yeux, dit Nagato, qui fut peut-être encore entendu par le mourant.

— Qu'on ensevelisse ce guerrier, dans l'île, avec la pompe que son rang comporte, dit Harounaga.

On releva le corps de Sandaï.

— À présent, dit le prince, je vais prendre un peu de repos, je commence à me souvenir que j'ai passé toute la nuit à courir sur la mer, et que mes yeux ne se sont pas fermés une seconde. La victoire est aussi complète que possible ; il ne te reste, Harounaga, qu'à établir une communication entre Soumiossi et l'île que tu as conquise ; tu peux le faire à l'aide de radeaux formant une sorte de pont. Expédie des messagers à Fidé-Yori, occupe l'île et les côtes, surveille la mer et attends de nouveaux ordres d'Osaka.

— Merci de ces précieux conseils, dit le général ; le véritable vainqueur, c'est toi me permets-tu de le faire savoir à notre bien-aimé seigneur ?

— Non, dit le prince, fais-le annoncer seulement à Hiéyas, je tiens à ce que mon nom retentisse à son oreille comme une menace.

Le prince de Nagato s'éloigna.

La nuit vint, tranquille et tiède, puis elle s'écoula et le jour reparut.

Alors le général Harounaga sortit de sa tente, il demanda si le prince était éveillé il s'habituait à prendre ses ordres et ses conseils, cela lui évitait la fatigue de penser : il avait mille choses à lui demander.

On s'approcha de la tente qui avait été dressée pour Nagato, elle était entr'ouverte ; on regarda à l'intérieur, le prince n'y était pas.

— Il est peut-être retourné dans son bateau, dit Harounaga.

On courut sur les rivages. La mer était vide, la flottille du prince de Nagato avait disparu.

XVIII. LA PRINCIPAUTÉ DE NAGATO

Fatkoura était partie, avec toute sa maison, tous ses bagages, et une garde d'honneur que lui donnait la reine, à cause des dangers de la route. Elle s'était rendue à Hagui, dans le château de son fiancé.

La jeune femme éprouvait une sorte de joie cruelle au milieu du désespoir de son amour déçu.

— Nous sommes trois malheureux maintenant, disait-elle.

Elle avait consenti à épouser le prince dans une pensée de vengeance. D'ailleurs, pouvait-elle se refuser ? La Kisaki ordonnait, en sacrifiant noblement son amour inavoué ; de plus, tout le monde au palais connaissait les sentiments de Fatkoura pour le prince de Nagato : elle les avait laissé voir audacieusement dans l'orgueil de sa joie, lorsqu'elle se croyait aimée.

Elle quitta la cour précipitamment, lasse de montrer un masque souriant à ses amis, dont les félicitations l'accablaient.

Pendant le voyage, elle ne regarda rien du charmant pays qu'elle traversait, elle tenait continuellement son regard fixé sur le tapis de son norimono, approfondissant sa douleur.

Quelquefois elle faisait venir Tika.

La jeune suivante s'accroupissait en face d'elle et la regardait avec une compassion inquiète. Elle essayait de la distraire de son rêve douloureux.

— Regarde donc, maîtresse, disait-elle, regarde la jolie rivière, couleur d'absinthe, qui coule entre ces coteaux de velours. Toutes les nuances de vert sont ici réunies : le saule pâle, le cyprès obscur, le bouleau glacé d'argent, le gazon clair comme une émeraude ; chacun donne sa note. Vois, pour qu'il soit vert aussi, la mousse a envahi ce moulin à eau, dont la rivière répète l'image ; et là-bas ces roseaux qui ressemblent à des sabres, et ces canards qui battent des ailes sur l'eau et fuient le cou tendu, ils sont verts comme tout le paysage.

Fatkoura n'écoutait pas.

— Il te reviendra, disait alors Tika, renonçant à détourner l'esprit de sa maîtresse de son chagrin obstiné, quand tu seras sa femme il t'aimera de nouveau : tu es si belle !

— Il ne m'a jamais aimée et je ne veux pas qu'il m'aime, disait Fatkoura, car je le hais.

Tika soupirait.

— Je n'ai qu'une joie, c'est de savoir qu'il soufre ; qu'elle aussi, celle qui m'écrase de sa puissance et de sa beauté sans pareille, est mordue par la douleur. Ils s'aiment et ils ne peuvent l'avouer. Je suis un obstacle de plus entre eux : le mikado pouvait mourir, elle l'eût épousé.

— Une kisaki ! épouser un prince s'écria Tika.

— Oublies-tu, dit Fatkoura, que l'aïeul de Nagato fut le premier après le mikado, les insignes d'Ivakoura le disent encore, puisqu'ils sont composés de deux caractères chinois signifiant « Le premier grade. » Du temps où j'aimais le prince, le fils des dieux lui-même n'aurait pu le chasser de mon cœur.

— Tu l'aimes plus que jamais, murmura Tika.

Parfois Fatkoura s'attendrissait sur elle-même, elle se souvenait du temps où le bonheur d'être aimée emplissait son âme, et elle pleurait abondamment.

Mais ces larmes ne la soulageaient pas.

— Je suis folle ! disait-elle ; c'est sur son épaule que je voudrais pleurer ; c'est dans ce cœur cruel et froid que je voudrais verser ma douleur !

Puis la colère lui revenait.

Elle atteignit enfin la ville d'Hagui, située au bord de la mer du Japon. Elle franchit la porte magnifique de l'antique forteresse des princes de Nagato.

Dans la première cour, le père d'Ivakoura vint au-devant d'elle ; il la salua amicalement.

— Princesse de Nagato, dit-il, sois la bienvenue chez toi.

Ce seigneur avait soixante ans il était droit, fort ; dans la noblesse de ses traits la jeune femme retrouvait quelque chose du visage d'Ivakoura. Depuis plusieurs années le vieux prince avait abdiqué sa puissance en faveur de son fils aîné ; il s'occupait de l'éducation de son plus jeune fils, un enfant de treize ans, debout près de lui en ce moment, et sur la tête duquel il appuyait sa main.

Fatkoura fut obligée de sourire encore et de paraître joyeuse. Elle cacha sa bouche derrière la manche de sa robe, avec ce mouvement pudique et affectueux familier aux femmes japonaises, puis elle s'agenouilla un instant devant le seigneur.

Il la traita paternellement, l'installa dans les appartements d'honneur, donna des fêtes pour elle, organisa des chasses. Il lui montra ses domaines, lui ut des cadeaux splendides.

Fatkoura éprouvait une étrange sensation dans ce milieu où tout lui parlait de son fiancé. Elle vit la chambre où il était né, on lui montra les jouets brisés par ses mains d'enfant, ses premiers vêtements, qui gardaient le souvenir d'une forme déjà gracieuse. On lui racontait mille traits charmants de cette enfance adorée, puis les actions héroïques de l'adolescent, du jeune homme, ses succès littéraires, la noblesse de son âme, sa bonté, son dévouement. Le seigneur ne tarissait pas ; l'amour du père torturait et avivait l'amour douloureux de la femme.

Puis une sorte dé résignation lui vint. À force de cacher sa douleur, elle l'ensevelit au fond d'elle-même et l'atténua ; elle s'efforça d'oublier qu'elle n'était pas aimée ; elle trouva une consolation dans la force du sentiment qu'elle éprouvait.

— J'aime, se disait-elle cela suffit ; je me contenterai de le voir, de l'entendre, de porter son nom ; je serai patiente ; le temps peut-être le guérira, il aura pitié alors de ma longue résignation, il se souviendra de tout ce que j'ai souffert pour lui ; son cœur s'attendrira, il m'aimera ; je finirai ma vie, heureuse, près de lui ; je serai la mère de ses enfants.

Bientôt les bruits de guerre s'affirmèrent. L'inquiétude envahit les cœurs, la vie de l'absent était en péril.

— Où est-il en ce moment ? disait Fatkoura.

— Il est au poste le plus périlleux, j'en suis sur ! répliquait le vieux seigneur.

Il disait cela avec orgueil en redressant la tête, mais sa voix tremblait et des larmes lui venaient aux yeux.

Les nouvelles se précisèrent. Les princes de Figo et de Toza menaçaient Osaka ; ils menaçaient aussi la province de Nagato.

Le père d'Ivakoura mit l'armée sur pied ; il envoya des troupes vers les frontières.

— Nous avons un allié, le prince d'Aki, disait-il, d'ailleurs on ne nous attaquera pas, ce n'est pas à nous qu'on en veut.

Il se trompait. Les soldats, envoyés par lui, n'avaient pas encore atteint les limites du royaume que déjà le prince de Toza débarquait sur les côtes de la mer intérieure.

XVIII. LA PRINCIPAUTÉ DE NAGATO

Plein d'inquiétude, le prince fit parvenir une députation au seigneur d'Aki, son voisin. Celui-ci déclara qu'il désirait rester neutre dans cette guerre.

— C'est un traître ! un infâme ! s'écria le vieux Nagato, quand ses envoyés lui rapportèrent cette réponse ; eh bien, nous nous défendrons seuls, sans l'espoir de triompher, c'est vrai, mais avec la certitude de ne pas amoindrir l'éclat de notre gloire ancienne.

Lorsqu'il fut seul avec Fatkoura, le seigneur laissa paraître son abattement.

— Je fais des vœux, lui dit-il, pour que mon fils demeure auprès du siogoun et ne revienne pas ici. Attaqué par trois puissances nous ne pouvons vaincre ; s'il était là, il se ferait tuer, et qui nous vengerait ?

Des cavaliers entrèrent au château. Le seigneur pâlit lorsqu'il les vit. Ils portaient les insignes de Nagato sur leur bouclier.

— Vous apportez des nouvelles de mon fils ? dit-il d'une voix mal assurée.

— Illustre seigneur, le prince de Nagato est en bonne santé, dit un samouraï. Il est en ce moment sur la limite de son royaume, occupé à réunir l'armée autour de lui ; il va marcher contre le prince de Figo.

— Aki trahit ; mon fils sait-il cela ? dit le seigneur.

— Il le sait, maître. Le prince a traversé la province que domine cet infâme ; il la croyait amie, mais il a été attaqué traîtreusement. Grâce à sa bravoure sans égale, il a dispersé les assaillants ; mais la moitié de ses bagages ont été perdus.

— Quels sont les ordres qu'il t'a dit de nous transmettre ?

— Voici, seigneur ; le prince de Nagato te prie de faire une levée extraordinaire de troupes et de les envoyer à la rencontre du prince de Toza, qui s'avance vers Chozan ; puis de doubler les défenseurs de la forteresse, d'y accumuler des vivres et de t'y enfermer ; il te prie encore de me donner le commandement des troupes que tu enverras contre Toza.

On se hâta d'exécuter ces ordres.

Les événements se succédaient rapidement. D'autres messagers arrivèrent. Le prince de Nagato avait livré bataille au nord du royaume, sur le territoire de Souvo ; le seigneur de Souvo, vassal du prince d'Aki, avait favorisé le débarquement des soldats de Figo ; mais Ivakoura avait culbuté ces soldats dans la mer intérieure ; beaucoup s'étaient noyés, les autres avaient regagné les navires à l'ancre. Pendant ce temps, la petite armée du seigneur de Souvo avait attaqué le prince par derrière, s'efforçant de le séparer de la province de Nagato mais cette armée avait été complètement battue et le prince avait pu regagner son royaume.

Maintenant Figo appuyé par de nouvelles forces reparaissait sur les côtes de Nagato, Ivakoura se préparait à repousser une seconde attaque.

Mais tandis que le prince de Nagato triomphait au nord de ses domaines, le prince de Toza les envahissait du côté du sud.

La province de Nagato, pointe extrême de l'île Nipon, est de trois côtés limitée par la mer : au sud-est c'est la mer intérieure séparée de l'océan Pacifique par l'île Sikof et l'île de Kiou-Siou, à l'occident le détroit Coréen, au nord la mer du Japon, à l'orient enfin une chaîne de montagnes la sépare des principautés de Souvo et d'Aki.

Le prince de Toza était venu de l'île Sikof par le canal de Boungo, et avait traversé la mer intérieure tout droit, jusqu'à Chozan ; il voulait franchir la province dans sa largeur et marcher sur Hagui, la capitale, située de l'autre côté, sur les rivages de la mer du Japon.

Toza rencontra les troupes, levées précipitamment et envoyées par le vieux seigneur de Nagato, mais ces troupes mal aguerries ployèrent devant l'armée bien disciplinée de l'envahisseur ; elles battirent en retraite et refluèrent sur Hagui.

On se prépara à soutenir un siège.

Le château-fort s'élevait à quelque distance de la ville sur une éminence environnée d'un fossé ; du haut de ses tours on apercevait les champs, la mer.

Bientôt l'armée de Toza couvrit la plaine.

Le vieux seigneur la regardait du haut de la forteresse.

— Ma fille, disait-il à Fatkoura, que n'es-tu restée à Kioto !

— Mon père, répondait la jeune femme, être ici dans le château de mon époux, au moment où il est menacé, c'est mon devoir et c'est mon plaisir.

Les dangers qu'elle courait d'ailleurs l'inquiétaient peu, toute sa colère était partie, elle n'avait plus que de l'amour, elle tremblait pour la vie du bien-aimé, des angoisses affreuses la torturaient, l'arrivée d'un messager ne la tranquillisait pas.

— Depuis que cet homme l'a quitté, se disait-elle, il a pu mourir vingt fois.

Mais le château fut bloqué, les messagers n'arrivèrent plus.

La ville fit une vive résistance, elle fut prise le cinquième jour ; puis on commença le siège du château-fort.

C'était le prince de Toza lui-même qui surveillait les travaux de ses soldats.

Ils construisirent d'abord une longue toiture en bois recouverte de plaques de fer, puis ils la soulevèrent sur de très-hauts poteaux et l'assujettirent. Cela fit une sorte de hangar qu'ils mirent dans le fossé. Ils apportèrent alors de la terre, des pierres, des broussailles et les jetèrent dans l'eau. Les flèches qu'on leur lançait rebondissaient sur la toiture. On poussa du haut de l'éminence des quartiers de roche, des blocs énormes, pour écraser ce dangereux abri ; mais en roulant sur la pente leur force s'amortissait ; la plupart tombaient dans le fossé. Ils fortifiaient le travail des assiégeants, qui tranquillement, sous le bouclier qu'ils s'étaient construit, comblaient une partie du fossé.

On cessa de jeter des projectiles du haut des murailles.

Les soldats tentèrent une sortie ; ils descendirent le chemin qui s'enroulait comme un ruban à la colline, et s'approchèrent du fossé. Pour gagner l'endroit où les ennemis travaillaient, il fallait quitter le chemin, abrité par un double rang de cyprès, et marcher sur l'herbe glissante, qui tapissait la pente roide de la colline. Les soldats s'y efforcèrent, mais ils étaient mal à l'aise pour tirer, tandis qu'ils s'offraient comme des cibles aux coups de leurs adversaires. Les blessés roulaient, et tombaient dans le fossé.

Ils renoncèrent, et rentrèrent dans les murs. Les assaillants achevèrent leur travail sans être inquiétés ; ils firent une chaussée assez large qui rejoignait le pied de la colline et sur laquelle l'armée put passer.

On donna l'assaut.

Le château fit une résistance héroïque ; il refusa de capituler. Sur ses murs croulants, les assiégés se défendaient encore. Il fut envahi. Les vainqueurs ouvrirent les portes, on abaissa les ponts, et le prince de Toza pénétra dans le château de Nagato au son d'une musique triomphale.

Dans la première cour où il entra, le spectacle qui frappa ses yeux l'impressionna désagréablement.

On n'avait pas eu le temps d'enterrer les morts ; on les avait réunis dans cette cour. Assis à terre, adossés à la muraille ; Ils étaient là une centaine ; avec leur face verte, leur bouche et leurs yeux grands ouverts, leurs bras pendants : ils étaient terribles.

Le prince de Toza s'imaginait qu'ils le regardaient et lui défendaient d'entrer. Comme il était superstitieux, il fut sur le point de rebrousser chemin.

Il domina vite cette faiblesse cependant, pénétra dans une salle du palais et ordonna qu'on amenât devant lui le seigneur, ses femmes, ses enfants et toute sa maison.

Ils parurent bientôt.

Il y avait là des femmes âgées, quelques-unes accompagnant leur père très vieux et tremblant, quelques jeunes filles, des enfants. Le seigneur s'avança, tenant son fils par la main, Fatkoura marchait près de lui.

— Si tu veux faire périr les femmes, dit le vieux Nagato en regardant Toza avec mépris, hâte-toi de le dire, que je puisse te maudire et appeler sur toi toutes les afflictions.

— Que m'importe que ces femmes vivent ou meurent, s'écria Toza, toi-même ayant abdiqué, tu n'es plus rien, et j'épargnerai ta vieillesse. Je cherche, parmi vous, un otage assez précieux pour qu'il puisse me répondre de la soumission du prince de Nagato, car, après la victoire, je ne puis m'établir sur ses terres, la guerre m'appelle d'un autre côté. Qui prendrai-je, continua-t-il, le fils ou le père ? L'enfant est encore bien jeune et sans valeur ; faute de mieux, j'emmènerai le père.

— Emmène-moi avec lui alors ! s'écria l'enfant.

Fatkoura s'avança tout à coup.

Puisque tu trouves le père trop vieux et le frère trop jeune, s'écria-t-elle, fais prisonnière l'épouse du souverain, si tu la crois digne d'être regrettée.

— Certes, je t'emmène, car tu dois être passionnément aimée, dit Toza frappé de la beauté de Fatkoura.

— Ma fille, murmurait le vieux Nagato, pourquoi t'être trahie ? pourquoi ne m'avoir pas laissé partir ?

— Est-elle vraiment l'épouse d'Ivakoura ? demanda le vainqueur inquiété par un doute ; je te somme de me répondre en toute vérité, Nagato.

— Toute parole sortie de ma bouche est parole de vérité, dit Nagato, cette femme est l'épouse de mon aïs, puisque les promesses ont été échangées, la guerre seule a retardé les noces.

— Eh bien, Ivakoura viendra chercher sa fiancée dans le château des princes de Toza, et la rançon, qu'il devra donner pour la ravoir, sera proportionnée à la valeur du trésor que j'emmène avec moi.

— Qu'as-tu fait ? qu'as-tu fait ? disait le vieux prince en soupirant. Comment oserai-je annoncer à mon fils que son épouse est prisonnière ?

— Réjouis-toi, au contraire, dit le prince de Toza, car vois à quel point je suis magnanime, je te laisse la vie, à toi et à ton fils, et à tous ceux de ta maison, je te permets de relever les murs effondrés de ton château, je me contente de cette seule captive.

— Je suis prête à te suivre, dit Fatkoura, heureuse d'être sacrinée au salut de tous ; puis-je emmener avec moi une suivante ?

— Une ou plusieurs, et le bagage que tu voudras, dit le prince de Toza, tu seras traitée par moi comme doit l'être une souveraine.

Le soir même, Fatkoura quitta le château de Nagato.

Elle essaya, en vain de retenir ses larmes en franchissant la porte, dans son norimono porté par les gens du vainqueur.

— Jamais je ne rentrerai dans cette demeure ! s'écria-t-elle.

Tika pleurait aussi.

Lorsqu'on fut à une petite distance, Fatkoura fit arrêter les porteurs du palanquin et, penchée hors de la fenêtre, elle regarda une dernière fois la forteresse d'Hagui qui se découpait au faîte de la colline, en noir, sur le ciel rouge.

— Adieu ! adieu ! cria-t-elle, dernier refuge de mon espoir tenace. Derrière tes murs, château du bien-aimé, j'ai pu rêver encore un bonheur tardif et lointain, mais c'est fini, je suis vouée au désespoir ; la dernière lueur qui brillait pour moi s'éteint avec le jour qui fuit.

On se remit en route et le château disparut. Le prince de Toza laissa la moitié de son armée sur le territoire de Nagato. Des messagers lui annonçaient que Figo n'avait pas pu rompre les lignes ennemies, mais qu'en apprenant la nouvelle du siège d'Hagui ; Ivakoura s'était subitement éloigné pour marcher au secours de la forteresse. Il était parti la nuit sans bruit ; le matin on avait trouvé la plaine déserte. Figo allait le poursuivre, mais la victoire serait certaine si l'on pouvait barrer la route à l'ennemi et l'écraser entre deux armées.

Toza donna des ordres aux chefs des troupes qu'il laissait, puis il se hâta de gagner Chozan, où ses navires l'attendaient. Ce seigneur ne voulait pas laisser plus longtemps ses États sans défense : il craignait le voisinage du prince d'Awa qu'il croyait dévoué à Fidé-Yori.

Lorsque les jonques eurent quitté la côte et firent voile, dans la mer intérieure, vers le canal de Boungo, le prince vint saluer sa prisonnière. Il l'avait installée sous une tente superbe, à l'arrière du plus beau navire, celui qu'il montait lui-même. Fatkoura était assise sur un banc recouvert d'un riche tapis ; elle fixait ses regards sur les rivages de Nagato, qui disparaissaient dans le lointain inondé de lumière.

— As-tu quelque désir, belle princesse ? demanda Toza, veux-tu que je te fasse monter des friandises ? aimerais-tu à entendre le son de la flûte ou du biva ?

— Tous mes désirs sont restés sur cette terre que je quitte, dit-elle, je n'en emporte qu'un seul, celui de la mort.

— Je respecte ta douleur, dit le prince, qui se retira. Mais il s'éloigna peu ; il se promenait sur le pont, et, comme malgré lui, revenait souvent près de la tente qui abritait Fatkoura. Tika l'observait du coin de l'œil.

Il avait quitté son costume militaire et était vêtu avec une certaine recherche. Le prince de Toza avait trente ans, il était un peu gros et petit, son teint bistré faisait éclater vivement la blancheur de ses dents, ses yeux, très voilés par le pli des paupières relevées vers les tempes, avaient une certaine douceur.

Tika trouvait que le prince n'était pas sans charme, et elle souriait à demi chaque fois qu'il laissait échapper un soupir ou jetait un furtif regard sur Fatkoura, qui regardait le sillage du vaisseau.

— Elle est belle, n'est-ce pas ? disait-elle tout bas ; tu trouves que le prince de Nagato est bien heureux d'avoir une pareille fiancée, tu voudrais la lui prendre. Je t'ai deviné tout de suite. Dès que tu l'as vue, au château d'Hagui, tu n'as plus regardé qu'elle, et tu l'as emmenée en toute hâte ; tu craignais que le fiancé n'arrivât à temps pour te l'arracher. Mais tu perds tes peines, elle ne t'aimera jamais... Ce n'est pas que je ne fasse des vœux pour toi, continua Tika poursuivant son monologue, si elle pouvait guérir et devenir princesse de Toza, je me réjouirais sincèrement. Le prince de Nagato, lui aussi, consentirait avec plaisir à ce mariage ; mais de cela, tu ne t'en doutes pas.

Le prince de Toza examinait aussi par instant la jeune suivante.

— Oui ! oui ! je comprends, murmurait Tika. Tu regardes l'échelon qui pourrait peut-être te servir à arriver jusqu'à elle.

Bientôt la jeune fille se leva, et, comme pour respirer plus à l'aise, s'avança sur le pont ; elle s'accouda au parapet et regarda la mer.

En dessous cependant, elle surveillait les mouvements du prince.

— Oh ! tu viendras vers moi, disait-elle, j'en suis bien sûre. Voyons comment tu entameras la conversation ?

Le prince s'approchait, en effet, lentement avec une certaine hésitation.

Tika regardait au loin.

— L'air est plus frais ici, n'est-ce pas, jeune fille ? dit enfin le prince en s'arrêtant devant elle.

— C'est assez banal, cela, pensa Tika qui répondit en inclinant la tête.

— Pourquoi ta maîtresse ne se promène-t-elle pas un peu ? pourquoi ne permet-elle pas à cette brise légère de rafraîchir son front ?

— Le vent qui souffle de la terre d'exil est plus brûlant qu'une flamme, dit Tika d'une voix solennelle.

— Est-ce donc si terrible d'habiter dans un château plutôt que dans un autre ? dit le prince ; Fatkoura sera traitée comme une souveraine. Je te jure que je veux que sa captivité soit plus douce que la liberté d'une autre. Dis-moi quels sont ses goûts.

— Ne t'a-t-elle pas dit elle-même qu'elle n'a plus goût à rien ? Autrefois elle aimait la parure, les fêtes, la musique ; elle aimait surtout entendre les pas de son fiancé sur la galerie extérieure.

— Elle l'aime donc beaucoup ce Nagato ?

— Comme il mérite d'être aimé, c'est le plus parfait seigneur qui soit.

— Il y en a qui le valent bien, dit Toza.

— Tu crois ! s'écria Tika d'un air incrédule, je ne l'ai jamais entendu dire.

— Il l'aime éperdùment, n'est-ce pas ?

— Comment pourrait-on ne pas l'aimer !

— Elle est belle, c'est vrai, dit le prince en jetant un regard vers Fatkoura.

— Tu la trouves belle, aujourd'hui que ses yeux sont noyés dans les larmes, qu'elle dédaigne les fards et la parure ! Si tu l'avais vue lorsqu'elle était heureuse !

— Je ferai tous mes efforts pour ramener le sourire sur ses lèvres, dit Toza.

— Il n'est qu'un moyen pour cela.

— Lequel ? Indique-le-moi.

— C'est de la rendre à son époux.

— Tu te moques de moi, s'écria le prince en fronçant le sourcil.

— Moi, seigneur ! dit Tika qui joignit les mains ; crois-tu que je te trompe et, que ce ne serait pas le meilleur moyen de rendre ma maîtresse heureuse ? Je sais bien que tu ne l'emploieras pas, aussi tu ne la verras jamais sourire.

— Eh bien ! elle restera triste, dit Toza ; je la garderai près de moi.

— Hélas ! soupira Tika.

— Tais-toi ! s'écria le prince en frappant du pied, pourquoi dis-tu : hélas ! que t'importe à toi de la servir ici ou là-bas, ne vois-tu pas qu'elle m'a charmé et que je suis malheureux ?

Le prince s'éloigna après avoir dit ces mots, tandis que Tika feignait d'être plongée dans une stupéfaction profonde.

— Je ne croyais pas que tu en vins si vite aux confidences, murmura-t-elle quand il fut loin, je t'avais bien deviné d'ailleurs, mais toi tu ne soupçonnes pas encore que je veux protéger ton amour.

Tika revint s'asseoir aux pieds de sa maîtresse.

— Tu me laisses seule pour causer avec notre geôlier, lui dit Fatkoura.

— C'est lui qui est venu me parler, maîtresse, dit Tika, et, en quelques minutes, il m'a appris des choses fort étranges.

— Que t'a-t-il appris ?

— Faut-il te le dire ? Tu ne te courrouceras pas ?

— Je ne sais pas ; parle donc.

— Eh bien, c'est toi le geôlier, c'est lui le prisonnier.

— Que veux-tu dire ?

— Que le prince de Toza aime Fatkoura et que, si elle sait s'y prendre, elle fera de lui tout ce qu'elle voudra.

— Qu'importe à mon mépris qu'il m'aime ou me haïsse ? dit Fatkoura en détournant la tête.

— Il n'est pas si méprisable, dit Tika, c'est un prince très puissant et très illustre.

— Tu parles ainsi de notre mortel ennemi, Tika ? dit Fatkoura en la regardant sévèrement.

— Ne me gronde pas, dit Tika d'un air caressant, je ne puis m'empêcher de le haïr moins depuis que je sais que ta grâce l'a subjugué et que, en quelques heures, tu as envahi son cœur.

— Oui, tu songes qu'un autre, au contraire, détourne ses yeux de moi, et tu sais gré à celui-ci de réparer l'outrage qui m'a été fait ! dit Fatkoura en cachant son front dans sa main.

Comme la mer était belle et le voyage facile, au lieu de traverser les terres, on longea les côtes de l'île Sikof, on doubla le cap de Toza, et, après avoir remonté vers le nord pendant quelques heures, dans l'Océan Pacifique, les jonques entrèrent dans le port de Kotsi. La ville était toute frissonnante de bannières, de banderoles, de lanternes, les rues étaient jonchées de branches en fleur. Le souverain, à la tête de ses troupes victorieuses, faisait une rentrée triomphale.

Quand ils eurent dépassé la ville et franchi l'enceinte du château, le prince conduisit lui-même Fatkoura au pavillon qu'il lui destinait. C'était le palais de la reine de Toza, morte depuis quelques années.

— Je suis très-peiné que les clameurs joyeuses qui m'ont accueilli aient frappé ton oreille, dit le prince à sa prisonnière ; je ne pouvais m'opposer à ce que mon peuple fît éclater sa satisfaction, mais je soufrais à cause de toi.

— Je n'ai rien entendu, ma pensée était ailleurs, répondit Fatkoura.

Le prince fut quelques jours sans rendre visite à la jeune femme. Son amour naissant le rendait timide, et il s'étonnait de ce sentiment nouveau pour lui.

Un matin il vint se promener seul dans la partie du parc occupée par Fatkoura.

Tika le guettait, elle ne dit rien à sa maîtresse et se laissa voir sur la galerie. Le prince lui fit signe de venir près de lui, elle obéit.

— Est-elle toujours aussi triste ? lui demanda-t-il.

— Toujours.

— Elle me hait, n'est-ce pas ?

— Je ne sais, dit Tika.

— J'ai laissé échapper l'autre jour devant toi un aveu que j'aurais dû taire, dit le prince ; l'as-tu rapporté à ta maîtresse ?

— J'ai l'habitude de ne rien lui cacher, seigneur.

— Ah ! demanda vivement le prince, qu'a-t-elle dit en apprenant mon amour pour elle ?

— Elle n'a rien dit, elle a caché son visage dans ses mains.

Le prince soupira.

— Je veux la voir à tout prix ! s'écria-t-il. Depuis trois jours, je me prive de sa présence et l'ennui m'accable, j'oublie trop que je suis le maître.

— Je vais lui annoncer ta visite, dit Tika, qui rentra brusquement dans l'habitation.

Un instant après Toza parut devant Fatkoura. Il la trouva encore plus belle que la dernière fois qu'il l'avait vue ; la tristesse ennoblissait sa beauté ; son teint, oublieux du fard, laissait voir sa pâleur fiévreuse, et ses yeux avaient une expression résignée et fière des plus touchantes.

Le prince était ému devant elle et se taisait. Elle l'avait salué en élevant la manche de sa robe à la hauteur de sa bouche.

Ce fut elle qui parla la première.

— Si tu as quelque pitié dans l'âme, lui dit-elle d'une voix où tremblaient des larmes, ne me laisse pas dans cette incertitude terrible, donne-moi des nouvelles de mon époux !

— Je crains de t'attrister davantage en t'apprenant des nouvelles heureuses pour moi, déplorables pour toi, puisque tu es mon ennemie.

— Achève ! je t'en conjure ! s'écria Fatkoura épouvantée.

— Eh bien, l'armée du prince de Figo secondée par mes soldats, a triomphé du prince de Nagato, qui s'est défendu héroïquement, je l'avoue ; en ce moment il doit être prisonnier ; la dernière nouvelle m'annonce qu'avec une centaine d'hommes à peine, Nagato s'est retranché dans un petit bois, mes troupes l'ont cerné et il ne peut échapper.

Fatkoura baissa la tête avec accablement. Lui, vaincu elle ne pouvait le croire, elle ne pouvait se l'imaginer malheureux. À ses yeux il triomphait toujours, il était le premier, le plus beau le plus noble : comment serait-il prisonnier, d'ailleurs, lorsqu'il pouvait échapper à la captivité par la mort ?

Elle releva les yeux vers le seigneur de Toza, doutant de ses paroles.

— Tu me caches la vérité, dit-elle avec une effrayante intensité de regard, tu veux me préparer au coup fatal, il est mort ?

— J'ai parlé avec franchise, dit Toza ; il sera pris vivant. Mais je veux te donner un conseil : oublie cet homme, ajouta-t-il, irrité par la douleur de Fatkoura.

— Moi, l'oublier ! s'écria-t-elle en joignant les mains.

— Il le faut, Tout est fini pour lui. Crois-tu que je lui rende la liberté, à celui que Hiéyas déteste au point de faire le premier du royaume l'homme qui le délivrera de cet adversaire, celui qui nous a tous humiliés par son luxe, par son esprit, par sa beauté ; celui que tu aimes enfin, et qui est mon rival, puisque je t'aime ?

— Tu m'aimes ! s'écria Fatkoura avec horreur.

— Oui, soupira le prince, et j'étais venu pour te dire de douces paroles ; mais tu m'as entraîné à parler de choses que je voulais taire. Je sais bien que mon amour te sera odieux d'abord mais il faudra t'y accoutumer ; il n'a rien d'offensant pour toi. Je suis libre et je t'offre d'être mon épouse. Songe que le prince de Nagato n'existe plus.

Toza se retira, pour ne pas entendre la réponse de Fatkoura. Il était irrité contre elle, mécontent de lui-même.

— J'ai été brutal, pensait-il, je n'ai pas dit ce qu'il fallait, mais la jalousie m'a soudain mordu le cœur ; c'est une torture très violente que je ne connaissais pas.

Il erra tout le reste du jour dans les jardins, rudoyant tous ceux qui l'approchaient.

— Jamais elle ne voudra m'aimer, se disait-il, je n'ai aucun moyen de dompter son cœur ; mais si le prince de Nagato tombe en mon pouvoir, c'est sur lui que je me vengerai.

Fatkoura, elle aussi, ne pouvait tenir en place ; elle allait d'une chambre à l'autre dans ses appartements, se tordant les mains, pleurant silencieusement, Elle n'osait plus interroger, mais chaque heure écoulée augmentait son inquiétude.

Une nuit, elle entendit un bruit inaccoutumé dans le château. On abaissait les ponts, des chocs d'armures résonnaient.

Elle se leva et courut à une fenêtre ; elle vit briller des lumières à travers les arbres.

— Lève-toi ; Tika, dit-elle en éveillant la jeune fille ; tâche de te glisser sans être vue et de surprendre ce qui se dit ; efforce-toi de savoir ce qui se passe au château.

Tika s'habilla rapidement et sortit silencieusement du pavillon. Sa maîtresse la suivait du regard, mais elle disparut bientôt dans l'obscurité.

Lorsqu'elle revint, elle était très pâle et appuyait la main sur son cœur.

— Le prince de Nagato vient d'entrer au palais, dit-elle, je l'ai vu passer entre les soldats, il est chargé de chaînes, on l'a dépouillé de ses armes.

Fatkoura, à ces mots, poussa un grand cri et tomba sur le plancher.

— Est-ce qu'elle serait morte ? s'écria Tika épouvantée, en s'agenouillant près de sa maîtresse.

Elle appuya son oreille sur la poitrine de Fatkoura ; le cœur battait rapidement, mais ses yeux étaient clos, elle était froide et immobile.

— Que faire ? que faire ? disait Tika qui n'osait appeler, sa maîtresse lui ayant défendu de laisser pénétrer près d'elle aucun des serviteurs mis à sa disposition par le prince de Toza.

L'évanouissement dura longtemps. Lorsque Fatkoura rouvrit les yeux, il faisait jour. Elle regarda Tika un instant avec surprise ; mais la mémoire lui revint vite. Elle se leva brusquement.

— Il faut le sauver, Tika s'écria-t-elle avec une surexcitation fiévreuse, il faut le faire sortir de ce château.

— Est-elle devenue folle ? se dit Tika.

— Sortons, continua Fatkoura ; tâchons de savoir dans quelle partie du palais il est enfermé.

— Y songes-tu maîtresse ? à l'heure qu'il est ? le soleil n'a pas encore bu les vapeurs du matin, on se défiera de nous si l'on nous voit nous promener si tôt, d'autant plus que depuis que nous sommes ici tu n'es pas encore sortie une seule fois de ton appartement.

— N'importe, tu diras que la fièvre m'a chassée de mon lit. Allons.

Fatkoura descendit dans le jardin et mit à marcher devant elle, l'herbe était toute mouillée, les arbres, les buissons, baignaient dans une atmosphère rose qui se confondait avec le ciel, les plus hautes toitures de la grande tour du château recevaient déjà les rayons du soleil, et brillaient humides de rosée.

Tika suivait sa maîtresse. Elles arrivèrent à la palissade qui entourait leur enclos particulier, la porte n'était fermée qu'au loquet, les prisonnières étaient libres dans la forteresse bien gardée.

Les soldats qui avaient amené le prince de Nagato campaient dans les allées du parc ; la plupart dormaient à plat ventre, la tête dans leurs bras ; d'autres, accroupis autour d'un feu mourant, mangeaient du riz dans des grands bols enveloppés de paille.

— Tika, dit Fatkoura en regardant ces hommes et les armes qui brillaient près d'eux, un sabre est un compagnon fidèle qui vous ouvre la porte de l'autre vie et vous permet d'échapper au déshonneur. Le vainqueur m'a pris le poignard que je portais avec moi. Tâche de voler le sabre d'un de ces soldats.

— Maîtresse ! dit Tika on jetant un regard effrayé sur la jeune femme.

— Obéis, dit Fatkoura.

— Alors, éloignons-nous de ceux qui sont éveillés, et reste en arrière, le bruit de tes robes pourrait nous dénoncer.

Tika se coula entre les touffes de fleurs, puis elle s'étendit sur l'herbe et s'allongea le plus qu'elle put vers un soldat couché au bord de l'allée. Il dormait sur le dos, le nez en l'air son sabre était posé à côté de lui.

La jeune fille toucha l'arme du bout des doigts, ses ongles contre le fourreau firent un petit bruit ; le cœur de Tika battait très fort.

Le soldat ne remua pas.

Elle s'avança encore un peu et saisit le sabre par le milieu, puis elle se recula lentement en glissant sur l'herbe.

— Je l'ai, maîtresse ! dit-elle tout cas en revenant vers Fatkoura.

— Donne ! donne ! je me sentirai plus calme avec ce défenseur près de moi.

Fatkoura cacha le sabre contre sa poitrine puis elle se remit à marcher rapidement, au hazard, s'égarant.

Tout à coup elle se trouva à quelques pas du palais habité par le prince de Toza ; des gens allaient et venaient, elle entendait un bruit de voix : elle s'approcha encore et s'agenouilla derrière un buisson.

Elle prêta l'oreille.

Elle surprit quelques mots et comprit que l'on félicitait le prince sur la capture qu'il venait de faire. Les inférieurs s'exprimant à demi voix, respectueusement, Fatkoura entendait mal, mais le prince de Toza prit la parole, à voix haute, et alors elle n'entendit que trop.

XVIII. LA PRINCIPAUTÉ DE NAGATO

— Je vous remercie, dit-il, de prendre part à la joie que me cause l'événement dont il s'agit ; Nagato est l'ennemi le plus acharné de notre grand Hiéyas, c'est donc une gloire pour moi de le délivrer de cet adversaire détesté : je l'ai condamné au dernier supplice, il sera exécuté demain, au milieu du jour, dans l'enceinte de la forteresse, et l'on portera de ma part sa tête à Hiéyas.

Fatkoura eut la force de ne pas crier. Elle alla rejoindre Tika, elle en savait assez. Sa pâleur était effrayante, mais elle était calme, elle écrasait le sabre contre sa chair, il lui faisait mal, mais la tranquillisait.

— Je t'en conjure, rentre, maîtresse, dit Tika ; si l'on te surprenait, on se défierait de nous et on nous enfermerait.

— Tu as raison, dit Fatkoura, mais il faut absolument que je sache dans quelle partie du palais on a conduit Nagato. Ils veulent me le tuer, ils le condamnent à une mort ignominieuse. Si je ne puis le sauver, je lui porterai du moins de quoi mourir noblement.

— Moi je puis passer inaperçue, dit Tika, je puis causer avec les serviteurs sans éveiller de soupçon, je saurai découvrir ce que tu veux savoir.

Fatkoura rentra dans le palais, et accablée se laissa tomber sur des coussins, presque sans pensée.

Tika resta longtemps absente ; lorsqu'elle revint, sa maîtresse était encore à la même place, immobile.

— Eh bien, Tika ? dit-elle dès qu'elle aperçut la jeune fille.

— Je sais où il est, maîtresse, on m'a montré de loin le pavillon qui l'abrite, je saurai t'y conduire.

— Allons dit Fatkoura en se levant.

— Y songes-tu ? s'écria Tika ; il fait encore grand jour il faut attendre la nuit.

— C'est vrai, dit Fatkoura, attendons.

Elle retomba.

Jusqu'au soir elle demeura sans mouvement, sans parole, le regard fixé sur le même point du plancher.

Lorsque la nuit fut tout à fait venue, elle se leva.

— Partons dit-elle.

Tika n'objecta rien et marcha devant. Elles traversèrent de nouveau les jardins, longèrent d'autres habitations, des cours ; la jeune fille s'orientait en regardant de temps à autre la grande tour, sur laquelle brillait un fanal.

— Tu vois ce pavillon surmonté de deux toitures, on peut les distinguer sur le ciel. C'est là.

— La fenêtre est éclairée, dit Fatkoura, il est là ; est-ce bien possible ? vaincu, prisonnier, prêt à mourir.

Elles avancèrent encore.

— Y a-t-il des soldats ? demanda Fatkoura à voix basse.

— Je ne sais, dit Tika, je ne vois personne.

— Si je ne puis lui parler, je jetterai le sabre par cette fenêtre ouverte, devant lui.

Elles marchaient toujours, elles descendaient une petite pente.

Tout à coup Fatkoura se sentit enlacée par un bras vigoureux qui la retint en arrière.

— Encore un pas et tu tombais dans un fossé profond qui est là, à fleur de terre, dit une voix.

Fatkoura reconnut le prince de Toza.

— Tout est fini, murmura-t-elle.

Il la tenait toujours elle faisait tous ses efforts pour se dégager de cette étreinte ; elle n'y parvenait pas.

— C'est ainsi que tu me remercies de t'avoir sauvé la vie, dit-il ; heureusement, j'étais prévenu de la promenade que tu comptais faire ce soir, et je t'ai suivie pour te préserver de tout danger. Crois-tu donc que chacune de tes paroles, chacun de tes mouvements ne me sont pas rapportés fidèlement ? crois-tu que j'ignorais le projet insensé que tu as formé de délivrer ton fiancé ou de lui fournir le moyen d'échapper à ma vengeance ?

— Lâche-moi, infâme gémissait Fatkoura en se débattant.

— Non, dit le prince, tu resteras sur mon cœur. Le contact de ta taille souple m'enchante. Je suis décidé à t'aimer malgré toi. Cependant je veux faire une dernière tentative pour conquérir ton amour. Accorde-le-moi et je te permets d'aller porter à Nagato ce sabre que tu as dérobé à un de mes soldats.

— Cette proposition est bien digne de toi dit Fatkoura avec mépris.

— Tu refuses ?

— La princesse de Nagato ne déshonorera pas son nom.

— Alors, il va falloir me rendre cette arme, dit le prince qui la reprit lui-même sur la poitrine de Fatkoura, tu pourrais m'échapper par la mort, ce qui me serait un amer chagrin. Réfléchis à la proposition que je viens de te faire, tu as jusqu'à demain pour te décider. Jusqu'à l'heure du supplice, auquel tu assisteras, il sera en ton pouvoir de procurer à ton époux une mort plus douce.

Le prince reconduisit à son palais la jeune femme, puis il la quitta.

Elle était tellement accablée par l'épouvante et le désespoir qu'il lui semblait qu'elle n'existait plus.

Elle s'endormit d'un sommeil plein de cauchemars, mais tout ce que le rêve fiévreux peut enfanter de terreur était moins horrible que la réalité. Lorsqu'elle s'éveilla, sa première pensée lui serra le cœur et baigna son front d'une sueur froide.

Le prince de Toza lui fit demander ce qu'elle avait décidé et à quel genre de mort devait se préparer le seigneur de Nagato.

— Dites à Toza, répondit la princesse fièrement, qu'il cesse de m'insulter en feignant de croire que je suis capable de ternir le nom de Nagato en commettant une action infâme.

On lui annonça alors que l'exécution aurait lieu devant ses fenêtres, au moment où le soleil commencerait à descendre vers l'occident.

— Cet odieux seigneur s'imagine peut-être, dit Fatkoura lorsqu'elle fut de nouveau seule avec Tika, que je vais survivre à la mort de celui qui m'est plus cher que moi-même. Il croit que le coup qui le frappera sous mes yeux ne me tuera pas. Il ignore ce que c'est qu'un cœur de femme.

Tika, atterrée, ne disait rien. Assise aux pieds de sa maîtresse, elle laissait couler ses larmes.

On allait et venait devant l'habitation, des pas nombreux faisaient craquer le sable.

Fatkoura s'approcha de la fenêtre, elle regarda à travers le store.

On plantait des poteaux tout autour de la place nue qui s'étendait devant la façade du palais. Des hommes montés sur des échelles frappaient avec des maillets sur l'extrémité des poteaux, pour les faire entrer en terre. Puis, on apporta des caisses de laque noire aux encoignures d'argent et on en tira des draperies de soie blanche que l'on accrocha aux poteaux, de façon à enfermer la place ; les trois côtés dans une muraille d'étoffe. On étendit sur le sol plusieurs nattes et au centre une toute blanche, bordée d'une frange rouge ; sur cette natte, devait s'asseoir le condamné. On posa un pliant, sous la fenêtre de Fatkoura, pour le prince de Toza qui voulait assister au supplice.

La malheureuse jeune femme marchait fiévreusement dans sa chambre ; elle s'éloignait de la fenêtre, puis y revenait malgré elle. Ses dents s'entrechoquaient ; une sorte d'horrible impatience l'agitait : elle était épouvantée d'attendre.

Des soldats arrivèrent sur la place, puis des samouraïs, vassaux du prince de Toza.

Ceux-ci se réunirent par groupes et, la main appuyée sur leurs sabres, causèrent à demi-voix ; ils blâmaient tout bas la conduite de leur seigneur.

— Refuser le Hara-Kiri à un des plus nobles parmi les souverains du Japon, je ne peux comprendre cette décision, disait quelqu'un.

— Cela ne s'est jamais vu, disait un autre, même lorsqu'il s'agissait de simples samouraïs comme nous.

— Il veut envoyer la tête du prince de Nagato à Hiéyas.

— Lorsque le prince se serait fait justice lui-même on pouvait trancher la tête au cadavre, secrètement, sans déshonneur pour la mémoire du noble condamné.

— Le seigneur de Toza a sans doute un motif de haine contre Nagato.

— N'importe ! la haine n'excuse pas l'injustice.

Lorsque l'heure de l'exécution fut arrivée, on vint relever les stores dans le palais de Fatkoura.

La jeune femme éperdue s'enfuit au fond de l'appartement ; elle alla cacher sa tête dans les plis d'une draperie de satin pour être aveugle et sourde, pour étouffer l'éclat de ses sanglots.

Mais tout à coup elle se releva et essuya ses yeux.

— Viens, Tika, s'écria-t-elle, ce n'est pas ainsi que doit se conduire l'épouse d'Ivakoura, je saurai enfermer ma douleur en moi-même, aide-moi à gagner cette fenêtre.

Lorsqu'elle parut appuyée sur Tika, un grand silence s'établit parmi les assistants, silence plein de respect et de compassion.

Le prince de Toza arriva en même temps, il leva les yeux vers elle, mais elle laissa tomber sur lui un regard si chargé de haine et de mépris qu'il baissa la tête.

Il vint s'asseoir sur le pliant, et fit signe d'amener le prisonnier.

Il s'avança bientôt, nonchalamment, avec un sourire dédaigneux sur les lèvres ; on l'avait délivré de ses chaînes, il jouait avec son éventail.

Deux bourreaux marchaient derrière lui, jambes nues, vêtus de tuniques noires serrées par une ceinture traversée d'un long sabre.

Il mit le pied sur la natte blanche qui devait, quelques minutes plus tard, être rougie par son sang, puis il leva la tête.

Fatkoura eut alors un singulier tressaillement.

Celui qui était devant elle n'était pas le prince de Nagato.

Le regard de la femme éprise, qui s'était si souvent et si longuement arrêté sur le visage du bien-aimé ne pouvait se tromper, même à une ressemblance qui trompait tout le monde. Elle n'hésita pas une minute. Elle ne retrouva ni l'éclat du regard, ni la mélancolie du sourire, ni l'orgueil du front, de celui qui emplissait son cœur.

— Je savais bien qu'il ne pouvait être vaincu et humilié, se disait-elle, prise d'une folle joie qu'elle avait peine à dissimuler.

On lisait la sentence au prisonnier.

Elle le condamnait à avoir les mains, puis la tête tranchées.

— L'infamie que tu viens de m'annoncer, c'est toi qu'elle déshonore, s'écria le condamné. Mes mains n'ont jamais commis que de nobles actions et ne méritent pas d'être détachées des bras qui les ont guidées. Mais invente les supplices qui te plairont, torture-moi comme tu le voudras, je demeure le prince et tu t'abaisses au rang de bourreau. Moi, je me suis battu de toute ma puissance contre les ennemis de notre légitime seigneur ; toi tu l'as trahi pour un autre qui le trahissait, et tu es venu sournoisement, sans motif de guerre entre nous, attaquer mon royaume. Tu voulais ma tête pour te la faire payer un bon prix par Hiéyas ; le déshonneur est pour toi. Que m'importe ta ridicule sentence !

— Quel est donc cet homme qui parle avec tant de courage ? se disait Fatkoura.

Les samouraïs approuvaient les paroles du prisonnier, ils laissaient voir leur mécontentement au prince de Toza.

— Ne lui refuse pas la mort des nobles, disaient-ils, il n'a rien fait pour mériter une telle rigueur.

Toza avait la rage dans l'âme.

— Je ne trouve pas ma vengeance suffisante, disait-il les dents serrées, je voudrais trouver quelque chose de plus terrible encore.

— Mais tu ne trouves rien, dit le condamné en riant, tu as toujours manqué d'imagination. Te souviens-tu, lorsque tu me suivais, dans les fêtes, dans les joyeuses aventures que j'organisais ? tu n'as jamais su rien inventer, mais ton esprit du lendemain se souvenait de notre esprit de la veille.

— Assez ! s'écria Toza, je t'arracherai la chair avec des tenailles et je coulerai dans tes plaies de la poix bouillante.

— Tu n'as trouvé là qu'un perfectionnement aux moxas inventés par les médecins : cherche encore, c'est trop peu de chose.

— Je ne m'explique pas la conduite héroïque de cet homme, pensait Fatkoura ; il sait qu'il est pris pour un autre et il soutient un rôle qui le conduit à une mort affreuse.

Elle avait envie de crier la vérité, de dire que cet homme n'était pas le prince de Nagato ; mais elle pensait qu'on ne la croirait pas ; d'ailleurs, puisqu'il se taisait lui-même il devait avoir de graves raisons pour agir ainsi.

— Je te jure que tu seras vengé d'une façon éclatante, s'écria-t-elle, c'est l'épouse du prince de Nagato qui fait ce serment et elle le tiendra.

— Merci, divine princesse, dit le condamné, toi, le seul regret que puisse laisser le monde que je quitte ; dis à mon maître que je suis mort gaiement pour lui, en voyant dans la rage mal assouvie de mon bourreau une preuve de notre supériorité et de notre gloire future.

— Tu ne parleras plus, s'écria le prince de Toza en faisant un signe au bourreau.

La tête de Sado fut tranchée d'un seul coup.

Un flot de sang inonda la natte blanche. Le corps tomba.

Fatkoura n'avait pu retenir un cri d'horreur.

Les samouraïs détournaient la tête en fronçant le sourcil. Ils s'éloignèrent après avoir salué silencieusement le prince de Toza.

Celui-ci, plein de colère et de honte, alla s'enfermer dans son palais.

Le soir même, un messager, portant une tête sanglante, enveloppée de soie rouge et enfermée dans un sac de paille, quitta le château de Toza.

XIX. UNE TOMBE

La nouvelle de la victoire remportée à Soumiossi par le général Harounaga était rapidement parvenue à Osaka. Yodogimi elle-même était venue, avec une joie impétueuse, l'annoncer à Fidé-Yori. Elle ne cachait pas l'orgueil que lui inspirait le triomphe de son amant. Bientôt cependant des paysans arrivant de Soumiossi racontèrent en détail les péripéties de la bataille. Le nom du prince de Nagato remplaça partout celui de Harounaga. Yodogimi défendit sous des peines sévères de répéter une pareille calomnie, elle s'emporta, fatigua son fils de folles récriminations. Fidé-Yori la laissait dire, il louait tout haut Harounaga et tout bas remerciait son ami fidèle, au dévouement insatiable.

Malheureusement d'autres événements, tristes cette fois, vinrent effacer la joie causée par la première victoire : Hiéyas, n'accomplissait aucun des mouvements que l'on avait prévus, il n'attaquait pas Osaka du côté du sud ; le général Signénari était donc inactif dans l'île d'Avadsi et on n'osait le rappeler cependant. L'usurpateur ne s'efforçait pas non plus de rompre les lignes qui barraient l'île de Nipon : son armée, divisée en petits détachements, venait par la mer, abordait sur différents points de la côte près d'Osaka, puis, la nuit, surprenait et enlevait une position.

Hachisuka, général de Hiéyas, s'empara ainsi d'un village voisin de la capitale. Cette nouvelle se répandit dans Osaka et y jeta l'épouvante. Les soldats du siogun avaient été massacrés. Au moment de l'attaque, leur chef, Oussouda, était absent ; il s'enivrait de saké dans une maison de thé des environs.

Le général Sanada-Sayemon-Yoké-Moura voulait attaquer immédiatement les vainqueurs et s'efforcer de les déloger de la position conquise. Fidé-Yori le pria de n'en rien faire.

— Ton armée n'est pas assez nombreuse pour faire le siège d'un village, lui dit-il, et si par malheur tu étais vaincu la ville serait sans défenseurs. Rappelle les troupes que tu as envoyées à Yamasiro, et jusqu'à arrivée contentons-nous de défendre Osaka.

Yoké-Moura obéit à regret. Il fit surveiller l'ennemi par d'habiles espions.

Bientôt les troupes de Yamasiro revinrent. Un combat était imminent. Cependant c'était Yoké-Moura, cette fois, qui refusait de sortir de la ville et de livrer bataille.

Il ne quittait même plus l'intérieur de la forteresse ; on le voyait s'y promener jour et nuit, agité, inquiet, paraissant chercher quelque chose. La nuit surtout, accompagné seulement de son fils Daïské, qui n'avait que seize ans, il errait sans relâche le long de la première muraille.

Les sentinelles, qui le voyaient passer et repasser, avec son fils portant une lanterne, ne comprenaient rien à sa conduite et croyaient que le général était devenu fou.

Par instant Yoké-Moura se précipitait à genoux et collait son oreille à terre.

Daïské retenait son souffle.

Une fois, le général se releva vivement, tout ému.

— Est-ce mon sang qui bourdonne à mes oreilles ? dit-il ; j'ai cru entendre quelque chose. Écoute, mon fils, et vois si je ne me suis pas trompé.

L'enfant s'agenouilla à son tour et posa son oreille contre la terre.

— Mon père, dit-il, j'entends distinctement des coups lointains, sourds, réguliers.

Le général écouta de nouveau.

XIX. UNE TOMBE

— Oui, oui, dit-il, je les entends très bien aussi ; ce sont des coups de pioche contre la terre c'est là ! Nous les tenons, nous sommes sauvés d'un danger terrible !

— Qu'est-ce donc, mon père ? demanda Daïské.

— Ce que c'est ! Les soldats de Hiéyas sont occupés à construire un souterrain qui part de leur camp, passe sous la ville et sous le fossé, et va aboutir ici.

— Est-ce possible ? s'écria Daïské.

— Un espion m'a prévenu, par bonheur, de l'ouvrage qu'ils entreprenaient ; mais personne ne savait où aboutirait le souterrain. Si j'avais quitté le château, comme le voulait Fidé-Yori, nous étions perdus.

— Il était temps de découvrir le point qu'ils ont choisi pour envahir la forteresse, dit Daïské, qui écoutait toujours ; ils ne sont pas loin.

— Ils ont encore pour une journée de travail, dit Yoké-Moura. Maintenant que je sais où ils sont, je les surveillerai. Mais, suis-moi, mon fils ; je ne veux confier qu'à toi la mission délicate qu'il faut remplir à présent.

Le général rentra dans le pavillon qu'il habitait au château.

Il écrivit une longue lettre à l'homme qui commandait les troupes revenues de Yamasiro, il se nommait Aroufza, c'était un frère de Harounaga. Il donnait à ce chef toutes les instructions nécessaires pour le combat du lendemain.

Lorsqu'il eut fini, il appela un paysan qui attendait dans la pièce voisine.

— Celui ci connaît le lieu où commence le souterrain, dit Yoké-Moura à son fils lorsque le moment sera venu, il y conduira l'armée. Tu vas partir avec lui ; tâche de n'être vu de personne ; tu porteras cette lettre à Aroufza, et tu lui diras qu'il accomplisse mes ordres scrupuleusement, et qu'il se laisse guider par l'homme que voici. Sois prudent, sois adroit, mon fils ; il est aisé d'atteindre le camp d'Aroufza ; mais songe qu'il faut l'atteindre sans être vu, afin de ne pas donner l'éveil aux espions que Hiéyas a, sans nul doute, parmi nous. Dès que tu seras arrivé, envoie vers moi un messager.

— Je vais partir sur-le-champ et profiter de l'obscurité, dit Daïské dans quelques heures, mon père, tu auras de mes nouvelles.

Le jeune homme s'en alla avec l'espion.

Dès que le jour fut venu, Yoké-Moura se rendit chez le siogoun pour le saluer.

Fidé-Yori le reçut froidement ; il était mécontent du général, ne s'expliquant pas son inaction.

— Yoké-Moura, lui dit-il, ma confiance en ta grande valeur et en ton dévouement pour ma personne m'empêchent seuls de t'ordonner de commencer immédiatement l'attaque. Voici trois grands jours de perdus. Que fais-tu donc ? Pourquoi t'attardes-tu ainsi ?

— Je ne pouvais commencer avant d'avoir trouvé quelque chose que je cherchais, dit Yoké-Moura.

— Que veut dire ceci ? s'écria le siogoun saisi par une affreuse inquiétude.

À son tour il se demandait si le général avait perdu l'esprit ; il le regarda, le visage du guerrier exprimait une tranquillité joyeuse.

— On m'a dit en effet, reprit Fidé-Yori, que depuis quelque temps tu erres nuit et jour comme un insensé.

— Je me repose à présent, dit le général, j'ai trouvé ce que je cherchais.

Le siogoun baissa la tête.

— Décidément, pensa-t-il, il est fou.

Mais Yoké-Moura répondit à sa pensée.

— Attends à demain pour me juger, dit-il, et ne t'inquiète pas, maître, si tu entends du bruit cette nuit.

Il s'éloigna après avoir dit ces mots, et alla donner des ordres à ses soldats.

Il fit sortir deux mille hommes de la ville, qui allèrent camper sur une petite éminence, en vue de l'ennemi.

— On se prépare à l'attaque, disait-on dans Osaka.

Le peuple envahit les collines, les tours des pagodes, tous les lieux élevés.

Fidé-Yori lui-même monta, avec quelques courtisans, au dernier étage de la grande tour des Poissons d'or, au centre de la forteresse.

XIX. UNE TOMBE

De là il voyait dans la plaine les soldats d'Aroufza, huit mille hommes environ, et plus loin, dénoncés par quelques miroitements des armes et des cuirasses, les ennemis campés près d'un petit bois. Du côté de la mer, dans la baie, la flotte de guerre finissait d'appareiller ; plus près, les rues de la ville, coupées d'innombrables canaux pareils à des rubans d'azur, étaient remplies d'une foule anxieuse. Les travaux avaient été suspendus ; tout le monde attendait.

Les troupes ne bougeaient pas.

Fidé-Yori se lassait de regarder : une sourde irritation commençait à gronder en lui. Il fit demander Yoké-Moura.

— Le général est introuvable, lui répondit-on, son armée est sous les armes, prête à sortir au premier signal, mais jusqu'à présent deux mille hommes seulement ont quitté la forteresse.

Enfin, vers le soir, l'ennemi fit un mouvement. Il s'avança du côté de la ville. Aussitôt les soldats placés sur la colline par Yoké-Moura descendirent impétueusement. Quelques coups de feu brillèrent, le combat commença. L'ennemi était supérieur en nombre. Au premier choc, il repoussa les hommes du siogoun.

— Pourquoi Aroufza ne s'ébranle-t-il pas ? disait le siogoun ; est-ce une trahison ? je ne comprends vraiment rien à ce qui se passe.

On entendit des pas nombreux et précipités dans la tour, et tout à coup Yoké-Moura sortit sur la plate-forme.

Il tenait entre ses bras une grosse botte de paille de riz. Les hommes qui le suivaient portaient des broussailles.

Le général écarta vivement les courtisans et même le siogoun. Il forma un énorme bûcher, puis il y mit le feu.

La flamme s'éleva bientôt, claire, brillante ; sa lueur illumina la tour et empêcha de voir dans la plaine que le crépuscule envahissait.

Yoké-Moura, penché par-dessus la balustrade, abritait ses yeux avec ses mains et s'efforçait de percer la pénombre du regard ; il distingua une oscillation de l'armée d'Aroufza.

— Bien, dit-il.

Et il redescendit rapidement, sans répondre aux nombreuses questions dont on l'accablait.

Il alla se poster à quelque distance du point où devait aboutir le souterrain. Il était terminé, car depuis le milieu du jour les coups de pioche avaient cessé ; on avait laissé seulement une mince épaisseur de terre, qu'on devait percer au dernier moment.

À la tombée du jour le général avait prêté l'oreille, il avait alors entendu un bourdonnement de pas ; l'ennemi était engagé dans le souterrain. C'est alors qu'on avait allumé cette flamme sur la tour. À ce signal Aroufza devait s'ébranler et aller assaillir l'ennemi à l'autre extrémité du souterrain.

La nuit était tout à fait venue. Yoké-Moura et ses soldats attendaient dans le plus profond silence.

Enfin des petits coups commencèrent à se faire entendre. On frappait avec précaution pour produire le moins de bruit possible.

Le général et ses hommes, immobiles dans l'ombre, tendaient l'oreille. Ils entendaient la terre tomber par mottes, puis elle se crevassa et l'on put percevoir le bruit de la respiration de ceux qui travaillaient.

Bientôt un homme laissa voir son torse hors de l'ouverture ; il se détachait sur une ombre plus intense que l'obscurité. Il sortit, un autre le suivit.

On ne bougea pas.

Ils s'avançaient avec précaution, regardant de tous côtés, on en laissa sortir environ cinquante ; puis, tout à coup, avec des cris féroces, on se rua sur eux. Ils tentèrent de se replier vers le souterrain.

— Nous sommes trahis ! crièrent-ils à leurs compagnons. N'avancez pas, fuyez.

— Oui, traîtres, vos menées sont découvertes, dit Yoké-Moura, et vous avez creusé vous-mêmes votre tombe.

Tous ceux qui étaient sortis du souterrain furent massacrés. Les cris des mourants emplissaient le palais.

On courait avec des lumières. Fidé-Yori vint lui-même entre deux haies de serviteurs portant des torches.

— Voici ce que je cherchais, maître, lui dit le général en lui montrant l'ouverture béante. Crois-tu maintenant que j'aie bien fait de ne pas quitter la forteresse ?

XIX. UNE TOMBE

Le siogoun était muet de surprise à la vue du danger qu'il avait couru.

— Personne ne sortira plus vivant de là ! s'écria le général.

— Mais ils vont fuir, je pense, par l'autre issue, dit Fidé-Yori.

— Tu étais surpris tout à l'heure de l'immobilité d'Aroufza dans la plaine : il attendait que la meilleure partie de l'armée ennemie fût entrée dans ce chemin pour fermer la porte sur eux.

— Ils sont perdus alors ! dit le siogoun. Pardonne-moi, le plus brave de mes guerriers, d'avoir un instant douté de toi, mais pourquoi ne m'as-tu pas prévenu de ce qui allait se passer ?

— Maître, dit le général, les espions sont partout : il y en a dans la forteresse, dans ton palais, dans ma chambre. Un mot surpris, et ils étaient prévenus. Au moindre bruit, l'oiseau qu'on voulait prendre s'envole.

Personne ne s'avançait plus hors du souterrain.

— Ils croient pouvoir s'échapper, disait Yoké-Moura ; ils vont revenir lorsqu'ils s'apercevront que la retraite leur est coupée.

Bientôt, en effet, des cris de détresse se firent entendre. Ils étaient tellement déchirants que Fidé-Yori tressaillit.

— Les malheureux murmura-t-il.

Leur situation était horrible, en effet : dans cet étroit couloir, où deux hommes pouvaient à peine s'avancer de front, où on respirait mal, ces soldats éperdus, fous de peur, se poussaient, s'écrasaient dans l'obscurité, voulant à tout prix de la lumière, fût-ce celle de la nuit, qui leur eût paru brillante à côté de cette ombre sinistre.

Une poussée terrible fit jaillir quelques hommes hors du souterrain, ils tombèrent sous le glaive des soldats.

Au milieu des cris, on entendait ces paroles confusément :

— Grâce nous nous rendons.

— Ouvrez laissez-nous sortir.

— Non, dit Yoké-Moura, pas de pitié pour des traîtres tels que vous. Je vous l'ai dit, vous avez creusé votre propre tombeau.

Le général faisait apporter des pierres et de la terre pour combler l'ouverture.

— Ne fais pas cela, je t'en conjure, dit Fidé-Yori, pâle d'émotion, ces cris me déchirent le cœur ; ils demandent à se rendre ; faisons-les prisonniers, cela suffit.

— Tu n'as pas à me prier, maître, dit Yoké-Moura ; tes paroles sont des ordres. Holà ! vous autres, ajouta-t-il, cessez de hurler, on vous fait grâce ; vous pouvez sortir.

Les cris redoublèrent.

Sortir était impossible. L'effroyable poussée avait étouffé beaucoup d'hommes, les cadavres bouchaient l'ouverture ; ils formaient un rempart compacte, grossi d'instants en instants, infranchissable. Tous devaient périr ; leurs trépignements faisaient trembler le sol ; ils s'écrasaient, se mordaient les uns les autres, leurs sabres leur enfonçaient les côtes ; leurs cuirasses se brisaient avec leurs os ; ils mouraient au milieu d'une ombre intense, étouffés dans un sépulcre trop étroit.

On essayait en vain du dehors de déblayer l'entrée.

— Quelle chose horrible, la guerre ! s'écria Fidé-Yori qui s'enfuit bouleversé.

Bientôt les cris devinrent plus rares, puis le silence s'établit tout à fait.

— C'est fini, ils sont tous morts, dit Yoké-Moura, il ne reste qu'à refermer la tombe.

Cinq mille hommes avaient péri dans ce souterrain long de plusieurs lieues.

XX. LES MESSAGERS

Hiéyas s'était lui-même avancé, avec cinquante mille hommes, à quelques lieues de Soumiossi. Il était venu par la mer, en passant très loin des côtes pour ne pas être aperçu par les soldats de Massa-Nori, campés sur les rives de la province d'Issé.

Tous les plans de défense mis en œuvre par les généraux de Fidé-Yori, Hiéyas les connut promptement, et il s'ingénia à déjouer toutes les prévisions de ses adversaires. Il les laissa barrer l'île Nipon, et, prenant la mer, il s'avança en deçà de leurs lignes et vint débarquer entre Osaka et Kioto. Il voulait arriver le plus rapidement possible à faire le siège d'Osaka, dont la prise mettrait fin à la guerre.

Bien qu'il fût malade, il était venu jusque-là afin d'être au cœur même de la lutte, ses nerfs affaiblis ne pouvant pas supporter l'attente fiévreuse des nouvelles.

C'était lui qui avait imaginé de creuser un souterrain sous la ville et sous les fossés pour pénétrer dans la forteresse ; il la savait imprenable de vive force, et cette tentative hardie pouvait réussir. La perte des deux mille soldats pris à l'île de la Libellule l'avait contrariée ; mais le succès du général Hachisuka, s'emparant d'un village tout proche d'Osaka, le consola. Il attendait impatiemment l'issue de l'aventure, assis sous sa tente, regardant devant lui l'océan, qui secouait les jonques de guerre. La mer était très houleuse ; un vent de tempête soufflait du large et soulevait de hautes vagues dont les cimes aiguës écumaient.

Il ne faisait pas bon pour les petites embarcations, pour les bateaux de pêcheurs.

La flotte du prince de Nagato justement était en mer.

Elle était partie de Soumiossi dans l'intention de se rapprocher du point occupé par l'ennemi, pour voir s'il était en force, et si vraiment Hiéyas s'était avancé jusque-là. Nagato ne voulait pas le croire.

Mais le vent se leva et brusquement devint furieux.

— Cinglons vers la terre, et promptement, s'écria Raïden en regardant l'horizon duquel s'élevaient, comme des montagnes, des nuages couleur d'ardoise.

— Tu crois que nous ne pouvons pas tenir la mer ? demanda le prince.

— Si nous sommes encore ici dans une heure, nous ne reverrons plus la terre.

— Par bonheur, la bourrasque souffle du large, dit Nata, et nous serons poussés droit à la côte.

— Allons, dit Nagato, d'autant plus que l'allure que prend le bateau me convient médiocrement. Est-ce que cela va durer ainsi ?

— Certes, dit Raïden, la voile nous soutiendra bien un peu, mais nous danserons.

— Le vent va m'emporter, disait Loo qui accumulait sur lui des paquets de cordages et des chaînes, pour se rendre plus lourd.

On hissa la voile et on commença à fuir ; la barque bondissait, puis semblait s'enfoncer, elle penchait à droite ou à gauche, la voile touchait l'eau. On ne voyait plus l'horizon d'aucun côté, mais seulement une succession de collines et de vallées qui se déformaient et se reformaient, parfois une vague sautait dans le bateau et tombait avec un bruit sec, comme si on eût jeté un paquet de pierres.

Loo était abasourdi par le souffle de ce vent qui ne reprenait pas haleine et lui envoyait au visage une pluie d'écume ; il retrouvait sur ses lèvres le goût salé qui lui avait si fort déplu lorsqu'il avait failli se noyer.

— Passe-moi donc l'écope, lui dit Nata, le bateau est plein d'eau.

Loo chercha un instant.

— Je ne la trouve pas, dit Loo je n'y vois rien, le vent me fait entrer les cils dans les yeux.

Le prince ramassa lui-même l'écope et la donna au matelot.

— Sommes-nous encore loin de la terre ? demanda-t-il.

Raïden monta sur une banquette en se tenant au mât et regarda par-dessus les vagues.

— Non maître, dit-il, nous filons rapidement. Dans quelques minutes nous serons arrivés.

— Et les autres bateaux, dit Loo, on ne les voit plus.

— Je les vois, moi, dit Raïden. Quelques-uns sont tout proches de la terre, d'autres en sont plus éloignés que nous.

— Où allons-nous aborder ? demanda le prince, sur une terre ennemie peut-être, car à l'heure qu'il est le Japon ressemble à un échiquier ; les carrés blancs sont à Fidé-Yori, les carrés rouges à Hiéyas.

— Pourvu que nous ne soyons pas jetés sur des rochers, tout ira bien, dit Nata, l'usurpateur ne s'inquiétera pas de pauvres matelots comme nous.

— Je ne suis pas un matelot, moi, dit Loo en montrant son sabre, je suis un seigneur.

Le ciel s'assombrissait, un sourd grondement roulait autour de l'horizon.

— Voici mon patron qui prend la parole, dit Raïden. Gouverne à gauche, Nata, ajouta-t-il nous donnons droit dans un banc de rochers. Encore ! encore ! Attention, prince ! Tiens-toi bien, Loo, nous y sommes, c'est le plus dur.

En effet, la tempête se déchaînait et, près des rives, les vagues bondissaient avec une sorte de folie. Elles arrivaient dans un galop furieux, leur crête écumeuse chassée en avant ; puis elles se versaient comme des cataractes. D'autres revenaient en arrière, laissant sur le sable une large nappe de mousse blanche.

On abaissa la voile rapidement ; on coucha le mat : il n'y avait plus qu'à se laisser pousser par la mer. Mais il semblait impossible de n'être pas mis en pièces par ces lames formidables qui frappaient à coups redoublés l'embarcation, se brisaient contre elle et la franchissaient d'un bond par instant.

Heureusement, le fond se rapprochait rapidement.

Raïden sauta tout à coup au milieu des vagues désordonnées. Il avait pied. Il poussa la barque par l'arrière de toutes srs forces. Nata descendit aussi et la tira par une chaîne. Bientôt sa quille s'enfonça profondément dans le sable.

On débarqua en toute hâte.

— C'est terrible, la mer ! dit le prince de Nagato lorsqu'il fut sur le rivage, comme elle hurle ! comme elle sanglote ! Quel désespoir, quelle épouvante, l'affole ainsi ? Ne dirait-on pas qu'elle fuit devant la poursuite d'un ennemi formidable ? C'est vraiment un miracle que nous ayons pu lui échapper !

— On ne lui échappe pas toujours, par malheur, dit Raïden, elle dévore beaucoup de marins. Combien de mes compagnons sont couchés sous ses flots ! J'y pense souvent, dans la tempête, je crois les entendre et je me dis que c'est avec la voix des naufragés que la mer se lamente et pleure.

Toutes les barques avaient l'une après l'autre atteint la côte sans accident grave ; quelques-unes étaient à demi brisées pourtant par le choc contre la rive.

— Où sommes-nous ? dit le prince tâchons de nous renseigner.

On tira le plus possible les bateaux hors de la portée de la mer et l'on quitta la plage blanche, plate, qui s'étendait à perte de vue.

Au-dessus de la falaise basse, formée par l'amoncellement des sables, on trouva une grande plaine à demi cultivée, qui semblait avoir été abandonnée. Quelques huttes s'élevaient, on marcha vers elles.

On appela, personne ne répondit.

— Le bruit du vent a rendus sourds les habitants, dit Loo.

Il se mit à cogner des poings et des pieds contre les portes.

Les huttes étaient vides.

— Il paraît que nous sommes dans le jeu de Hiéyas sur l'échiquier dont tu parlais tout à l'heure, dit Raïden, les paysans ne fuient pas devant les troupes du siogoun.

— Si nous sommes près de l'ennemi, tant mieux, dit le prince, puisque c'est lui que nous cherchions.

— Comme il fait noir, s'écria Loo, on dirait la nuit.

— C'est l'orage, dit Nata, ces huttes se trouvent là fort à propos pour nous abriter.

En effet, la pluie se mit bientôt a tomber par torrents, les quelques arbres disséminés dans la plaine se courbaient jusqu'à terre avec toutes leurs branches chassées d'un seul côté. Le tonnerre grondait.

Les matelots envahirent les huttes désertes ; ils étaient las, ils se couchèrent et s'endormirent.

Pendant ce temps le prince, adossé au chambranle d'une porte, regardait au dehors, la pluie, rude comme les tiges d'épis, tomber en creusant le sol ; parfois le vent la rompait et l'emportait en poussière.

En réalité, Ivakoura ne voyait pas ce qu'il regardait ; ce qu'il voyait, c'était le palais de Kioto, la vérandah au milieu des fleurs, la reine descendant les degrés, lentement, le cherchant du regard, lui souriant à demi. Il commençait a éprouver une douleur insupportable de cette longue séparation. Il se disait que peut-être il mourrait sans l'avoir revue.

Deux hommes parurent dans la plaine. Maltraités par la tempête, ils se hâtaient le long du sentier.

Instinctivement, Nagato se dissimula dans l'ouverture de la porte et observa ces hommes.

Ils étaient vêtus comme des paysans ; mais le vent, qui soulevait leurs vêtements d'une façon désordonnée, montrait qu'ils étaient armés de sabres.

Ils marchaient droit vers les huttes.

Le prince réveilla Raïden et Nata et leur montra ces paysans armés qui approchaient toujours, aveuglés parla pluie.

— Vous voyez, dit-il, en temps de guerre, les pêcheurs ne sont pas ce qu'ils paraissent être, ni les paysans non plus.

— Ceux-ci ont remplacé leurs bêches par des sabres, dit Raïden. Où allaient-ils ainsi ? sont-ils nos ennemis ou nos alliés ?

— Nous le saurons, dit Nagato, car nous allons les faire prisonniers.

Les deux hommes s'avançaient tête baissée pour préserver leur visage de la pluie ; ils croyaient les huttes désertes et ils couraient vers elles pour s'abriter.

— Allons ! entrez ; venez vous sécher, cria Raïden lorsqu'ils furent tout près, la pluie rebondit sur votre crâne comme l'eau d'une cascade sur un rocher.

En entendant cette voix les nouveaux arrivants firent un bond en arrière et s'enfuirent.

On les eut bientôt rejoints.

— Qu'est-ce que cela signifie ? dit Raïden, pourquoi fuyez-vous avec cette promptitude ; vous avez donc quelque chose à cacher ?

— Vous allez nous montrer cela, dit Nata avec son bon rire bête.

Tous les matelots étaient éveillés, ils se rassemblaient dans la même hutte.

On amena les deux hommes devant le prince. Ils avaient sur la tête un chapeau, pareil à un champignon, qui leur cachait la moitié du visage, sur les épaules un grossier manteau de paille non tressée, qui les faisait ressembler à un toit de chaume. Ils ruisselaient.

— Qui êtes-vous ? demanda Nagato.

Ils regardaient le prince d'un air niais et ahuri ? l'un d'eux balbutia quelque chose d'inintelligible.

— Parlez plus clairement, dit Nagato. Qui êtes-vous.

Alors, tous deux ensemble crièrent :

— Des paysans.

Loo, assis à terre, le menton dans sa main, les regardait. Il éclata de rire.

— Des paysans ! dit-il, des singes plutôt, votre feinte niaiserie cache mal votre malice.

— Pourquoi avez-vous essayé de fuir ? dit le prince.

— J'ai eu peur, dit l'un en piétinant sur place et en se grattant la tête.

— J'ai eu peur, répéta l'autre.

— Vous n'êtes pas des paysans, dit le prince, pourquoi cachez-vous deux sabres à votre ceinture ?

— C'est que... il y a la guerre partout, il fait bon d'être armé.

— Il y a la guerre partout, répéta l'autre.

— Voyons ! s'écria Raïden, dites la vérité ; nous sommes des amis de Hiéyas ; si vous êtes des nôtres, vous n'avez rien à craindre.

L'un des hommes jeta un rapide regard à Raïden.

— Dépouille-les de leurs armes, et fouille-les, dit le prince au matelot.

— Par tous les Kamis, vous avez de beaux sabres ! s'écria Raïden ; ils ont dû vous coûter fort cher. Vous êtes décidément de riches paysans.

— Nous les avons pris à des soldats morts.

— Alors, vous êtes des voleurs ! s'écria Loo.

Qu'est-ce que cela ? dit le matelot en saisissant un papier soigneusement caché sous les vêtements d'un des inconnus.

— Puisque nous ne pouvons pas nous échapper, autant avouer la vérité ; nous sommes des messagers, dit un des hommes en quittant son air stupide. Ceci est une lettre écrite par le généra Hachisuka à Hiéyas.

— Très bien, dit Raïden en passant la lettre à Nagato.

— Si vous êtes vraiment les serviteurs du même maître que nous, dit l'autre messager, ne nous retenez pas plus longtemps, laissez-nous remplir notre mission.

— Quand il ne pleuvra plus, dit Loo.

Le prince ouvrit le petit sac de papier, fermé à une de ses extrémités par de la colle de riz et en tira la lettre. Elle était ainsi conçue :

« Le général Hachisuka se précipite le front contre terre devant l'illustre et tout-puissant Minamoto Hiéyas.

« Les jours heureux sont suivis par des jours malheureux, et c'est un désastre que j'ai la honte et la douleur de t'annoncer aujourd'hui. L'affaire du souterrain si bien imaginée par ton grand esprit, a été mise à exécution. Avec des peines énormes, des milliers de soldats travaillant nuit et jour, sont venus à bout du travail ; nous étions sûrs de la victoire. Mais Marisiten, le génie des batailles, nous a été cruel. Par je ne sais quelle trahison, Yoké-Moura était prévenu, et j'ose à peine t'avouer que cinq mille héros ont trouvé la mort, dans cette route étroite que nous avions creusée, sans que l'ennemi ait perdu un seul homme. Nous avons repris la position dans le village que nous avions un instant perdue. Rien n'est donc compromis encore, et je compte t'annoncer prochainement une éclatante revanche.

« Écrit sous les murs d'Osaka, le cinquième jour de la septième lune, la première année du siogoun Fidé-Tadda. »

— Voici une heureuse nouvelle, mes amis, dit le prince qui avait lu la lettre à haute voix et je veux la porter moi-même à Hiéyas. Je serais curieux de pénétrer dans son camp, de me glisser jusque sous sa tente.

— Vous n'êtes donc pas des amis de Hiéyas, comme vous le disiez ? dit un des messagers.

— Non, nous ne sommes pas de ses amis, dit Nagato, mais que t'importe, puisque je me charge de porter le message à ta place.

— C'est vrai, en somme, cela m'est égal, d'autant plus que lorsqu'on apporte une mauvaise nouvelle on est toujours mal reçu.

— Où est le camp de Hiéyas.

— À une demi-heure d'ici.

— De quel côté ?

— À gauche, sur la lisière de la plaine, il est établi dans un bois.

— Hiéyas est là en personne ?

— Il est là.

— Y a-t-il un mot de passe pour pénétrer dans le camp ?

— Il y en a un, dit le messager avec hésitation.

— Tu le sais ?

— Certes, mais je ne dois pas le dire.

— Alors, Hiéyas n'aura pas le message.

— C'est vrai ! Vous êtes bien décidé à nous garder ?

— Tout à fait décidé, dit Nagato, et à ne vous faire aucun mal si vous dites la vérité, à vous tuer si vous nous trompez.

— Eh bien le mot de passe est Mikava.

— Le nom de la province dont Hiéyas est prince, dit Nagato.

— Justement. De plus il faut montrer aux sentinelles trois feuilles de chrysanthème gravées sur une lame de fer.

Celui qui parlait tira de sa ceinture une petite plaque de fer et la donna au prince.

— C'est bien tout, demanda Nagato, tu as dit la vérité ?

— J'en fais serment. D'ailleurs notre vie est entre vos mains et répond de notre sincérité.

— Reposez-vous, alors donnez-nous seulement vos chapeaux et vos manteaux de paille.

Les messagers obéirent, puis ils allèrent se coucher dans un coin.

— Tu m'accompagneras, Raïden, dit le prince.

Le matelot, fier d'être choisi, se rengorgea.

— Et moi ? dit Loo en faisant la moue.

— Toi, tu resteras avec Nata, dit le prince. Plus tard, cette nuit peut-être j'aurai besoin de vous tous.

Loo se retira désappointé.

On attendit que le soir fût venu puis le prince et Raïden, déguisés à leur tour en paysans, se dirigèrent vers le camp de Hiéyas.

Les matelots regardaient partir leur chef avec inquiétude.

— Puisse ton entreprise réussir ! lui criaient-ils.

— Que Marisiten te protège !

La pluie avait cessé, mais le vent soufflait toujours, il passait sur les herbes couchées, avec un sifflement soyeux ; au ciel encore clair, de gros nuages filaient rapidement, couvrant et découvrant le fin croissant de la lune. On voyait au bout de la plaine le bois se découper sur l'horizon.

— N'as-tu aucune instruction à me donner maître ? demanda Raïden lorsqu'ils furent tout près de ce bois.

— Observe et souviens-toi de ce que tu auras vu, dit le prince, je veux savoir si le camp de l'ennemi n'est pas attaquable par un point quelconque ; en ce cas j'appellerai Harounaga, qui est encore à Soumiossi, et nous essaierons de battre Hiéyas. De toute façon nous tâcherons de surprendre quelques-uns de ses projets.

Déjà les sentinelles avaient signalé les arrivants. Elles crièrent :

— Qui vient là ?

— Des messagers ! répondit Raïden.

— D'où viennent-ils ?

— D'Osaka ; c'est le général Hachisuka qui les envoie.

— Savent-ils le mot de passe ?

Mikava ! cria le matelot.

Un soldat s'approcha avec une lanterne. Alors le prince tira de sa ceinture la plaque de fer sur laquelle était gravées les feuilles de chrysanthème.

— Venez, dit le soldat le maître vous attend avec impatience.

Ils pénétrèrent dans le bois.

Quelques lanternes étaient accrochées aux arbres et abritées du vent par deux boucliers, on marchait sur de la paille, entraînée hors des tentes par les allées et venues.

De loin en loin un soldat tenant une haute lance, le carquois au dos, apparaissait debout et immobile ; derrière les arbres on apercevait sous les tentes entr'ouvertes, d'autres soldats buvant ou dormant. Au delà, le regard se perdait dans une obscurité profonde.

La tente de Hiéyas était dressée au centre d'une clairière que l'on avait taillée carrément comme une chambre puis entourée d'une draperie rouge fixée à des pieux ; sur la tente flottait une grande bannière, tourmentée par le vent ; deux archers s'appuyaient de chaque côté de l'ouverture, ménagée dans la première muraille d'étoffe.

On introduisit les messagers.

Hiéyas était assis sur un pliant. Il semblait accablé par l'âge, affaissé sur lui-même, la tête inclinée sur la poitrine, la lèvre inférieure pendante, les yeux larmoyants et las. À voir cette attitude et cette expression d'hébétement, on ne pouvait croire au génie puissant, à la volonté tenace enfermés dans cette enveloppe débile et laide. Cependant l'esprit veillait, lucide et ardent, épuisant le corps, l'accablant de fatigues avec un mépris héroïque.

— Des nouvelles d'Osaka ? dit-il, donnez vite.

On lui remit la lettre, qu'il déploya précipitamment.

Le vent pénétrait jusque sous la tente, agitant la flamme des lanternes accrochées au poteau central. La forêt bruissait violemment et on entendait la mer tombant sur les rivages.

Hiéyas ne laissait rien voir des sentiments qu'il éprouvait en lisant la lettre du général Hachisuka. Il fit signe à quelques chefs présents sous sa tente de s'approcher de lui, et il leur tendit l'écrit.

Puis il se tourna vers les messagers.

— Hachisuka vous a-t-il donné un message verbal outre cette lettre ? dit-il.

Raïden allait répondre lorsque plusieurs hommes entrèrent sous la tente.

— Maître ! cria un soldat, voici d'autres messagers qui arrivent, en même temps, de différents points.

— Bien ! bien ! dit Hiéyas, qu'ils approchent.

L'un des nouveaux venus s'avança et s'agenouilla. Il portait quelque chose sous son manteau.

— Seigneur illustre, dit-il d'une voix ferme et triomphante, je viens du château de Toza. Je t'apporte, de la part de mon maître, la tête du prince de Nagato.

Cette fois Hiéyas ne put dissimuler son émotion ; ses lèvres s'agitèrent, il tendit ses mains tremblantes, avec une impatience sénile.

Raïden, en entendant le messager, avait fait un soubresaut ; mais le prince, d'un geste, lui recommanda le silence.

— Je suis curieux de voir cette tête-là, murmurait le matelot.

L'homme avait mis a découvert un sac de paille tressée, fermé a son extrémité par une corde, il la déliait.

Hiéyas fit signe de décrocher une lanterne et de l'approcher de lui.

— Est-ce bien vrai ? est-ce bien vrai ? disait-il, je ne puis le croire.

L'envoyé tira la tête hors du sac, elle était enveloppée dans un morceau de soie rouge qui semblait teinte avec du sang.

On enleva l'étoffe, alors Hiéyas prit la tête entre ses mains et l'appuya sur ses genoux. Un homme, près de lui, dirigeait sur elle la lueur de la lanterne.

Cette tête était si blême qu'elle semblait en marbre ; les cheveux d'un noir profond, noués sur le sommet du crâne, luisaient avec des éclats bleus, les sourcils étaient légèrement contractés, les yeux clos, un sourire moqueur crispait les lèvres décolorées.

— Si le prince n'était pas près de moi, je jurerais que cette tête a été coupée sur ses épaules, se disait Raïden stupéfait.

Nagato, douloureusement ému, avait saisi la main du matelot dans un mouvement nerveux.

— Mon pauvre Sado ! murmurait-il, dévoué jusqu'à la mort, tu l'avais dit !

Hiéyas, le front penché, regardait avec avidité cette tête sur ses genoux.

— C'est lui ! c'est lui ! disait-il, il est vaincu enfin, il est mort, celui qui m'a si souvent insulté et qui toujours échappait à ma vengeance ! Oui, tu es là immobile, effrayant, toi que les femmes suivaient du regard en soupirant, que les hommes enviaient tout bas et s'efforçaient d'imiter. Tu es plus pâle encore que de coutume, et malgré l'expression méprisante que tes traits gardent encore, tu ne mépriseras plus personne, ton regard ne se heurtera plus au mien comme un glaive contre un glaive, tu ne te mettras plus en travers de mon chemin. Tu étais un noble cœur, un grand esprit, je l'avoue, par malheur tu n'as pas su comprendre combien mes projets étaient désintéressés et utiles au pays. Tu t'es dévoué à une cause perdue, et j'ai dû te briser.

— Vraiment ! murmura Raïden.

Le messager raconta comment la capture du prince, et son exécution, avaient eu lieu.

— On l'a désarmé ! s'écria Hiéyas on ne lui a pas permis de se donner la mort lui-même.

— Non, seigneur, il a été décapité vivant, et jusqu'au moment où sa tête est tombée il n'a cessé d'insulter son vainqueur.

— Toza est un serviteur zélé, dit Hiéyas avec une nuance d'ironie.

— C'est un infâme murmura le prince de Nagato, et il expiera durement son crime. Je te vengerai brave Sado.

— Comme c'est froid, la mort ! dit Hiéyas dont les mains se glaçaient au contact de cette chair pâle, et qui donna la tête de Sado à l'un des chefs debout près de lui. Toza peut me demander ce qu'il voudra, ajouta-t-il en s'adressant à l'envoyé, je ne lui refuserai rien ; mais il y avait un autre messager, que nous annonce-t-il ?

Le second messager s'avança à son tour et se prosterna.

— Une bonne nouvelle encore, maître, dit-il ; tes soldats ont pris Fusimi, et ils vont commencer l'attaque de Kioto.

En entendant ces paroles, le prince de Nagato, qui tenait toujours la main de Raïden, la lui serra avec une telle force que celui-ci faillit crier.

— L'attaque de Kioto ! Que signifie cela ? disait tout bas le prince avec épouvante.

— S'il on est ainsi, dit Hiéyas en se frottant les mains, la guerre sera bientôt finie. Une fois le mikado on notre pouvoir, Osaka tombera d'elle-même.

— Il faut sortir d'ici, dit le prince à l'oreille de Raïden.

— Justement Hiéyas congédie les messagers, dit Raïden.

Au moment ou l'on souleva la draperie qui fermait la tente, une lueur rouge illumina le bois.

— Qu'est-ce donc ? demanda Hiéyas.

Plusieurs chefs sortirent de la tente ; on s'informa. Une grande flamme s'élevait du côté de la mer ; le vent l'activait et apportait un bruit de bois craquant et pétillant.

— Qu'est-ce qui peut brûler sur cette plage ? disait-on.

— Il n'y a pas de village de ce côté.

Les renseignements arrivaient.

Ce sont des bateaux, dit quelqu'un.

— Nos bateaux ! soupira Raïden, eh bien, c'est joli !

— On ne sait d'où ils venaient ; tout à coup, on les a aperçus, échoués sur la plage.

— Ils sont nombreux ?

— Une cinquantaine. On a marché vers eux ; ils étaient déserts. Ces grandes barques bien équipées ont paru suspectes.

— On s'est souvenu de Soumiossi.

— Alors, on y a mis le feu. Maintenant elles flambent gaiement.

— Quel malheur ! quel malheur ! disait Raïden, nos belles barques ! Qu'allons-nous faire ?

— Silence, dit le prince ; tâchons de sortir d'ici.

— C'est peut-être moins facile que d'y entrer.

Ils s'aperçurent qu'ils étaient libres dans le camp, personne ne faisait attention à eux, ils s'éloignèrent cherchant une issue.

— Ils attaquent Kioto et je suis ici ! disait le prince en proie à une agitation extraordinaire ; notre flottille est détruite, il me faudrait deux cents chevaux ; où les prendre ?

— Il n'en manque pas ici, dit Raïden, mais comment s'en emparer ?

— Nous reviendrons avec nos compagnons, dit le prince, regarde comment ces chevaux sont attachés.

— Tout simplement par la bride aux troncs des arbres.

— Ils sont placés derrière les tentes par groupes de cinq à six, autant que je puis le voir dans l'obscurité ?

— Oui, maître.

— Il faudra les prendre.

— Nous ferons ce que tu nous commanderas, dit Raïden, sans objecter que c'était peut-être impossible.

Ils étaient arrivés à la lisière du bois, au point par lequel ils étaient entrés dans le camp. On relevait les sentinelles et celle qui les avait introduits les reconnut.

— Vous repartez déjà ? dit-elle.

— Oui, dit Raïden, nous emportons des ordres.

— Bon voyage ! dit le soldat.

Et il fit signe à celui qui le remplaçait de les laisser passer.

— Eh bien ! l'on nous met presque dehors, dit Raïden lorsqu'ils furent dans la plaine.

Le prince marchait rapidement. On eut bientôt regagné les huttes. Tous les matelots étaient sur pied et en proie au désespoir. Ils coururent au-devant du prince.

— Maître ! maître ! crièrent-ils, nos barques sont brûlées. Qu'allons-nous devenir ?

— C'est cet infâme Hiéyas qui a fait cela, s'écria Loo ; mais je me vengerai de lui.

— Avez-vous vos armes ? demanda Nagato.

— Certes ! nous avons nos sabres et nos fusils.

— Eh bien, c'est à présent qu'il faut me montrer que votre courage est digne de la confiance que j'ai en lui. Il faut accomplir une action héroïque qui nous coûtera peut-être la vie. Nous allons pénétrer dans le camp de Hiéyas, sauter sur ses chevaux et fuir du côté de Kioto. Si nous ne sommes pas morts, nous serons dans la ville sacrée avant le lever du soleil.

— Très-bien ! dit Loo, entrons dans le camp de Hiéyas, j'ai mon idée.

— Nous sommes prêts à te suivre, dirent les matelots notre vie t'appartient.

— Ce camp est mal gardé d'ailleurs, dit le prince, l'entreprise peut réussir, l'obscurité nous dérobera aux yeux de nos ennemis, le bruit du vent agitant les feuilles empêchera d'entendre le bruit de nos pas. Nous passerons peut-être. Une seule chose me chagrine, c'est que nous n'ayons pas le temps de dérober la tête du brave serviteur qui est mort pour moi, afin de l'ensevelir avec le respect qu'il mérite.

— Quelle tête ? demanda Loo tout bas à Raïden.

— Je te dirai ce que j'en sais, chuchota le matelot.

— Séparons-nous, dit le prince, nous avons plus de chance un à un d'être inaperçus ; si nous devons nous retrouver ce sera de l'autre côté du bois. Que les Kamis nous protègent !

Les matelots se dispersèrent. L'obscurité étant profonde, ils disparurent brusquement.

Loo était resté à côté de Raïden, il l'interrogeait sur tout ce qu'il avait vu dans le camp. Lorsqu'il en sut assez, l'enfant s'échappa et courut devant.

Il avait un projet, il en avait même deux depuis qu'il connaissait l'aventure de la tête coupée : il voulait dérober cette tête, ensuite se venger de l'incendie des barques. Pour lui, pénétrer dans le camp sans être vu n'était qu'un jeu : il avait la marche silencieuse des chats ; il savait bondir, se glisser, se couler à plat ventre sans faire remuer une herbe ; il n'eût pas éveillé un chien de garde.

Les lumières du camp le guidaient ; il courait droit vers la lisière du bois ; il voulait entrer le premier.

Il arriva presque sur la sentinelle sans la voir ; il se jeta à plat ventre : elle ne le vit pas ; dès qu'elle fut passée, il passa.

— J'y suis, dit-il, en se glissant dans un fourré ; le plus difficile est fait.

Le vent soufflait toujours de grands éclairs bleus, par instant, emplissaient la nuit.

— Ah dieu des orages ! disait Loo tout en courant à quatre pattes sous tes feuilles, tu te conduis mal ; frappe sur tes gongs tant que tu voudras, mais éteins ta lanterne. Quant à toi, Futen, génie du vent, souffle ! souffle ! encore plus fort !

Excepté les sentinelles, tout le camp dormait ; dans les intermittences du vent, on entendait des respirations régulières, quelques ronflements. Loo se dirigeait, d'après les indications de Raïden, vers la tente de Hiéyas. Il l'atteignit et reconnut les draperies rouges qui faisaient comme une muraille autour de la tente. Deux archers se tenaient devant l'entrée. Au-dessus d'eux, à des poteaux, étaient accrochées des lanternes ; ils s'appuyaient du dos aux poteaux.

— Oui ! oui ! regardez du côté de la mer les dernières lueurs de nos barques qui brûlent, disait Loo, cela vous empêchera de me voir passer.

Il se glissa au-dessous de la draperie en s'aplatissant contre terre ; mais, pour atteindre la tente, il lui restait un assez large espace nu et éclairé a franchir.

Il hésita un instant et jeta un regard aux archers.

Ils me tournent le dos, dit il de plus, je crois qu'ils dorment debout.

Il se leva et, en trois bonds, atteignit le bord de la toile ; puis, il se coula dessous.

Une lanterne bleue éclairait l'intérieur de la tente. Hiéyas, couché sur un matelas de soie, le haut du corps soulevé par un grand nombre de coussins, dormait d'un sommeil pénible ; la sueur perlait sur son front ; il respirait bruyamment.

Loo leva les yeux sur l'ancien régent et lui fit une grimace, puis il promena son regard autour de la tente.

Sur une natte, non loin du maître, un serviteur dormait.

Une écritoire, quelques tasses de porcelaine rare, étaient posées sur un escabeau très bas, en bois noir ; dans un coin, une cuirasse complète, affaissée sur elle-même, faisait l'effet d'être un homme coupé par morceaux. Un grand coffre de laque rouge sur lequel saillissaient en or les trois feuilles de chrysanthème, insignes de Hiéyas, attirait la lumière et luisait.

Contre ce coffre était appuyé le sac de paille contenant la tête de Sado. Hiéyas l'avait voulu garder pour la montrer le lendemain à tous ses soldats.

Loo devina que la tête coupée devait être enfermée dans ce sac ; il rampa jusqu'à lui et l'ouvrit ; mais à ce moment Hiéyas s'éveilla. Il poussa plusieurs gémissements de douleur, s'essuya le front et but quelques gorgées d'une boisson préparée pour lui. L'enfant s'était dissimulé derrière le coffre, il retenait sa respiration. Bientôt le vieillard retomba sur les coussins et s'assoupit de nouveau.

Alors Loo tira la tête hors du sac et l'emporta.

À peine était-il sorti de la tente que des cris d'alarme retentirent de tous côtés. On entendait des piétinements de chevaux, des chocs d'armes à travers le bruissement continuel des arbres dans le vent.

Hiéyas s'éveilla une seconde fois et se leva tout essoufflé par le sursaut. Il écarta la draperie qui fermait la tente.

Un éclair l'éblouit, puis il ne vit rien qu'une obscurité profonde. Mais bientôt, à la lueur d'un nouvel éclair plus long, plus brillant que le premier, il aperçut, avec une horrible surprise, celui qu'il croyait mort, celui dont il avait tenu entre les mains, quelques instants auparavant, la tête inanimée, le prince de Nagato, le glaive à la main, passant sur un cheval qui sembla à Hieyas ne faire aucun bruit.

Ses nerfs affaiblis, son esprit surexcité par la fièvre et encore engourdi de sommeil, ne lui permirent pas de réagir contre une crainte superstitieuse ; sa force d'âme l'abandonna ; il poussa un cri effrayant :

— Un fantôme ! un fantôme ! cria-t-il, répandant l'effroi dans ! e camp entier. Puis il tomba rudement à terre sans connaissance. On le crut mort.

Quelques chefs reconnurent aussi le prince de Nagato et, non moins enrayes que Hiéyas, achevèrent de mettre le désordre dans l'armée.

Le cri « Un fantôme ! » courait de bouche en bouche. Les soldats, qui étaient sortis au bruit d'alarme, rentraient précipitamment sous leurs tentes.

Quelqu'un d'héroïque eut l'idée de s'approcher du sac pour voir si la tête coupée y était toujours. Lorsqu'il s'aperçut qu'elle avait disparu, cet incrédule se mit à pousser des clameurs en annonçant la nouvelle ; la confusion était à son comble ; tous ces hommes, si braves, devant un danger réel, frissonnaient en face du surnaturel ; ils se jetaient à plat ventre en invoquant à hauts cris les Kamis ou Bouddha, selon leur croyance.

Le prince de Nagato et ses hommes furent très surpris de l'accueil qu'on leur faisait, mais ils en profitèrent et traversèrent le bois sans être inquiétés.

Lorsqu'ils furent de l'autre côte de la forêt, ils s'attendirent les uns les autres, puis se comptèrent ; pas un ne manquait, ils étaient tous à cheval.

— Vraiment les kamis nous protègent, disaient les matelots ; qui aurait cru que l'aventure se terminerait ainsi ?

— Et qu'on nous prendrait pour des fantômes !

On allait se mettre en route.

— Et Loo ! s'écria tout à coup Raïden, où est-il ?

— C'est vrai, dit le prince, lui seul n'est pas revenu.

— Il était pourtant parti le premier, dit Raïden. On attendit quelques instants.

— Par malheur, dit le prince, le devoir qui m'appelle ne souffre pas de retard, il nous faut partir ; c'est avec douleur que j'abandonne cet enfant dévoué.

Abandonner Loo ! la joie de tous, celui qui rappelait aux pères leurs enfants, ce petit héros moqueur, un peu cruel, qui ne craignait rien et riait de tout ! On se mit en route, le cœur serré tous soupiraient.

— Qu'a-t-il pu lui arriver ? il s'est peut-être perdu dans l'obscurité, disait Raïden en se retournant fréquemment.

On marchait depuis dix minutes, lorsque ceux qui étaient en arrière crurent entendre un galop précipité. Ils s'arrêtèrent et écoutèrent. Un cheval arrivait en effet ; au bruit des pas se mêlèrent bientôt des éclats de rire : c'était Loo.

— Raïden criait-il, viens me prendre, je vais tomber, je n'en puis plus, j'ai trop ri !

Raïden se hâta d'aller au-devant de l'enfant.

— Eh bien te voilà ? lui dit-il pourquoi es-tu resté en arrière ? Tu nous a effrayés.

— C'est que j'avais beaucoup de choses a faire, dit Loo ; vous avez eu fini avant moi.

— Qu'as-tu fait ?

— Prends-moi cela, d'abord, dit Loo en tendant à Raïden la tête coupée ; elle est lourde comme si elle était en pierre.

— Comment ! tu as réussi à la dérober ?

— Oui, dit Loo qui, à chaque moment, regardait derrière lui, et ils croient là-bas qu'elle est partie toute seule, de sorte qu'ils sont tous fous en ce moment.

On se remit au galop pour rejoindre le prince et ceux qui l'accompagnaient.

— L'enfant est revenu ? demanda Nagato.

— Oui, maître, et il apporte la tête de l'homme qui te ressemblait, s'écria Raïden avec une sorte d'orgueil paternel.

— Je n'ai pas fait que cela, dit Loo qui regardait toujours en arrière, voyez la-bas ces lueurs roses, ne croirait-on pas que le soleil se lève.

— En effet, le ciel est illuminé, dit le prince, on dirait un reflet d'incendie.

C'est justement cela, dit Loo en battant des mains, la forêt brûle.

— Tu as mis le feu ! s'écria Raïden.

— N'avais-je pas jure de venger nos belles barques qui sont là-bas sur la plage, réduites en cendres ? dit Loo avec dignité.

— Comment as-tu fait ? raconte-nous cela, dit le matelot.

— Ah ! s'écria Loo, je vais vous le dire : Dès que j'eus volé la tête du supplicié, j'entendis des cris de toutes parts. Alors je cherchai un cheval pour être prêt à m'enfuir. Cependant je n'avais pas l'idée de m'en aller encore. Lorsque je fus sur la monture de mon choix, je cassai une branche résineuse, et je l'allumai à une lanterne, que je décrochai et que je jetai ensuite dans la paille des litières. Cette paille s'enflamma aussitôt, et le vent soufflant sur ma torche l'activait. Je m'éloignai mettant le feu partout. À ma grande surprise, les soldats, au lieu de sauter sur moi et de me tordre le cou, se jetaient à genoux en m'apercevant, tendaient les mains vers moi et me suppliaient de les épargner, les uns me prenaient pour Tatsi-Maki, le dragon des Typhons, les autres pour Marisiten, et ils croyaient voir en mon cheval le sanglier sur lequel se tient debout le dieu des batailles. Je me tordais de rire, et plus je riais, plus ils avaient peur ; alors, je traversai la forêt au pas, prenant mes aises, allumant ici une bannière, là un arbre mort ou un paquet de fourrage.

— Jamais je n'aurais cru qu'une armée de braves puisse être terrifiée ainsi par un enfant ! s'écria Raïden, qui riait de tout son cœur.

— Si tu les avais vus, disait Loo, comme ils marmottaient, comme ils tremblaient. Aussi, il y avait de quoi, on disait de tous côtés qu'un revenant avait étendu son bras armé d'un glaive vers Hiéyas, qui était aussitôt tombé mort.

— Oui, dit Nata, nous avons été pris pour une légion de fantômes.

La lueur de la forêt en flammes envahissait le ciel jusqu'au zénith. Le prince tournait la tête et regardait.

— Loo, dit-il, j'ai à me louer tous les jours de t'avoir emmené avec moi ; tu as l'intrépidité d'un héros et, sous ta frêle enveloppe, le cœur d'un lion. Les deux actions que tu viens d'accomplir méritent une récompense éclatante : je te donne le titre de samouraï.

Loo, en entendant cela, demeura tout interdit d'émotion. Il regarda Raïden qui chevauchait à côté de lui, puis tout à coup se jeta dans ses bras.

Sur l'ordre du prince quelques hommes descendirent de cheval et, du bout de leurs sabres, creusèrent une tombe au bord du chemin pour y ensevelir la tête de l'héroïque Sado.

— Nous viendrons la reprendre plus tard afin de lui rendre les honneurs qu'elle mérite, dit le prince.

On accumula des pierres sur cette tombe, lorsqu'elle fut refermée, pour la retrouver.

— Maintenant, dit le prince, hâtons-nous ; il faut avant l'aurore être à Kioto.

On mit les chevaux au galop. Quelques hommes marchaient devant, en éclaireurs.

Le prince devança aussi le reste de sa troupe. Il voulait être seul, afin de cacher son émotion et son inquiétude. Il n'avait pas rêvé ; le messager avait bien dit à Hiéyas que l'attaque de Kioto allait commencer. Attaquer la capitale sacrée des mikados ! vouloir porter la main sur la personne divine du Fils des dieux ! Nagato ne pouvait croire à un tel sacrilège ; de plus, l'idée que la Kisaki était en danger le bouleversait. Elle, insultée dans sa puissance souveraine par un de ses sujets, effrayée par les cris de guerre, par le bruit d'un combat, contrainte à fuir peut-être, cette pensée le plongeait dans une rage folle. Il s'étonnait de n'avoir pas sauté à la gorge de Hiéyas, pour l'étrangler de ses mains, au moment où il avait parlé de Kioto.

— J'ai eu pitié et respect de sa vieillesse, se disait-il un tel homme mérite-t-il la pitié ?

Cependant, à travers ces pensées de colère et d'inquiétude, il se défendait mal d'un sentiment de joie profonde. Se rapprocher d'elle, la revoir, entendre encore cette voix dont son oreille était si avide ! était-ce possible ? Son cœur se gonflait dans sa poitrine, un sourire entr'ouvrait ses lèvres, il ne voyait plus qu'elle.

— C'est le destin qui l'a voulu, se disait-il, il m'a empêché de m'éloigner de Kioto ; un pressentiment m'avertissait qu'elle aurait besoin de moi.

XX. LES MESSAGERS

Que comptait-il faire pour défendre la ville sacrée contre des forces sans doute considérables ? Il n'aurait pu le dire. Cependant il ne doutait pas qu'il n'arrivât à triompher de ses adversaires quels qu'ils fussent. Il est des volontés souveraines qui domptent les événements, qui, dans une bataille, entraînent les combattants, exaltent leur courage, les rendent formidables. Le prince de Nagato sentait en lui une de ces volontés irrésistibles. Pour la sauver, elle, il lui semblait qu'il eût à lui seul dispersé une armée.

XXI. LA KISAKI

Kioto était à cinq lieues seulement du camp de Hiéyas, mais le prince de Nagato fit faire un détour afin de ne pas entrer dans la ville du côté de Fusimi, occupée par les vainqueurs ; ils gagnèrent les rives du lac de Biva et les longèrent.

Le jour commençait à poindre. L'obscurité était encore partout sur la terre, mais le ciel et l'eau blanchissaient ; un brouillard fin traînait çà et là.

Le lac a la forme de l'instrument de musique nommé biva ; il s'étend derrière les montagnes qui entourent Kioto et le séparent de la ville ; la partie qui figure le manche de la guitare s'allonge en s'amincissant, devient une rivière et, décrivant un demi-cercle, pénètre dans Kioto du côté du sud.

Par l'ordre du général Sanada-Sayemon-Yoké-Moura, le général Yama-Kava devait avec ses cinq mille hommes camper sur le bord du lac au pied des montagnes, mais à mesure qu'il avançait, le prince de Nagato acquérait la certitude que Yama-Kava avait abandonné la position. Il retrouvait les traces du camp, des cendres de feux éteints, les trous creusés par les poteaux des tentes.

— Qu'est-ce que cela présage ? se disait-il si le général a quitté son poste c'est que le danger l'appelait ailleurs ; le combat est peut être commencé, peut-être tout est-il fini et arriverai-je trop tard !

À cette pensée le prince, saisi par une angoisse affreuse, lança son cheval vers la montagne et je poussa dans un sentier âpre et peu accessible. S'il réussissait à gravir la côte, il atteindrait Kioto en quelques instants, au lieu d'employer plusieurs heures à faire le long détour des rives du lac et de la rivière.

Loo fut le premier qui s'engagea derrière son maître ; tous les matelots le suivirent bientôt, après avoir rappelé l'avant-garde. À grand peine on atteignit la crête de la colline ; elle se rattachait par une courbe peu profonde à une autre cime plus haute : c'était la montagne d'Oudji, sur laquelle on récolte le thé le plus délicat.

Le Verger occidental où avait eu lieu la lutte poétique présidée parla Kisaki était situé sur cette montagne. Le prince trouva cet enclos devant lui, il fit franchir la palissade à son cheval et traversa le verger, c'était plus court.

Les arbres étaient chargés de fruits, les branches trop lourdes ployaient jusqu'au gazon.

Le prince s'arrêta au bord de la terrasse, d'où l'on découvrait la ville, juste à l'endroit où quelques mois auparavant la reine s'était approchée de lui et lui avait parlé avec des larmes dans les yeux.

Il jeta un rapide regard sur Kioto.

De différents points une fumée noire s'élevait. On en voyait aussi dans l'enceinte du daïri. On avait donc incendié le palais et la ville. La forteresse de Nisio-Nosiro, sur la rivière de l'Oie-Sauvage, était assiégée ; les cavaliers du ciel sans doute la défendaient. Le mikado devait s'être réfugié derrière ses remparts. Plus loin, de l'autre côté de la ville, une lutte était engagée entre les hommes de Yama-Kava et les soldats de Hiéyas. Ces derniers étaient à peu près maîtres de Kioto. Yama-Kava tenait encore la partie orientale de la ville ; mais sur tous les autres points flottait la bannière de Hiéyas.

Le prince de Nagato, les sourcils contractés, dévorait du regard la scène qui se déroulait à ses pieds ; il se mordait les lèvres jusqu'au sang, plein de colère, mais conservait sa lucidité d'esprit et examinait froidement la situation.

Lorsqu'un combat a lieu dans une ville, les combattants sont forcément éparpillés : le dessin des rues, leur peu de largeur, les contraignent à se diviser. La bataille se morcelle, ses mouvements n'ont plus d'unité, chaque rue, chaque carrefour à son combat spécial et isolé, ignorant les phases des luttes voisines.

Le prince de Nagato comprit tout de suite l'avantage que lui offrait cete disposition de la bataille. Sa petite troupe, nulle dans la plaine où son exiguïté aurait été à découvert, par un élan impétueux pouvait produire un heureux effet en surprenant l'ennemi par derrière, en jetant peut-être la confusion dans ses rangs.

Le prince se décida vite, il poussa un cri pour rallier ses hommes qui, à grand'peine, étaient parvenus à le rejoindre, puis il lança son cheval sur l'autre versant de la haute colline et cria :

— Suivez-moi.

La descente était des plus périlleuses, mais l'énergie des hommes semblait se communiquer aux chevaux : ils arrivèrent jusqu'au bas de la pente sans accident, puis s'engouffrèrent, avec une impétuosité formidable, dans la rue la plus encombrée de soldats.

Le bruit, produit par ce galop précipité sur les dalles du sol, était énorme. Les soldats se retournèrent, ils virent la rue toute pleine de cavaliers et, avec cette crainte instinctive qu'éprouvent des hommes à pied devant des hommes à cheval, ils voulurent se garer. Pour cela ils se bousculèrent et se culbutèrent les uns les autres, tâchant d'envahir les ruelles transversales. Les cavaliers lâchèrent quelques coups de feu, ce qui rendit plus prompte encore la fuite des piétons. En un instant la rue fut vidée, et les fuyards allèrent jeter l'inquiétude dans les quartiers voisins.

On se crut pris entre deux armées.

La rue dans laquelle s'était engagé Nagato, très longue, traversant presque toute la ville, aboutissait à une petite place. De l'autre côté de cette place, les voies qui débouchaient sur elle étaient occupées par les soldats Yama-Kava ; sur la place même, les adversaires s'étaient rejoints.

Le combat venait seulement de commencer. Bien qu'ils fussent inférieurs en nombre, les partisans de Fidé-Yori ne reculaient pas.

À l'entrée de la place le prince s'arrêta, il était maître de la rue, il fallait la conserver.

— Que vingt hommes aillent défendre l'autre issue de cette rue, cria-t-il, et que deux hommes s'établissent devant chaque ruelle qui s'ouvre sur elle ; maintenant il faudrait faire savoir aux soldats de Yama-Kava qu'ils doivent s'efforcer de se joindre à nous.

Raïden s'élança, pour traverser la place une grêle de flèches l'enveloppa, son cheval s'abattit, le matelot se releva, il était blessé, mais il put atteindre l'autre côté du carrefour.

Une décharge de mousquets éclata et fit tomber beaucoup

d'hommes. Un espace vide se formait devant la rue occupée par le prince, les soldats ennemis se réunissaient autour de leurs chefs, ils se concertaient ; ils étaient d'avis de se reployer dans les rues avoisinantes et d'abandonner la place.

Ils exécutèrent ce mouvement, c'était presque une retraite.

Rien n'était plus facile, désormais, pour les hommes de Yama-Kava, que d'opérer leur jonction avec ceux de Nagato. Les premiers traversèrent la place au pas de course et s'engagèrent dans la rue conquise. Bientôt leur généra ! apparut lui-même, à cheval, masqué, cuirassé de corne noire, la lance à la main.

— C'est le seigneur de Nagato ! s'écria-t-il en reconnaissant le prince. Je ne m'étonne plus alors d'avoir vu les ennemis si rudement repoussés. La victoire semble être ta captive.

— S'il est vrai que je l'ai enchaînée, puisse-t-elle ne jamais recouvrer la liberté ! dit le prince. Que se passe-t-il donc ici ? ajouta-t-il. À quel sacrilège, à quel crime sans précédent, assistons-nous ?

— C'est, en effet, incroyable, dit le général. Hiéyas veut enlever le mikado et brûler la ville.

— Dans quel but ?

— Je l'ignore.

— Je crois le deviner, dit le prince ; une fois le mikado entre ses mains, il l'eût obligé à le proclamer siogoun, le peuple entier se fût déclaré pour Hiéyas et Fidé-Yori eût été contraint de déposer les armes.

— Cet homme a toutes les audaces !

— Où est le mikado en ce moment ? demanda le prince.

— Dans la forteresse de Nisio-Nosiro.

— Je l'avais pensé, et je crois m'être rencontré avec toi dans le plan du combat.

— Ce serait pour moi un honneur, dit le général.

— Ton armée va s'étendre, je pense, par cette rue, comme un lac qui devient fleuve, et envelopper l'ennemi. De cette manière elle le séparera des rives du Kamon-Gava, et isolera les assaillants, assez peu nombreux, il me semble, de la forteresse. C'est vers elle que tu dois te replier, afin de t'abriter derrière ses murs.

— C'était, en effet, mon projet d'agir ainsi, dit le général ; mais, sans ton secours, je n'aurais sans doute pu parvenir a forcer les rangs ennemis.

— Eh bien, maintenant conduis tes hommes vers la forteresse, tandis que je vais retenir ici aussi longtemps que possible nos adversaires.

Le général s'éloigna.

Les soldats d'Hiéyas revenaient ; le commencement de panique s'était calmé ; par toutes les ruelles de gauche, ils attaquèrent la rue qui les séparait de la rivière ; on les reçut par des coups de fusil et des volées de flèches ; ils reculaient, puis ils revenaient.

— Il faut barricader ces ruelles, dit le prince.

— Avec quoi ?

Les maisons hermétiquement closes semblaient mortes, leur seul aspect, muet et aveugle, faisait comprendre que frapper serait inutile et n'éveillerait aucun écho dans l'âme des habitants terrifiés.

On arracha les volets, on effondra les fenêtres, les maisons furent envahies, une sorte de pillage commença, on jetait tout au dehors : des paravents, des vases de bronze, des cofires de laque, des matelas, des lanternes. Avec une rapidité étonnante tout cela allait s'accumuler pêle-mêle à l'entrée des ruelles. Un marchand de thé fut entièrement dévalisé, toutes les variétés exquises de la feuille aromatique, enveloppées dans du papier de soie, dans des boîtes de plomb ou dans des coffrets précieux, allèrent s'amomceler sur le sol, s'offrirent aux flèches et aux balles : l'air était embaumé.

L'ennemi s'acharnait, mais ne pouvait franchir la rue.

Vers la rivière, on entendait le bruit d'un autre combat qui s'engageait.

Le prince envoya un de ses hommes de ce côté.

— Dès que Yama-Kava aura triomphé, viens nous le dire.

La lutte devenait terrible : quelques barricades étaient forcées ; on se battait corps à corps dans la rue pleine de poussière et de fumée.

— Courage ! courage ! criait Nagato à ses hommes ; encore un instant !

Enfin l'envoyé revint.

— Victoire ! cria-t-il, Yama-Kava a passé la rivière.

Alors les hommes de Nagato commencèrent à se replier.

Yama-Kava, protégé par les cavaliers du ciel, qui du haut des tours accablaient de flèches les assaillants, était entré avec ses cinq mille hommes dans la forteresse. Le mikado était désormais hors de danger, sept mille hommes derrière des remparts valaient bien les dix mille hommes à découvert du général ennemi. Celui-ci, plein de colère, mal obéi, comprenant la faute qu'il avait faite en engageant ses soldats dans l'enchevêtrement des rues, s'élança à la tête de ses hommes pour relever leur courage, forcer ce passage si bien défendu et gagner les rives du Kamon-Gava.

Il trouva en face de lui le prince de Nagato ; tous deux étaient à cheval. Ils se regardèrent un instant.

— C'est donc toi, s'écria le prince, qui sers d'instrument à ce crime tellement odieux qu'il est invraisemblable ; c'est toi qui aurais l'audace de porter la main sur le divin mikado !

Pour toute réponse, le général lança à Nagato une flèche qui vint effleurer sa manche. Le prince riposta par un coup de fusil tiré presque à bout portant. Le guerrier tomba pour ne plus se relever sur le cou de son cheval, sans pousser un cri.

La nouvelle de cette mort se répandit vite ; les soldats, restés sans chef, hésitèrent.

— Son audace sacrilège lui a porté malheur, disait-on, elle pourrait bien nous être funeste à nous aussi.

Le prince, qui s'aperçut de cette hésitation et du remords confus qui naissait dans l'âme des soldats, eut un projet propre à rendre la victoire décisive s'il produisait l'effet qu'il en attendait.

Il courut au bord de la rivière de l'Oie-Sauvage et cria aux soldats qui gardaient la forteresse :

— Faites paraître le mikado au faîte de la tour.

Sa pensée fut comprise, on se hâta d'aller chercher Go-Mitsou-No, on l'amena presque de force, plus mort que vif, sur la tour la plus haute du château.

La déesse Soleil sembla jeter tous ses rayons sur cet homme divin dont elle n'était que l'égale ; les robes rouges du mikado resplendirent, la haute lame d'or de sa couronne étincela sur son front.

XXI. LA KISAKI

— Le Fils des dieux ! le Fils des dieux ! cria-t-on.

Les soldats levèrent la tête : ils virent cet éblouissement de pourpre et d'or au sommet de la tour, l'homme qu'on ne devait pas voir, celui qu'un prestige effrayant environnait et qu'ils venaient d'outrager ; ils crurent que le mikado allait prendre son vol, et quitter la terre, pour la punir de la méchanceté des hommes.

Ils jetèrent leurs armes et se précipitèrent à genoux.

— Grâce ! criaient-ils, ne nous quitte pas ; que deviendrions-nous sans toi ?

— Seigneur sublime ! maître tout-puissant ! nous sommes des misérables, mais ta bonté est infinie !

— Nous nous traînons dans la poussière, nous l'inondons de nos larmes de repentir !

Puis ils récriminèrent contre leurs chefs.

— Ils nous ont poussés, ils nous ont entraînés !

— Ils nous ont enivrés de saké pour nous faire perdre l'esprit.

— Le général a payé son crime de sa vie.

— Qu'il soit maudit !

— Puisse-t-il être emporté par les renards !

— Que le grand juge des enfers lui soit inexorable !

Le mikado promenait son regard sur la ville ; il la voyait de tous côtés pleine de fumée. Il étendit le bras et désigna du doigt les points incendiés.

Les soldats d'en bas crurent voir un ordre dans ce geste ; ils se relevèrent et s'élancèrent pour aller éteindre les incendies qu'ils avaient allumés.

La victoire était complète. Le prince de Nagato souriait en voyant combien l'effet produit par l'apparition du mikado avait répondu à ses prévisions.

Mais tout à coup, au moment où il allait mettre le pied sur le pont-levis et pénétrer à son tour dans la forteresse, des serviteurs affolés, accoururent sur les rives du Kamon-Gava.

— La reine crièrent-ils, on enlève la reine !

— Que dites-vous ? s'écria le prince en blêmissant, la reine n'est donc pas dans la forteresse ?

— Elle n'a pas eu le temps de s'y réfugier, elle est à la résidence d'été.

Sans en écouter davantage, Nagato s'élança comme une floche, dans la direction du palais, suivi par ce qui restait de ses matelots, cinquante hommes valides à peu prés.

Mais ces hommes perdirent le prince de vue, ils ne connaissaient pas la route, ils s'égarèrent.

Nagato eut vite atteint la porte du palais d'été. Des pages étaient debout sur le seuil.

— Par là ! par là ! crièrent-ils au prince en lui montrant la route au pied des montagnes.

Nagato enfila cette route, bordée de grands arbres ; elle ondulait faisait des courbes ; on avait peu de distance devant les yeux ; il ne vit rien. Il ensanglantait les flancs de sa monture ; elle bondissait. Il jeta son fusil pour s'alléger.

Après dix minutes d'une course folle, il aperçut la croupe d'un cheval dans un nuage de poussière ; le prince gagnait du terrain ; il vit bientôt un voile qui flottait et un homme qui tournait la tête avec inquiétude.

— Quel est cet homme qui a osé la prendre dans ses bras ? se disait Nagato en grinçant des dents.

Le ravisseur se jeta dans une vallée, le prince l'eut bientôt rejoint. Alors l'homme se voyant perdu se laissa glisser à bas de son cheval et s'enfuit à pied, abandonnant la reine.

Le prince crut reconnaître dans celui qui fuyait, Faxibo, l'ancien palefrenier devenu le confident de Hiéyas.

C'était lui en effet. Cet homme, qui ne respectait rien, voyant la bataille perdue et le mikado hors d'atteinte, se souvint de la Kisaki, isolée et sans défense au palais d'été ; il comprit toute la valeur d'une telle capture et résolut d'enlever la souveraine. Il entra au palais en se donnant pour un envoyé de Yama-Kava. Il était à cheval, la reine s'avança sur la verandah, alors il la saisit et s'enfuit du palais avant que les serviteurs fussent revenus de leur surprise.

Le prince n'eut pas le loisir de poursuivre Faxibo, le cheval qui portait la reine continuait à courir.

XXI. LA KISAKI

Nagato s'élança vers elle et la reçut dans ses bras, elle était évanouie.

Il la porta à l'ombre d'un buisson de thé et l'étendit sur l'herbe, puis il se laissa tomber sur un genou, tremblant d'émotion, éperdu, fou. L'étourdissement de la course qu'il venait de faire, la fatigue du combat et de la nuit passée sans sommeil troublait son esprit ; il s'imaginait rêver ; il regardait celle qui sans relâche emplissait sa pensée, et bénissait l'illusion qui lui faisait croire qu'elle était devant lui.

Étendue, dans une pose abandonnée et souple, très pâle, la tête renversée, le corps enveloppé par les plis fins de sa robe en crêpe lilas, que soulevaient les battements précipités de son cœur, elle semblait dormir. Sa manche s'était un peu relevée, découvrait son bras ; sa petite main posée sur l'herbe, la paume en l'air, semblait une fleur de nénuphar.

— Quelle souveraine beauté ! se disait le prince extasié ; certes la déesse Soleil n'est pas plus resplendissante ! Il semble qu'une lumière transparaît à travers la blancheur de sa peau, sa bouche est rougie par le sang d'une fleur, ses grands yeux sous leurs longs cils noirs ressemblent à deux hirondelles noyées dans du lait. Ne te dissipe pas, vision céleste, reste toujours ainsi, mon regard rivé à toi !

Peu à peu le sentiment de la réalité lui revint, il songea qu'elle souffrait et qu'il oubliait de lui porter secours.

Mais que pouvait-il faire ? Il regarda autour de lui, cherchant un ruisseau, une cascade ; il ne vit rien. Alors il déploya son éventail et l'agita doucement au-dessus du visage de la reine. Elle demeura sans mouvement.

Le prince lui prit la main, pensant que peut-être elle avait froid ; mais il se releva vivement et se recula de quelques pas, effrayé par le trouble profond que lui fit éprouver le contact de cette main douce et tiède. Il appela. Personne ne répondit. Ceux qui comme lui poursuivaient le ravisseur de la reine, au lieu de s'engager dans la vallée, avaient continué leur chemin tout droit.

Nagato revint vers la Kisaki ; il lui semblait qu'elle avait fait un mouvement ; il s'agenouilla de nouveau et la contempla.

Elle ouvrit les yeux, puis les referma comme éblouie par la lumière. Le prince se pencha au-dessus d'elle.

— Reine bien-aimée, murmura-t-il, reviens à toi !

Elle ouvrit les yeux une seconde fois et vit le prince. Alors un ravissant sourire entr'ouvrit ses lèvres.

Un oiseau chantait au-dessus d'eux.

— C'est toi, Ivakoura, dit-elle d'une voix faible, tu es près de moi enfin ! tu vois bien que la mort est clémente et qu'elle nous a réunis !

— Hélas ! dit le prince, nous sommes vivants encore.

La Kisaki se souleva et s'appuya sur une main, elle regarda tout autour d'elle, cherchant à se souvenir, puis elle reporta ses yeux sur Nagato.

— Un homme ne m'a-t-il pas arrachée à mon palais et emportée brutalement ? demanda-t-elle.

— Un misérable s'est rendu coupable en effet de ce crime qui mérite mille morts.

— Que me voulait-il ?

— Il voulait te faire prisonnière afin de pouvoir imposer des conditions au mikado.

— L'infâme ! s'écria la reine. Le reste, je le devine, ajouta-t-elle, tu as poursuivi mon ravisseur et tu m'as sauvée. Cela ne me surprend pas. Dans le danger, c'est toi que j'invoquais ! Tout à l'heure, lorsque j'ai perdu connaissance, j'ai songé à toi. Je t'appelais.

Après avoir dit ces mots, la Kisaki baissa les yeux et détourna la tête, comme honteuse d'un tel aveu.

— Oh ! je t'en conjure, s'écria le prince, ne rétracte pas tes paroles, ne te repens pas de les avoir prononcées, laisse cette rosée divine à une plante brûlée par un soleil implacable.

La Kisaki leva ses grands yeux sur le prince et le regarda longuement.

— Je ne me repens pas, dit-elle, je t'aime, je l'avoue fièrement. Mon amour est pur comme un rayon d'étoile, il n'a nulle raison de se cacher. J'ai beaucoup songé en ton absence : j'étais effrayée par le sentiment qui pénétrait en moi de plus en plus, je me croyais criminelle, je voulais dompter mon cœur, faire taire ma pensée, à quoi bon ? La fleur peut-elle se défendre de naître et de s'épanouir, l'astre peut-il refuser de resplendir, la nuit peut-elle se révolter lorsque le jour l'envahit comme tu as envahi mon âme ?

— Ai-je bien entendu ! c'est à moi qu'une telle bouche adresse de telles paroles, s'écria le prince, tu m'aimes ! toi, la Fille des dieux ! Laisse-moi t'emporter alors ; fuyons hors du royaume, dans une contrée lointaine, qui sera le paradis. Tu es à moi, puisque tu m'aimes. J'ai été si malheureux ! Maintenant le bonheur m'écrase. Viens, hâtons-nous ; la vie est courte pour enfermer un tel amour.

— Prince, dit la reine, l'aveu que je viens de te faire, étant ce que je suis, doit te montrer à quel point mon amour est dégagé des préoccupations terrestres. Je ne m'appartiens pas en ce monde, je suis épouse, je suis souveraine, aucune action coupable ne —sera commise par moi. Mon âme, sans ma volonté, s'est donnée à toi ; pouvais-je te le cacher ? Mais si j'ai parlé aujourd'hui, c'est que nous ne devons plus nous revoir dans ce monde.

— Ne plus te voir ! s'écria le prince avec épouvante. Pourquoi dis-tu une chose aussi cruelle ? Pourquoi après avoir un instant en-tr'ouvert le ciel devant mes yeux, me précipites-tu soudainement dans les tortures de l'enfer ? Être privé de ta présence me tuera aussi sûrement qu'être privé d'air et de lumière.

Nagato se couvrit le visage pour cacher les larmes qu'il ne pouvait retenir ; mais la reine lui écarta doucement les mains.

— Ne pleure pas, dit-elle. Qu'est donc la vie ? Peu de chose à côté de l'éternité. Nous nous retrouverons, j'en suis sûre.

— Mais si la mort allait être décevante, dit le prince, si la vie abou-tissait au néant, si tout était fini après le dernier soupir ?

— C'est impossible, dit-elle, en souriant, puisque mon amour est infini.

— C'est bien, dit le prince je me tuerai.

— Jure-moi de n'en rien faire s'écria la Kisaki. Que savons-nous des volontés du ciel ? Peut-être n'avons-nous pas le droit de nous soustraire à notre destinée, et si nous ne la subissons pas sommes-nous contraints de revenir sur la terre.

— Mais c'est impossible, je ne puis supporter la vie, dit le prince. Tu ne comprends donc pas ce que je souffre ? Tu dis que tu m'aimes et tu me tortures ainsi !

— Crois-tu donc que je ne souffre pas ? Je te jure, moi, de mourir de cet amour sans avoir recours au suicide.

Le prince s'était jeté sur le sol, le visage dans l'herbe ; de grands sanglots le secouaient.

— Tu me désespères, Ivakoura s'écria la reine, toute ma force d'âme se brise devant ta douleur. Je ne suis qu'une femme en face de toi ; ma volonté n'est plus souveraine : que faut il faire pour sécher tes larmes ?

— Me permettre de te voir de temps en temps comme autrefois, dit le prince ; alors seulement je pourrai laisser venir la mort.

— Nous revoir après ce que je t'ai dit.

— Je l'oublierai s'il le faut, divine amie ; je resterai ton sujet humble et soumis. Jamais un regard, jamais un mot ne trahiront l'orgueil dont mon âme est pleine.

La reine souriait en voyant le bonheur éclairer de nouveau les yeux encore humides du prince.

— Tu m'as vaincue, disait-elle je croyais pourtant ma résolution irrévocable ; puisse-je ne pas être punie de ma faiblesse !

— Punie ! pourquoi ? dit le prince, quel mal faisons-nous ? Tous les seigneurs de la cour ne sont-ils pas admis en ta présence ? Moi seul, parce que je suis aveugle à tout ce qui n'est pas ta beauté, j'en aurais été exilé. N'était-ce pas injuste ?

— C'était sage et prudent, dit la reine qui soupira, mais j'ai cédé, ne parlons plus de cela. Retournons vers le palais, ajouta-t-elle, on doit me chercher encore ; allons faire savoir au peuple que je suis sauvée.

— Oh ! reste encore un instant, murmura le prince, jamais nous ne nous retrouverons ainsi, au milieu de la nature, seuls, loin de tout regard. Il a fallu, pour amener cette circonstance, la guerre civile, le crime, le sacrilège. Demain toute la pompe de ton rang t'enveloppera de nouveau, je ne pourrai plus te parler que de loin.

— Qui sait ce qui adviendra encore ? dit la reine, le mikado s'est réfugié dans la forteresse qui a été aussitôt cernée par les soldats, j'ai été contrainte de rester au palais d'été, tout cela s'est passé ce matin, les révoltés avaient le dessus…

— Mais, depuis, ils ont été complètement vaincus, dit le prince ;

le général ennemi a été tué et l'armée s'est soumise ; le mikado est
libre. Mais ne parlons pas de cela. Qu'importe la guerre ! Dis-moi :
depuis combien de temps m'aimes-tu ?

— Depuis que je te connais, dit la Kisaki en baissant les yeux. Je
ne me doutais de rien, lorsqu'un jour la jalousie m'a révélé mon
amour.

— Toi, jalouse ?

— Oui, et follement ; j'éprouvais une douleur étrange, continuelle,
je ne dormais plus, les plaisirs m'irritaient, la colère à chaque instant m'emportait et je rudoyais mes femmes ; celle que je croyais aimée de toi, je la pris en haine ; un soir, je la chassai de ma présence
parce qu'elle avait, en te voyant, trahi son amour par un cri. Je pas-
sais, rentrant au palais ; tu étais adossé à un arbre sur ma route, et
je te vois encore, éclairé par la lune, pâle avec tes yeux ardents.

— N'as-tu pas vu qu'ils ne regardaient que toi ?

— Non, et toute la nuit, silencieusement je pleurai.

— Oh ! ne me rends pas fou ! s'écria le prince.

— Tu vois, dit-elle, je ne te cache rien, je mets mon cœur à nu
devant toi, confiante en ta loyauté.

— Je suis digne de cette confiance, dit le prince, mon amour est
aussi pur que le tien.

— Quelques jours plus tard, continua la reine, tu étais devant
moi, à genoux, dans la salle des audiences. Surprise de ton trouble,
je me laissai aller à te parler de ma fille d'honneur. Tu t'écrias que
tu ne l'aimais pas, en jetant sur moi un regard où se laissait lire
toute ton âme. Te souviens-tu comme j'eus l'air courroucée et méprisante ? Si tu savais pourtant quelle joie ineffable m'inondait :
la gazelle qu'un tigre serre entre ses griffes puis abandonne tout à
coup doit éprouver une sensation analogue à celle que j'éprouvais.
Je compris alors que c'était moi que tu aimais, ton regard et ton
émotion me l'avaient dit. En te quittant, je courus dans les jardins,
et j'écrivis le quatrain que je te donnai, si légèrement.

— Il est là sur mon cœur, dit le prince il ne me quitte jamais.

— Reconnais-tu ceci ? dit la Kisaki, en montrant au prince un
éventail, passé dans la ceinture de toile d'argent qui serrait sa robe.

— Non, dit Nagato qu'est-ce donc ?

Elle prit l'éventail et le déploya.

Il était en papier blanc poudré d'or ; dans un coin, l'on voyait une touffe de roseaux et deux cigognes qui s'envolaient ; à l'autre angle étaient tracés quatre vers en caractères chinois.

« La chose qu'on aime plus que tout, dit la reine lisant les vers, que l'on aime mieux que nul ne saurait l'aimer, elle appartient à un autre ; — ainsi le saule qui prend racine dans votre jardin — se penche poussé par le vent et embellit de ses rameaux l'enclos voisin. »

— Ce sont les vers écrits par moi au Verger occidental ! s'écria le prince. Tu as conservé cet éventail ?

— Je n'en porte jamais d'autre, dit la Kisaki.

Ils riaient tous deux, oubliant leur souffrance passée, jouissant avec délices de cette minute de bonheur. Elle ne parlait plus de retourner au palais.

— Si tu étais mon frère ! s'écria-t-elle tout à coup, si je pouvais sans être calomniée passer ma vie près de toi, comme les jours s'écouleraient délicieusement !

— Et tu voulais, cruelle, me chasser de ta présence !

— La reine avait ordonné cela ; devant tes larmes, la femme n'a pu lui obéir ! Mais, à ton tour, dis-moi, comment m'as-tu aimée ?

— Il y a longtemps que je t'aime, dit le prince ; mon amour est né bien avant que tu m'aies seulement aperçu. Lorsque mon père abdiqua en ma faveur, je vins faire ma soumission au mikado. Au moment où je sortais de l'audience, tu passas devant moi sur une galerie. Je crus voir Ten-Sio-Daï-Tsin elle-même, je demeurai muet de surprise et d'admiration. Tu avais les yeux baissés ; tes longs cils faisaient une ombre sur tes joues. Je te vois encore en fermant les yeux. Un paon blanc était brodé sur ta robe ; des lotus ornaient tes cheveux ; ta main pendante agitait distraitement un éventail en plumes de faisan. Ce ne fut qu'un éclair : tu disparus ; mais désormais tu étais toute ma vie… Je ne revins au palais qu'un an plus tard.

— C'est alors que je te vis pour la première fois, dit la reine. Tout le monde parlait de toi : mes femmes ne tarissaient pas ; ton éloge était dans toutes les bouches. J'eus la curiosité de voir ce héros, à qui l'on accordait toutes les vertus, que l'on paraît de toutes les grâces. Cachée derrière un store, je te regardai, lorsque tu traversas la grande cour du daïri. Je trouvai que les louanges étaient au-dessous de la vérité, et je m'éloignai singulièrement troublée.

— Moi je quittai le palais sans t'avoir revue ; j'étais la proie d'une tristesse morne ; pendant un an, j'avais attendu impatiemment cet instant, où j'espérais t'apercevoir encore, et cette année d'attente aboutissait à une déception. Je ne pus m'empêcher de revenir quelques jours plus tard ; cette fois je fus admis à une fête, à laquelle tu assistais. C'est à cette fête que je m'aperçus de l'intérêt que me portait Fatkoura et que je formai le projet coupable, de cacher, derrière un amour simulé la passion invincible qui me subjuguait.

— Comme elle doit souffrir, l'infortunée, d'aimer et de n'être pas aimée ! dit la Kisaki je la plains de tout mon cœur. Où est-elle en ce moment ?

— Dans mon château d'Hagui, près de mon père ; j'ai envoyé un messager vers lui, afin qu'il me rapporte des nouvelles exactes des événements qui se sont accomplis. Mon père doit me croire mort, car tu l'ignores sans doute, mon royaume a été saccagé, ma forteresse prise et l'on m'a tranché la tête ; maisqu'importe tout cela, je donnerais mon royaume et le monde entier, pour apercevoir seulement ce joli creux qui se forme au coin de tes lèvres quand tu souris.

— Ah dit la reine, moi aussi, je donnerais gaiement mon diadème et toutes les splendeurs qui m'environnent, pour être ton épouse et vivre près de toi ; mais ne songeons pas à ce qui est impossible, ajouta-t-elle, souvenons-nous que notre espoir franchit les limites de ce monde.

En disant cela elle leva les yeux vers le ciel.

— Vois donc, ami ! s'écria-t-elle, ces nuées qu'illuminent des reflets sanglants, le soleil se couche déjà, est-ce possible ?

— Hélas ! dit le prince, il faut donc retourner parmi les hommes.

— Ne sois pas trop triste, murmura-t-elle, puisque nous nous reverrons.

Le prince se leva et chercha les chevaux. Celui qu'il avait monté était tombé épuisé, il expirait. L'autre, très las, s'était arrêté à quelques pas. Il l'amena près de la reine et l'aida à se mettre en selle ; puis il jeta un regard d'adieu, plein de regret, à cette vallée qu'il allait quitter ; avec un profond soupir, il prit le cheval par la bride et commença à le guider sur le gazon.

Au moment où la Kisaki et le prince s'éloignaient, le buisson qui les avait abrités s'agita, et un homme qui y était caché s'enfuit.

XXII. LE MIKADO

Kioto échappait donc au danger qu'elle avait couru ; le combat était terminé, les incendies s'éteignaient. La reine, qui avait été emportée par des mains criminelles, au moment où la ville était en proie à la confusion et à l'épouvante, fut ramenée par le prince de Nagato, à travers un peuple ivre de joie. Les maisons, si bien closes quelques heures auparavant, étaient ouvertes toutes grandes ; tout le monde sortait dans les rues ; les habitants causaient avec les soldats ; on roulait dehors des tonneaux de saké, on les effondrait, on chantait, on dansait. On s'était cru mort et l'on se retrouvait vivant. Il y avait de quoi être joyeux : des cris partaient d'une rue ou d'une place ; ils rebondissaient de bouche en bouche et bientôt toute la ville les répétait :

— Gloire au mikado !

— Mort à Hiéyas !

— Malédiction sur sa race !

— Bénédictions au général Yama-Kava !

— Louanges aux cavaliers du ciel !

— Et gloire au prince de Nagato à qui nous devons la victoire ! cria quelqu'un.

— Et qui nous ramène notre divine Kisaki, dit un autre.

Le prince en effet s'avançait, guidant le cheval qui portait la reine. La foule s'écartait, se prosternait devant elle avec un silence subit, qui, dès qu'elle était passée, cessait brusquement.

La reine avait tiré son voile sur son visage, d'une main elle en serrait les plis sur sa poitrine ; le cheval, couvert d'écume, soufflait en marchant. Nagato le tenait par la bride, et se retournait quelquefois vers la reine, qui lui souriait derrière la gaze de son voile, tandis que tous les fronts touchaient le sol.

Ils atteignirent ainsi la forteresse de Nisio-Nosiro et franchirent ses remparts. Les cavaliers du ciel vinrent recevoir la Kisaki. Ses femmes étaient restées au palais d'été ; on lui demanda s'il fallait les aller quérir.

— Pourquoi ? dit-elle ; n'allons-nous pas retourner au palais ?

On n'osa pas lui répondre que le mikado, mal rassuré, refusait de quitter la forteresse et comptait n'en plus sortir.

Le Fils des dieux était exaspéré, la victoire n'avait calmé ni son épouvante ni sa colère. Lui, attaqué dans son palais ! non par des Mongols, non par des Chinois, par des Japonais ! Son peuple, c'est-à-dire ses esclaves, ceux qui n'étaient pas dignes de prononcer son nom, avaient eu l'audace inouïe de prendre les armes contre lui. Sa personne sacrée avait été contrainte, non seulement de marcher, mais de courir. Le mikado, celui dont un regard devait réduire un homme en cendre, s'était enfui blême de peur ; les plis rigides de ses robes de satin s'étaient dérangés ; il avait trébuché dans les flots des étoffes en courant à travers les rues. Qu'étaient devenus la majesté sacrée, le prestige divin du descendant des dieux, au milieu de cette aventure ?

Go-Mitsou-No, furieux, tremblant et stupéfait, ne fut pas tranquilisé par la victoire. Il ordonna de massacrer tous les soldats qui s'étaient soumis.

— Ils vont revenir contre moi, disait-il, tuez-les jusqu'au dernier.

— Nous les tuerons plus tard, osa lui répondre le ministre de la Main-Droite, l'un des plus hauts dignitaires du Daïri ; pour le moment ces dix mille hommes de renfort nous sont des plus nécessaires.

Alors le mikado s'écria :

— Qu'on m'amène Hiéyas, qu'on lui crève les yeux, qu'on lui arrache les entrailles, qu'on le coupe en morceaux !

— Plus tard, dit à son tour le ministre de la Main Gauche, Hiéyas est aujourd'hui hors de notre atteinte.

— Réunissez tous les guerriers, tous les princes, tous les ministres, s'écria alors le mikado, je veux leur dire ma volonté.

On n'avait rien à objecter. Mais la surprise était grande, le mikado ayant une volonté, manifestant le désir de faire un discours, une pareille chose ne s'était pas vue depuis que le général Yoritomo, sous le règne de Tsoutsi-Mikado, avait repoussé l'invasion des Mongols et reçu pour ce beau fait le titre de siogoun. Depuis ce temps les siogouns avaient régné au nom des mikados, qui jamais n'avaient songé à reprendre le sceptre, confié par eux à d'autres mains. Est-ce que le véritable maître se réveillait enfin de sa longue torpeur ? ? est-ce qu'il songeait à ressaisir le pouvoir et à gouverner lui-même son royaume ? Les ministres se regardaient les uns les autres, vaguement effrayés, quelques-uns d'entre eux favorisaient secrètement Hiéyas, d'autres étaient fidèles à la dynastie des mikados, mais ils manquaient d'énergie et craignaient toute révolte contre ceux qui étaient les maîtres de l'armée.

Mais puisqu'il prenait au fils des dieux la fantaisie de commander, on ne pouvait se dispenser d'obéir. On se hâta de réunir les seigneurs et les guerriers, dans la salle la plus vaste du château fort. Le mikado s'assit les jambes croisées sur une estrade, entourée d'une petite balustrade. On disposa les plis de ses robes autour de lui ; puis les seigneurs s'assirent à terre, tenant devant leur visage un écran étroit et long, afin de mettre un obstacle entre leur regard et la face du souverain.

Le prince de Nagato, Farou-So-Chan, qui était chef des cavaliers du ciel, Simabara, le général Yama-Kava, tous les ministres, tous les seigneurs étaient présents.

Go-Mitsou-No promena sur eux un regard courroucé, il enfla ses joues plus blêmes encore que de coutume, puis souffla bruyamment comme s'il eût voulu disperser des grains de poussière.

Enfin sa parole éclata, brusque, un peu larmoyante.

— Alors, dit-il, je ne suis plus le maître, je ne suis plus le représentant des dieux. On m'assiège, on m'outrage, on veut s'emparer de ma personne ! Je m'étonne que vous soyiez encore vivants. Qu'est-ce que tout cela veut dire ? C'est ainsi que l'on traite un dieu ? Je suis le mikado, c'est-à-dire le seigneur suprême, l'a-t-on oublié ? Je suis sur la terre pour le bien des hommes, quand je pourrais être dans ma famille, au ciel. Si les choses durent ainsi, je vous abandonne. Comment ! vous ne tremblez pas ? À quoi pensez-vous donc ?

N'avez-vous pas pris garde aux signes de colère qu'ont donné mes célestes aïeux ? Souvenez-vous donc : il y a peu de temps, une montagne est sortie subitement de la mer, devant l'île de Fatsisio ; n'est-ce pas terrible ? n'est-ce pas là une marque du mécontentement que les hommes inspirent aux dieux ? Le sol s'agitera encore, et tout sera bouleversé. N'est-il pas tombé, quelques jours après que cette montagne était sortie de l'eau, une pluie de cheveux dans les environs d'Osaka ? N'est-ce pas là un signe de malheur ? Vous êtes donc sourds et aveugles ? Vous ne comprenez plus les menaces du ciel ? Vous êtes endurcis dans le crime ? Vous ne craignez rien, puisque vous ne tremblez pas sous le souffle de ma colère ?

— Nous sommes tes serviteurs fidèles, dit le ministre de la Main-Droite.

— Moi, Go-Mitsou-No, le cent dix-neuvième de ma race, reprit le mikado, on m'a insulté, et si la terre ne s'est pas fendue en quatre morceaux c'est uniquement parce que mes pieds posent encore à sa surface, elle a été épargnée à cause de moi. Oui, des hommes, mes sujets, sont venus au daïri, ils en ont forcé les portes, ils voulaient me prendre, faire prisonnier le fils des dieux ! et, pour leur échapper, j'ai dû fuir. Un mikado fuir devant des hommes ! la rage m'étouffe. Je vous plongerai dans l'obscurité, j'éteindrai le soleil, je renverserai les mers, et je ferai éclater la terre en mille pièces.

— Nous sommes tes esclaves soumis, dit le ministre de la Main-Gauche.

— Si vous êtes mes esclaves, obéissez-moi, s'écria le fils des dieux, j'ordonne que tout soit fini, que la guerre cesse, et que toute chose rentre dans l'ordre habituel.

— Seigneur divin ! maître de nos destinées ! dit le prince de Nagato, me permets-tu de parler en ta présence ?

— Parle, dit le mikado.

— Le monstre que l'on nomme Hiéyas, dit le prince, ne redoute rien et insulte les dieux ; pourtant si l'ordre que tu viens de donner, lui était signifié à la face du Japon tout entier, il serait contraint d'obéir et consentirait à la paix.

— Explique-toi, dit Go-Mitsou-No.

— C'est avec douleur que je constate, continua le prince, que, malgré les défaites nombreuses qu'il a essuyées, Hiéyas est encore le plus fort, ses partisans augmentent de jour en jour, mais ils diminueraient rapidement et bientôt tous l'abandonneraient si, ouvertement, il résistait à un ordre universellement connu, émanant du mikado.

— Cela n'est pas douteux, s'écriaient les ministres et les seigneurs.

— Que faut-il faire ? demanda le mikado, en s'adressant au prince de Nagato.

— Maître sublime, dit le prince, je suis d'avis qu'il faudrait envoyer dans toutes les villes, dans tous les bourgs, un héraut qui proclamerait ta volonté ; en même temps, adresser, à Fidé-Yori et à Hiéyas, une députation composée d'un grand nombre d'hommes, qui auraient pour mission de leur signifier qu'ils aient à faire cesser la guerre, que telle est ta volonté.

— On suivra ton conseil, dit le mikado, il est bon. Pour t'en remercier, je te donne le titre de Naï-daï-Tsin.

— Seigneur, s'écria le prince, je ne suis pas digne d'un tel honneur.

— Que l'on fasse partir promptement les envoyés, dit le mikado. Plus de guerre, le repos, la paix comme autrefois. Je me sens épuisé par toutes ces émotions, ajouta-t-il plus bas en s'adressant au premier ministre, je pourrais bien en mourir.

On se sépara bientôt.

En sortant du château, le prince de Nagato rencontra un messager qui le cherchait.

— D'où viens-tu ? demanda Ivakoura.

— De Nagato.

Alors le messager raconta tous les événements qui s'étaient accomplis dans la province : les batailles, la prise d'Hagui, la capture de Fatkoura par le seigneur de Toza.

— Comment ! s'écria Nagato, Fatkoura est entre les mains de ce misérable qui fait décapiter les princes. Je ne puis retarder un instant de plus ma vengeance. Je vais partir sur-le-champ, pour aller la délivrer et faire payer cher à cet infâme ses crimes et son impudence.

Le prince s'informa de sa petite troupe. Il voulait savoir ce que le combat du matin lui en avait laissé. Sur les deux cents matelots, quatre-vingts avait été tués, cinquante étaient blessés, soixante environ en état de se remettre en route.

Raïden avait eu le bras traversé d'une flèche, mais l'os n'avait pas été atteint ; le matelot s'était fait panser et prétendait ne plus rien sentir. Il supplia le prince de l'emmener.

— Le voyage me fera du bien, disait-il, d'ailleurs nous ne sommes plus que soixante, c'est peu pour prendre un royaume, et sur un si petit nombre un homme de plus ou de moins c'est quelque chose.

— Il me faut vingt mille hommes pour marcher contre Toza, dit le prince, je vais les demander au siogoun, tu vois que tu peux te permettre de te reposer.

— Me suis-je mal conduit, que tu veux m'éloigner de ta présence ? dit Raïden.

— Non, brave serviteur, dit le prince en souriant, viens si tu veux, tu t'arrêteras à Osaka si ta blessure te fait souffrir.

— Nous partons tout de suite ? demanda le matelot.

— Es-tu fou ! s'écria le prince, nous avons passé une rude nuit et une journée plus rude encore, tu es blessé et tu ne songes pas à prendre quelque repos ! Je t'avoue que si tu es infatigable, moi, qui suis par nature très-nonchalant, je me sens exténué.

— S'il est permis de dormir je dormirai de bon cœur, dit Raïden en riant, mais s'il avait fallu se remettre en route, j'aurais pu encore me tenir debout.

— Où est Loo ? demanda le prince, je l'ai perdu de vue dans la bataille.

— Il dort dans une maison du rivage, et si profondément que je pourrais le prendre et l'emporter sans qu'il s'en aperçoive. Ce jeune samourai a bien gagné son sommeil, il avait pris le fusil d'un de nos compagnons tombés et on m'a dit qu'il s'est battu comme un démon.

— Il est sans blessure ?

— Par bonheur, il n'a pas une égratignure.

— Eh bien, va le rejoindre et repose-toi ; demain, vers le milieu du jour, nous partirons.

Le lendemain, Nagato alla prendre congé de la Kisaki ; elle était retournée au palais d'été, il la vit au milieu de ses femmes.

— Tu quittes déjà cette ville, qui te doit la victoire, sans prendre le temps de te reposer ? s'écria-t-elle.

— Je m'éloigne le cœur serré, dit le prince, mais un devoir impérieux m'appelle ; il faut, avant que la paix soit signée, que je venge l'outrage fait à mon nom, que je sauve Fatkoura ma fiancée.

— Fatkoura est en danger ?

— Elle est la prisonnière du prince de Toza ; un messager m'a apporté hier cette nouvelle.

— De telles raisons ne souffrent pas de réplique, dit la reine ; hâte-toi d'aller châtier cet infâme, et que le dieu des batailles te soit propice.

Sa voix tremblait un peu en parlant ainsi ; il allait donc encore courir des dangers, exposer sa vie, mourir peut-être.

— Je me crois invincible, dit Nagato, une déesse toute-puissante me protège.

La Kisaki s'efforça de sourire.

— Puisses-tu triompher et revenir promptement dit-elle.

Le prince s'éloigna. Avant de quitter la salle il la regarda encore ; une singulière inquiétude lui glaçait le cœur.

— Chaque fois que je me sépare d'elle, il me semble que je ne dois plus la revoir, murmurait-il.

Elle le regardait aussi, troublée par la même angoisse ; elle appuyait sur ses lèvres le bout de l'éventail que le prince lui avait donné.

Il s'arracha de sa présence.

Le soir même, il arriva à Osaka et se rendit aussitôt chez le siogoun.

— C'est toi ! s'écria Fidé-Yori avec joie. Je n'espérais pas te revoir sitôt ; ta présence m'est un soulagement au milieu des ennuis qui m'accablent.

— Comment ! dit Ivakoura, nous sommes vainqueurs. Pourquoi es-tu triste ?

— Que dis-tu, ami ? Yoké-Moura, il est vrai, a chassé l'ennemi du village qu'il occupait près d'Osaka ; mais Harounaga vient d'être complètement battu en se reployant sur Yamasiro. Les deux tiers du royaume sont au pouvoir de notre ennemi.

— N'importe ! nous avons vaincu à Soumiossi ; nous avons jeté le désordre dans le camp de Hiéyas ; nous avons triomphé à Kioto, et le Fils des dieux, sortant un instant de sa torpeur, va ordonner aux deux partis de se réconcilier.

— Hiéyas refusera.

— Il ne peut pas refuser ; il ne peut pas se révolter ouvertement contre le mikado.

— Lui qui l'attaquait avec cette audace sacrilège !

— Il l'attaquait pour s'en rendre maître et lui dicter ses volontés. Le mikado prisonnier n'était plus rien ; le mikado libre, et ressaisissant pour un instant le pouvoir, est tout-puissant.

— Hiéyas m'imposera des conditions inacceptables. Son intérêt est de continuer la guerre.

— Néanmoins il sera contraint momentanément d'obéir, et ce qu'il nous faut surtout c'est quelques mois de répit.

— Certes, nous pourrions alors réunir toutes nos forces. Les communications ont été coupées, les armées des princes ne sont pas arrivées.

— Signenari et ses vingt mille hommes sont-ils toujours dans l'île d'Avadsi ? demanda le prince.

– Toujours, dit le siogoun, et le jeune général est au désespoir d'avoir été réduit à l'inaction.

— Je veux justement te demander de lui donner l'ordre d'entrer en campagne.

— Comment cela ?

— J'ai une injure personnelle à venger, je te conjure de me prêter cette armée.

— De quoi veux-tu te venger, ami ? dit le siogoun.

— D'un de ceux qui t'ont trahi, du prince de Toza. Il a attaqué mon royaume, saccagé ma forteresse, enlevé ma fiancée, et trompé par une ressemblance, il a cru me tenir, et lui refusant la mort des nobles il a tranché la tête à un de mes serviteurs.

— De telles choses en effet ne peuvent être lavées que par du sang, dit Fidé-Yori, je vais te donner un ordre pour Signenari, et je mets une jonque de guerre à ta disposition. Ne ménage pas cet infâme Toza, ce traître, envieux et lâche, indigne du rang qu'il occupe.

— Je ferai raser ses tours, brûler ses moissons, et je le tuerai comme on égorge un pourceau, dit le prince, en regrettant qu'il n'ait qu'une vie pour payer tous ses crimes.

— Puisses-tu réussir ! dit le siogoun. Hélas ! ajouta-t-il, je me réjouissais de te revoir, et tu arrives pour repartir ! Quelle solitude, quel vide autour de moi ! quelle tristesse ! C'est que j'ai le cœur rongé par un chagrin secret dont je ne puis parler. Un jour je te le confierai, cela me soulagera.

Le prince leva les yeux vers le siogoun ; il se souvenait que plusieurs fois déjà un aveu était monté jusqu'aux lèvres du roi, et qu'une sorte de sauvagerieet de pudeur l'y avait arrêté. Cette fois encore Fidé-Yori se troublait et détournait les yeux.

— Qu'est-ce donc ? se disait Nagato.

Puis il ajouta à haute voix :

— Je te promets de ne plus te quitter, une fois ma vengeance accomplie.

En sortant de l'appartement du siogoun, le prince de Nagato rencontra Yodogimi.

— Ah ! te voilà, beau vainqueur, lui dit-elle avec amertume, tu viens recueillir les louanges méritées par ta belle conduite.

— C'est seulement, tombant de tes lèvres charmantes, qu'une louange me serait douce, dit le prince en s'inclinant avec une politesse un peu outrée, mais elles n'ont pour moi que des paroles rudes et méprisantes.

— Si nous sommes ennemis, c'est que tu l'as voulu, dit Yodogimi.

— J'ai toujours désiré ne pas te déplaire, mais mon peu de mérite m'a trahi. Tu m'as déclaré la guerre, cependant je ne l'ai pas acceptée et je suis resté ton esclave.

— Un esclave très peu humble et qui attire sur lui toute la lumière, ne permettant à personne de briller à côté de lui.

— Suis-je vraiment si resplendissant ? dit le prince. Voici que malgré toi tu laisses échapper les louanges que tu me refusais.

XXII. LE MIKADO

— Cesse de railler ! s'écria Yodogimi, je suis bien aise de te le dire, tandis que tout le monde t'aime et t'acclame, moi, je te hais.

— Elle ne me pardonne pas la défaite de Harounaga, murmura le prince.

Yodogimi s'éloigna en jetant à Nagato un regard plein de colère. Autrefois, la belle princesse avait aimé secrètement Ivakoura ; le prince n'avait pas voulu voir cet amour ; de là la haine dont Yodogimi le poursuivait.

Nagato sortit du palais, quelques heures plus tard il s'embarqua, et fit voile pour l'île d'Avadsi.

XXIII. FATKOURA

La captive du seigneur de Toza trouvait les jours longs et monotones. Elle attendait le vengeur, certaine qu'il viendrait la délivrer, mais se disant qu'il tardait un peu. Elle était obsédée par l'amour croissant dont Toza la poursuivait. Après l'exécution de celui qu'il croyait être Nagato, il s'était abstenu de la visiter ; puis, s'apercevant que la douleur de Fatkoura était peu violente, et qu'elle paraissait résignée, il avait conçu quelque espoir et recommencé à l'importuner. Tantôt il était humble, soumis, suppliant ; tantôt il s'emportait, menaçait ; quelquefois, il essayait d'attendrir la jeune femme par des larmes elle demeurait implacable.

— Larmes de tigre, disait-elle, qui voit sa proie lui échapper.

— Tu ne m'échapperas pas ! s'écriait Toza.

Fatkoura tenait rigueur à Tika, elle s'était aperçu que la jeune suivante favorisait l'amour du prince. Tika poursuivait le projet de faire de sa maîtresse une princesse de Toza. « Puisque le prince de Nagato est mort ! disait-elle. D'ailleurs Fatkoura s'est assez vite consolée de sa perte. »

— Tu es libre maintenant, lui avait-elle dit un jour, tu peux aimer le prince de Toza.

— Je n'aimerai jamais qu'Ivakoura, lui avait répondu la jeune femme.

— Aimer un mort ! cela ne durera pas, avait pensé Tika.

Mais, depuis ce jour-la, Fatkoura ne lui parlait plus, elle ne lui permettait même pas d'être en sa présence. Tika pleurait contre la porte ; sa maîtresse feignait de ne pas l'entendre. Cependant, la jeune suivante lui manquait plus qu'elle ne voulait se l'avouer. Cette compagne de ses malheurs, cette confidente de ses tristesses, de ses chagrins, était nécessaire à sa vie. La captivité lui semblait plus dure depuis qu'elle l'avait exilée d'auprès d'elle ; une chose lui manquait surtout : c'était de ne pouvoir parler de son bien-aimé avec Tika.

Elle résolut de lui pardonner et de lui avouer que le prince était encore vivant.

Un jour, elle l'appela.

Tika repentante s'agenouilla au milieu de la salle ; elle cacha son visage derrière ses larges manches et laissa couler ses larmes.

— Tu ne me parleras plus du prince de Toza ? dit Fatkoura.

— Jamais, maîtresse, dit Tika, si ce n'est pour le maudire.

— Eh bien, je te pardonne ; parle-moi de mon bien-aimé comme autrefois.

— Hélas ! il est mort, dit Tika ; je ne puis que le pleurer avec toi.

— Ne trouves-tu pas que je me suis vite consolée ?

Tika, surprise, leva les yeux sur sa maîtresse elle souriait.

— Mais il m'a semblé… balbutia-t-elle. Je pensais qu'il avait eu tort de se laisser vaincre devant toi.

— Si je te disais qu'il n'a jamais été vaincu, qu'il est vivant…

— Il triomphe dans ton cœur, il est vivant dans ton esprit, c'est ce que tu veux dire.

— Non, il respire encore l'atmosphère terrestre.

— Hélas ! c'est impossible. Sous nos yeux, j'en frémis encore, sa tête pâle a rebondi sur le sol.

— Cet homme, qui est mort devant nous, n'était pas Ivakoura.

— Est-ce que la douleur a troublé sa raison ? se dit Tika en considérant sa maîtresse avec effroi.

— Tu me crois folle ? dit Fatkoura, tu verras, lorsqu'il viendra nous ouvrir les portes de cette prison, si j'ai dit la vérité.

Tika n'osa pas contredire sa maîtresse, elle feignit de croire que Nagato était vivant.

— Mieux vaut cette étrange hallucination que le désespoir qui l'eût accablée ! se disait-elle.

Elles recommencèrent, comme autrefois au Daïri, à parler de l'absent. Elles se souvenaient des paroles qu'il avait dites, des anecdotes qu'il avait contées. Elles cherchaient à imiter l'inflexion de sa voix ; elles reconstruisaient chacune de ses toilettes, se remémoraient ses traits, son sourire, ses attitudes. Souvent elles avaient de longues discussions sur un détail, sur une date, sur une phrase qu'il avait prononcée.

De cette façon les heures s'écoulaient rapidement.

Chaque jour le prince de Toza envoyait des présents à Fatkoura : des fleurs, des oiseaux rares ; des étoffes merveilleuses. Chaque jour Fatkoura donnait la volée aux oiseaux, jetait les étoffes et les fleurs par la fenêtre. Le prince ne se lassait pas. Au milieu du jour, il venait rendre visite à la prisonnière et lui parlait de son amour.

Un jour, cependant il entra chez Fatkoura avec une singulière expression sur le visage.

Il éloigna Tika par un geste qui ne souffrait pas de réplique ; puis il s'avança vers Fatkoura et la regarda fixement.

— Tu es bien décidée à me résister toujours ? lui dit-il après un silence.

— Toujours, et à te haïr autant que je te méprise.

— C'est là ton dernier mot ? réfléchis encore.

— Je n'ai pas à réfléchir, je t'ai haï dès que je t'ai vu, je te haïrai jusqu'à, ma mort.

— Eh bien ! s'écria le prince d'une voix terrible, je saurai te contraindre à devenir ma femme.

— Je t'en défie, dit Fatkoura qui ne baissa pas les yeux devant le regard du prince.

— Je te vaincrai, je le jure, comme j'ai vaincu ton fiancé.

Fatkoura eut un sourire moqueur.

— Oui, continua le prince, tu as lassé ma patience ; mon amour m'avait rendu clément, timide, craintif même. Je suppliais, je pleurais, j'attendais ! Je laissais à ta douleur le temps de se cicatriser. Tes refus enflammaient ma tendresse, je m'emportais, puis je m'humiliais. Mais je suis las de cette longue torture ; les prières sont terminées ; plus de douceur, plus de larmes, c'est toi désormais qui pleureras, qui supplieras. Une dernière fois, veux-tu m'aimer ?

— Vraiment tu as une âme étrange, dit Fatkoura, le vautour ne demande pas de reconnaissance à l'oiseau qu'il étouffe dans ses serres, et toi tu exiges l'amour d'une femme dont tu as tué l'époux.

— Je sais bien que tu ne m'aimeras jamais, dit Toza, néanmoins tu me diras que tu m'aimes, tu t'efforceras de me le faire croire.

— Je suis curieuse de connaître les moyens que tu emploieras pour me faire dire de telles choses.

— Tu les connaîtras assez tôt, dit le prince qui s'éloigna.

À partir de ce jour commença une série de souffrances pour la prisonnière. D'abord on la sépara de Tika, et on l'enferma dans son appartement ; puis on boucha les fenêtres, ne laissant pénétrer qu'un peu de jour par en haut. De cette façon Fatkoura était privée de la vue des jardins et de l'air frais du soir. On lui servit des mets qu'elle n'aimait pas. Peu à peu, tous les objets à son usage disparurent. Chaque jour aggravait sa situation. Aucun serviteur ne lui rendait plus de soins. Bientôt on la mit dans une prison, puis elle descendit dans un cachot où on lui fit attendre toute la journée un bol de riz refroidi.

— C'est là les moyens qu'il emploie pour se faire aimer ! disait Fatkoura soutenue par l'espoir de la délivrance.

Mais un jour, brusquement, ces rigueurs cessèrent, la jeune femme fut ramenée dans le pavillon qu'elle occupait d'abord. Elle revit Tika, qui paraissait toute joyeuse.

— La province de Toza est envahie, s'écria-t-elle ; une armée approche, nous allons être délivrées.

— Tu vois bien qu'il arrive, mon seigneur, mon époux bien-aimé, dit Fatkoura, il vient nous tirer de peine, et venger celui qui est si courageusement mort à sa place.

On ne parle que du général Signénari, envoyé par le siogoun.

— Sois sûre qu'Ivakoura est près de lui.

— C'est possible, dit la jeune fille.

XXIII. FATKOURA

— C'est certain ! Je vais donc enfin le revoir. Après tant de souf-frances, le bonheur va donc revenir ! Sait-on quelque chose du combat ?

— Le prince de Toza est parti précipitamment. Ses soldats, qui ne s'attendaient pas à cette agression et qui se reposaient de leur victoire, ont été complètement battus. L'armée du siogoun est à quelques lieues d'ici.

— Elle sera bientôt sous ces murs, dit Fatkoura, et nous allons une seconde fois subir un siège, mais tandis qu'à Hagui nous voulions vaincre, cette fois nous tremblerons d'être vainqueurs.

Quelques jours se passèrent dans une attente fiévreuse. Soudain, l'armée du prince de Toza, poussée par une déroute, rentra tumultueusement dans la forteresse. On ferma les portes. Le siège commença.

Les assaillants sans laisser le temps aux assiégés de se reconnaître, donnèrent l'assaut.

Un bruit terrible emplissait le château. À l'intérieur, une confusion, un va-et-vient continuel, des appels, des cris. À l'extérieur, des chocs ininterrompus. Tika courait aux nouvelles, revenait, puis repartait. Le troisième jour, les soldats se portèrent soudain sur un même point. Une brèche était pratiquée. Des cris de découragement s'élevaient de tous côtés.

— Il vaudrait mieux qu'on se rendit.

— Nous ne tiendrons plus longtemps.

— Nous sommes perdus.

Vers le milieu du jour le prince de Toza entra brusquement dans l'appartement de Fatkoura.

Elle était debout près d'une fenêtre, regardant au dehors ; la joie illuminait son visage.

Elle se retourna et vit son ennemi qui, les bras croisés, la regardait. Une sorte d'effroi instinctif s'empara d'elle en l'apercevant. Il était pâle, avec une expression sinistre. Il tenait dans la main droite un sabre tout sanglant qui dégouttait sur le plancher. Il le remit tranquillement à sa ceinture.

— La bataille est perdue, dit-il en ricanant, je suis vaincu.

— Celui que tu avais cru déshonorer est là à ta porte et vient châtier tes crimes, dit Fatkoura.

— Ah ! tu sais que Nagato n'est pas mort, s'écria le prince, mais qu'importe, il est là, c'est vrai, il vient pour te délivrer, mais avant qu'il te reprenne, ajouta-t-il d'une voix tonnante, avant qu'il ait franchi les murs effondrés de mon château, entends-tu bien, tu m'appartiendras.

Fatkoura fit un bond en arrière et se recula jusqu'au fond de l'appartement.

— Tu devines, continua Toza, que je n'ai pas pour rien quitté le combat. Les vainqueurs sont sur mes talons. Je ne perdrai pas de temps en supplications vaines.

Il marchait vers Fatkoura.

Au secours ! cria-t-elle d'une voix déchirante, à moi Tika ! Nagato ! viens à mon aide !

Toza lui mit la main sur la bouche.

— À quoi bon crier ? dit-il, personne ne viendra. Résigne-toi, tu es bien à moi maintenant ; tu ne m'échapperas pas.

Il l'avait entourée de ses bras ; mais tout à coup il vit briller quelque chose au-dessus de ses yeux. Fatkoura venait de s'emparer du long poignard passé à la ceinture du prince.

— Tu te trompes, je t'échappe cette fois encore, dit-elle. À toi ma dernière pensée, Ivakoura.

Toza poussa un cri ; il avait vu le poignard disparaître jusqu'à la garde dans la poitrine de la jeune femme, puis elle l'arracha et le jeta à terre.

À ce moment, le panneau qui fermait l'entrée vola en éclats. Le prince de Nagato, le glaive à la main, se précipita dans la salle.

Il bondit sur le seigneur de Toza.

— Ah ! misérable ! s'écria-t-il, tu insultes ta captive, celle qui est ma fiancée ! Tu ajoutes ce crime sans égal à tous tes anciens forfaits ! Mais l'heure de la vengeance est venue, la terre va être délivrée de toi !

Toza avait tiré son sabre ; il le heurtait à celui de Nagato ; mais il tremblait ; une crainte superstitieuse le glaçait ; il sentait bien qu'il allait mourir.

Ivakoura, avec une force irrésistible, le fit reculer jusqu'à l'autre côté de l'appartement. Il l'accula à un panneau.

Toza, les yeux sanglants, regardait son adversaire avec effarement ; il se défendait mal. Nagato lui fit sauter le glaive des mains.

— Maintenant tu vas mourir, dit Ivakoura ; je vais te tuer, non comme on se délivre d'un ennemi loyal, mais comme on écrase un scorpion.

Et, d'un coup formidable de son sabre, il le cloua par la gorge à la cloison.

Fatkoura n'était pas tombée. Elle était restée adossée à la muraille, appuyant sa main sur sa blessure, le sang jaillissait entre ses doigts.

Le prince de Nagato abandonna son ennemi qui se tordait dans une agonie affreuse ; et courut vers elle, il vit ce sang qui ruisselait.

— Qu'as-tu donc ? s'écria-t-il.

— Je meurs, dit Fatkoura.

Elle glissa à terre, le prince s'agenouilla près d'elle et la soutint sur ses genoux.

— Y a-t-il quelqu'un ici ? cria-t-il, qu'on amène des médecins.

— Je t'en supplie, dit Fatkoura, n'appelle pas, nul ne pourrait rien à ma blessure. C'était pour épargner un outrage à ton nom : j'ai frappé fort, je ne puis être sauvée. Ne fais venir personne, laisse-moi mourir près de toi, puisque je n'ai pu y vivre.

— Infortunée, voilà donc où je t'ai conduite ! s'écria le prince, c'est pour moi que tu meurs après une vie de souffrance ; toi, si belle, si jeune, et qui étais faite pour le bonheur. Ah ! pourquoi me suis-je trouvé sur ton chemin ?

— J'ai été heureuse quelque temps, dit Fatkoura, bien heureuse, tu semblais m'aimer, mais j'ai payée cher ces jours de joie. Que t'avais-je fait, cruel, pour que tu me délaissas ainsi ?

— Tu l'avais deviné, douce princesse ; un amour tout-puissant, invincible, me détournait de toi, ma volonté n'obéissait plus à ma raison.

— Oui ! que peut-on contre l'amour ? Je sais à quel point il vous dompte, moi qui en vain ai essayé de te haïr. Oui ! tu les as éprouvées ces tortures aiguës, ces attentes sans but, ces rêves fiévreux, ces espoirs qui ne veulent pas mourir ; tu les as connus ces sanglots qui ne soulagent pas, ces larmes qui brûlent comme une pluie de feu. En proie à un amour impossible, tu as souffert autant que moi. N'est-ce pas que c'est affreux et que tu as pour moi quelque compassion ?

— Pour réparer le mal que je t'ai fait, je voudrais donner ma vie.

— N'est-ce pas qu'on n'a de repos ni nuit ni jour ? il semble que l'on soit au fond d'un précipice bordé de rochers abrupts ; on veut remonter, puis l'on retombe. Mais je suis folle, ajouta Fatkoura, ta souffrance n'est rien auprès de la mienne, tu étais aimé.

Le prince eut un tressaillement.

— Oui, elle t'aime, je le sais, reprit Fatkoura avec un faible sourire. Crois-tu que le regard jaloux de la femme dédaignée n'ait pas su lire dans ses yeux ? Comme leur fierté s'éteignait lorsqu'ils se pesaient sur toi, comme sa voix, malgré elle, devenait douce quand c'était à toi qu'elle parlait, quelle inquiétude joyeuse à ton arrivée, quelle tristesse après ton départ ! J'observais, chaque découverte était pour moi un coup d'épée. La rage, la haine, l'amour déchiraient mon cœur. Non, tu n'as pas souffert autant que moi.

— Ne m'accable pas, Fatkoura, dit le prince, je ne méritais pas un tel amour, vois comment je l'ai récompensé. Tu es là mourante par ma faute, et je ne puis te sauver. L'horrible douleur qui m'étreint en ce moment te venge bien des souffrances que je t'ai causées.

— Je suis heureuse maintenant, dit Fatkoura, j'aurais pu mourir avant ton arrivée, et je suis près de toi.

— Mais tu ne mourras pas s'écria le prince. Suis-je fou d'être là inactif, stupide d'épouvante, au lieu de te porter secours, de faire panser ta blessure ! Tu es jeune, tu guériras.

— À quoi bon dit Fatkoura. M'aimeras-tu après ?

— Je t'aimerai comme je t'aime, avec une tendresse infinie.

— Comme on aime une sœur, murmura Fatkoura avec un sourire amer. Ah ! Laisse-moi mourir.

— Hélas ! ce sang qui s'échappe et emporte ta vie ! s'écria le prince, fou de douleur.

Il se mit à pousser des cris violents. Ils furent entendus. Des soldats, des serviteurs envahirent la salle. Le général Signénari vint aussi, tout sanglant encore de la bataille. On s'écarta sur son passage.

— Qu'arrive-t-il, prince ? s'écria-t-il.

— Un médecin, par grâce, et tout de suite, dit Nagato ; ma fiancée s'est frappée d'un coup de poignard pour échapper aux outrages de l'infâme Toza ; elle se meurt.

Fatkoura avait perdu connaissance.

Le médecin du palais arriva bientôt. Il découvrit la blessure et lit, en la voyant, une grimace peu rassurante.

— Elle ne s'est pas ménagée, dit-il.

— Peut-on la sauver ? demanda le prince de Nagato.

Le médecin secoua la tête.

— Je ne le crois pas, dit-il, le fer est entré trop profondément. Lorsque j'aurai pansé la blessure, le sang ne coulera plus au dehors, mais il s'épanchera intérieurement et l'étouffera.

— Et si tu ne fermais pas la blessure ?

— La femme serait morte dans quelques minutes.

Le médecin rapprocha les lèvres de la blessure. Lorsqu'il toucha la plaie vive, Fatkoura n'eut aucun tressaillement. Il secoua la tête une seconde fois.

— Mauvais symptôme, murmura-t-il.

Lorsque le pansement fut terminé, il introduisit entre les lèvres de la jeune femme le goulot d'un petit flacon qui contenait une liqueur réconfortante ; il la lui fit boire toute.

Bientôt Fatkoura rouvrit les yeux ; elle était toujours appuyée sur les genoux de Nagato. Tika à ses pieds, sanglotait.

Elle promena un regard mécontent sur ceux qui emplissaient la chambre ; d'un geste lent et pénible elle fit signe qu'on les éloignât.

Signénari les fit sortir et s'éloigna, lui-même il ne resta que le médecin et Tika.

— Tu m'as désobéi, Ivakoura, dit la mourante d'une voix qui s'affaiblissait tu as appelé du monde, pourquoi ?

— Je voulais te sauver.

— Je suis perdue... Sauvée plutôt, ajouta-t-elle, qu'aurais-je fait dans ce monde ?

Des spasmes la prirent, elle étendit les bras, le sang l'étouffait.

— De l'air ! cria-t-elle.

Tika se précipita et ouvrit toutes les fenêtres. Alors sa maîtresse la vit.

— Adieu, Tika, dit-elle, tu vois bien qu'il n'était pas vaincu, qu'il n'était pas mort ! Nous ne parlerons plus de lui.

La jeune suivante pleurait le visage dans les mains.

Fatkoura releva son regard sur le prince.

— Laisse-moi te voir, dit-elle, il y a si longtemps que mes yeux n'ont pas reflété ton visage ! comme tu es beau, mon bien-aimé ! — Vois-tu, continua-t-elle, s'adressant au médecin, c'est mon époux, il venait me tirer de captivité, mais Toza m'a outragée et je me suis jetée dans la mort.

Elle parlait d'une voix entrecoupée, sourde, de plus en plus faible. Ses yeux s'agrandissaient, une pâleur de cire envahissait son visage.

— Tu parleras de moi à ton père, Ivakoura, reprit-elle ; il m'aimait bien, lui ! Je l'avais dit que je ne reverrais plus le château. J'étais presque heureuse là-bas. J'ai vu la chambre où tu es né, tes vêtements d'enfant... Ah ! je t'ai bien aimé !

Elle haletait ; des gouttes de sueur perlaient sur son front. Elle arracha le bandage de sa blessure.

— Ivakoura, dit-elle, je ne te vois plus ; penche-toi vers moi... plus près... Ah ! s'écria-t-elle tout à coup, partir lorsqu'il est là !

— Elle meurt ! cria le prince éperdu.

— Elle est morte, dit le médecin.

Tika poussa un hurlement de douleur. Le prince cacha son visage dans ses mains.

— Toute souffrance est finie pour elle, dit le médecin ; elle se repose et oublie ses tourments dans la tranquillité sereine du dernier sommeil.

XXIV. LE TRAITÉ DE PAIX

Hiéyas consentait à mettre fin à la guerre, mais, comme l'avait dit Fidé-Yori, ses conditions étaient rudes.

— J'exige, avait-il dit, l'exécution d'une des trois propositions suivantes : que Fidé-Yori abandonne la forteresse et qu'il aille passer sept ans à Yamato ; que l'on me donne Yodogimi comme otage, ou que l'on démolisse les murs et que l'on comble les fossés du château d'Osaka.

La dernière proposition seule était acceptable. Ce fut l'avis des généraux réunis en conseil de guerre. Yoké-Moura, cependant, considérait la destruction des remparts comme déplorable.

— Cette paix sera de courte durée, disait-il, et, si la guerre reprend, que deviendrons-nous avec notre château démantelé ?

Il était d'avis de laisser partir Yodogimi.

— Ma mère ! Y songes-tu, s'écria le siogoun. Une fois un tel otage entre ses mains, nous ne serions plus que les esclaves de Hiéyas.

— C'est vrai, s'écria le général Harounaga, on ne peut songer à cela.

— Nos murs démolis, nous sommes sans défense. La guerre valait mieux qu'une paix semblable, reprit Yoké-Moura.

Il eût volontiers envoyé Yodogimi, il s'inquiétait peu d'une femme.

— Hiéyas a spécifié, dit quelqu'un, que les fossés devront être comblés de façon à ce que les enfants de trois ans puissent y descendre et en remonter sans peine.

— Dix mille ouvriers devront en toute hâte abattre les murailles, dit un autre.

Yoké-Moura soupira.

— Il faut accepter cela, dit le siogoun, nous y gommes contraints. À la moindre velléité de guerre, nous relèverons les murs, nous recreuserons les fossés.

— Puisque tu l'exiges, dit Yoké-Moura, je me range à ton avis ; démolissons la forteresse.

— C'est le général Signénari que je charge d'aller dans le camp de Hiéyas, afin d'échanger les traités de paix ; il me représentera dignement et, j'en suis sûr, saura se conduire noblement dans cette affaire délicate.

— Je m'efforcerai de mériter la confiance que tu me témoignes, dit Signénari. J'attends tes ordres pour le départ.

— Tu as à peine essuyé le glaive qui vient de châtier la province de Toza, dit le siogoun, si tu as besoin d'un jour de repos, prends-le.

— Je partirai ce soir, dit Signénari.

Le jour même, en effet, le jeune général, accompagné d'une escorte nombreuse et magnifique, partit pour le camp de l'usurpateur.

Hiéyas, après l'incendie de la forêt, dans lequel une partie de ses hommes avaient péri, s'était installé dans la plaine voisine. Il ne voulait pas abandonner cette position si proche d'Osaka. Du renfort lui était arrivé ; il avait alors marché contre Harounaga, qui occupait encore Soumiossi. Le général avait été battu et son armée mise en déroute. Cependant Hiéyas n'avait laissé qu'une avant-garde sur l'emplacement conquis et avait regagné son camp. C'était là que lui était parvenu l'ordre de faire la paix, émanant du mikado. Hiéyas avait alors appelé près de lui quelques-uns des seigneurs de son conseil : Ovari, Dathé, Todo, Couroda ; tous furent d'avis qu'il était impossible de résister à l'ordre du fils des dieux ; qu'il fallait céder en apparence, mais créer un obstacle à la signature du traité.

— Faisons en sorte que Fidé-Yori refuse de signer la paix, disait Hiéyas. De cette façon, c'est sur lui que la colère du ciel tombera.

À sa grande surprise, on annonça à Hiéyas l'arrivée d'un envoyé d'Osaka. Fidé-Yori acceptait donc les conditions imposées.

— Quel est celui qu'il envoie ? demanda Hiéyas.

Le général Signénari.

Le jeune guerrier, dont l'héroïsme était connu, inspirait une profonde estime même à ses ennemis. Lorsqu'il arriva, dans son costume militaire, et traversa le camp à cheval, les princes souverains le saluèrent.

Signénari ne répondit pas aux saluts.

— Que signifie cet orgueil ? demanda un seigneur.

Quelqu'un dit :

— Il représente le siogoun Fidé-Yori, il ne doit pas saluer.

On l'introduisit sous la tente du maître.

Hiéyas était assis au fond sur un pliant, à droite et à gauche on avait disposé des nattes sur le sol. Les princes, les généraux étaient présents.

On voulut faire asseoir Signénari à côté des princes, mais il sembla ne pas comprendre et s'assit en face de Hiéyas.

— C'est juste, dit un seigneur à voix basse, ce guerrier, malgré sa grande jeunesse, a déjà acquis la dignité et la prudence d'un vieillard.

Signénari déroula un papier.

— Voici les paroles de mon maître, du siogoun Fidé-Yori, fils du siogoun Taïko-Sama, dit-il. Et il lut le rouleau qu'il tenait entre ses mains « Moi, Fidé-Yori, général en chef des armées du mikado, je consens, pour mettre fin à la guerre injuste que m'a déclarée Hiéyas, et qui désole le royaume, à accepter une des conditions imposées par mon adversaire, à la conclusion de la paix ; je démolirai la première muraille de la forteresse d'Osaka et je comblerai les fossés, donc, toute hostilité cessera et l'on déposera les armes. » « J'ai écrit ceci en toute sincérité, le quinzième jour de la deuxième lune d'Automne, la dix-neuvième année du Nengo Kaï-Tio, et je signe avec mon sang Fidé-Yori. »

— S'il en est ainsi, dit Hiéyas de sa voix faible et tremblante, j'accepte la paix.

Il fit apporter de quoi écrire et dicta à un secrétaire :

« Moi, Minamoto Hiéyas, proclamé siogoun par le prédécesseur de Go-Mitzou-No, au nom du siogoun Fidé-Tadda, en faveur duquel j'ai abdiqué, je consens à mettre fin à la guerre, à la condition que Fidé-Yori fera jeter à bas les murailles du château d'Osaka et combler ses fossés, de façon à ce que les enfants de trois ans puissent y descendre et en remonter en se jouant. »

On tendit à Hiéyas un pinceau neuf et une longue aiguille, avec laquelle il devait se piquer le bout du doigt, afin de signer avec son sang.

Il se piqua faiblement et n'obtint qu'une gouttelette pâle ; il signa néanmoins, et l'on passa le traité à Signénari.

— Ceci ne peut suffire, dit le général en jetant les yeux sur le papier, le sang est trop pâle. Ton nom est illisible, recommence.

— Mais, dit Hiéyas, je suis vieux, je suis faible et malade ; pour moi, une goutte de sang est précieuse.

Signénari feignit de ne pas entendre.

Hiéyas, en soupirant, se piqua de nouveau et renforça sa signature alors seulement, le jeune général lui donna le traité signé par Fidé-Yori.

XXV. CONFIDENCES

Une joie folle emplissait Osaka. Cette ville de plaisir, de luxe, de fêtes perpétuelles avait en horreur la guerre, les conflits politiques, les deuils, toutes choses qui l'empêchaient de se divertir : le divertissement étant, pour les habitants, le but principal de la vie. C'était donc fini ! On pouvait donc remplacer le visage qu'allongeaient la tristesse et l'inquiétude par la face élargie et épanouie dans le rire. À la première nouvelle de la paix, toute la ville se mit à danser, les matelots sur les quais du Yodo-Gava, les marchands au seuil de leurs maisons, les serviteurs dans les cours des palais. Les riches particuliers, les fonctionnaires, les nobles n'étaient pas moins satisfaits, s'ils mettaient un peu plus de réserve dans la manifestation de leur joie. Les princesses surtout étaient heureuses : confinées dans leurs palais, séparées de leurs époux, elles avaient cru vieillir dans cette guerre. On se réveillait d'un cauchemar. Il allait être permis encore d'être belle, de sourire, de se parer.

Elles couraient aux grands coffres de laque et en tiraient, au milieu d'un parfum de musc et de bois précieux, les robes superbes qu'elles y avaient ensevelies, pour adopter des toilettes plus sombres. C'était sur le sol un amoncellement admirable de satin, de soie, de crêpe, des couleurs les plus tendres. Mais on trouvait ces toilettes un peu fanées et froissées, et l'on faisait venir les fabricants, les tailleurs, les brodeuses.

La cour annonça pour le soir même une fête sur l'eau, à laquelle pourraient prendre part les riches habitants d'Osaka. Ce fut une fièvre. On n'avait que peu de temps pour se préparer, pour orner les embarcations.

Le soir vint ; le fleuve s'illumina.

Des milliers de barques, portant des guirlandes de lanternes, quittèrent les rives et se mirent à glisser lentement, en remontant et en descendant le fleuve.

Les bateaux de la cour arrivèrent bientôt. Plus larges, plus beaux que les autres embarcations, ils étaient tapissés d'étoffes de soie, qui débordaient et traînaient sur l'eau, éclairés par d'énormes lanternes rondes en gaze ou en verre peint, environnés du frissonnement multicolore d'innombrables banderoles. Sous l'abri de tentes magnifiques, étendues nonchalamment sur des coussins, au milieu des plis nombreux de leurs toilettes, des femmes gracieuses apparaissaient à la clarté douce des lumières. On voyait luire les broderies de leur kirimon et les grandes épingles rayonnantes de leurs coiffures. Des seigneurs étaient près d'elles, leur disant mille folies dont elles riaient en renversant un peu la tête. De longs serpents lumineux dansaient sur l'eau.

À l'endroit le plus large du fleuve, là ou les berges, sur un long espace, sont taillées en vastes gradins, des pièces d'artifice étaient disposées sur des radeaux : on attendait pour les allumer l'arrivée de la cour. Une foule immense, tapageuse et pleine de joie était échelonnée sur les gradins des rives et regardait la fête. Les spectateurs, les uns debout, les autres assis ou couchés, avaient tous avec eux une lanterne et participaient à l'illumination. Les tonneaux de saké ne manquaient pas : on les faisait dégringoler du haut des berges ; ils roulaient, rebondissaient au milieu des cris et des rires. Quelques-uns tombèrent à l'eau, ce fut toute une comédie pour les rattraper ; plusieurs sombrèrent ; néanmoins, tout le monde fut bientôt ivre.

Fidé-Yori assistait incognito à la fête. Il montait, avec le prince de Nagato, une barque légère peu éclairée. Deux hommes debout à l'avant la dirigeaient.

À demi couchés sur des coussins, les deux amis regardaient le va-et-vient des bateaux, silencieusement.

La voix claire des chanteuses de légendes nationales se faisait entendre, accompagnée par le biva ou le semsin. Des orchestres passaient, étouffaient, sous leurs bruyantes musiques, la douce chanson féminine. Mais, tout à coup, les pièces d'artifice éclatèrent, des fusées filèrent dans toutes les directions, des gerbes de feu s'épanouirent et laissèrent retomber des pluies d'étoiles. Une fois commencés les feux d'artifice ne s'interrompirent plus, on renouvelait les pièces à mesure qu'elles s'envolaient en fumée. C'étaient des sifflements, des pétillements, des irradiations continuels.

La barque où était Fidé-Yori croisa celle qui portait sa mère Yodogimi. La princesse, pleinement éclairée, apparaissait dans une toilette resplendissante. Son bateau était entièrement tapissé de brocart d'or ; la tente, de satin pourpre, avait à chaque angle des glands de perles. Le général Harounaga, complétement ivre, riait bruyamment, renversé sur les coussins.

Le siogoun détourna la tête. La barque passa. Fidé-Yori entendit encore un instant les éclats de rire du soldat.

Le prince de Nagato rêvait ; il ne regardait rien que le reflet des lumières dans l'eau ; il croyait y voir frissonner des braises, des pierreries, des flammes, des métaux en fusion. Il s'arracha à sa rêverie, cependant, trouvant que le silence se prolongeait trop longtemps, il leva les yeux sur le siogoun. Le visage de Fidé-Yori exprimait une mélancolie profonde ; pourtant, chaque bateau qui passait, le jeune homme le fouillait d'un regard avide.

Nagato l'examina quelques instants.

— Que cherche-t-il donc ? se demanda-t-il.

Fidé-Yori cherchait évidemment quelqu'un ; il poussait un profond soupir chaque fois qu'il était déçu dans son espoir.

— Maître, dit enfin Ivakoura, le peuple entier est aujourd'hui dans la joie. Je croyais que la tristesse s'était réfugiée dans mon seul cœur, mais je vois que tu en as gardé une part.

— Je devrais paraître heureux, en effet, dit Fidé-Yori ; mais, à toi, je me montre tel que je suis. Vois-tu, ami, une blessure morale qui ne veut pas guérir me torture. Le royaume est en paix, mon cœur ne l'est pas.

— Qu'as-tu donc, mon prince bien-aimé ? dit Nagato ; t'en souviens-tu, il y a quelques jours, tu m'as promis de me confier ton chagrin.

— Je voulais le faire depuis longtemps ; je ne sais quelle étrange pudeur m'a retenu ; il me semblait que ce sentiment, si doux et si cruel, que j'éprouvais pour la première fois, celle qui l'avait inspiré devait être la première à le connaître.

— Tu es amoureux, ami, je m'en doutais. Mais pourquoi souffres-tu par cet amour ?

— Celle que j'aime m'a sauvé la vie, je ne l'ai vue qu'une fois, elle se nomme Omiti ; c'est tout ce que je sais d'elle, dit le siogoun.

— Pauvre cher prince ! s'écria Nagato ; et tu n'as pas su la retrouver ?

— Hélas !

— Sais-tu à quelle classe elle appartient ?

— C'est une fille noble, dit Fidé-Yori ; son langage, sa mise me l'ont révélé. Mais fût-elle au rang des reprouvés, si jamais le ciel permet que je la retrouve, elle sera ma femme.

— Nous la chercherons ensemble, dit Nagato.

— Je la cherche, en ce moment même, au milieu de cette foule. Chaque bateau qui passe, chargé de femmes, fait battre mon cœur à coups précipités.

— Crois-tu donc qu'elle habite Osaka ? dit le prince de Nagato.

— J'en ai l'espoir et le pressentiment, dit Fidé-Yori.

— Alors elle est certainement à cette fête. Quelle est la jeune fille qui sera restée chez elle aujourd'hui ?

— J'ai pensé comme toi, ami, dit le siogoun ; c'est pourquoi je suis ici.

— Voyons, trace-moi en quelques mots le portrait de celle que tu aimes, dit Nagato, afin que je puisse te servir dans tes recherches.

— Elle est pleine d'une grâce exquise, petite, les yeux très grands, elle a l'air d'une enfant ; son sourire est une fleur pleine de rosée.

— Le portrait manque un peu de précision, dit Ivakoura en souriant. N'importe, cherchons ; tu es là pour rectifier les erreurs que je commettrai.

Ils ordonnèrent aux bateliers de ramer rapidement et de parcourir toute la partie du fleuve sillonnée par les embarcations illuminées. Le léger bateau se mit à glisser comme une hirondelle. Il allait, venait courait d'une rive à l'autre sans jamais se heurter aux autres barques. Pas une n'échappait aux regards scrutateurs des deux amis, mais leurs recherches demeuraient infructueuses.

— Elle se nomme Omiti tu ne sais rien de plus ? disait Nagato.

— Rien. Je crois pourtant que la famille à laquelle elle appartient fait partie de mes ennemis. En me révélant l'existence du complot, elle a refusé de m'en nommer les auteurs.

— Ah ! s'écria tout à coup Nagato, vois donc cette jeune fille là-bas, n'est-ce pas celle que tu cherches ? jamais je n'ai vu d'aussi beaux yeux.

Fidé-Yori se retourna vivement.

— Ah ! dit-il, tu te moques, elle a les lèvres épaisses et le nez écrasé.

— C'est vrai, dit Nagato, pardonne-moi, de loin elle m'avait semblé jolie.

Le bateau qui les portait arriva au point où le fleuve s'élargissait, et d'où les pièces d'artifice continuaient à s'envoler vers le ciel.

Ce fut à son tour Fidé-Yori qui poussa un cri.

À travers une gerbe de feu il avait cru voir le visage d'Omiti, et lui ne se trompait pas.

— Là ! là ! cria-t-il, rejoignez ce bateau, hâtez-vous !

Les rameurs précipitamment virèrent de bord. Mais il fallait faire un détour, les grands radeaux qui portaient les pièces d'artifice encombraient le passage. Lorsqu'on les eut dépassés on ne sut quel bateau poursuivre. Fidé-Yori n'avait vu que le visage de la jeune fille, il ne le voyait plus. La barque dans laquelle elle était passée, il n'avait pu apercevoir ni le nombre de ses lanternes, ni les couleurs de ses banderoles. D'ailleurs, il y avait à cet endroit un tel encombrement de bateaux de toutes formes, de toutes tailles, qu'il était presque impossible de se mouvoir.

Fidé-Yori tremblait d'émotion et d'inquiétude.

— Elle va m'échapper, disait-il ; après une si longue attente, la retrouver pour la perdre aussitôt !

— As-tu vu de quel côté glissait la barque ? demanda Ivakoura.

— Il me semble qu'elle remontait le fleuve.

— Eh bien, dirigeons-nous de ce côté ; elle n'a pas pu s'éloigner aussi vite. On est comme prisonnier ici ; nous la retrouverons.

Fidé-Yori reprit courage.

— Remontez le fleuve, dit-il aux bateliers.

Le jeune siogoun se penchait par dessus le rebord et regardait avidement. Quelques personnes le reconnurent. Un grand nombre de princesses de la cour, des seigneurs, des chefs de guerre, passèrent près de lui. Il revit sa mère et le général Harounaga ; mais le visage qu'il cherchait ne se montrait plus.

— Nous avons peut-être été trop vite, dit-il.

Ils revinrent en arrière, puis remontèrent de nouveau.

— La fête touche à sa fin ! s'écria tout à coup Fidé-Yori. Allons attendre cette barque au-dessus de l'encombrement central ; lorsqu'elle s'éloignera, elle passera près de nous.

— De quel côté faut-il aller ? dit Nagato.

— Du côté de la haute ville, il n'y a pas d'habitations nobles du côté de la mer.

Ils attendirent vainement ; la barque ne se montra pas ; elle avait descendu le fleuve et s'était dirigée du côté des faubourgs.

Fidé-Yori, découragé, rentra au palais. Le prince de Nagato s'efforçait de le consoler.

— Tu es bien certain que celle que tu as vue était celle que tu cherches ? lui dit-il.

— Certes ! s'écria Fidé-Yori ; je n'ai vu son visage qu'une fois, mais jamais mes yeux ne l'oublieront.

— Alors, dit le prince, au lieu d'être triste, réjouis-toi. Tu t'imaginais seulement qu'elle habitait cette ville ; maintenant, tu as la certitude qu'elle y réside. Nous sommes donc sûrs de la retrouver. Tu donneras une nouvelle fête, et elle y sera encore.

— Tu as raison, ami, dit Fidé-Yori tu m'aideras ; nous fouillerons la ville. Nous la retrouverons, elle sera ma femme. Alors la vie, qui a été pour moi pleine de tristesses et de déceptions, commencera à me sourire. Dès demain, n'est ce pas ? nous nous mettrons en campagne, avant qu'une nouvelle fête soit organisée ; nous étudierons la ville quartier par quartier ; nous tâcherons de lui arracher son secret. Ah ! tu m'as rendu le courage, tu m'as fait presque joyeux !

L'espérance illuminait les yeux du jeune siogoun, un sourire entr'ouvait ses lèvres.

Tout à coup un nuage passa sur son front.

— Combien je suis égoïste et cruel ! s'écria-t-il. Toi, mon ami le plus cher, mon frère dévoué, tu viens de perdre la femme que tu aimais, elle est morte d'une mort affreuse, et j'insulte à ta douleur en te parlant de mon amour et de mon espoir. J'ose être joyeux quand tu es désolé.

— Maître, dit Nagato, je ressens un profond chagrin de la perte de celle qui est morte pour moi, j'éprouvais pour elle une affection fraternelle, mais ma fiancée n'était pas la femme que j'aimais.

— Que dis-tu, s'écria Fidé-Yori, tu me retires un poids énorme de dessus le cœur, je te croyais à jamais désespéré. Tu peux donc être heureux encore, autant que moi.

Ivakoura secoua la tête.

— Mon amour est fait de lumière et d'ombre, dit-il. Je ne serai jamais complétement heureux ; il comporte une part de joie céleste et une part de souffrances profondes ; tel qu'il est, cependant, c'est toute ma vie.

— Qui donc aimes-tu ? dit Fidé-Yori.

— Oh ! maître, dit le prince, en mettant la main sur ses yeux, ne me le demande pas.

— C'est si doux de parler de l'être aimé. Vois, depuis que tu es mon confident, ma peine a diminué de moitié.

— Je suis condamné au silence.

— Même vis-à-vis de moi ? C'est ainsi que tu m'aimes ! Je regrette de t'avoir ouvert mon cœur.

— Dès que je t'aurai avoué quelle est celle que j'aime, tu ne m'en reparleras jamais.

— Est-ce ma mère ?

— Non, dit Nagato en souriant.

— Qui est-ce ? Je t'en conjure, dis-le moi !

— La Kisaki.

— Malheureux ! s'écria Fidé-Yori.

Et, ainsi que l'avait prédit le prince, il n'ajouta pas un mot.

Le lendemain, on commença à démolir les murs de la forteresse. Dix mille hommes s'y acharnèrent : ils résistaient. On ne savait comment s'y prendre ; les pierres s'appuyaient à un talus de terre, elles y étaient comme enchâssées. En haut, sur le terre-plein qui formait une vaste terrasse, des cèdres s'élevaient et répandaient de l'ombre. On s'attaqua d'abord aux tours qui se projetaient de loin en loin en avant des murailles ; on les jeta dans le fossé, puis on arracha des blocs du rempart, on vint à bout du travail. Seulement, les murailles démolies semblaient se dresser encore ; les pierres n'y étaient plus, la montagne de terre restait ; mais le fossé était comblé.

Pendant que cette œuvre de destruction s'accomplissait, la ville continuait a se réjouir. Fidé-Yori fit fondre une cloche énorme, et la dédia solennellement, au temple de Bouddha ; sur cette cloche il avait fait graver ceci : *Désormais, ma maison sera tranquille.*

À l'occasion de cette dédicace, des réjouissances publiques avaient eu lieu. Maintenant on annonçait une représentation splendide, au principal théâtre d'Osaka. On devait mettre au jour un drame nouveau : le *Taïko-ki*, c'est-à-dire l'histoire de Taïko. Cette œuvre semi-historique venait d'être écrite à la gloire du père de Fidé-Yori. Le moment était bien choisi pour la représenter ; aussi se hâtait-on de tout préparer. Mais la mise en scène devait être très soignée, on n'avait pu encore fixer le jour de la représentation.

On ne parlait que de cela dans la ville. Les places étaient toutes re-tenues à l'avance ; on les payait de cinq à six kobangs.[1] Les femmes devenaient folles au milieu des préparatifs de leurs toilettes ; les tailleurs, les brodeuses haletaient. On vantait les mérites de l'ac-teur principal qui devait remplir le rôle de Taiko. Tout le monde le connaissait ; il était célèbre. On l'avait surnommé Nariko-Ma, la « Toupie-Ronflante. »

Fidé-Yori, lui aussi, attendait impatiemment le jour de la repré-sentation. Il espérait qu'Omiti y viendrait, et là, du moins, elle ne pourrait lui échapper. Ses recherches dans la ville avec le prince de Nagato n'avaient eu aucun résultat. Il n'était pas aussi aisé qu'ils se l'étaient imaginé de pénétrer dans toutes les maisons et de s'in-former d'une jeune fille. Ils avaient commencé par les demeures des nobles. Là, c'était plus facile. Le siogoun honorait d'une visite,

1 Soixante à soixante-dix francs.

incognito, les épouses des seigneurs absents, il avait la fantaisie de voir la famille des princesses, et passait ainsi en revue toutes les jeunes filles nobles d'Osaka. Pour pénétrer chez les riches particuliers les deux amis furent contraints de se déguiser, et ils n'étaient pas toujours bien reçus. Leurs ruses pour se faire montrer les filles de la maison variaient ; ils prétendaient avoir vu tomber de la manche d'une jeune fille un objet d'une valeur inestimable qu'ils ne voulaient rendre qu'à elle. Ou bien ils se disaient envoyés par un vieillard au désespoir, qui venait de perdre sa fille unique, et qui cherchait une enfant du même âge, lui ressemblant un peu, afin de lui laisser sa fortune, qui était immense. Cette dernière invention du prince de Nagato réussissait assez bien, mais la besogne était rude, ils avaient déjà employé huit jours à ces recherches et ils n'avaient encore visité que les palais et une rue d'Osaka.

— Jamais nous n'arriverons à voir toutes les maisons de cette ville immense, disait Fidé-Yori, nous sommes fous.

— Nous risquons de vieillir avant de trouver ce que nous cherchons, répliquait Nagato. N'importe, cherchons toujours, peut-être dans la prochaine demeure où nous pénétrerons la rencontrerons-nous.

Fidé-Yori soupirait.

— Attendons le jour où le théâtre ouvrira ses portes, dit-il.

Enfin, de grandes affiches peintes sur des étoffes de soie ou sur des papiers de couleur annoncèrent la date de la représentation.

— C'est au théâtre que nous la verrons ; elle y sera, j'en suis sûr, disait le siogoun se rattachant à cette espérance.

XXVI. LE GRAND THÉÂTRE D'OSAKA

Sur un des plus vastes canaux qui coupent en tous sens la ville d'Osaka, le théâtre déploie sa large façade, surmontée de deux toitures. On peut donc arriver au spectacle en bateau ; on peut aussi s'y rendre à pied ou en norimono, car un quai, pavé de dalles grises, s'étend devant le bâtiment et le sépare du canal.

Deux gigantesques bannières en soie bleue, couvertes de caractères chinois, sont accrochées à des mâts à chaque angle de la façade, elles dépassent de beaucoup les toits de l'édifice. Sur de grands tableaux, à fond d'or, les scènes principales des pièces que l'on va représenter sont peintes avec une richesse de couleur inouïe. On voit des guerriers, des princesses, des dieux, des démons, dans les attitudes les plus exagérées. Souvent la peinture est remplacée par une combinaison d'étoffes, disposées en relief velours, crêpe ou satin, qui figurent les vêtements des personnages, et produisent le plus brillant effet. Sous les toitures sont accrochées, aux poutres rouges qui s'entrecroisent, d'énormes lanternes, rondes au rez-de-chaussée, carrées à l'étage supérieur. Sur la crête du toit, un animal fantastique, chien ou lion, s'avance vers la façade en ouvrant sa large gueule, en hérissant sa queue et sa crinière.

Dès huit heures du matin, l'heure du dragon, la foule s'amassait devant la façade du Grand-Théâtre. Ceux qui n'avaient pas l'espoir de pouvoir y entrer, voulaient au moins jouir du spectacle brillant de l'arrivée des riches particuliers et des femmes élégantes.

De chaque côté de la porte principale, à laquelle on accède par un large escalier, sont dressées de hautes estrades sur lesquelles plusieurs délégués des acteurs de la troupe s'avancèrent, en toilette de ville, l'éventail à la main. Dans un style pompeux, avec des gestes et des grimaces réjouissants, ils vantèrent au public les pièces que l'on allait représenter, la splendeur des costumes et de la mise en scène, le mérite incomparable des acteurs ; puis, lorsque ce sujet fut épuisé, ils amusèrent la foule par toutes sortes de plaisanteries, de quolibets, d'anecdotes débités avec une gravité comique et accompagnés du mouvement perpétuel de l'éventail, manié d'une façon habile et gracieuse.

Bientôt le public favorisé, qui a pu retenir des places à l'avance, arrive de tous côtés. Sur les deux ponts, qui se courbent au-dessus du canal à droite et à gauche du théâtre, les norimonos, les cangos, s'avancent au pas régulier des porteurs, se succèdent sans discontinuer ; de toutes les rues débouchent d'autres palanquins. La laque noire luit au soleil, les toilettes des femmes, qui se hâtent d'entrer, ont l'éclat frais de fleurs épanouies. Quelques jeunes hommes arrivent à cheval ; ils jettent la bride au valet, qui les précédait en courant, et gravissent rapidement l'escalier du théâtre. Abritées sous de larges parasols, plusieurs familles s'avancent à pied. Sur le canal, un encombrement de bateaux assiége le débarcadère, les bateliers échangent des injures, les femmes mettent pied à terre avec de petits cris d'effroi. Elles sont suivies par des servantes, qui portent des coffres magnifiques en ivoire sculpté, en nacre, en bois de santal. La salle est bientôt remplie, et l'on ferme les portes.

À l'intérieur, le théâtre a la forme d'un carré long. Le parterre est divisé, par des cloisons basses, en une série de compartiments égaux : aucun chemin n'est ménagé pour gagner ces sortes de casiers, c'est sur la crête de ces petites murailles de bois, assez larges pour qu'on puisse y poser les deux pieds, que l'on s'aventure pour atteindre le compartiment qui vous est réservé. La pérégrination n'est pas sans péril, elle s'accomplit au milieu de cris et d'éclats de rire. Les femmes, embarrassées dans leurs belles toilettes, avancent avec précaution, trébuchant quelquefois, les hommes leur tendent les bras pour les faire sauter dans les compartiments. Quelques-unes préfèrent s'asseoir sur la cloison et se laisser glisser. Chaque casier peut contenir huit personnes, elles s'accroupissent à terre sur une natte, et, dès qu'elles sont installées, un serviteur, attaché au théâtre, leur apporte, sur un plateau de laque, du thé, du saké, un petit brasier et des pipes.

Au-dessus du parterre, deux rangs de loges s'étendent sur trois cotés de la salle, le quatrième côté est occupé par la scène. Ces loges, très-richement ornées de dorures et de peintures sur des fonds de laque rouge ou noire, sont les places les plus recherchées du théâtre, celles de l'étage supérieur surtout. C'est là que les coquettes les plus élégantes étalent la magnificence de leurs toilettes. La vue de la salle est une fête pour les yeux ; la plupart des femmes sont charmantes avec leur teint mat et blanc, leur chevelure luisante, leurs yeux sombres ; les frissons de la soie, les cassures brillantes du satin, l'éclat des couleurs et des broderies forment un ensemble joyeux et superbe. Les femmes mariées sont facilement reconnaissables à leurs dents noircies, par un mélange de limaille de fer et de saké, à leurs sourcils arrachés, à la ceinture de leur robe nouée par un nœud énorme sur le ventre. Les jeunes filles font le nœud sur les reins et laissent à leurs dents leur blancheur naturelle. Elles se coiffent aussi différemment. Au lieu de laisser pendre leurs cheveux en une longue torsade ou de les rassembler en une seule masse au sommet de la tête, elles les relèvent sur le front, les disposent comme des ailes de chaque côté du visage et en forment un chignon compliqué et volumineux. Voici une femme qui a remplacé les épingles d'écaille, qui traversent d'ordinaire toutes les coiffures, par des épingles non moins longues, mais qui sont en or ciselé. Ses voisines ont préféré n'orner leurs cheveux qu'avec des fleurs et des cordons de soie.

Les hommes ne sont pas moins parés que les femmes, le crêpe, le brocart, le velours ne leur sont pas interdits ; quelques-uns ont sur l'épaule une écharpe brodée, dont l'un des bouts pend par devant ; plus l'écharpe est longue, plus le personnage qui la porte occupe un rang élevé dans la société ; lorsqu'il salue un supérieur il doit s'incliner jusqu'à ce que l'écharpe touche le sol ; donc plus elle est longue, moins il se penche. Plusieurs seigneurs, protégés par l'incognito, le visage caché dans un capuchon de crêpe noir, qui ne laisse voir que les yeux, emplissaient les loges du premier étage ; mais l'une d'elles, toute proche de la scène, demeurait vide ; elle s'ouvrit brusquement et une femme parut.

Les assistants ne purent retenir un cri de stupeur en reconnaissant Yodogimi. Était-ce possible ? la mère du siogoun entrant ouvertement dans un théâtre ! Avait-elle donc perdu tout respect des usages, des convenances, d'elle-même ? Le voile de gaze légère, qui s'accrochait aux grandes épingles de sa coiffure, et passait sur son visage, s'il indiquait l'intention de garder l'incognito, ne masquait nullement la princesse : on l'avait reconnue au premier coup d'œil. Cependant, l'étonnement fit bientôt place à l'admiration. On lui sut gré de n'avoir pas caché son charmant visage, que ce voile fin embellissait encore. De plus la toilette extraordinaire que portait Yodogimi émerveillait la foule : le tissu de sa robe était d'or pâle, couvert de perles fines et de grains de cristal ; elle semblait toute ruisselante, on eût dit que des étoiles étaient prisonnières dans les plis de l'étoffe. La princesse sourit en voyant avec quelle promptitude le premier mouvement de mécontentement avait été dompté par l'admiration. Elle s'assit lentement, et lorsqu'elle fut installée, on aperçut debout derrière elle un guerrier masqué.

Mais on entendait de vagues frissons de gongs, quelques roulades de flûtes, quelques coups étouffés frappés sur les tambourins. Les musiciens prenaient leurs instruments ; on allait donc commencer.

Le public se retourna vers la scène ; elle était fermée par une toile couverte de losanges et au centre de laquelle apparaissait, sur un disque rouge, un gigantesque caractère chinois : c'était le nom de la Toupie-Ronflante, l'acteur fameux qui n'avait pas son pareil. Un riche marchand de soieries lui avait dédié cette toile e ; lle ne devait être remplacée que le jour où la Toupie-Ronflante serait surpassé ou égalé par un de ses confrères.

Le rideau s'agita, et un homme, le soulevant un peu, passa par dessous. Dès qu'il apparut, le brouhaha qui emplissait la salle cessa brusquement. L'homme saluait le public avec toute sorte de simagrées. Il était vêtu comme un riche seigneur et tenait entre ses mains un rouleau de papier qu'il commença à dérouler.

On attendait ses paroles dans un silence profond. Cependant tous savaient bien que personne n'en pourrait démêler le sens, car telle est la mission de cet individu : il doit parler sans être compris. Si l'on découvre quelque chose du véritable sens de ce qu'il lit sur son rouleau, il a manqué son but. Cependant il doit lire le texte exactement, sans en passer un mot, sans rien ajouter. Cet écrit contient le résumé de la pièce qui va être jouée, le nom des personnages, des acteurs, des lieux où l'action se passe. L'annonciateur, en coupant les mots, les phrases, en s'arrêtant où il ne faut pas, en joignant ce qui doit être séparé, arrive à défigurer complétement ce texte, à créer des quiproquos, à produire des phrases bouffonnes, dont le public rit aux larmes. Cependant on prête l'oreille, on essaye de reconstituer le sens véritable. Mais l'annonciateur est habile : il se retire sans qu'on ait pu découvrir de quoi il s'agit.

Lorsqu'il a disparu, une musique formidable se fait entendre derrière la scène et le rideau se lève.

La scène représente une chambre élégante, avec une large fenêtre qui ouvre sur un paysage. De riches paravents, un lit, c'est-à-dire un matelas de velours et des coussins, meublent la chambre.

Le public reconnaît tout de suite le décor d'une des pièces le plus en vogue du répertoire.

C'est le troisième acte du *Vampire*, murmure-t-on de tous côtés.

Un jeune seigneur paraît sur la scène. Il est triste, le remords l'accable. Il a cédé aux séductions d'une enchanteresse qui le poursuivait, mais il s'est laissé vaincre seulement par la puissance de la magie ; il aime une jeune femme qu'il vient d'épouser, mais il s'est rendu indigne d'elle ; il tremble de la revoir.

La voici qui arrive le front penché.

— Hé quoi ! cher époux ! dit-elle, après quelques jours de mariage, c'est ainsi que tu me délaisses ?

Le mari proteste de sa fidélité ; cependant, il la repousse lorsqu'elle veut se jeter dans ses bras. À force de larmes et de prières, la jeune femme finit par l'attendrir, il la presse sur son cœur, et tous deux tombent sur le lit ; mais, alors, une femme, vêtue d'un costume rouge et noir, arrive en dansant ; ses cheveux flottent sur ses épaules, ses yeux lancent des éclairs, elle est belle d'une beauté terrible, sa danse est un enchantement ; elle fait des signes mystérieux, qu'accompagne une musique bizarre et entrecoupée ; les deux époux tremblent de tous leurs membres ; elle arrache la femme des bras du jeune homme et attire ce dernier vers elle. Il est glacé par l'épouvante, il frissonne ; ses dents s'entrechoquent, ses genoux se heurtent ; il finit par tomber à terre sans connaissance. Alors le vampire se précipite sur lui et lui fait une morsure au cou ; elle suce son sang avec délices, et ne s'interrompt que pour peindre sa joie par une danse désordonnée. Enfin, à l'aide d'un long poignard, elle fend la poitrine du jeune homme et lui mange le cœur.

Le public exprime son émotion par un long murmure et la toile tombe.

On ne joua que cet acte du *Vampire*, c'est le meilleur, le plus dramatique. Plus tard le jeune seigneur ressuscite et est rendu à son épouse.

Pendant l'entr'acte, la plus grande partie du public quitte la salle et envahit la maison de thé attenant au théâtre. On se fait servir le repas du matin, ou simplement des boissons chaudes et des friandises, au milieu d'un tapage, d'une confusion indescriptibles. Chacun se communique ses impressions sur le mérite de la pièce que l'on vient de voir, sur le jeu des acteurs ; on imite leurs gestes, leurs cris, leurs contorsions ; quelques-uns essayent des entrechats et des cabrioles, à la grande hilarité des assistants ; d'autres jouent aux échecs, à la mourre, aux dés.

L'entr'acte est long. Les jeunes garçons qui remplissaient les rôles de femmes dans la première pièce reparaîtront dans la seconde, et il faut leur laisser le temps de se reposer, de prendre un bain et de revêtir leurs nouveaux costumes. Mais le temps se passe agréablement : on mange, on fume, on rit, et bientôt l'on rentre au théâtre tumultueusement.

L'aspect de la salle s'est complètement transformé : toutes les femmes qui occupent les loges ont changé de toilettes et celles qu'elles ont revêtues sont plus luxueuses encore que les premières.

Les regards se tournent vers Yodogimi. On se demande ce qu'elle a pu imaginer pour que sa seconde parure soit digne de celle qui, un instant auparavant, éblouissait les spectateurs. Cette fois encore on demeure muet de surprise. Elle semble vêtue de pierreries et de flammes tissées ; sa robe est entièrement couverte de plumes d'oiseaux-mouches, de colibris, d'oiseaux de feu ; elle jette des lueurs multicolores de saphirs, de rubis, d'émeraudes, de braises ardentes. On a fait un carnage de ces bijoux vivants pour arriver à couvrir l'ampleur de cette robe : elle coûte le prix d'un château.

L'annonciateur reparut ; il débita un discours non moins mystérieux que le premier et la toile se releva.

On représente cette fois une scène du Onono-Komati-Ki.

Onono-Komati était une belle jeune fille attachée à la cour de Kioto. Passionnée pour la poésie, elle s'adonna à des études sérieuses et composa des vers ; mais dans son amour pour la perfection, le poème une fois écrit elle l'effaçait à grande eau et recommençait toujours. Des jeunes gens s'éprirent de sa beauté et l'obsédèrent de leur poursuite. Elle les repoussa et continua ses études favorites, mais les amoureux évincés ne lui pardonnèrent pas son dédain ; par de perfides calomnies ils la firent tomber en disgrâce. La jeune inspirée quitta le palais et s'en alla à l'aventure. Peu à peu elle devint misérable, mais son amour pour la poésie ne diminuait pas ; elle contemplait les beautés de la nature et les chantait avec une rare perfection de style. L'âge vint, ses cheveux blanchirent ; elle était dans le plus complet dénûment, errant de village en village, appuyée sur un bâton, un panier au bras, contenant ses poèmes et un peu de riz ; elle vivait d'aumônes. Les enfants s'amassaient autour d'elle lorsqu'elle s'asseyait au seuil d'un temple ; elle leur souriait doucement, leur apprenait des vers. Quelquefois un bonze venait lui demander respectueusement la permission de copier une des pièces contenues dans son panier. La douce inspirée mourut ; alors seulement les haines se turent et sa gloire éclata. Elle fut déifiée et toutes les mémoires gardèrent son souvenir.

Après avoir représenté quelques fragments de la pièce qui met en scène la vie d'Onono-Komati, on joua un intermède burlesque.

La scène se passe dans un bain public, et selon l'usage, les hommes et les femmes, entièrement nus, se baignent ensemble, ils se racontent les uns aux autres toutes sortes d'anecdotes comiques et font mille folies. Survient une femme enceinte, qui bientôt prise des douleurs de l'enfantement se met à pousser des cris aigus, et finalement met au monde un gros garçon. Baigneurs et baigneuses accueillent cette naissance par une ronde échevelée.

Enfin le Taïko-Ki commença.

La toile se lève sur une vaste décoration représentant un campement de soldats. La tente du chef se dresse au centre plus haute que les autres.

Des envoyés arrivent, tout effarés, faisant de grands gestes des jambes et des bras.

— Le chef ! le chef ! nous voulons le voir tout de suite ! crient-ils.

Alors les rideaux de la tente s'ouvrent, et Taïko apparaît.

Nariko-Ma a réussi à reproduire exactement l'attitude et le costume du héros qu'il représente. Le public manifeste sa satisfaction. Ceux qui, dans leur jeunesse, ont vu l'illustre siogoun, croient le revoir.

— Que me veut-on ? dit Taïko.

Les émissaires n'osent plus parler.

— Eh bien ! dit Taïko en fronçant le sourcil et en posant la main sur son sabre.

— Voici : pendant que tu bats les ennemis du pays, Mitsou-Fidé, à qui tu as confié ta direction du royaume, s'est emparé du pouvoir.

À cette nouvelle, le visage de Taïko passe successivement de la surprise à l'inquiétude, à la fureur.

Un homme, qui tient une lumière accrochée à l'extrémité d'une tige de bois horizontale, l'approche du visage de l'acteur, afin que le public ne perde rien du jeu de sa physionomie.

— Partons ! partons ! s'écrie-t-il, ma présence seule peut rétablir l'ordre dans le palais.

Il confie le commandement de ses troupes à un de ses généraux, et quitte la scène, par un chemin qui traverse le parterre, et se perd dans les plis d'une draperie.

La scène pivote sur elle-même, et découvre l'intérieur d'une pagode.

Taïko entre. Il demande à se reposer et à passer la nuit dans la pagode. On lui annonce que Mitsou-Fidé vient d'arriver avec sa femme et sa mère. Ils voyagent et se sont arrêtés là.

Taïko fait un bond en arrière.

— Mon ennemi si près de moi s'écrie-t-il. Faut-il fuir ? Non, il faut me déguiser.

Il se fait donner un rasoir, se rase lui-même la tête entièrement et enfile une robe de bonze. À peine l'a-t-il agrafée que Mitsou-Fidé s'avance, il jette un regard méfiant à Taïko ; celui-ci, pour se donner l'air d'être à l'aise et sans inquiétude, se met à chanter une chanson naïve populaire dans le royaume entier :

— « Du haut de la montagne, je regarde au fond de la vallée.

« Les concombres et les aubergines, espoir de la récolte, sont en fleur. »

— Viens ici, bonze, dit Mitsou-Fidé. Ma mère est lasse du voyage, il faut lui préparer un bain.

— Qui aurait dit que je venais ici pour être valet de bain ! s'écrie Taïko en se retournant vers le public avec un jeu de visage des plus réussis. J'obéis, ajoute-t-il tout haut.

La salle de bain n'est séparée de la chambre qui emplit la scène que par un châssis couvert de papier huilé. Taïko prépare le bain tout en amusant le public par mille rénexions étranges, accompagnées de grimaces appropriées.

La mère de Mitsou-Fidé entre en scène et demande si le bain est prêt. Sur la réponse affirmative du faux bonze, elle disparaît derrière le châssis. Mais Mitsou-Fidé vient d'apprendre que Taïko est dans la pagode, il arrive furieux demandant à hauts cris où est son ennemi.

— Il est au bain en ce moment, dit un bonze.

— Il ne m'échappera pas.

Taïko, pendant cette scène, s'esquive.

Mitsou-Fidé coupe dans le jardin une longue tige de bambou, il en aiguise la pointe et la fait durcir au feu d'un réchaud de bronze, puis, marchant vers le châssis qui enferme la salle de bain, il perce le papier de cette lance improvisée, et croyant tuer son ennemi, tue sa mère.

— Qu'ai-je fait ! s'écrie-t-il avec épouvante en entendant un cri de femme.

— Tu as tué ta mère ! dit la jeune épouse de Mitsou-Fidé, qui entre pâle d'horreur et toute tremblante.

« Repens-toi ! repens-toi tandis qu'elle expire, s'écrie-t-elle en chantant.

« Cette mort cruelle provoquée par ta main, c'est une vengeance du ciel.

« Ne t'avais-je pas dit : garde-toi de trahir ton maître ? Tu as usurpé le pouvoir.

« Vois où l'ambition t'a conduit. Tu as tué ta mère ; repens-toi au moins tandis qu'elle expire »

— Hélas ! hélas ! hurle le parricide, quittons ces lieux maudits, fuyons ; le remords déchire mon cœur. J'ai possédé pendant trois jours le pouvoir, la punition est terrible, ma mère tuée par ma main, je ne puis y croire !

Il se précipite dans la salle de bain, puis en ressort avec tous les signes d'un désespoir qui touche à la folie.

La scène pivote encore une fois, et représente un champ. Taïko en costume de guerre, environné de soldats, attend au passage son ennemi qui veut fuir. Mitsou-Fidé traverse la scène avec une suite peu nombreuse ; il est enveloppé par les hommes de Taïko. Celui-ci, après un long discours, dans lequel il accable de reproches son indigne serviteur, le fait charger de chaînes et l'emmène prisonnier.

La toile tombe ; la pièce est finie.

Elle a vivement intéressé le public : il a trouvé dans certaines si-tuions des analogies avec les événements qui viennent de troubler le pays ; on a souvent substitué, par la pensée, Hiéyas à Mitsou-Fidé.

Tout le monde sort très satisfait.

Tout le monde, non. Fidé-Yori a la mort dans l'âme.

La jeune fille n'était pas à la représentation. Nagato s'efforce en vain de consoler son ami.

— Je ne la reverrai jamais ! s'écrie-t-il. J'avais espéré que je pourrais enfin être heureux dans la vie ; mais le malheur s'acharne contre moi. Tiens, ami, ajouta-t-il, j'ai envie de mourir ; tout m'accable. La conduite de ma mère, son luxe ruineux et fou, étalé en public, me remplissent, le cœur d'amertume. Plusieurs fois, en entendant les éclats de voix de ce soldat qu'elle a la faiblesse d'aimer, j'ai été sur le point de sauter dans cette loge ; de le frapper au visage, de la chas-ser, elle, avec la colère que mérite un tel oubli des convenances. Et puis ma rage tombait devant une pensée d'amour qui m'envahis-sait. J'espérais qu'elle allait venir, la jeune fille qui est toute mon es-pérance ; je fouillais la salle d'un regard avide. Elle n'est pas venue ! Tout est fini, tout est tristesse en mon esprit, et cette vie qu'elle m'a conservée, je voudrais m'en délivrer à présent !

XXVII. OMITI

L'hiver est venu. Aux jours brûlants succèdent des jours glacés. Le ciel, couleur de cendre, semble avoir changé de rôle avec la terre, éclatante de blancheur, dans son vêtement de neige.

Près des faubourgs d'Osaka, la plage déserte a conservé intacte l'ouate épaisse tombée du ciel. Les flots, qui reflètent les nuages ternes, ont des aspects d'encre. Quelques rochers se dressent çà et là ; la neige déchirée s'accroche aux aspérités de leurs parois. Des mouettes, que le vent contrarie dans leur vol, battent des ailes ; elles paraissent grises et sales sur cette blancheur.

La dernière maison du faubourg étend, le long de la plage, la haute palissade de son jardin ; elle est tout engoncée par la neige, et l'enseigne transversale accrochée au faîte des deux poteaux qui flanquent la porte est illisible. On a attiré en arrière et fixé par un crochet les grosses lanternes qui s'arrondissent de chaque coté de l'entrée ; un petit auvent les protège. Les triples toitures de l'habitation semblent couvertes de chaume argenté.

Cet édifice, c'est la maison de thé du *Soleil levant*. C'est là qu'Omiti, depuis de longs jours, subit la destinée cruelle qui lui est imposée. Elle soufre, mais silencieusement, avec une résignation fière qui n'accepte ni consolation ni pitié. Elle s'est sacrifiée pour sauver le maître du royaume, et se soumet sans murmurer aux conséquences du sacrifice. Seulement elle pense, quelquefois, qu'il eût été plus clément de la tuer. Elle ne désire pas revoir le roi, bien qu'elle n'ait pas cessé de l'aimer. Son amour est né d'une rêverie de jeune fille. Avant qu'elle eût jamais vu Fidé-Yori, ce prince jeune, que l'on disait charmant et plein de douceur, traversait ses rêves, et le jour, tout en brodant, elle songeait à lui. Lorsqu'elle surprit l'horrible complot qui menaçait la vie de celui qui emplissait sa pensée, elle crut mourir d'épouvante, mais la volonté de le sauver lui avait donné l'énergie et le courage d'un héros. Dans son entrevue unique avec le roi, près du bosquet de citronniers, elle avait compris que son cœur ne s'était pas trompé et qu'elle n'aimerait jamais que lui. Mais l'idée qu'il pût l'aimer ne lui était même pas venue, sa modestie l'avait écartée, et depuis que, vendue pour le plaisir de tous, elle était tombée au dernier rang de la société, la pensée de reparaître devant Fidé-Yori lui faisait honte.

Souvent, de riches marchands de la ville amenaient leurs femmes à la maison de thé pour leur faire passer quelques heures dans la compagnie des courtisanes. Ces dernières leur enseignaient les belles manières, l'art de jouer du semsin et de composer des vers. Quelquefois la femme du monde, accroupie on face d'Omiti, écoutant, les lèvres entr'ouvertes, le chant douloureux de la jeune fille, avait été surprise de voir soudain les larmes enfler les yeux de la chanteuse mais elle avait cru que c'était là une ruse séduisante, et rentrée chez elle s'était efforcée de pleurer, en faisant vibrer les cordes de son instrument.

Sous son manteau de neige, derrière les fenêtres closes, et bien qu'elle parût silencieuse du dehors, la maison de thé était pleine de monde et de tumulte.

Depuis plusieurs semaines déjà, elle était envahie journellement par une foule de gens de toutes les classes du peuple, qui semblaient s'y réunir dans un but secret. Le maître de l'établissement était sans nul doute d'accord avec ces hommes ; il se mêlait toujours à leur conversation ; il paraissait même souvent la diriger, l'envenimer. On parlait des affaires du pays : la misère était affreuse ; cette guerre civile, survenant à l'époque où les champs avaient le plus besoin des soins de l'homme, avait fait tort aux récoltes ; plusieurs avaient été complétement détruites par les armées, les autres avaient été mauvaises ; une disette menaçait toute la partie du royaume qui appartenait encore à Fidé-Yori. Le nord, au contraire, avait été préservé et était florissant. Tandis que le riz manquait dans les environs d'Osaka, on le donnait à moitié du prix ordinaire dans les provinces septentrionales ; mais Hiéyas s'opposait absolument à ce qu'on en exportât dans le sud. Le siogoun ne s'occupait pas d'en faire venir d'ailleurs. Tandis que le peuple mourait de faim, la cour étalait un luxe sans pareil : tous les jours, des réceptions, des fêtes, des banquets. Yodogimi soulevait l'indignation populaire ; elle épuisait le trésor. On avait augmenté les impôts et diminué les salaires. Évidemment, c'était une démence. La cour, traînant après elle des flots d'or et de satin, au bruit d'une musique étourdissante, courait, en dansant, vers un abîme. Tous étaient aveuglés ; personne ne songeait à la reprise possible de la guerre ; on s'enivrait, on riait, on chantait, entre les murs tombés de la forteresse ; on ne s'occupait pas de remettre l'armée sur pied, de l'augmenter si c'était possible. Yoké-Moura s'était en vain efforcé d'agir ; l'argent lui manquait ; les folies, les parures ruineuses de la princesse Yodogimi absorbaient tout. Et le siogoun, que faisait-il ? Plongé dans une tristesse inexplicable, il errait seul dans les jardins, ne s'occupant de rien, abandonnant pour ainsi dire le pouvoir. Il était évident que Hiéyas n'attendait qu'une occasion pour donner le dernier coup à cet édifice croulant. Mais à quoi bon attendre ? La sagesse du vieillard ne contrastait-elle pas avec l'imprévoyance du jeune homme et la folie de sa cour ? il fallait appeler Hiéyas : son avènement sauvait le peuple de la misère, de la disette possible ; pourquoi se laisser réduire à la dernière extrémité ? Il fallait s'efforcer d'amener le plus promptement possible le dénouement, d'ailleurs inévitable.

Omiti, avec une épouvante croissante, entendait chaque jour des discours semblables à celui-ci. Les hôtes de l'auberge se succédaient, ce n'était pas toujours les mêmes hommes qui revenaient ; ils allaient ailleurs fomenter la révolte, exciter les colères. Des émissaires de Hiéyas étaient évidemment mêlés à ces artisans. L'usurpateur sentait tout le prix d'un mouvement en sa faveur à Osaka ; il voulait le provoquer. D'ailleurs, l'insouciance de la cour le secondait à merveille. Omiti comprenait tout cela ; elle se tordait les bras et pleurait de désespoir.

— Personne n'a donc le courage de le prévenir du danger ! s'écriait-elle dans ses nuits d'insomnie.

Un jour qu'elle brodait dans sa chambre, elle s'aperçut que ceux qui parlaient dans la salle d'en bas baissaient la voix. D'ordinaire ils s'inquiétaient peu d'être entendus. Son cœur bondit dans sa poitrine.

— Il faut absolument que j'entende ce qu'ils disent, murmura-t-elle.

Elle s'avança au bord de l'escalier et prenant la rampe elle se laissa glisser jusqu'en bas légère comme une étoffe.

La conversation était engagée, elle en surprit des lambeaux.

— Oui, cette plage est déserte.

— On entrerait dans l'auberge par la porte qui est du coté de la mer.

— Et l'on en sortirait par petits groupes du côté de la rue.

— Il faut que les soldats soient déguisés en artisans.

— Certes, mais qu'ils gardent leurs armes sous leurs vêtements.

— La ville est très agitée déjà, on se porterait en masse vers la forteresse, et l'on sommerait le siogoun de déposer le pouvoir.

— S'il refuse nous envahirons le palais et nous nous emparerons de sa personne.

Omiti frissonnait d'horreur.

— Il faut absolument que je sorte d'ici, que je donne l'alarme, murmurait-elle.

Les conspirateurs continuèrent :

— Il faut se hâter, demain, à la nuit close, les soldats pourront débarquer.

— Aussitôt après, une cargaison de riz et de blé arrivera.

Omiti remonta dans sa chambre ; elle en savait assez, sa résolution était prise. Une sorte d'ardeur mystique emplissait son esprit.

— Ma mission dans ce monde est de le sauver, de le retenir au bord des abîmes, se disait-elle avec exaltation. C'est la seconde fois que mon oreille saisit un secret criminel, un complot dirigé contre celui que j'aimais avant de le connaître. La volonté du ciel se montre en ceci : cette fois encore, je dois lui signaler le danger, ma faible main arrêtera l'exécution du crime.

Elle songea aux moyens qu'elle pourrait employer pour fuir de l'auberge.

Deux autres jeunes femmes partageaient sa chambre la nuit, elle ne pouvait se confier à elles, elles ne l'aimaient pas et étaient toutes dévouées au maître.

Au rez-de-chaussée toutes les portes étaient closes intérieurement par de lourdes barres ; de plus, les valets chargés du soin de la cave couchaient en bas. Il ne fallait donc pas songer à fuir de ce côté. Il restait la fenêtre ; le premier étage était assez élevé, mais ce n'était pas cela qui inquiétait Omiti. Comment faire glisser le panneau de la fenêtre sans éveiller les jeunes femmes ? Si elle y parvenait sans bruit l'air froid pénétrant dans la chambre les tirerait de leur sommeil. Omiti songea à la fenêtre qui s'ouvrait sur le palier de l'escalier ; mais celle de la chambre donnait sur la rue, tandis que celle-là donnait sur le jardin, et une fois dans le jardin il restait la palissade à franchir.

— N'importe, se dit Omiti, je descendrai par la fenêtre de l'escalier.

Mais comment ? elle n'avait pas d'échelle à sa disposition. Avec une corde ! où prendrait-elle une corde sans éveiller de soupçon ? Elle se décida à en faire une. Ses compagnes étaient allées en promenade, elle avait du temps devant elle. Ouvrant les coffres qui contenaient ses vêtements, elle en tira des robes en soie forte et les coupa par lanières. Elle tressa ensuite ensemble ces lanières et joignit les tresses par des nœuds solides. Puis elle roula la corde et la cacha sous son matelas.

— Maintenant, dit-elle, je suis sûre de pouvoir le sauver.

La journée lui parut longue, la fièvre de l'attente lui donnait un tremblement nerveux, elle claquait des dents par instant.

Les jeunes filles revinrent les joues toutes roses de froid ; elle fatiguèrent Omiti de la narration de tout ce qu'elles avaient fait et vu ; elles étaient allées jusqu'aux rives du Yodo-Gava pour voir s'il charriait des glaçons. On avait bien cru en distinguer quelques-uns, mais peut-être n'était-ce que de la neige qui flottait ; d'ailleurs, de la neige, il y en avait partout, jusque sur les poissons d'or de la haute tour de la forteresse, qui étaient devenus des poissons d'argent ; la bise était glaciale ; mais, pour se garantir du froid, les hommes avaient inventé de se mettre des oreillettes en velour brodé…

Omiti n'écoutait pas le caquetage interminable des jeunes femmes. Elle voyait avec plaisir qu'on allumait les lanternes. La nuit venait, mais la soirée serait longue encore. Elle ne put rien manger au repas du soir, et se dit malade pour se dispenser de chanter ou de jouer du biva.

Elle remonta dans sa chambre. Ses compagnes l'y rejoignirent bientôt ; la promenade les avait fatiguées, elles s'endormirent promptement.

Le bruit, les rires, les chansons des hommes qui s'enivraient dans les salles d'en bas se prolongèrent longtemps, enfin elle entendit le choc bien connu des barres tombant dans les crochets, tout le monde était parti.

Elle attendit une demi-heure encore pour donner le temps aux valets d'être bien endormis, puis sans faire le moindre bruit elle se leva, prit sa corde sous le matelas et écarta un peu le panneau qui ouvrait sur l'escalier ; elle le referma lorsqu'elle fut passée. Elle prêta l'oreille, et n'entendit rien autre chose que quelques ronflements, mais ce bruit-là était rassurant. Elle ouvrit la fenêtre, l'air de la nuit la fit frissonner. Elle se pencha et regarda en bas ; la blancheur de la neige éclairait vaguement.

— C'est haut ! se dit la jeune fille, ma corde sera-t-elle assez longue ?

Elle l'attacha à l'appui de la fenêtre et la laissa se dérouler. La corde atteignait le sol, elle traînait même un peu sur la neige.

Omiti enroula sa robe autour de ses jambes et s'agenouilla sur le rebord de la fenêtre ; mais, au moment de s'abandonner a cette frêle corde, une sorte de peur instinctive la prit, elle hésita.

— Comment ! dit-elle, je tremble pour ma vie quand la sienne est en péril !

Elle se laissa aller brusquement, se tenant seulement des deux mains à la corde. Une vive douleur faillit la faire crier : il lui semblait que ses bras allaient être arrachés des épaules ; ses mains s'écorchaient en glissant contre la corde ; elle descendait rapidement. Mais tout à coup un des nœuds de la soie s'étira sous le poids de la jeune fille et la corde cassa.

Elle tomba dans la neige ; son corps y fit un trou qui l'engloutit presque entièrement. Mais la chute avait été amortie, Omiti se releva, elle ne ressentait aucune douleur hormis une subite lassitude. Après avoir secoué la neige qui la couvrait tout entière, elle traversa le jardin et gagna la palissade. Par bonheur la porte n'était fermée que par un grand verrou rond ; après quelques efforts Omiti parvint à le tirer.

Elle était sur la plage, hors de cette maison funeste, libre enfin ! Le vent violent de la mer, dont elle entendait le grondement monotone, la frappait au visage. Elle se mit à courir, s'enfonçant jusqu'à la cheville dans l'épaisse couche de neige, la soulevant en poussière.

Elle avait une si grande hâte d'être loin de l'auberge, qu'au lieu de tourner l'angle de la maison et de prendre la rue sur laquelle s'ouvrait la façade, elle suivit la palissade du jardin, qui cessa bientôt et fut remplacée par un mur bordant un autre enclos.

— J'entrerai dans la ville par la prochaine ruelle qui s'ouvrira sur la plage, pensait Omiti.

Elle atteignit une sorte de carrefour, ouvert du côté de la mer, bordé de l'autre côté d'un demi-cercle de huttes misérables, qu'elle apercevait confusément sous leurs capuchons de neige. Au centre, accrochée à un poteau, une lanterne allumée faisait une tache sanglante qui tremblotait. Cette lueur éclairait mal. La jeune fille fit quelques pas dans le carrefour ; mais soudain elle recula avec un cri d'horreur ; elle venait de voir au-dessous de la lanterne une face effrayante qui la regardait.

Au cri poussé par la jeune fille, d'autres cris répondirent jetés par d'innombrables corbeaux qui, réveillés brusquement, s'envolèrent et se mirent à tournoyer d'une façon incohérente. Omiti fut tout enveloppée de ce vol sinistre. Immobile de terreur, elle se croyait la proie d'une hallucination, et écarquillait les yeux, tâchant de comprendre ce qu'elle voyait. Cette face la regardait toujours ; elle avait de la neige dans les sourcils, sur les cheveux, la bouche ouverte, les yeux hagards. Omiti avait cru d'abord voir un homme adossé au poteau, mais en regardant mieux, elle s'aperçut que cette tête, qui n'avait pas de corps, était accrochée par les cheveux à un clou.

Omiti reconnut qu'elle était dans le carrefour des exécutions capitales.

Le sol était bosselé par les tombes, creusées à la hâte dans lesquelles on enfouissait les victimes. Le corps du dernier supplicié avait été abandonné au pied du poteau ; un chien, occupé à écarter le linceul de neige qui recouvrait le cadavre, poussa un long hurlement et s'enfuit emportant un lambeau sanglant.

Une grande statue de bronze, représentant Bouddha assis sur un lotus, apparaissait, tachée de quelques flocons blancs.

Omiti dompta sa terreur, elle traversa le carrefour en étendant les bras pour écarter la nuée de corbeaux affolés qui se heurtaient à elle. Ils la poursuivirent de leurs cris funèbres, qui se mêlaient aux gémissements de la mer.

La jeune fille s'enfonça rapidement dans une rue étroite qu'aucune lumière n'éclairait. La neige avait été piétinée, et c'était dans une boue glacée qu'elle marchait maintenant. L'obscurité était profonde, elle ne s'éclairait plus de la blancheur du sol. Omiti longea les murs afin de s'y appuyer ; mais les maisons ne se suivaient pas régulièrement ; il y avait des vides ; l'appui lui manquait quelquefois. Ses pieds s'enfonçaient dans des fondrières de neige molle qui, par places, commençait à fondre. Elle tombait, puis se relevait ; le bas de sa robe était trempé. Elle se sentait transie de froid.

— Arriverai-je au but de ma course ? se disait-elle.

Une autre rue se présenta, croisant la première ; quelques lumières y brillaient. Omiti s'engagea dans cette rue.

Sans le savoir, la jeune fille traversait le plus ignoble quartier de la capitale. Les voleurs, les femmes de mauvaise vie, les vauriens de toute espèce le hantent et l'habitent. On y voit aussi une espèce d'hommes particulière : les Lonines. Ce sont des jeunes gens, nobles quelquefois, entraînés par la débauche au dernier degré de l'ignominie. Chassés de leurs familles ou destitués de leur emploi, mais conservant le droit de porter deux sabres, ils se réfugient au milieu des réprouvés, se livrent à toutes sortes d'industries honteuses, assassinent pour le compte des autres, sont chefs de bandes et disposent d'une grande puissance au milieu de cette horde de misérables. Quelques heures plus tôt, il eût été impossible à la jeune fille de traverser ce quartier sans être assaillie, insultée, entraînée de force dans un des mauvais lieux qui le composent. Par bonheur, la nuit était avancée, les rues étaient désertes.

Mais un autre obstacle attendait Omiti : le quartier était fermé par une barrière, qu'un homme gardait. Comment se faire ouvrir la porte a une pareille heure ? Quel prétexte fournir au gardien soupçonneux et probablement rébarbatif ? Omiti songeait à cela tout en marchant.

Elle aperçut bientôt au bout d'une rue la barrière de bois que plusieurs lanternes éclairaient ; elle vit la cahute faite de planches qui abritait le gardien.

— Il faut de l'assurance, se dit-elle ; si je manifeste la moindre inquiétude, il se défiera de moi.

Elle marcha droit à la porte. L'homme dormait sans doute, car le bruit qu'elle fit en s'avançant ne l'attira pas dehors. Omiti mesura des yeux la barrière. Il était impossible de la franchir ; une herse, de tiges de fer entrecroisées, la surmontait.

La jeune fille, avec un battement de cœur, alla frapper contre les planches de la cahute.

Le gardien sortit avec une lanterne. Il était bien emmitouflé dans une robe ouatée, et sa tête disparaissait sous les enroulements d'une étoffe de laine brune, il avait l'air maladif et abruti par l'ivrognerie.

— Qu'est-ce qu'il y a ? dit-il d'une voix enrouée, en élevant sa lanterne à la hauteur du visage d'Omiti.

— Ouvre-moi cette porte, dit la jeune fille.

Le gardien éclata de rire.

— T'ouvrir à l'heure qu'il est ? s'écria-t-il, tu as perdu l'esprit.

Et il tourna les talons.

— Écoute, dit-elle en le retenant par sa robe, mon père est malade et m'envoie quérir le médecin.

— Eh bien, il n'en manque pas de médecins dans le quartier, il y en a un à dix pas d'ici, il y en a un autre dans la rue de la Cigale-d'Automne, et un troisième au coin du sentier des Maraudeurs.

— Mais mon père n'a confiance qu'en un seul qui habite dans le quartier voisin.

— Rentre chez toi et dors bien, dit l'homme ; tu me contes là un mensonge, mais je ne suis pas facile à tromper, bonsoir.

Il allait refermer l'entrée de la cahute.

— Laisse-moi sortir, s'écria alors Omiti désespérée, et je te jure que tu seras récompensé, au delà de tes espérances.

— Tu as de l'argent ? dit le gardien en se retournant vivement.

Omiti se souvint qu'elle avait quelques kobangs dans sa ceinture.

— Oui, dit-elle.

— Pourquoi ne l'avoir pas dit tout de suite ?

Il prit la grosse clé qui pendait a sa ceinture et s'approcha de la porte. Omiti lui donna un kobang. C'était une somme importante pour cet homme peu rétribué et qui d'ailleurs buvait tous ses appointements.

— Avec une pareille raison entre les mains, tu n'avais pas besoin de mettre ton père à l'agonie ! dit-il en ouvrant la porte.

— Quel est le plus court chemin pour atteindre les rives du Yodo-Gava ? demanda-t-elle.

— Marche droit devant toi. Tu trouveras une nouvelle barrière. Elle s'ouvre sur le rivage.

— Merci dit-elle.

Et elle s'éloigna rapidement. Le chemin était meilleur ; on avait amoncelé la neige en grands monticules.

— Je suis sauvée à présent, se disait la jeune fille toute joyeuse, et ne prenant pas garde à la fatigue qui l'accablait.

Elle atteignit la seconde barrière. Mais cette fois elle savait le moyen a employer pour se faire ouvrir. Le gardien se promenait en long et en large, en frappant des pieds pour se réchauffer.

— Un kobang pour toi si tu m'ouvres la porte ! lui cria-t-elle.

L'homme tendit la main et mit la clef dans la serrure. Omiti passa ; elle était sur les rives du neuve. Il ne lui restait plus qu'à remonter vers le château. La route était longue encore, mais sans obstacle. Elle marcha courageusement, serrant sa robe sur sa poitrine, pour se préserver du froid.

Des veilleurs de nuit passèrent sur l'autre rivage, ils frappaient sur des tambourins, pour annoncer la dernière veille de la nuit. Lorsque la jeune fille atteignit le château, un jour blafard et terne s'efforçait de percer les nuages ; la neige reprenait sa blancheur bleuâtre et éclatante, elle semblait dégager de la lumière plutôt que d'en recevoir de ce ciel obscur qui semblait couvert d'une fumée rousse.

Le château dressait sa masse imposante devant les regards de la jeune fille. Les hautes tours s'élevaient sur ! e ciel, les larges toits des pavillons princiers s'échelonnaient, les cèdres, le long de la première terrasse, avaient amassé sur leurs rameaux encore verts des paquets de neige, dont quelques fragments se détachaient par instant et dégringolaient de branche en branche.

Omiti sentit les larmes lui venir aux yeux, lorsqu'elle vit les murs détruits, les fossés comblés.

— Mon pauvre prince bien-aimé, se dit-elle, tu t'es livré à ton ennemi, si la guerre recommençait tu serais perdu ; du moins tu échapperas encore à l'odieux complot tramé contre toi !

Tout dormait au château, hormis les sentinelles très nombreuses, qui allaient et venaient ; on avait remplacé les murailles tombées par des murs vivants.

Omiti, au moment de toucher au but, craignit de ne pas avoir la force de franchir les quelques pas qui lui restaient à faire pour atteindre la porte de la forteresse. Trempée de neige, brisée de fatigue et d'émotion, le frisson glacial du matin la faisait trembler de la tête aux pieds ; tout oscillait devant ses yeux, ses tempes battaient, ses oreilles bourdonnaient. Elle se hâta vers la porte. Les sentinelles croisèrent leurs lances devant elle.

— On ne passe pas, dirent-ils.

— Si ! il faut que je passe tout de suite, que je voie le roi, sinon vous serez sévèrement punis ! s'écria Omiti d'une voix entrecoupée.

Les soldats haussèrent les épaules.

— Allons ! arrière, femme ! tu es ivre ou folle, va-t'en !

— Je vous en conjure, laissez-moi entrer ; appelez quelqu'un, il me semble que je vais mourir ; mais avant, il faut que je parle au roi ! il le faut, entendez-vous ? Ne me laissez pas mourir sans avoir parlé.

Sa voix était tellement douloureuse et suppliante que les soldats s'émurent.

— Qu'a-t-elle donc ? dit l'un, elle est pâle comme la neige ; elle pourrait bien mourir comme elle le dit.

— Et si elle avait quelque chose à révéler ?

— Faisons-la conduire au prince de Nagato, il jugera s'il y a lieu de l'écouter.

— Allons, entre, dit l'un des soldats, nous avons pitié de toi.

Omiti fit quelques pas en chancelant, mais ses forces la trahirent. Elle saisit précipitamment sur sa poitrine une fleur desséchée et la tendit aux soldats ; puis, avec un cri étouffé, elle tomba à la renverse.

Les soldats inquiets et embarrassés se consultèrent du regard.

— Si elle est morte, dit l'un, on va nous accuser de l'avoir tuée.

— Nous ferions bien de la jeter dans le fleuve.

— Oui, mais comment toucher à un cadavre sans nous rendre impurs ?

— Nous nous purifierons d'après les lois prescrites, cela vaut mieux que de nous laisser condamner à avoir la tête coupée.

— C'est vrai. Hâtons-nous. Pauvre enfant ! c'est dommage, ajouta le soldat en se penchant vers Omiti ; mais aussi c'est sa faute, pourquoi est-elle morte comme cela ?

Au moment ou ils allaient la soulever, pour la porter vers le fleuve, une voix jeune et claire éclata qui chantait une chanson :

« Y a-t-il au monde quelque chose de plus précieux que le saké ?

« Si je n'étais un homme je voudrais être un tonnelet ! »

Les soldats se relevèrent vivement. Un jeune garçon s'avançait bien enveloppé dans une robe garnie de fourrures, la tête enfouie dans un capuchon noué sous le menton. Il appuyait fièrement sa main gantée de velours sur les poignées de ses sabres.

C'était Loo qui revenait d'une fête nocturne, seul et à pied afin de ne pas être dénoncé, par les gens de sa suite, au prince de Nagato, car Loo avait une suite depuis qu'il était samouraï.

— Que se passe-t-il ? qui est cette femme étendue sur la neige sans mouvement ? s'écria-t-il en promenant un regard terrible de l'un à l'autre soldat.

Les soldats tombèrent à genoux.

— Seigneur, dirent-ils, nous ne sommes pas coupables, elle voulait entrer au château pour parler au siogoun ; touchés de ses prières nous allions la laisser passer et la faire conduire à l'illustre prince de Nagato, lorsque tout à coup elle est tombée morte.

Loo se pencha vers la jeune fille.

— Ânes ! cervelles vides ! buveurs de lait ! souliers effondrés ! s'écria-t-il avec colère, vous ne voyez donc pas qu'elle respire, qu'elle n'est qu'évanouie ! Vous la laissez dans la neige au lieu de lui porter secours. Pour vous guérir de votre stupidité, je vous ferai bâtonner à vous laisser morts sur la place.

Les soldats tremblaient de tous leurs membres.

— Allons, reprit Loo, soulevez-la avec précaution et suivez-moi.

Les soldats obéirent. Lorsqu'ils eurent franchi la porte de la forteresse, le jeune samouraï alla frapper au corps de garde, établi à quelques pas.

— Renouvelez les sentinelles, cria-t-il, j'ai besoin de celles-ci.

Et il poursuivit son chemin. Le prince de Nagato dormait. Loo n'hésita pas à l'aller éveiller. Il savait que le siogoun s'efforçait de retrouver les traces d'une jeune fille qu'il aimait. Avec son maître il avait suivi le roi dans les recherches qu'il faisait à travers la ville. La femme qu'il venait de voir, évanouie à la porte du château, ressemblait beaucoup au portrait tracé par Fidé-Yori.

— Maître, dit-il au prince qui, mal éveillé encore arrêtait sur l'enfant un regard las et surpris, je crois avoir trouvé ce que le siogoun cherche tant.

— Omiti ! s'écria Nagato, où l'as-tu trouvée ?

— Dans la neige ! Mais viens vite, elle est froide et immobile, ne la laissons pas mourir.

Le prince enfila une robe doublée de fourrures, et courut dans la salle où l'on avait déposé Omiti.

— Ce pourrait bien être celle que nous cherchions, dit-il en la voyant ; que l'on aille éveiller le siogoun. Mais auparavant, faites venir des servantes et qu'elles débarrassent cette jeune fille de ses vêtements mouillés et souillés de boue. Appelez aussi le médecin du palais.

On enveloppa Omiti dans les fourrures les plus douces ; on ranima les flammes du brasier allumé dans un grand bassin de bronze. Le roi arriva bientôt. Du seuil de la chambre, par le panneau écarté, il vit la jeune fille au milieu de cet amoncellement d'étoffes et de toisons superbes. Il poussa un cri de joie et s'élança vers elle.

— Omiti ! s'écria-t-il, est-ce que je rêve ? C'est toi ! Après une aussi longue séparation, tu m'es donc enfin rendue !

Au cri poussé par le roi, la jeune fille avait tressailli. Elle ouvrit les yeux. Le médecin arrivait tout essoufflé ; il s'agenouilla près d'elle et lui prit la main.

— Ce n'est rien, dit-il, après lui avoir tâté le pouls attentivement : un évanouissement sans gravité, déterminé sans doute par le froid et la fatigue.

Omiti, de ses grands yeux surpris, ombragés par de longs cils qui palpitaient, regardait tous ces personnages groupés autour d'elle. Elle voyait le roi à ses pieds ; debout près d'elle, le prince de Nagato, dont le beau visage lui souriait ; puis la face grave du médecin, rendue étrange par une énorme paire de lunettes. Elle croyait être le jouet d'un rêve.

— Souffres-tu, ma douce bien-aimée ? dit Fidé-Yori en prenant la petite main d'Omiti dans les siennes. Que t'est-il arrivé ? Pourquoi es-tu si pâle ?

Elle regardait le roi et écoutait ses paroles sans les comprendre. Tout à coup le souvenir lui revint ; elle se leva brusquement.

— Il faut que je parle au siogoun ! s'écria-t-elle à lui seul, tout de suite !

D'un geste, Fidé-Yori congédia les assistants ; il retint le prince de Nagato.

— Tu peux parler devant lui, c'est mon ami le plus cher, dit-il. Mais calme-toi ; pourquoi parais-tu si effrayée ?

Omiti s'efforça de rassembler ses idées, troublées par la fièvre.

— Voici, dit-elle. Hiéyas par des émissaires habiles excite le peuple d'Osaka à la révolte, à la haine contre le légitime seigneur. Un soulèvement doit avoir lieu ce soir même, des soldats déguisés en artisans débarqueront sur la plage près du faubourg ; ils s'introduiront dans la ville et viendront, jusque dans ton château déman-telé, te sommer d'abdiquer ton titre ou t'arracher la vie si tu refuses. Tu ne doutes pas de mes paroles, n'est-ce pas ? une fois déjà tu as eu la preuve, hélas ! que les malheurs que j'annonce sont véritables.

— Quoi ! s'écria Fidé-Yori, dont les yeux se mouillèrent de larmes, c'est encore pour me sauver que tu es venue vers moi. Tu es le bon génie de ma vie.

— Hâte-toi de donner des ordres, de prendre des mesures pour prévenir les crimes qui se préparent, dit Omiti, le temps presse : ce soir, as-tu bien compris ? les soldats de Hiéyas doivent envahir traîtreusement ta ville.

Fidé-Yori se tourna vers le prince de Nagato.

— Ivakoura, dit-il, que me conseilles-tu de faire ?

— Prévenons le général Yoké-Moura. Qu'il mette ses hommes sous les armes, qu'il surveille la plage et la ville. N'y a-t-il pas un lieu où doivent se réunir les chefs du complot ? ajouta-t-il en s'adressant à Omiti.

— Il y en a un, dit la jeune fille, c'est la maison de thé du *Soleil levant.*

— Eh bien, il faut faire cerner l'auberge et s'emparer des agitateurs. Veux-tu, maître, que je me charge de faire exécuter tes ordres ?

— Tu me rendras heureux, ami, en faisant cela.

— Je te quitte, seigneur, dit Nagato, ne t'inquiète de rien, et livre-toi tout entier à la joie d'avoir retrouvé celle que tu aimes.

Le prince s'éloigna.

— Que veut-il dire ? pensait Omiti toute surprise, « celle que tu aimes », de qui parle-t-il ?

Elle était seule avec le roi et n'osait lever les yeux. Son cœur battait violemment. Fidé-Yori, lui aussi, était troublé, il ne parlait pas, mais contemplait la charmante enfant qui tremblait devant lui.

La jeune fille, toute rougissante, tournait entre ses doigts une petite branche desséchée qu'elle tenait.

— Qu'as-tu donc dans la main ? lui demanda le siogoun doucement ; est-ce un talisman ?

— Tu ne reconnais pas la branche de citronnier en fleur, que tu m'as donnée, quand je t'ai vu ? dit-elle ; tout à l'heure, en m'évanouissant, je la tendais aux sentinelles ; je pensais qu'ils te l'apporteraient et qu'en la voyant tu te souviendrais de moi. Mais je la retrouve dans ma main.

— Comment tu as gardé ces fleurs ?

Omiti leva vers le roi son beau regard qui laissait transparaître son âme, puis le baissa aussitôt.

— Puisque c'est toi qui me les avais données ! dit-elle.

— Tu m'aimes donc ? s'écria Fidé-Yori.

— Oh ! maître, dit la jeune fille effrayée, je n'aurai jamais l'audace d'avouer la folie de mon cœur.

— Tu ne veux pas confesser ton amour. Eh bien ! moi je t'aime de toute mon âme, et j'ose te le dire.

— Tu m'aimes, toi le siogoun ! s'écria-t-elle avec une stupéfaction touchante.

— Oui, et depuis longtemps, mauvaise, je t'ai attendue, je t'ai cherchée, j'étais plongé dans le désespoir, tu m'as fait cruellement souffrir ; mais, depuis que tu es là, tout est oublié. Pourquoi as-tu tardé si longtemps ? tu ne pensais donc pas à moi ?

— Tu étais mon unique pensée, elle s'épanouissait, comme une fleur divine, au milieu de ma vie douloureuse ; sans elle je serais morte.

— Tu songeais à moi, tandis que je gémissais de ton absence, et tu ne venais pas ?

— Je ne savais pas que tu daignais garder mon souvenir. D'ailleurs, l'aurais-je su, je ne serais pas venue.

— Comment, s'écria le siogoun, c'est ainsi que tu m'aimes ; tu refuserais de vivre près de moi, d'être mon épouse !

— Ton épouse ! murmura Omiti avec un triste sourire.

— Certes, dit Fidé-Yori, pourquoi cette expression d'amertume sur ton visage ?

— C'est que je ne suis pas digne d'être seulement au nombre des servantes de ton palais, et que, lorsque tu sauras ce que je suis devenue, tu me chasseras avec horreur.

— Que veux-tu dire ? s'écria le siogoun en pâlissant.

— Écoute, dit la jeune fille d'une voix sourde. Hiéyas est venu dans le château de mon père ; il a su que j'avais découvert l'affreux complot dirigé contre ta vie et que je l'avais dénoncé ; il m'a fait emmener et vendre comme servante dans une auberge du dernier ordre. Là, j'ai vécu comme vivent les femmes qui sont esclaves. Je n'ai quitté la maison de thé que cette nuit. Encore une fois, j'avais surpris un complot contre toi. Je me suis enfuie par la fenêtre, à l'aide d'une corde qui a cassé. Tu es sauvé maintenant, laisse-moi partir ; il n'est pas convenable que tu demeures plus longtemps dans la compagnie d'une femme comme moi.

— Tais-toi, s'écria Fidé-Yori, ce que tu viens de m'apprendre m'a brisé le cœur ; mais crois-tu donc que j'aie cessé de t'aimer ? Comment ! c'est à cause de moi que tu as été réduite en servitude, c'est à cause de moi que tu as souffert, tu me sauves deux fois la vie et tu veux que je t'abandonne, que je te méprise ! Tu perds l'esprit. Je t'aime plus que jamais. Tu seras la reine, entends-tu ? Combien de femmes dans ta condition ont été rachetées et épousées par des seigneurs. Tu es là, tu ne partiras plus.

— Ô maître ! s'écria Omiti, je t'en conjure, songe à ton rang, à ce que tu te dois à toi-même, ne te laisse pas entrainer par un désir passager.

— Tais-toi ! cruelle enfant, dit le roi, je te jure que si tu me désespères ainsi, je vais me tuer à tes pieds.

Fidé-Yori avait porté la main à son sabre.

— Oh ! non, non ! s'écria la jeune fille, qui devint toute pâle. Je suis ton esclave, dispose de moi.

— Ma reine bien-aimée ! s'écria Fidé-Yori en l'entourant de ses bras, tu es mon égale, ma compagne et non mon esclave ; ce n'est pas seulement par obéissance que tu cèdes, n'est-ce pas ?

— Je t'aime ! murmura Omiti en levant vers le roi ses beaux yeux mouillés de larmes.

XXVIII. DÉSORMAIS MA MAISON SERA TRANQUILLE

On avait arrêté les meneurs du complot, dans l'auberge du *Soleil levant* ;mais les soldats de Hiéyas, prévenus à temps, n'avaient pas débarqué, de sorte que, tout en ayant la certitude que Hiéyas était le chef secret de la conspiration, on ne pouvait invoquer aucune preuve contre lui. Cependant il était évident que la guerre civile allait recommencer. Le général Yoké-Moura était d'avis qu'il fallait prendre l'initiative et aller porter la guerre dans la province ennemie. Les autres généraux, au contraire, voulaient rassembler toutes les forces autour d'Osaka et attendre.

La discorde éclata entre les chefs.

— Tu es un imprudent, disaient-ils à Yoké-Moura.

— Vous êtes des fous, répliquait le général.

On ne se décidait à rien. Fidé-Yori, tout entier à son bonheur, ne voulait pas entendre parler de la guerre.

— Que mes généraux fassent leur métier, disait-il.

À la prière dn prince de Nagato, il envoya cependant vers Hiéyas un vieux chef nommé Kiomassa, dont la prudence et le dévouement étaient connus.

— Qu'il aille à Mikava sous des apparences pacifiques, disait le prince et qu'il s'efforce de savoir si vraiment Hiéyas veut recommencer la guerre. Le mikado a ordonné de demeurer en paix ; le premier qui enfreindra son ordre encourra sa colère. Si la guerre est inévitable, que notre ennemi soit le premier coupable. Kiomassa possède justement un château dans les environs de Mikava ; il peut en se rendant dans ses domaines rendre visite à Hiéyas, sans éveiller de soupçon.

Le général Kiomassa était parti, emmenant avec lui trois mille hommes.

— Je viens te voir en voisin, dit-il à Hiéyas lorsqu'il fut au château de Mikava.

Hiéyas le reçut avec un sourire moqueur.

— Je t'ai toujours eu en grande estime, dit-il, et c'est un plaisir pour moi que le hasard t'ait conduit de ce côté. Je disais ce matin aux seigneurs de ma maison, en apprenant ton arrivée sur mes terres, que, hormis trois choses, je ne voyais rien à reprendre en toi.

— Et quelles sont ces trois choses ? dit Kiomassa.

— Premièrement, tu voyages avec une armée, ce qui est singulier en temps de paix ; deuxièmement, tu possèdes une forteresse qui semble menacer mes provinces ; troisièmement, enfin, tu laisses, contrairement à la mode, pousser ta barbe sous ton menton.

Kiomassa lui répondit sans paraître fâché :

— Je voyage avec une armée pour me préserver de tout danger, car je crois les routes peu sûres ; j'ai une forteresse naturellement pour loger cette armée. Quant à ma barbe, elle m'est très utile : lorsque j'attache les cordons de mon casque, elle me fait un petit coussinet sous le menton et le préserve du frottement.

— Soit, garde ta barbe, mais rase ton château, dit Hiéyas en souriant ; tes soldats pourront te servir en cela.

— Si tu y tiens à ce point, je demanderai à Fidé-Yori s'il veut m'autoriser à te céder ce château. Je retourne d'ailleurs vers mon maître. N'as-tu rien à lui faire savoir ?

— Tu peux lui dire que je suis irrité contre lui, dit Hiéyas.

— Pour quelle raison ?

— Parce que sur la cloche de bronze, qu'il a dédiée au temple de

XXVIII. DÉSORMAIS MA MAISON SERA TRANQUILLE

Bouddha, il a fait graver les caractères qui composent mon nom, et l'on tape dessus soir et matin.

— Comment ! s'écria Kiomassa, Fidé-Yori a fait graver sur cette cloche ces mots : *Désormais ma maison sera tranquille.*

— Je te dis, moi, que tous les caractères de mon nom composent cette phrase, et que c'est sur mon nom, en le maudissant, que l'on frappe avec le maillet de bronze.

— Je ferai savoir au siogoun que cette coïncidence te blesse, dit Kiomassa, sans rien perdre de sa placidité.

— Il revint à Osaka et raconta comment il avait été reçu par Hiéyas. L'insolence moqueuse et la querelle futile imaginée par l'ancien régent indiquaient suffisamment les intentions hostiles de ce dernier, qui ne cherchait même pas à les déguiser.

— Cette conduite équivaut à une déclaration de guerre, dit Fidé-Yori ; nous devons la considérer comme telle. Cependant, n'attaquons pas, laissons Hiéyas s'avancer ; il ne le fera pas sur-le-champ ; nous aurons, sans doute, le temps de recreuser les fossés autour de la forteresse ; qu'on se mette à l'œuvre tout de suite.

À quelque temps de là Fide-Yori répudia sa femme, la petite-fille de Hiéyas, et la renvoya à son grand-père. Il annonça en même temps son mariage prochain avec Omiti, à laquelle il avait donné le titre de princesse de Yamato.

Les deux fiancés oubliaient le reste du monde, leur joie les aveuglait ; ils ne pouvaient songer aux dangers qui les menaçaient. D'ailleurs, pour eux, le seul malheur possible était d'être séparés, et ils étaient certains, si un désastre survenait, de pouvoir mourir ensemble.

Ils avaient été revoir le bois de citronniers. De faibles bourgeons commençaient à bosseler ses buissons, car le printemps revient vite sous ce climat ; à peine la dernière neige fondue, déjà les arbres verdissent. Ils erraient dans les allées brumeuses des jardins, la main dans la main, jouissant du bonheur d'être l'un près de l'autre, de se voir autrement que par la pensée ou le rêve ; car ils s'adoraient, mais ne se connaissaient pas. Ils ne s'étaient vus qu'un instant, et l'image qu'ils avaient gardé l'un de l'autre dans leur mémoire était incomplète et un peu différente de la réalité. Chaque minute leur apportait une surprise nouvelle.

— Je te croyais moins grande, disait Fidé-Yori.

— Tes yeux m'avaient semblé fiers et méprisants, disait Omiti ; une tendresse infinie les emplit, au contraire.

— Comme ta voix est suave, ma bien-aimée ! reprenait le roi ; ma mémoire en avait dénaturé la divine musique.

Quelquefois ils montaient dans un petit bateau, et d'un coup de rame gagnaient le milieu de l'étang. Sur le bord un grand saule laissait pendre vers l'eau les longs plis de ses draperies vertes, des iris perçaient le miroir liquide de leurs feuilles rudes, les nénuphars s'étalaient à la surface. Les deux fiancés jetaient une ligne. L'hameçon s'enfonçait en faisant une série de cercles sur l'eau. Mais le poisson avait beau mordre, la légère bouée restée à la surface de l'étang avait beau danser une danse désordonnée, ils n'y prenaient point garde ; d'un bout du bateau à l'autre, ils se regardaient passionnément. Quelquefois, cependant, ils s'apercevaient que le poisson les narguait, alors leur rire clair éclatait, se mêlant aux chants des oiseaux.

Il avait vingt-trois ans, elle dix-huit.

C'était Omiti pourtant qui parfois s'inquiétait de la guerre.

— N'oublie pas auprès de moi tes devoirs de roi, disait-elle. N'oublie pas que la guerre nous menace.

— Ton cœur est en paix avec le mien, disait Fidé-Yori ; que parles-tu de guerre ?

D'ailleurs le siogoun pouvait sans danger s'absorber dans son amour. Le prince de Nagato le remplaçait. Il avait organisé la défense, s'était efforcé de mettre d'accord les généraux, qui se haïssaient mutuellement, et ne songeaient qu'à se contrarier les uns les autres. Harounaga surtout lui donnait mille soucis. Il avait interdit à ses soldats de travailler au creusement du fossé autour du château.

— C'est un travail d'esclaves, disait-il, et vous êtes des guerriers.

Les soldats des autres cohortes, ne voulant pas être moins susceptibles que leurs compagnons, refusèrent à leur tour de travailler. De sorte qu'après un mois et demi les enfants pouvaient encore facilement monter et descendre dans le fossé. Nagato fut obligé d'infliger des peines sévères. L'ordre s'établit peu à peu.

XXVIII. DÉSORMAIS MA MAISON SERA TRANQUILLE

Signénari dressa son camp dans la plaine, au nord de la ville. Yoké-Moura s'établit sur la colline nommé Yoka-Yama ; Harounaga, sur celle qui porte le nom de Tchaousi-Yama. Tout le reste des troupes gardait la plage, ou était massé dans les forteresses. De plus, Nagato avait chargé Raïden et ses compagnons d'engager tous ceux qui voudraient se battre. Les braves matelots avaient réuni dix mille volontaires.

Ainsi défendue, la ville était difficile à surprendre. Nagato avait l'œil à tout, il avait fait fortifier encore les deux bastions qui se dressent à l'entrée d'Osaka, de chaque côté du fleuve. À l'aide des canaux qui entrecoupent toute la ville, en faisant démolir un certain nombre de ponts, il était arrivé à former un fossé, à isoler le quartier qui renfermait la forteresse. Le prince semblait infatigable. Avec un pareil chef qui songeait à tout et enflammait les soldats par ses paroles et son exemple, la ville pouvait se défendre et espérer encore. Mais tout à coup Nagato quitta Osaka.

Un soir un cavalier s'était arrêté à la porte de son palais. Nagato avait reconnu Farou-So-Chan, un des seigneurs attachés spécialement au service de la Kisaki. Ce n'était jamais sans un profond battement de cœur qu'Ivakoura voyait qui que ce fût venant du Daïri. Cette fois, son émotion fut plus violente encore, Farou-So-Chan était chargé d'une mission particulière et secrète.

— Voici une lettre que la Kisaki m'a chargé de remettre entre tes mains, dit-il avec une gravité triste qui frappa Nagato.

Il déploya la lettre avec un tremblement dans les doigts ; elle exhalait le parfum subtil qu'il aimait tant.

Elle était ainsi conçue :

« Le dixième jour de la cinquième lune, rends-toi dans la province d'Issé, au temple de Ten-Sio-Daï-Tsin, lorsque le soir sera venu, agenouille-toi au seuil du temple et reste en prière jusqu'à ce qu'un jeune prêtre s'approche de toi et te touche l'épaule, lève-toi alors et suis-le, il te conduira vers moi. »

Nagato se perdit en conjectures. Que signifiait ce singulier rendez-vous sur le seuil du temple de la déesse Soleil, dans la province d'Issé ? Était-ce un piège ? Non, puisque Farou-So-Chan était le messager. Mais alors il allait la revoir, toute inquiétude disparaissait devant cette joie.

Le dixième jour de la cinquième lune, c'était le surlendemain. Le prince n'avait que le temps d'arriver à l'heure prescrite ; il partit précipitamment.

XXIX. LA GRANDE PRÊTRESSE DU SOLEIL

C'est à Naïkou, dans la province d'Issé, baignée par les flots de l'océan Pacifique, que s'élève le temple primitif de Ten-Sio-Daï-Tsin. D'après les légendes divines, la déesse Soleil serait née sur l'emplacement même de ce temple.

Là les antiques traditions, les confuses légendes des premiers âges, sont conservées religieusement par les prêtres, qui méditent sur le sens profond des symboles.

Dans les temps mystérieux où le monde n'était pas encore, les éléments confondus flottaient dans l'espace. Ce qui fut la terre, ce qui fut le ciel, étaient alors mêlés ensemble, comme sont mêlés le jaune et le blanc dans l'œuf embryonnaire.

Mais trois dieux immatériels surgirent : le Dieu Suprême, le Créateur des Âmes, le Créateur de la Matière, et l'état chaotique cessa. Les parties lourdes et opaques se rassemblèrent, elles formèrent la terre ; les parties légères et subtiles s'élevèrent, elles furent le ciel.

Bientôt de la masse limoneuse et molle qui était la terre, s'éleva, parmi les brumes flottantes, une fleur velue, à demi ouverte, elle portait dans sa corolle le Dieu des Roseaux en Germe. Il veilla pendant d'innombrables années sur le monde naissant. Le Génie des Eaux vint après lui, et régna pendant mille millions d'années.

Pendant ces périodes incommensurables, les dieux s'étaient succédé dans le ciel. La septième des dynasties divines régnait alors dans l'éther.

Un jour, du haut d'un pont, jeté entre les nuages, le dieu Iza-Na-Gui et sa compagne Iza-Na-Mi regardèrent la terre.

— Partout je ne vois que l'immensité des eaux, dit le dieu.

Du bout de sa lance ornée de pierreries, il agita la surface de la mer, le limon se souleva, s'étendit au-dessus de l'eau et s'y arrêta. C'est ainsi que fut formée la première île du Japon. Bientôt elle se couvrit de végétations, elle se peupla de quadrupèdes et d'oiseaux et devint si charmante, qu'Iza-Na-Gui et sa compagne descendirent du ciel et vinrent l'habiter. Les oiseaux leur enseignèrent l'amour, et la déesse Soleil naquit, puis le couple divin donna le jour aux génies du vent, de la pluie, des montagnes métalliques, au dieu Lune « qui regarde à travers la nuit », enfin aux premiers hommes, dont la postérité peupla l'île. Alors les créateurs du Japon remontèrent au ciel, en confiant le gouvernement du monde à leur fille bien-aimée, la déesse Soleil.

Tous les sujets de la lumineuse divinité doivent, une fois au moins dans leur vie, faire un pèlerinage à son temple de Naïkou, afin de purifier leur âme. C'est pourquoi cette ville est sans cesse encombrée de pèlerins, qui arrivent ou repartent ; les uns sont venus à cheval ou en norimono ; d'autres, et ce sont les plus méritants, à pied, portant une natte de paille qui leur sert de lit, et une longue cuillère de bois, pour puiser l'eau aux ruisseaux du chemin.

Le temple est d'une grande simplicité, c'est un petit bâtiment, ouvert sur une de ses faces, surmonté d'un large toit de chaume, environné de cèdres centenaires et précédé, à une vingtaine de pas, par un Torié, portique sacré, qui se compose de deux hautes poutres se penchant un peu l'une vers l'autre et qui sont rejointes à leur faîte par deux traverses, dont la plus haute a ses extrémités recourbées vers le ciel. Le temple n'abrite qu'un grand miroir rond, en métal poli, symbole de clairvoyance et de pureté.

C'est en face de ce miroir, sur les quelques marches de bois qui conduisent au temple, que le prince de Nagato vint s'agenouiller, à l'instant que la Kisaki lui avait indiqué. Il faisait nuit déjà, la lune était levée, et sa lumière, brisée par le crible des hautes branches et des feuillages, tombait sur le sol. La solitude se faisait autour du temple : les prêtres étaient rentrés, dans les pagodes somptueuses qui avoisinent le monument rustique des premiers âges ; les pèlerins s'étaient éloignés, on n'entendait plus que le vague frisson des cèdres dans le vent.

Le prince prêtait l'oreille. Impressionné malgré lui par la sainteté du lieu, il trouvait la nuit étrangement solennelle. Le silence avait quelque chose de menaçant, l'ombre des cèdres était hostile, le regard bleu de lune semblait pleurer sur lui. Pourquoi une angoisse

invincible oppressait-elle ainsi son cœur ? Qu'allait-il apprendre ?
Pourquoi la souveraine était-elle à Naïkou, au lieu d'être dans son
palais ? Cent fois il se faisait la même question, à laquelle il ne
pouvait répondre.

Enfin, il se sentit touché légèrement à l'épaule, il se leva ; un jeune
bonze était près de lui ; il se mit à marcher sans mot dire. Nagato
le suivit.

Ils traversèrent des bosquets de bambous, des avenues de cèdres,
et arrivèrent à un large escalier de pierre, qui s'élevait entre deux
talus, et sur lequel la lune jetait une blancheur neigeuse ; ils gravirent cet escalier qui conduisait à la terrasse d'une haute pagode,
dont la toiture, évasée comme un lys renversé, se terminait par une
mince flèche, tournée en spirale.

Le jeune bonze s'arrêta et fit signe à Nagato de demeurer où il
se trouvait, puis il s'éloigna. Le prince vit alors une forme blanche
sortir de la pagode et s'avancer hors de la pénombre projetée par
le toit. La lueur de la lune la frappa. Il reconnut la Kisaki. Elle
était vêtue d'une longue tunique de soie blanche, sans manches,
tombant sur une robe de toile d'or. C'était le costume de la grande
prêtresse du Soleil.

— Reine ! s'écria le prince en s'élançant vers elle, suis-je la proie
d'un rêve ? ce costume...

— C'est le mien désormais, Ivakoura, dit-elle. J'ai déposé ma couronne, je me suis rapprochée du ciel. Cependant, par une dernière
faiblesse, j'ai voulu te revoir une fois encore, te dire adieu pour
toujours.

— Ah ! parjure ! s'écria le prince, voilà donc comme tu tiens tes
promesses !

— Viens, dit la reine, la nuit est douce, quittons ce lieu découvert.

Ils s'engagèrent dans une longue allée bordée de buissons, pleine
d'une brume argentée.

— Écoute, dit-elle, ne me condamne pas sans m'entendre. Bien
des choses se sont passées depuis que tu as quitté Kioto. Sache,
ami, que le jour, dont le souvenir me charme encore malgré moi, le
jour où tu m'as sauvée et où nous nous sommes parlé longuement,
assis au pied d'un buisson, un homme nous épiait.

— C'est impossible ! s'écria le prince épouvanté.

— C'est certain. Celui qui m'avait enlevée, au lieu de fuir, est revenu et nous a écoutés. C'était un espion de Hiéyas. Cet homme perfide a su profiter du secret que son serviteur avait surpris, il l'a révélé au mikado. D'abord le fils des dieux n'y a pas cru, il était encore plein de colère contre l'infâme qui ensanglante le pays. Mais, par d'habiles manœuvres, Hiéyas parvint à changer les dispositions du mikado et à gagner sa confiance. On lui donna pour preuve de notre entente criminelle ton dévouement et ta conduite héroïque lors de l'attaque de Kioto. Un jour le fils des dieux me fit demander, et lorsque je fus en sa présence il me tendit un écrit dans lequel notre conversation était rapportée, mais dénaturée et rendue infâme. Le mensonge n'a jamais souillé mes lèvres. J'avouai fièrement que Je t'avais donné mon âme, mais que, tant que je vivrais, je n'aurais pas à rougir de mes actions. Mais après cet aveu je ne pouvais plus rester au Daïri. La grande prêtresse de Ten-Sio-Daï-Tsin était morte depuis quelque temps. C'était la sœur de mon époux. Je demandai à remplir son sacerdoce, désirant finir ma vie dans la retraite. Le mikado m'envoya aussitôt le titre que je désirais, et quelques jours plus tard il épousa la petite-fille de Hiéyas, une enfant de quinze ans.

— Ô douleur s'écria le prince en tombant aux genoux de la reine, à cause de moi tu es descendue de ton trône ; tu as quitté le palais de tel ancêtres, pour t'agenouiller, solitaire et grave, à l'ombre d'un temple, toi la déesse souriante que tout un peuple adorait.

— J'aimerai cette solitude, Ivakoura, dit-elle. Ici je suis libre, du moins, je suis délivrée de la tendresse d'un époux que je n'aimais pas, bien qu'il fût dieu. Ma pensée sera à toi tout entière.

— Pourquoi ne veux-tu pas fuir avec moi ? N'avons-nous pas assez souffert ? Tu m'aimes, et je ne respire que parce que tu es sur la terre. À quoi bon nous torturer ainsi ? Viens exilons-nous ! La patrie, c'est toi ; le monde, c'est l'endroit où tu poses tes pieds ! Que nous importe ce que diront les hommes ! la céleste musique de notre amour étouffera leur voix méprisable. Qu'importent à l'oiseau qui fuit ivre de lumière les murmures des reptiles attachés aux fanges du marais ?

— Tais-toi, ami, dit-elle ; ne me fais pas repentir d'avoir voulu te revoir encore.

— Pourquoi ne veux-tu pas m'entendre ? pourquoi es-tu si implacablement cruelle ? puisque ton époux a pris une autre femme, tu es libre maintenant.

— Non, prince, je ne suis pas déchue à ce point ; le mikado a ajouté une femme au nombre de ses épouses, mais il ne l'a pas élevée au rang que j'occupais, je demeure son égale et il est toujours mon maître. Si j'étais libre vraiment, malgré le blâme que j'encourrais, je viderais avec toi la coupe nuptiale et j'irais vivre où tu voudrais.

— Ah ! je tuerai cet homme qui nous sépare ! s'écria le prince dont l'esprit s'égarait.

— Silence, Ivakoura ! dit la reine d'une voix grave. Regarde le vêtement que je porte. Songe à ce que je suis. Désormais je n'appartiens plus au monde ; ses fièvres, ses folies ne doivent plus m'atteindre. Purifiée par la flamme divine du Soleil, je dois méditer sur son essence mystérieuse et créatrice, m'absorber dans sa splendeur, me laisser pénétrer de ses rayons, m'identifier avec la lumière et devenir aussi pure qu'elle-même, jusqu'au jour où mon âme s'envolera et recevra la récompense méritée.

— Pardonne-moi, dit le prince ; que t'importe, en effet, le désespoir d'un homme, j'étais fou de supplier. Vois, je suis calme à présent, calme comme les morts dans leur tombeau. Pardonne-moi d'avoir blessé tes oreilles par des paroles trop humaines.

— J'ai le pouvoir de pardonner maintenant, dit-elle, et je t'absous de toute mon âme ; relève-toi, ami, il faut nous séparer.

Ils retournèrent sur leurs pas.

À l'issue de cette allée, baignée d'une clarté diffuse, tout serait fini pour eux ; ils se quitteraient pour ne plus se revoir. Malgré elle, la grande prêtresse ralentissait le pas. Le calme subit du prince l'épouvantait, elle sentait bien qu'il était le résultat d'une résolution irrévocable. Il se taisait et la regardait avec une expression d'apaisement.

— Il veut mourir, se dit-elle.

Mais elle sentait que rien de ce qu'elle pourrait dire n'ébranlerait sa décision.

Ils avaient atteint le bout de l'allée et s'avançaient sur la terrasse.

XXIX. LA GRANDE PRÊTRESSE DU SOLEIL

— Adieu, dit-elle.

En prononçant ce mot, il lui sembla que son cœur se brisait dans sa poitrine ; elle fut sur le point de tomber dans les bras du prince et de lui crier :

— Emmène-moi, fuyons où tu voudras !

— Adieu, murmura-t-il, n'oublie pas que tu m'as donné un rendez-vous sur le seuil de l'autre vie.

Elle s'enfuit avec un sanglot.

Près de la pagode, elle se retourna une dernière fois.

Elle semblait surnaturelle, au milieu de la clarté lunaire, dans sa robe d'or, qui resplendissait sous sa tunique de soie, blanche comme son visage.

Ivakoura tendit les bras vers elle, mais la grande prêtresse du Soleil s'enfonça dans l'ombre, qui l'enveloppa et la déroba à jamais.

XXX. BATAILLES

Hiéyas était aux portes d'Osaka avec une armée de trois cent mille hommes. Venant des provinces septentrionales il avait traversé la grande île Nipon, en écrasant sur son passage les détachements chargés de garder le pays. Les soldats de Fidé-Yori étaient morts en héros, pas un n'avait reculé ; les troupes des princes avaient résisté mollement, au contraire. D'ailleurs l'armée de Hiéyas, puissante comme un fleuve gonflé par les pluies, ne pouvait être entravée dans sa marche. Elle arriva près d'Osaka et enveloppa la ville. Sans prendre de repos, elle l'attaqua de tous les côtés à la fois.

Fidé-Yori avait partagé son armée en trois corps de cinquante mille hommes chacun : Signénari et Moritzka commandaient le premier, Harounaga, Moto-Tsoumou, Aroufza le second, Yoké-Moura le troisième. Les soldats étaient intrépides, les chefs résolus à mourir, s'ils ne pouvaient vaincre.

Le premier choc des armées fut terrible. On se battit avec un acharnement, une fureur sans pareils. À nombre égal les troupes de Fidé-Yori eussent remporté la victoire, elles avaient une telle résolution de se laisser tuer plutôt que de reculer, qu'elles étaient inébranlables. Le général Yoké-Moura fut attaqué par vingt mille hommes armés de fusils, il n'avait autour de lui que dix mille soldats, établis sur la colline nommée Yoka-Yama ; les hommes de Yoké-Moura avaient aussi des fusils. Les décharges se succédèrent jusqu'à l'épuisement des munitions. Yoké-Moura attendait ce moment. Il avait remarqué que ses agresseurs n'étaient armés que de fusils et de sabres et ne portaient pas de lances. Il descendit alors impétueusement la colline. Ses soldats, la lance au poing, se jetèrent sur les assaillants qui, presque sans défense, se replièrent en désordre.

Signénari, lui aussi, après un combat acharné, avait réussi à faire reculer ceux qui l'attaquaient, mais sur tous les autre points les généraux, écrasés par le nombre, avaient été battus et s'étaient rejetés, avec ce qui leur restait de soldats, dans l'intérieur de la ville.

Le soir vint, les combats s'interrompirent. Les soldats exténués se couchèrent dans les rues de la ville, sur les ponts, au bord des canaux. Seuls, Signénari et Yoké-Moura étaient encore hors d'Osaka, l'un dans la plaine, l'autre sur la colline.

Quand la nuit fut tout à fait venue, un homme s'avança au pied de la colline de Yoka, et demanda à parler au général Sanada-Sayemon-Yoké-Moura, de la part de Hiéyas.

On l'introduisit sous la tente du guerrier.

Yoké-Moura reconnut un de ses anciens compagnons d'armes.

— Tu viens de la part de Hiéyas ? toi s'écria, le général d'un ton plein de reproches.

— Oui, ami, je crois au génie puissant de cet homme ; je sais à quel point son triomphe serait utile au pays, et pourtant, maintenant que je suis en ta présence, j'ose à peine exprimer la proposition que je suis chargé de te faire.

— Est-elle donc honteuse ?

— Voici, tu en jugeras : Hiéyas est pénétré d'estime pour ta valeur, et il pense que triompher de toi serait pour lui une défaite, car ta mort priverait le pays de son meilleur guerrier. Il te propose de te rallier à lui. Tes conditions seraient les siennes.

— Si Hiéyas a vraiment de l'estime pour moi, répondit Yoké-Moura, pourquoi feint-il de croire que je suis capable de me vendre ? Tu peux lui dire que me donnât-il la moitié du Japon, je ne réfléchirais même pas à sa proposition, et que je mets ma gloire à rester fidèle au maître que j'ai toujours servi, et à mourir pour lui.

— Je m'attendais à cette réponse, et si j'ai accepté cette mission que l'on me proposait, c'est que j'ai cédé au désir de revoir mon ancien compagnon.

— Tu ne craignais pas les justes reproches que je puis te faire ?

— Non, car je ne me sentais pas coupable. À présent je ne sais quel remords me tourmente devant ton dévouement tranquille et héroïque. Je trouve que mes actions, dictées par la sagesse, ne valent pas la folie de ta fidélité aveugle.

— Eh bien ! il est temps encore de te repentir, reste avec nous.

— Je le ferai, ami. Hiéyas comprendra, en ne me voyant pas revenir, que celui qui venait pour t'acheter s'est donné à toi.

La même proposition avait été faite au général Signénari.

— Hiéyas m'offre de me donner tout ce je voudrais, s'était écrié le jeune général, eh bien ! qu'il m'envoie sa tête !

Le lendemain, des forces considérables étaient rassemblées en face de Signénari. Le jeune guerrier comprit que la bataille qui allait s'engager était pour lui la dernière. Il fit le tour de son camp, exhortant ses soldats. Grave, plein de douceur, beau comme une femme, il parcourait les rangs, démontrant aux hommes attentifs le peu de valeur de la vie, ne leur cachant pas que l'issue de la journée c'était la mort ou le déshonneur. Il ajoutait qu'une mort glorieuse est enviable et que la vie d'un lâche ne vaut pas celle d'un chien.

Puis il rentra dans sa tente et expédia un messager à sa mère, il lui annonçait qu'il allait mourir et lui envoyait un riche poignard en souvenir de lui. Alors il s'approcha d'un miroir et versa des parfums sur ses cheveux, puis il posa sur sa tête son casque de corne noir, surmonté, au-dessus du front, par une lame de cuivre découpée en forme de croissant, il l'attacha sous son menton et coupa les bouts flottants des cordons de soie. Cela signifiait qu'il ne les dénouerait plus, qu'il se vouait à la mort. Si sa tête était portée au vainqueur, celui-ci comprendrait qu'il s'était fait tuer volontairement.

La bataille commença, ce fut Signénari qui attaqua ; il s'élança à la tête de ses soldats avec impétuosité. Le début de la lutte leur fut favorable, ils rompirent les rangs des ennemis, en massacrèrent un grand nombre. L'armée de Signénari, décimée la veille, réduite à un petit nombre d'hommes, pénétrait dans l'armée ennemie comme un navire dans la mer, mais les flots s'étaient refermés derrière elle, elle était enveloppée, captive, plus ardente que jamais cependant ; les soldats de Hiéyas crurent avoir emprisonné tempête. Les désespérés sont terribles, le carnage était effrayant ; les blessés se battaient encore, la terre inondée de sang s'amollissait, on piétinait dans la boue, on eût pu croire qu'il avait plu. Cependant dix mille hommes contre cent mille ne pouvaient tenir bien longtemps. Les héros qui entouraient le jeune chef n'étaient pas vaincus pourtant, ils ne reculaient pas, ils se laissaient tuer sur la place conquise. Mais leur nombre diminuait rapidement : bientôt il n'y eut plus au centre de l'armée qu'un énorme monceau de cadavres. Signénari, couvert de blessures, formidable, luttait encore. Il était seul, l'ennemi hésitait devant lui, on l'admirait, quelqu'un lui lança une flèche cependant, il tomba.

Hiéyas, étendu dans une litière, était sur le champ de bataille. On lui apporta la jeune tête, grave et charmante, du général Signénari ; il vit les cordons du casque coupés ; il respira les parfums dont la chevelure était inondée.

— Il a mieux aimé mourir que se rallier à ma cause, dit-il en soupirant. La victoire d'aujourd'hui m'attriste comme si c'était une défaite.

Le même jour, Fidé-Yori fit appeler Yoké-Moura et lui demanda ce qui restait à faire.

— Il faut dès demain tenter une sortie générale, répondit-il. Tous les débris d'armées réunis dans la ville forment un total d'environ soixante mille hommes auquel il faut ajouter la garnison de la forteresse, les dix mille hommes qu'il me reste, et les dix mille volontaires que tu as rassemblés : on peut entreprendre la lutte.

— Rentreras-tu dans la ville ? demanda le siogoun.

— Il vaut mieux, je pense, que je garde ma position avancée sur la colline. Au moment où l'armée s'ébranlera, j'attaquerai sur un autre point, afin qu'il soit contraint de diviser ses forces.

On rassembla les chefs afin de se concerter avec eux. La gravité de la situation faisait taire les discordes qui les divisaient d'ordinaire : tous se soumettaient à Yoké-Moura.

— L'ennemi s'est étendu tout autour de la ville, dit le général, de sorte que sur le point que vous attaquerez, vous rencontrerez des forces tout au plus égales aux vôtres. La sortie devra s'opérer du côté du sud, afin que, si c'est possible, vous acculiez l'ennemi à la mer. Que les chefs enflamment les soldats par leur exemple, par leurs paroles, et nous pouvons en triompher.

— C'est moi-même qui me mettrai à la tête de l'armée, s'écria Fidé-Yori. On tirera de leurs fourreaux de velours les insignes qui précédaient mon illustre père dans les combats, les courges dorées emmanchées à une hampe rouge, qui ont toujours été, partout où elles apparurent, un signal de victoire ; ce souvenir de Taïko-Sama enthousiasmera les soldats ; il leur rappellera les triomphes anciens, les batailles glorieuses remportées à son ombre. Ce talisman nous protégera et remplira d'effroi le parjure Hiéyas, en évoquant devant ses yeux l'image de celui dont il a trahi la confiance.

Les chefs retournèrent vers leurs soldats, afin de les préparer à la bataille décisive du lendemain. Fidé-Yori, lui, courut vers sa fiancée.

— C'est peut-être la dernière journée que nous passons ensemble, disait-il, je n'en veux pas perdre une seconde.

— Que dis-tu, seigneur ? disait Omiti, si tu meurs, je mourrai aussi, et nous serons réunis pour ne plus nous quitter.

— N'importe, disait le roi avec un sourire triste, j'aurais voulu que sur cette terre notre bonheur fut plus long. J'ai été malheureux si longtemps, heureux un si petit nombre de jours ; et toi si dévouée, si douce, tu as souffert des maux de toute sorte à cause de moi, et pour ta récompense, quand je voudrais te combler de richesses, d'honneurs, de joies, je ne puis te donner que le spectacle des horreurs de la guerre, et la perspective d'une mort prochaine.

— Tu m'as donné ton amour, répliquait Omiti.

— Oh ! oui, s'écriait le roi, et cet amour, qui était le premier, eût été le dernier ; il eût empli toute ma vie. Que ne puis-je t'emporter loin d'ici, fuir cette lutte, ce carnage ! Que m'importe le pouvoir ! il ne m'a pas donné le bonheur. Vivre près de toi, dans une retraite profonde, oublieux des hommes et de leurs ambitions criminelles, c'est la que serait la véritable félicité.

— Ne songeons point à cela, disait Omiti, c'est un rêve impossible ; mourir l'un près de l'autre, c'est une joie encore, elle ne nous sera pas refusée.

— Hélas ! s'écria le siogoun, ma jeunesse se révolte à l'idée de la mort. Depuis que je t'ai retrouvée, chère bien-aimée, j'ai oublié le dédain que l'on m'avait enseigné pour cette vie fugitive ; je l'aime et je voudrais ne pas la quitter.

À la faveur de la nuit Harounaga parvint à reprendre les hauteurs de Tchaousi qu'il avait perdues. Le général Yoké-Moura lui avait conseillé cette tentative, dont la réussite permettrait de protéger la sortie du siogoun.

Tout était prêt pour le dernier effort, les soldats étaient pleins d'ardeur, les chefs avaient bon espoir, Fidé-Yori reprenait confiance, il croyait à la victoire. Une chose l'attristait cependant, c'était dans cette situation suprême l'absence de son ami le plus fidèle, de son conseiller le plus sage, du prince de Nagato : qu'était-il devenu ? que lui était-il arrivé ? Depuis vingt jours environ qu'il avait brusquement quitté Osaka, on n'avait aucune nouvelle de lui.

— Il est mort puisqu'il n'est pas près de moi à l'heure du danger, se disait le siogoun en soupirant profondément.

Dès le jour, les habitants d'Osaka encombrèrent les abords de la forteresse ; ils voulaient voir le siogoun sortir du château en tenue de combat, au milieu de ses guerriers aux riches costumes. En attendant, ils causaient avec les soldats campés dans les rues, leur versant des rasades de saké. L'aspect de la ville était joyeux : en dépit de tout, le caractère léger de ses habitants reprenait le dessus. Ils allaient voir un spectacle, ils étaient heureux.

Vers la huitième heure, les portes de la seconde muraille du château fort s'ouvrirent toutes grandes et laissèrent apercevoir une confusion de bannières, qui flottaient parmi les rayures lumineuses formées par les hautes lances.

Les premiers corps de lanciers du siogoun s'avancèrent, cuirassés, coiffés du casque à visière, évasé autour de la nuque et orné au-dessus du front d'une sorte de croissant de cuivre, la lance au poing, un petit drapeau enmanché derrière l'épaule gauche ; puis vinrent les archers, le front ceint d'un bandeau d'étoffe blanche dont les bouts flottaient en arrière, le dos hérissé de longues flèches, tenant à la main le grand arc laqué. Après eux s'avancèrent des personnages étranges, qui ressemblaient plutôt à de grands insectes ou à des crustacés fantastiques, qu'à des hommes. Les uns, au-dessus du masque noir grimaçant, portaient un large casque orné d'antennes de cuivre ; d'autres avaient leur coiffure ornée d'énormes cornes recourbées l'une vers l'autre, et leur masque hérissé de moustaches et de sourcils rouges ou blancs, ou bien un capuchon de mailles ramené sur le visage, ne laissant voir que les yeux, leur enveloppait la tête. Les pièces des armures, faites de corne noire, étaient carrées, lourdes et bizarrement disposées, cependant, sous les points de soie de diverses couleurs qui joignaient l'une à l'autre les lames de corne, elles produisaient un bel effet. Ces guerriers, vêtus comme l'avaient été leurs aïeux, étaient armés de hallebardes, d'arcs énormes, de glaives à deux mains. Ils défilèrent pendant longtemps, à la grande admiration du peuple. Enfin, Fidé-Yori parut sur un cheval à la crinière tressée. On portait devant lui les courges dorées qui, depuis les dernières victoires de Taïko-Sama, n'étaient pas sorties du château. Elles furent accueillies par des cris d'enthousiasme.

— Je vous les confie, s'écria Fidé-Yori, en désignant à son armée les glorieux insignes.

Il ne dit rien de plus, et, tirant son sabre, il lança son cheval au galop.

Toute l'armée s'ébranla avec un élan héroïque, elle sortit de la ville. Le peuple la suivit jusqu'au delà des faubourgs.

Du haut de la colline, Yoké-Moura regardait Fidé-Yori et ses troupes s'avancer hors d'Osaka, et se développer dans la plaine, il attendait le premier mouvement offensif du siogoun, pour attaquer de son côté les hommes de Hiéyas.

— Certes, se disait le général, la victoire est possible, Signénari, qui est mort si noblement hier, et ses soldats héroïques ont fait beaucoup de mal à l'ennemi ; j'ai moi-même repoussé, en lui faisant subir des pertes considérables, le détachement qui attaquait ma position. Nous pouvons tailler en pièces la partie de l'armée sur laquelle va fondre le siogoun. Alors l'égalité sera a peu près établie entre les deux forces ennemies, et à force égale nous triompherons.

L'armée de Fidé-Yori s'était arrêtée dans la plaine, ell~ occupait l'emplacement sur lequel se dressait la veille le camp de Signénari.

— Qu'attendent-ils donc ? se demandait Yoké-Moura ; pourquoi interrompent-ils leur mouvement en avant ?

Les chefs couraient sur les flancs des bataillons. Une singulière agitation régnait parmi les rangs. Évidemment quelque chose de nouveau était survenu, on hésitait, on se concertait. Tout à coup une grande oscillation agita l'armée, elle fit volte-face et, retournant sur ses pas, rentra dans la ville.

— Qu'est-ce que cela signifie ? s'écria Yoké-Moura, stupéfait et pâle de colère. Quelle folie les saisit subitement ? C'est une dérision, seraient-ils lâches ?

Les soldats de Hiéyas s'avancèrent alors, ils traversèrent la plaine abandonnée par Fidé-Yori. Au même moment les hommes de Yoké-Moura donnèrent l'alarme. On les attaquait de deux côtés à la fois.

— C'est bon, dit Yoké-Moura, tout est perdu maintenant.

— Il fit venir son jeune fils Daïské.

— Mon fils, lui dit-il, rentre dans la ville, rejoins le siogoun et dis-lui qu'il ne me reste plus qu'à mourir glorieusement pour lui, ce que je compte faire avant ce soir. Reste auprès du maître tant qu'il vivra et meurs avec lui.

— Mon père, dit Daïské en jetant un regard suppliant au général, je préférerais mourir près de toi.

— Fais ce que je te commande, mon fils, dit Yoké-Moura, dont la voix tremblait un peu.

Une larme roula sur la joue de l'enfant ; mais il n'objecta rien et s'en alla.

Le général le suivit des yeux un instant, tandis qu'il descendait la colline. Il soupira, puis brusquement se jeta dans la bataille.

Sans avoir combattu, sans avoir échangé une flèche avec l'ennemi, l'armée du siogoun était rentrée en désordre dans la ville. Le peuple n'y voulait pas croire. Qu'était-il arrivé ? Comment la déroute précédait-elle le combat ?

Voici ce qui s'était passé : Harounaga, abandonnant brusquement la position qu'il occupait sur la colline, était accouru vers Fidé-Yori, accompagné d'un homme qui venait du camp de Hiéyas. Cet homme, qui était un parent de Harounaga, affirmait que la plus grande partie de l'armée était vendue à Hiéyas et, qu'au moment du combat, Fidé-Yori serait enveloppé par ses propres soldats et fait prisonnier. Il disait avoir surpris ce secret et être accouru pour prévenir le siogoun et l'empêcher de tomber dans un piège odieux.

— Rentre dans la forteresse, disait-il à Fidé-Yori, à l'abri de ses remparts, tu peux encore te défendre et mourir noblement, tandis qu'ici tu es à la merci du vainqueur.

Après quelques hésitations, on était rentré dans la ville. Cette histoire de trahison était complètement inexacte : c'était une perfidie de Hiéyas qui, bien qu'il fût fort, ne dédaignait pas d'employer la ruse. Mais le peuple n'accepta pas cette raison, la rentrée des soldats fit le plus déplorable effet.

— Ils ne savent pas se conduire, disait-on.

— Ils sont perdus, tout est fini maintenant.

— Après tout, cela ne nous regarde pas.

La moitié de la population commençait à désirer l'avènement de Hiéyas.

Le siogoun était à peine rentré dans le château que l'armée ennemie attaqua les faubourgs de la ville. Les habitants s'enfermèrent dans leurs maisons. Un combat terrible s'engagea, on défendait le terrain pied à pied. Cependant l'ennemi avançait. On se battait dans les rues peu larges, aux bords des canaux, dont l'eau rougie de sang balançait des cadavres, chaque pont était emporté après une lutte acharnée. Peu à peu, les soldats de Fidé-Yori furent repoussés vers la forteresse.

Dans le château la confusion était grande, on ne songeait pas à défendre la première muraille, les bastions n'existaient plus, le fossé n'avait pas été recreusé à plus de deux pieds de profondeur. On s'enfermait dans la seconde enceinte ; mais là on était trop éloigné pour rendre aucun service à ceux qui combattaient. Ces derniers, après trois heures de lutte, furent repoussés jusqu'aux murs du château ; ils envahirent la première enceinte et crièrent pour se faire ouvrir la seconde. Ils allaient être écrasés contre elle.

Yodogimi cria d'ouvrir. Toutes les portes s'écartèrent à la fois, et les soldats se précipitèrent. Mais l'ennemi était sur leurs talons, lorsqu'ils furent passés on ne put refermer les portes et les soldats de Hiéyas entrèrent derrière eux.

Fidé-Yori s'était enfermé avec un millier de soldats dans la troisième enceinte du château qui entourait la grande tour des Poissons-d'Or, la résidence du siogoun et quelques palais des princes les plus nobles. Il ne songeait pas à se défendre, mais seulement à ne pas se laisser prendre vivant, ni lui ni personne de sa famille. Dans une salle de son appartement, le sabre nu à la main, entre sa mère et sa fiancée, il regardait par la fenêtre ouverte, et, le front baissé, écoutait les clameurs formidables des soldats, se battant derrière la seconde muraille. Beaucoup des siens se rendaient. L'homme chargé de garder les courges dorées de Taïko-Sama, il se nommait Tsou-Gava, les brûlait devant la façade du palais, sous les yeux de Fidé-Yori.

— Tout est fini ! murmurait celui-ci. Ô vous qui êtes ce que j'ai de plus cher au monde, vous allez donc mourir à cause de moi et avec moi ! Il va falloir vous arracher la vie, pour ne pas vous laisser tomber vivantes aux mains des vainqueurs.

Il regardait son sabre nu, puis levait les yeux, sur sa mère, et sur la douce Omiti, avec une expression d'égarement.

— Il n'est donc pas possible de les sauver ? s'écria-t-il, de les laisser vivre ? Qu'importe au vainqueur pourvu que je meure !

— Vivre sans toi ! dit Omiti d'un ton de reproche. Elles étaient pâles toutes deux, mais tranquilles.

— Non, c'est impossible ! s'écria tout à coup le siogoun ; je ne veux pas voir couler leur sang, je ne veux pas les voir mortes ; c'est moi qui mourrai le premier !

XXXI. LE BÛCHER

— Personne ne mourra ! s'écria tout à coup une voix, au moment où Fidé-Yori tournait son arme contre lui-même.

Le prince de Nagato apparut au seuil de la chambre.

Loo était près de lui.

— Ô mon frère ! s'écria le siogoun en s'élançant vers lui, je n'espérais plus te revoir.

— Je savais la victoire impossible, dit Nagato, et je m'occupais à te préparer les moyens d'échapper à l'ennemi, lorsque ton dernier effort pour le repousser aurait échoué. Tu es le seul rejeton de ta race, tu es vaincu aujourd'hui, mais plus tard ta dynastie peut refleurir.

— Est-il donc vraiment en ton pouvoir de nous sauver ? dit le siogoun.

— Oui, maître, dit Ivakoura. Une barque t'attend près de la rive du Yodo-Gava. Raïden, un brave matelot dont le dévouement m'est connu, la monte. Il te conduira en mer et gagnera le large. Là, une grande jonque, appartenant au prince de Satsouma, est à l'ancre prête à te recevoir. Dès que tu y auras posé le pied, elle fera voile vers l'île de Kiou-Siou ; le seigneur de Satsouma, le plus puissant prince de ton royaume, le plus fidèle de tes sujets, t'ouvrira sa province et son château ; tu pourras y vivre heureux, près de l'épouse de ton choix, jusqu'au jour de la vengeance.

— Je reconnais bien là ton dévouement infatigable, dit le siogoun dont les yeux se mouillaient de larmes. Mais comment sortir du château ? comment le traverser sans être massacré par la horde furieuse qui l'enveloppe ?

— Tu sortiras comme je suis entré, dit le prince, sans être inquiété par personne. Si vous voulez me suivre jusqu'à mon palais, continua-t-il en s'inclinant devant les deux princesses, je vous montrerai le chemin qu'il faut prendre pour quitter la forteresse.

— Prince, dit Yodogimi, ta grandeur d'âme me remplit de confusion ; moi, qui ai si souvent essayé de te nuire, je vois aujourd'hui à quel point j'étais injuste et aveugle ; dis-moi que tu me pardonnes mes erreurs passées, sinon je n'accepte pas d'être sauvée par toi.

— Je n'ai rien à te pardonner, princesse, dit Nagato, c'est moi qui suis coupable d'avoir eu l'incomparable maladresse de te déplaire.

— Allons, partons d'ici, dit le siogoun, vous vous expliquerez plus tard.

Ils sortirent de la salle, Loo marchait devant.

Dans la première cour du palais, les insignes de Taïko-Sama brûlaient encore, ils formaient un monceau de braises. En passant près d'eux, Fidé-Yori détourna la tête. Ils atteignirent le pavillon du prince de Nagato et gagnèrent sa chambre. La trappe qui fermait le sentier souterrain, par lequel autrefois le brave Sado entrait au palais et en sortait, était ouverte. Personne ne connaissait l'existence de ce souterrain. Le prince de Nagato l'avait fait secrètement creuser pour favoriser les allées et venues de Sado et échapper à la surveillance des espions.

— Voici le chemin, dit il, il aboutit à une maison de pêcheur qui s'ouvre sur les rives du Yodo-Gava. C'est là que Raïden vous attend avec la barque ; partez, Loo vous guidera dans cette route souterraine.

— Comment ! s'écria Fidé-Yori, est-ce que tu ne nous accompagnes pas ?

— Non, maître, je reste ici, j'ai quelque chose encore à accomplir.

— Es-tu fou ? rester dans ce palais qui bientôt sera complètement envahi ; qu'as-tu donc à faire encore ? tu ne pourras plus t'échapper.

Ne t'inquiète pas de moi, dit le prince avec un étrange sourire ; je fuirai, je te le jure.

— Ivakoura ! s'écria le siogoun en regardant son ami avec effroi, tu veux mourir ! Je te comprends, mais je n'accepte pas le salut à ce prix. Je suis le maître encore, n'est-ce pas ? eh bien, je t'ordonne de me suivre.

Mon bien-aimé seigneur, dit Nagato d'une voix ferme, s'il est vrai que je t'ai servi avec dévouement, ne me refuse pas la première grâce que je te demande, n'ordonne pas que je quitte ce palais.

— Je n'ordonne plus, ami, je te conjure de ne pas me priver d'un compagnon tel que toi, je te supplie de fuir avec nous.

— Je joins mes supplications à celles de mon fils, dit Yodogimi ; ne nous laisse pas partir la douleur dans l'âme.

— Prince illustre, dit Omiti de sa voix douce et timide, c'est la première fois que je t'adresse la parole, j'ose cependant te prier, à mon tour, de ne pas persister dans ta cruelle résolution.

Loo se jeta à genoux.

— Mon maître ! s'écria-t-il.

Mais il ne put rien dire de plus et se mit à pleurer.

— Je te recommande cet enfant, dit Nagato à Fidé-Yori.

— Tu demeures donc sourd à nos voix ? dit le siogoun, nos prières n'ont donc aucun pouvoir sur ton cœur ?

— Si elle était perdue pour toi, dit le prince en désignant Omiti, consentirais-tu à vivre ? Ô toi à qui j'ai confié le secret terrible de ma vie, ne comprends-tu donc pas à quel point l'existence est pour moi douloureuse ? Ne vois-tu pas quelle joie brille dans mes yeux, maintenant que je touche au terme de mes souffrances ? C'était pour te servir que je ne me suis pas délivré depuis longtemps du supplice de vivre. Tu n'es pas victorieux comme je l'aurais voulu, mais je te vois dans une retraite pleine de fleurs, de joie, d'amour ; tu seras heureux, sinon puissant : tu n'as plus besoin de moi, je suis libre, je puis mourir.

— Ah ! ami cruel, dit Fidé-Yori, je vois bien que ta volonté est irrévocable.

— Hâtez-vous, dit le prince, vous n'avez que trop tardé. Gagnez la barque. Raïden vous cachera sous les plis de la voile jetée au fond du bateau, puis il prendra les rames, Loo tiendra le gouvernail.

— Non ! non ! s'écria l'enfant qui se cramponnait à la robe de son maître, je ne veux pas partir, je veux mourir avec toi.

— L'obéissance est la première vertu d'un bon serviteur, Loo, dit le prince doucement, je t'ordonne d'obéir désormais à notre maître à tous deux, et de le servir jusqu'à la mort.

Loo se précipita en sanglotant dans l'escalier obscur du souterrain, les deux femmes le suivirent, puis le siogoun descendit à son tour.

— Adieu ! adieu ! mon ami, mon frère, toi, le plus beau, le plus noble, le plus dévoué de mes sujets ! s'écria-t-il en laissant couler ses larmes.

— Adieu, illustre ami, dit le prince, puisse ton bonheur durer aussi longtemps que ta vie !

Il referma l'entrée du souterrain. Il était seul, enfin. Alors il retourna dans la cour du palais et prit, au brasier qui brûlait encore, un fragment de bois enflammé, il mit le feu à tous les pavillons princiers, au palais de Fidé-Yori, dont il parcourut toutes les salles, puis il gagna la tour des Poissons-d'Or, et d'étage en étage, alluma l'incendie. Arrivé sur la dernière terrasse, il jeta son tison brûlant et s'accouda à la balustrade de la laque rouge de la plate-forme, qu'une très vaste toiture relevée des bords, soutenue par quatre lourds piliers, surmontait.

Le prince regarda vers la mer. La petite barque était déjà à l'embouchure du Yodo-Gava. Seule sur l'eau, elle semblait attirer l'attention des soldats victorieux qui campaient le long de la plage ; mais Raïden, le pêcheur, jeta son filet, et les soldats rassurés laissèrent passer le bateau. Au large, la jonque du prince de Satsouma faisait une petite tache brune, sur la pourpre du soleil couchant. L'atmosphère était d'une transparence incomparable. La mer ressemblait à une grande turquoise.

Les cris des soldats s'élevaient autour du château.

— Fidé-Yori a mis le feu au palais : il va périr dans les flammes, disait-on.

Ceux qui étaient encore à l'abri de la troisième muraille ouvrirent les portes et sortirent précipitamment ; ils se rendirent. D'ailleurs, la bataille avait cessé ; l'usurpateur était à la porte de la forteresse ; on s'agenouillait sur son passage on l'acclamait, on le proclamait le seul et légitime siogoun. C'était le second jour de la sixième lune de la première année du Nengo-Gen-Va.[1]

Du sommet de la tour, le prince de Nagato voyait la litière dans laquelle était couché Hiéyas. Il entendait les clameurs triomphales qui l'accueillaient.

— La gloire et la puissance royale ne sont rien auprès de l'amour heureux, murmura-t-il en reportant ses yeux sur la barque qui portait ses amis.

Elle était en mer à présent, hors de la portée des soldats ; elle déployait sa voile et fuyait rapidement.

— Ils sont sauvés, dit le prince.

Alors il tourna ses regards d'un autre côté, du côté de Kioto et de Naikou ; il voyait le commencement de la route qui conduisait à la ville sacrée, et qu'il avait parcourue tant de fois ; il voyait les côtes, se découpant sur l'azur de la mer, et s'étendant en se perdant dans le lointain, vers la province où s'élève le temple antique de Ten-Sio-Dai-Tsin. Il semblait vouloir distinguer, à travers la distance, celle qu'il ne devait plus revoir.

---

1 2 juin 1615.

XXXI. LE BÛCHER

Le soleil disparut, la lumière de l'incendie commença à surmonter l'éclat du jour. Le palais du siogoun, au pied de la tour, était une large fournaise qui, vue d'en haut, paraissait comme un lac de feu, agité par une tourmente. Les flammes se croisaient, tourbillonnaient, formaient des volutes comme les vagues dans la tempête. Par instant, un nuage de fumée rousse passait devant les yeux du prince, lui voilant l'horizon. Tous les étages de la tour brûlaient, un ronflement formidable, mêlé à une perpétuelle crépitation, emplissait ses flancs. La dernière plate-forme, cependant, n'était pas encore atteinte, mais déjà le plancher se crevassait, oscillait. Une flamme monta et toucha le bord de la toiture supérieure.

— Viens donc, feu libérateur, s'écria le prince, viens apaiser la brûlure dévorante de mon âme, t'efforcer d'éteindre la flamme inextinguible de mon amour !

Il prit sur sa poitrine un papier froissé et le déploya. Il le porta à ses lèvres, puis le lut une dernière fois, à la lueur de l'incendie.

« Un jour les fleurs s'inclineront pour mourir, elles laisseront tomber comme un diamant leur âme lumineuse, alors les deux gouttes d'eau pourront se rejoindre et se confondre. »

La chaleur était intolérable. Le papier brûla tout à coup entre les doigts du prince. L'air lui manquait, il se sentait mourir.

Ma bien-aimée ! s'écria-t-il, je pars le premier, ne me fais pas attendre trop longtemps, au rendez-vous.

Comme les pétales énormes d'une fleur de feu, les flammes enfermèrent la dernière terrasse, elles s'étendirent sur la toiture ; les deux gigantesques poissons d'or se tordirent, sur la crête du toit, comme s'ils étaient vivants, puis ils coulèrent en deux ruisseaux incandescents. Bientôt l'édifice entier s'écroula, avec un fracas terrible, en faisant jaillir vers le ciel une gerbe immense de flammes et d'étincelles.

ISBN : 978-3-96787-906-3

9 783967 879063